草木轮回

李康美 著

陕西新华出版
陕西人民出版社

图书在版编目（CIP）数据

草木轮回 / 李康美著 .—西安：陕西人民出版社，2022.6（2023.6 重印）

ISBN 978-7-224-14584-7

Ⅰ.①草… Ⅱ.①李… Ⅲ.①长篇小说—中国—当代 Ⅳ.① I247.5

中国版本图书馆 CIP 数据核字（2022）第 095533 号

策划编辑：张孔明
责任编辑：姜一慧
整体设计：杨亚强

草木轮回
CAOMU LUNHUI

作　　者	李康美
出版发行	陕西人民出版社
	（西安市北大街 147 号　邮编：710003）
印　　刷	广东虎彩云印刷有限公司
开　　本	787 毫米 ×1092 毫米　1/16
印　　张	27.5
插　　页	2
字　　数	400 千字
版　　次	2022 年 6 月第 1 版
印　　次	2023 年 6 月第 2 次印刷
书　　号	ISBN 978-7-224-14584-7
定　　价	68.00 元

目录

立春 生来病死互交织 003

雨水 两个孩子回来了 028

惊蛰 代理组长悄上任 051

春分 两个女人的战争 071

清明 祭祀时节的热泪 092

谷雨 生意引出的风波 106

立夏 失而复得的喜剧 125

小满 肥水不流外人田 140

芒种 咸吃萝卜淡操心 156

夏至 深夜归来不速客 174

小暑 冒名家长来开会 189

大暑 溪水花园的悬念 205

立秋 广场上的揭幕式 225

处暑 问君能有几多愁 243

白露 浪子回头金不换 261

秋分 静夜小院出奇闻 279

寒露 出游偶遇蹊跷事 297

霜降 两个孩子又走了 314

立冬 热闹之后有悬心 333

小雪 临终之前的嘱托 352

大雪 寒夜围炉说风流 370

冬至 浪漫之旅的伤感 386

小寒 遮遮掩掩度蜜月 404

大寒 雪落大地又迎春 419

春

草木轮回

立春

生来病死互交织

01

尽管牵强附会，黄刘村的人对此还是津津乐道！

相传在西汉末年，王莽对刘秀一路追杀，刘秀从秦地东府关中道逃窜上来，趁着深夜，正想在秦岭北麓的一棵大树下休息，忽然发现王莽的追兵已经又对他形成了围追堵截。急切中，刘秀只得跃上马背，慌不择路地奔驰而去。天亮时，刘秀才发现，自己又回到那棵大树之下，原来是跑了一圈又归于原地了。由刘秀的马蹄踩过的那一圈土壤和荒草，立即就如同陷阱快速地下沉，王莽的那些追兵们，也纷纷在那一圈沟壑中发出鬼哭狼嚎的惨叫声。久而久之，那儿就形成了一个被四面沟壑包围的孤岛。

孤岛中的这个村落，后来就取名为黄刘村。

大凡穷乡僻壤的先民，都想和皇帝或者历史上的什么大人物攀上关系。在黄刘村的先民看来，如此这般的黄姓和刘姓，就可以理解为黄亦皇，刘即刘，那就是皇帝刘秀赐舍的圣土，那就是皇帝刘秀留下的足迹。对于那个虚无缥缈的传说，黄刘村的人世世代代都坚信不疑，似乎刘秀不是逃跑，而是为黄刘村的先辈们跑马圈地呢。

当然，黄刘村的后人对此又有着无尽的嘲弄和埋怨，比如黄安安，就曾经坐在村头哀叹，唉，把他的！刘秀的马蹄把一个与外界相通的村子踩成了孤岛，难道这还是什么好事情？刘秀的马蹄又不是挖掘机，哪能跑一圈就踩踏出四面沟壑呢？

说到底，不管是叫黄刘村，还是叫四沟里，都是偏僻而又闭塞的一块土地。

黄刘村实际上由两个自然村组成，北边的半个村子叫黄庄，南边的半个村子叫刘庄，黄庄和刘庄也就是很早之前的两个家族。黄刘村形似孤岛，就很少受到外界的干扰。即使偶尔闹出稀奇古怪的事情，也和皇帝刘秀跑马圈地的传说没有关系了。

02

如今，黄刘村已经看不到多少人了。不管是外出打工，还是进城做生意，总之都纷纷脱离了这块土地。如果说村里还能看见一些人影子，那都是些老弱病残了。这样，黄安安就成了鸡群中的一只鹤，就成了十亩地里一苗谷，实在也是个非常例外的人物了。黄安安长得很壮实，高鼻子大嘴，眼睛又总是眯成了一条线，别人打眼一看，就不由得想笑了。

实际上，黄安安并不是单身男人，他的老婆崔会平，曾经也是女人中的一枝花。黄安安离开老婆回到农村，还是五年前的事。在此之前，虽然崔会平从来不给他好脸色，但是黄安安都是能忍就忍，能让就让。想当初，黄安安和崔会平结婚，完全是一种命运的作弄。黄安安和崔会平的父亲都是渭北煤矿的井下工人，在六十年代，普通的煤矿工都没有资格带家属，但是在节假日和农闲时，他们的女人也会带着孩子到煤矿上住一住。那时候，煤矿工人的宿舍都是集体宿舍，为了能和媳妇孩子们团聚，矿工们就纷纷在一面山沟里开凿出一孔孔窑洞。

这样，黄家和崔家就成了窑洞相连的两邻居，黄安安和崔会平也成为幼年时期的短暂玩伴了。由于他们都是住一些日子就离开，所以在一起玩耍的机会也很少。黄安安和崔会平突然之间成为夫妻，那已经是十多年以后的事情了。

首先是一场矿难，这才让黄安安和崔会平重新走到一起。他们的父亲同时因矿难而丧命，这两家窑洞相连的邻居，就用泪水结成了姻缘。崔会平家住黄土高原，现在失去了父亲，她母亲就想把崔会平嫁到山外边。两个刚刚成为寡妇的女人，私下里一商量，黄安安当时就把崔会平带回到黄刘村了。

开始那些年，崔会平还是一个本分的女人，尽管一直对黄安安看不上眼，但是也没有弄出吃里爬外的风流事。也是当时的村支书刘寿山把村风管得紧，为了给全村做出表率，刘寿山把自己的儿子从大学里揪了回来，不惜毁掉儿子的前程，也不让村民骂先人。这是后话，在后边的故事里将会提及，现在还是先把崔会平的故事说完吧。崔会平的心慢慢变野时，黄安安的母亲已经离世，儿子黄大鹏也进城在一家技校学习了。这样，崔会平就经常有借口外出，有时候晚上也不回家。黄安安问她整天跑啥呢？崔会平每次的答案都一样：进城看儿子啊！黄安安又问崔会平晚上在哪儿住？崔会平说，世事这么大，谁还没有几个朋友呀！说归说，闹归闹，黄安安终究没有抓住崔会平什么把柄，日子也就凑凑合合地过下去。

后来儿子结了婚，然后又带着媳妇去南方打工，儿子是开挖掘机的，儿媳在幼儿园当老师，孙子没人管，五年前，黄安安和崔会平也就一同去南方了。黄安安本以为，他们都是奔着五十岁的年纪了，虽然崔会平长相仍然显得很年轻，但是一家人守在一起，崔会平心再野，还能弄出个什么花花事呢？黄安安实在想不到，当他也学会了开挖掘机，和儿子开始倒班后，崔会平就旧病复发了。崔会平趁着去工地给黄安安或者儿子送饭，就认识了工地上的一个机械维修技术员。黄安安起先还没有看出来，有一天夜里，他开的挖掘机出了故障，就找到那个技术员的宿舍，结果半天也叫不开门，打手机也关机了。黄安安心想，也许人家到哪里玩去了，这就在院子一边抽烟一边转悠着。黄安安刚刚绕到那栋房子的后边，就发现一个女人正从二楼的窗口往下溜，她的头顶，还悬挂着两股似乎是用床单撕扯成的白布条。黄安安走近一看，这个披头散发的女人正是崔会平。黄安安这就气炸了，一脚把崔会平踢倒，然后双手又卡进了崔会平的脖子。现在崔会平已经是死猪不怕开水烫，她稍微挣扎了一下说："你就把我弄死吧，看你给儿子那一家三口怎么交代呢？"黄安安浑身战栗着，双手却不自觉地松开了。黄安安又揪着崔会平的头发，进了那个技术员的屋子，那个技术员也以同样的态度说："哎，黄大哥，我在这边可是单身一个人，而你们就是全家五口子。你究竟还想怎么闹，你自己先想想后果吧。"黄安安说："我现在只想杀人呢！"崔会平说："要杀你就赶紧杀，不杀我还会和他好下去！"黄安安只觉得血往头顶涌，一个趔趄就靠墙溜下去。当黄安安在医院苏醒时，崔会平又抱着孙子说："你爷爷醒了，你爷爷醒了。多亏有奶奶陪着你爷爷干活呢，要不然他犯病都没人知道。"当然崔会平这样的话也是说给儿子和儿媳听，就好像她和那个技术员睡觉的事情根本没有发生过。

黄安安本来就是一根筋，从医院出来，就决定回到村里去。把他的！遇上这样的瞎婆娘，还能有什么好办法？黄安安告诉儿子的理由是，他确实患上了高血压，听不得挖掘机的轰隆声，一心只想清静下来，还是回到村里最安宁。儿子和儿媳好像也听说了什么，除了唉声叹气之外，也不能揭开母亲的丑闻。这五年来，黄安安从来不和崔会平联系，有时候，崔会平还会装模作样地打来电话，那肯定是在儿子和儿媳的饭桌上。黄安安知道崔会平的用意，让儿子和儿媳觉得她对黄安安有多么关心。每当接到崔会平的电话，黄安安都是"哼哈"几声，然后就很快让崔会平把电话交给他的孙子小牛牛，只有听见孙子的声音，黄安安的心情才舒缓过来说："崽娃子，爷爷好着呢！"

孙子就是爷爷的命根子，黄安安能和崔会平维系下来，一切都是为孙子考虑。为了保住一个浑全的家。

03

2017年似乎是个吉祥年，从春节到立春，之间也就是七天的时间。七天挑着两个"春"，无论如何，都应该是一个喜庆的年份。正月初五这一天，黄安安起得有点早，一个人过日子，平时都过得清汤寡水，空空落落的村子，没有热闹，没有快乐，黄安安就经常把自己弄得阴阳颠倒。深更半夜也不睡，一会儿玩手机，一会儿看电视，实在困得撑不住，一躺下去就又是睡得昏天黑地了。正月初五也是个小年啊，从风俗上讲，这一天还是财神爷的生日。黄安安平时闲得无聊，所以就对任何节气都非常敏感，尤其是心里永远不忘财神爷。为了迎接财神爷，昨天晚上临睡前，黄安安就在手机上定下了提醒闹钟。清早六点钟起来，黄安安就在自己大门前点燃了两串鞭炮。

在自己家门前放了鞭炮，黄安安还要在黄庄这边的几条村道上转一圈。

毕竟还在年关里，黄安安就自找快乐地高声喊着说："今天是正月初五，都快点起来迎财神爷啊！"喊了半天，也不见一个人走出来，黄安安又独自笑了说："把他的！这过年都看不见几个人了。"黄安安又走到西巷子，还没有喊出声，唐春花就端着一碗饺子馅站在门口说：

"喂，再甭喊了。别把自己弄得像个叫花子。"

黄安安这才惊喜地说："呵呵，看来你比我起得还要早。"

唐春花说："苦命人都瞌睡少。你也不要再求那个爷，只记着正月初五吃饺子吧。"

黄安安赶紧接过饺子馅说："还是你想得实在，我净闹些虚头巴脑的事情了。"

唐春花害怕别人看见，已经退回院子说："知道就好。五十好几的人了，咋就改不掉喜欢闹腾的毛病呢！"

黄安安还想说什么，唐春花已经闭上了大门。每当看见唐春花，黄安安的心里就没有了烦乱，就没有了郁闷的孤独感。这五年，黄安安之所以能一直在村里待下去，都是唐春花让他变得坚韧和坚强。尽管他们是老相好，可是平时在一起的机会也很少，唐春花的儿子在成都当厨师，她就也经常在成都看孙子，今年春节能回来，说不定也是短暂的停留。

黄安安从西巷子转过来，就看见一辆出租车从自己的家门口刚刚离开。

黄安安心里觉得奇怪，脚步就变得迟滞不前了。

这时候，儿子黄大鹏就从院子走出来，黄安安看清是儿子，这才激动地说："哎呀！大鹏，你怎么回来了？"黄大鹏的心里似乎压着一块石头，好半天都不知道该说什么好。黄安安又问儿子是不是把媳妇和孩子也带回来了？

黄大鹏鼻子一酸说："爸呀，我是……我是把我妈给你送回来了。"

黄安安以为这是儿子和他开玩笑，或者是试探他们夫妻间还能不能和好。可是走进院子后，果然就看见了老婆崔会平。现在的崔会平，已经是坐在轮椅上回来的。崔会平低眉垂眼地看了一眼黄安安，同样是一时不知如何开口了。黄安安把愤怒的目光从崔会平身上抽回来，只是看着儿子说："大鹏呀，爸是要活人呢，她是要活鬼呢！人和鬼的日子没法过，你还是把她带回去吧！"儿子说："她现在已经成了这个样子，我还能把她带到哪儿去？"黄安安说："这你问她！她怎么还会厚着脸皮进这个院子呢？"崔会平看着黄安安手中的那碗饺子馅，马上就反唇相讥说："你离开我回了村，看来你也是村里有人呢！"黄安安一时没有反应过来，质问崔会平凭什么说？崔会平冷冷一笑说："那你说，这是谁给你送的饺子馅啊？"黄安安心里一惊，嘴里还是不饶人地说："我一个单身汉，就经常吃的是百家饭，这也没有什么要脸不要脸。"

黄大鹏高声说："你们就别吵了！这样活着有意思吗？"

儿子黄大鹏的一声怒喝，才把黄安安和崔会平震慑住了。

黄安安仍然对崔会平不理不睬，他把那碗饺子馅放回屋子后，就蹲在地上抹着眼泪。

不管黄安安在心里对崔会平有多么怨愤，现在崔会平已经成了病人，而且儿子还在当面，黄安安就想暂时把那口气忍了。他先把自己那张大床收拾好，然后就把崔会平推到床边说："自己还能不能爬上去？"崔会平发窘地说："你赶紧把尿盆提回来。这憋了一路，我觉得肚子都要胀破了。"黄安安看出了崔会平脸上的那种急切，也不能让儿子看笑话，就从茅厕里提来了尿盆。崔会平动了动身子，似乎还有点不好意思，但是她想到这以后就是长远的事情，只得指教黄安安说："你得把我抱起来，等我脱下裤子，你再把尿盆放在我的屁股下。"黄安安说："你个母婆娘，和别人睡觉时就没想起我，怎么现在就给我把麻烦惹下了？"崔会平说："你真是老狗记着陈干屎，就是那么一件事，你还能记到下辈子？"黄安安说："人作孽，天在看，这是老天爷报应了。"崔会平说："可是我已经给你把孙子看得上了学，你咋不想着这份功劳？"黄安安再也无话可说，等着崔会平把屎尿拉完，就再把崔会平抱到床上，又给崔会平盖好被子，这才出去洗刷了屎尿盆。

黄大鹏在厨房和着面，黄安安走过来说，那碗饺子馅也不够三人吃，要不让他到谁家再借点菜。黄大鹏说，饺子不够就吃面条，先把今天凑合过去吧。黄安安问儿子怎么就赶着正月初五回来了？黄大鹏说年关的火车票太难搞，再说，他知道母亲这一次回来，可能就再也不能出去了，这就让母亲在他们那边再过一个年，和她疼爱的孙子多待几天。黄安安问儿子，他母亲怎么就坐上轮椅了？黄大鹏说，他母亲患的是骨癌，医生说已经开始转移，让父亲一定要多担待！黄安安一惊说，那就不能手术吗？黄大鹏说，没用，白花钱。黄大鹏还悄声叮咛父亲说，他母亲现在只知道自己是严重的风湿性关节炎，让父亲千万不能把真情说出来，对村里人也要隐瞒着，如果传进母亲的耳朵里，那她很快就会垮掉。黄安安禁不住就叹息了一声说，那她有多疼痛，那她有多难受，最后的日子可怎么熬下去啊！黄大鹏说，他已经托朋友搞了一些高效止疼药，以后主要就是精神安慰了。儿子带回了许多药，为了不让母亲生疑，儿子在包装盒上已经做了手脚。

吃完饭，崔会平和儿子都要休息，黄安安就坐在院子抽闷烟。他一会儿想着崔会平那些不要脸的事情，一会儿又为崔会平深深地难过。出生在大山深处的女人，小时候也没享过几天福，如果没有死在矿井的两个冤魂，他和崔会平很难说能成为夫妻。如今崔会平已经是有今日没明日的人，还能和她计较个什么呢。唉，回来就还是老婆，是老婆就要把她伺候好。人嘛，谁能不犯个错？整天看电视、听新闻，有那么多的大领导、大明星、有钱人，不都是放着自己的老婆不用，睡过的女人甚至是一大群？黄安安也联想到他自己，他不是心里也有个唐春花吗？

说曹操，曹操到。唐春花已经跨进黄安安的大门了。黄安安赶紧"嘘"了一声，把唐春花带到村道上说："我儿子把崔会平带回来了。"唐春花说："你不是说至死都不再相见，她怎么就回来了？"黄安安说："病了，病得不轻，她现在都坐上轮椅了。"唐春花从来就是敢说敢当的人，她同情地唏嘘了一声说："那我就该看看吧？以前都是姐长妹子短，对一个病人更要关心呢。"黄安安说："以后再说，现在她已经睡觉了。"唐春花这才离去说："那就苦你了。唉，我本来是想约你打打牌，听你这么一说，我这心里也难受得啥事都弄不成了。"

04

黄大鹏正月初七就离开了村子。儿子临走时，黄安安和崔会平又吵了一架。崔会平说："大鹏啊，你就不能再陪妈住几天？"黄安安说："儿子是出去挣钱呢。没有钱，咱们是吃屎喝尿呀！"崔会平说："大鹏你瞧瞧，我真怕他把我害死了。"黄安安说："我要害你也等不到这一天！"崔会平说："你小伙就没有那个胆，如果我想死，都不需要你动手。"儿子又发了脾气说："你们都互相让一让行不行？就非得把仇记到死吗？"为了让儿子放心地上路，黄安安就首先服软说："没事没事，你妈都病成这个样子，爸就啥话都不说了。"

黄安安和儿子分别时，还不知道今天就是立春的节气。他把儿子送到北沟那边的汽车站，正要扭头往回走，一辆农用三轮车就突突突地停在他身边。黄安安看清是跛子岗,跛子岗也喊了声"安安哥",黄安安高兴地说:"把他的!有瞌睡就来了个枕头嘛!"说着笑着就跳上了车。跛子岗属于刘庄家族那边的人,本名叫刘岗,因为小儿麻痹症落下的双腿残疾,村里人就叫他"跛子岗"。跛子岗的父母为儿子伤心,没几年竟然双双离儿子而去,只留下了孤苦伶仃的跛子岗。跛子岗和现任村支书刘宏声是本家,刘宏声别的帮不上忙,只能从镇上申请了一笔救助金,然后给跛子岗买了一台农用三轮车,跛子岗进城收破烂,起码也能糊住一张嘴了。

跛子岗开着车,回头对黄安安说:"安安哥,你们黄庄那边有好事了。"

黄安安没听明白说:"咋啦?你找到媳妇了?"

跛子岗说:"我说东,你说西。我说劁猫,你说骟鸡。"

黄安安说:"那你说的是啥好事?"

跛子岗说:"你们老黄家死人了!"

黄安安在跛子岗的后脖子拧了一把回骂说:"你们老刘家才死人了!把他的!腿是个拐拐,嘴咋也变成歪歪了。死了人怎么还是好事情?"

跛子岗知道黄安安那个憨脾气,随即赶紧认真地说:"八叔走了。八叔是不是你们老黄家的人?八叔家里势力强壮,那就可以让村里热闹一阵子。哎呀,现在村里只要有热闹,我觉得就是个好事情!"

黄安安一惊说:"八叔走了?这正月十五还没过,喜气就还在年里头,这样的晦心事,你可不能胡乱说。"

跛子岗说:"八叔是啥人?我乱说不就是找抽嘛!"

黄安安说:"那你是怎么知道的?"

跛子岗说:"今天上午,我在民政局家属院门外收破烂,黄二明正好急急开车往外走,他看见我,就把我叫住了,一下子塞出了两条烟,哭丧着脸就说他家老爷子不行了。"

跛子岗的话，黄安安这才开始相信了。黄安安这就同样感觉到，黄八叔的离世确实是村里的好事情。算起来黄八叔今年已经八十六岁了，以前说八十老笑着埋，虽然现在城里人的寿数越来越高，可是如果把黄八叔放在黄刘村来说，他还是最老的寿星了。

黄八叔说是黄刘村的人，实际上人家老两口就好像自由自在的两只候鸟，三伏天村里凉爽，他们就回来在村里住些日子。秋天渐渐凉下来，他们老两口又双双进城了。谁也弄不清黄八叔哪辈子烧了高香，或者是悄悄巴结了老天爷，八叔和八婶都是农民，再往前算，家族也没有读书的和生意人。黄八叔的时来运转，都是从黄大明开始的，黄大明是黄八叔的大儿子，那一年当了兵就彻底摔掉了泥饭碗，听说转业时已经是营级军官，这就安置到县民政局当了副局长。副局长没有当几年，然后就转成正局长了。黄大明成了黄刘村最大的官，最有出息的人，再接着就把二明三明都弄出去了。黄大明让黄二明在县城先是开了个小饭馆，后来就把生意做大了。黄大明让黄三明先是给县上哪个领导当司机，后来不知道咋日鬼的还弄了一张什么文凭，现在已经是县委办副主任。

黄安安也懒得再多想，他现在只是琢磨着黄八叔的葬礼在哪里办？如果在城里办，那就没有他们的米汤馍；如果在村里办，那他和他的病婆娘都能吃几天现成饭；如果再弄出个大热闹，那就比过年都痛快。黄刘村平时清静得都很少能看见人影影，年轻人结婚，都不会在村里办婚礼。所以，能带来热闹的事情，就剩下去世之人的葬礼了。

跛子岗开着农用三轮车翻过北沟，从那个三岔路口拐过弯，这就进入黄刘村的地界。北沟底的那一条东西大道是县级公路，往西去就是秦丰镇，往东去的沟上边，又是一个丁字口，往北通向县城，往南通向阳泉镇。通往黄刘村的路从南边下来，在这儿就同样形成一个"丁"字形。一根"钉子"插进另一根"钉子"里，也就是黄刘村连接了外边的世界。

黄安安在村口跳下车，还没有进家门，村支书刘宏声就来了电话。刘宏声让黄安安快去村委会，商量一下黄八叔的葬礼事宜。村支书能亲自给黄安安打电话，而且还是商量黄八叔葬礼事宜，黄安安这就有点忘乎所以，没有再想崔会平，就直接去了村委会。

05

黄安安进了村委会，刘宏声立即就把茶几上的一条香烟推到黄安安面前说："你先把这个拿着吧。"黄安安一阵激动说，这怎么还给他行贿了？刘宏声说，烟是跛子岗捎回来的，黄八叔是黄庄那边的人，安葬八叔的事情，就应该由黄安安全盘负责。黄安安简直不敢相信，黄刘村的大头儿有刘宏声，黄庄村民小组组长是黄万民，他黄安安一个平民百姓，咋说都算不上盘子里的什么菜。刘宏声说，他和黄大明黄二明刚才已经通过电话了，他自己是村支书，不可能具体地张罗，黄万民现在连人都找不到，老黄庄那边能主事的人，非他黄安安莫属嘛。

黄安安这才放心地说："那你说现在让我干什么？"

刘宏声掏出一把钥匙说："跛子岗也把黄二明家大门钥匙捎回来了，你赶紧帮他们把院子收拾一下，省得他们回来手忙脚乱的。"

黄安安非常欣喜地说："那我这个大总管，现在就是走马上任了！"

刘宏声说："那当然，你就赶紧忙活吧。"

从村委会出来，黄安安就直接去了黄二明的家。现在黄安安满脑子都是"大总管，大总管"，至于家里还有个病老婆崔会平，不是他不想再伺候，而是已经彻底忘记了。

在农村，凡是村道外边的住户都是新庄基。

那些年，黄大明在县民政局当局长，托关系活动两院庄基很容易，黄二明和黄三明当时的户籍还在村里，后来就同时在村东头挖了地基。两院房子盖好后，黄二明和黄三明没住几年就都进城了。由于黄二明是生意人，户籍就仍然在村里，现在要给老爷子办丧事，灵堂就要搭在黄二明的院子了。

黄安安打开黄二明的院子门，院子里都是砖铺地，砖铺地中间用大理石砌了个梅花型的花木景观。可是周围的院墙角，还是长出了茂密的蒿草。黄安安习惯地自言自语说，把他的，这草木比人的命还硬！这蒿草怎么就从砖缝缝中长出来了？黄安安记得八叔和八婶是去年入秋时才离开村子的，现在这蒿草就已经长出半人高。好在经过冬天的蒿草，枯脆得一拔就断了，黄安安觉得也不用多费什么劲。

当黄安安把院子的蒿草清理干净，又挥着扫帚把院子齐齐打扫了一遍后，黄二明就进门了。黄二明的脸色有点憔悴，平时总是挺得很直的身板，今天都稍稍地弯曲了一点。

黄安安吃惊地问："啊，怎么是二明回来了？"

黄二明赶紧赔着笑说："今天三明还要值班，回村安排的事情，只能交给我这个老二吧。"

黄安安这才问："你们已经把八叔拉回来了？"

黄二明掏出一支烟递给黄安安点着火，神态依然坦然地说："安安哥，这春节的假期刚刚完，紧接着今天又是立春。想起来我们家老爷子也是有福分，很少能有人在离世前遇上春节和立春两个春。"

黄安安说："八叔和八婶，都是福大命大的人啊。"

黄二明急切地告诉黄安安，老爷子马上就进村，后事必须快点办，村里的所有准备和安排，现在一切都是由黄安安说了算！黄安安还想说什么，黄二明已经走出大门说，虽然葬礼在黄庄这边办，可是起灵和埋人还得依靠全村人。他这就过去和刘宏声书记见个面，无论如何都要把礼行走到呢。

黄安安在心里又开始盘算着，现在村里不管办什么事，就都是一条龙的现代化进程。就说办丧事，灵堂、红白案子、乐队，几乎全都是一个电话就搞定。村里需要确定的，也就是几个招呼的人。跛子岗虽然是刘庄那边的人，可他和刘宏声书记是本家，跑路腿脚不方便，那他就是收礼的账房先生了。哑巴黄利贵不能迎客，跑前跑后的端茶递水也是一把好手呢。唐春花当然不能拉下，眼睛活，腿脚利，尤其是个胆大心细的女人家，由她再带几个老女人，把招呼客人那一摊子事，就全交给她们了。

有了这样的全盘布局，黄安安就想回家等消息。

黄安安刚刚走出黄二明的院子，村道那边就开来了一辆救护车。不等黄安安想明白，救护车就停在黄安安身旁了。坐在司机身旁的是黄大明，黄大明跳下车，就声音带着哭腔地叫了声安安兄弟啊！黄安安快速地琢磨着，是不是八叔早就断气了？如果他们把死人拉回来，这可就破了村里最要紧的忌讳——死人从谁家门前过，谁家就要背上很大的霉运。这样的规矩和讲究，黄安安从小就知道，那他黄安安现在这个大总管，那就成了黄刘村的罪人，那就要背上终生的骂名了！可是当救护车的后门打开时，跳下来的人却是几个穿白大褂的人。他们抽出了一副可以升降的担架机，黄八叔就躺在担架上，黄安安这就亲眼看到，担架上还放着氧气袋，黄八叔的嘴里鼻子里还插着几根什么管子呢。那几个白大褂立即就抬着担架往院子走，黄大明也赶紧扶着担架一路絮叨说，爸呀，到家了。老爷子你就睁开眼睛看一看，这就是回到咱们家了。

黄安安跟在后边不知所措，等他们把八叔抬进屋子安顿好，黄大明才走出来对黄安安说："好兄弟，刚才你都看见了，老爷子一进门，出气都好像顺当了一些。"黄安安也就借话答话说："金窝窝银窝窝，还是不如自己的土窝窝。"黄大明说："刚才你已经见过二明了，村里的事情就全靠你了。"黄安安心里兴奋，脸上却挂着哭相说："八叔这辈子把福享了，只要走得安宁就好。"黄大明这就打发黄安安说："听说你媳妇现在是个病身子，那你先把媳妇侍候好，老爷子前天精神时，嘴里还在念叨你安安这些年活得不容易。"这话戳到黄安安的伤心处，他正好就抹着眼泪说："你这边也是冰锅冷灶的，那我先给那几个医生提一壶开水吧？"黄大明说："不用不用，后边的人都要回来呢，啥东西都不缺。"

大门外又停下几辆车，院子里走进一群人，手里都提着大包小包，他们看见黄安安，有的喊爷爷，有的喊伯伯，有的喊叔叔，甚至还有人喊舅舅，虽然黄安安大都不认识，心里也清楚这就叫家大业大，这就叫四世同堂的气派和气势。

06

黄安安回到自己家，走进屋子，眼前的场景就把他吓傻了。崔会平正从厨房里爬出来，手里还抓着一把菜刀。黄安安一把把崔会平抱起来说："你……你这是干啥呀？"崔会平把菜刀抢过来说："要死一起死！我也活得够够的了。"黄安安抢下菜刀说："咱们都给儿子做了保证，这好端端的又死啥呢？"崔会平说："可你送儿子就送得没影了，把我扔在家里让谁管？"黄安安说："对不起，对不起。黄刘村死人了，死者为大，我一忙活就把你忘了。"崔会平又开始哭天抢地说："大鹏呀，蓝兰呀，牛牛娃呀，你们都赶快回来吧！你爸每天都盼我死，你爸现在又是咒我死呢！"黄安安知道这样的婆娘真是惹不起，只能耐着性子说："会平，不是我故意在咒你，八叔死了，啊，不不，八叔快死了。刚才把人已经拉回来了。村里很快就要办丧事，刘书记都封我是大总管，我保证以后对你好，这几天你就忍一忍吧。"崔会平这才止住哭泣说："你心瞎了，鼻子也堵实实了，难道都闻不出我身上的味道吗？在儿子面前你装好人，儿子刚刚走，你就不管我的死活了？"

黄安安把崔会平抱到轮椅上，这才知道崔会平是屎尿拉了一裤子。黄安安一手使劲地拧着自己的耳朵说，不长记性，不长记性，我真是不长记性么。只知道包子馒头在锅里焐着呢，怎么就把老婆的拉屎尿尿忘记了。黄安安把崔会平推进屋子抱到床上，先脱下了老婆的裤子，然后倒来了一盆热水，帮老婆把身子擦洗干净，再换上里外的干净裤子，这又得蹲在院子清洗那几件弄脏了的衣服。

黄安安正洗着老婆的脏衣服，跛子岗就一瘸一拐地进门了。

跛子岗老远就捂着鼻子说："这这这……这咋回事，城里的茅房也没有这么臭。"

黄安安抬头看见跛子岗，跛子岗刚刚洗了头，头发齐齐向后边梳去，好像还在大背头上打了油，在太阳下就明光锃亮的。

黄安安就扑哧笑了说："你别口口声声城里城里的，没毛飞了四十里，都弄不清自己是啥玩意！"

跛子岗再也不敢靠近，就靠在大门上说："哎，闲话少说，你觉得你刚才看见的是死人还是活人？"

黄安安说："噢，你是说八叔吧？活着，活着，活着呢。"

跛子岗哼哼笑了。

黄安安说："咋了，你不信？这是我亲眼看到的，八叔鼻子嘴里都插着管子，脸色也还有些血色呢。"

跛子岗说:"我还是要说城里人,城里人把你哄得卖了,你还替他数钱哩。"

黄安安说:"你真是越说越邪乎了。"

跛子岗说:"刚才我在宏声伯家里看见黄二明,马上就知道他们想把村里人骗到底。这话也可能给你说了,黄二明说他们的老爷子有福气,临死前还过了春节和立春两个春。"

黄安安说:"这没错,我刚才在手机里还查了皇历,今天就立春,立春的时间是半夜时分,我想八叔都能挺到明天早晨呢。那就是过了春节和立春,人家说两个春有啥错?"

跛子岗说:"演戏!这是他们给村里人演戏呢。"

黄安安看着跛子岗一瘸一拐地走远了,又赶紧叮咛说:"喂,账房先生就是你,这几天你可别乱跑呀!"跛子岗不回头也不回答,黄安安冲着他的背影骂了一句说:"谁遇见这个狗东西谁倒霉——吃谁的饭砸谁的锅嘛!"

黄安安正要进门继续洗衣服,忽然从村道里又走来几个老男老女们,希贤伯走在前边询问说,听说八叔回来了?黄安安坦然地说,没错没错,村子里又要热闹几天了。希贤伯的老婆郑氏婶说,可别把死人拉回来了?黄安安仍然一口咬定说,你们不信去看看,救护车还带着几个医生呢。哑巴黄利贵耳聋嘴哑,脑子可比谁反应都快,他拉住了黄安安,意思是说要去一块去。正当黄安安不知所措时,崔会平又摇着轮椅出来了。

崔会平面对那些人大声说:"世事都变成啥了,你们仍然是那些穷讲究!城里人是越活越简单,乡里人还是自己给自己找麻烦。一个个都是穷命催的,整天就闲得学驴叫!"

郑氏婶说:"哟,会平,老先人留下的规矩千万不能改,谁改了谁就是造孽呢！"

崔会平说："你就说我是灾星吧！我可是啥啥都不怕！"

希贤伯说："我们听说黄安安是总管，这就是给总管提个醒儿。"

崔会平摇着轮椅往前冲去说："我们家安安胆子小，走，我就带你们去看一看！"

大家都被崔会平的举止震慑住了。

崔会平仍然不依不饶地说："一个个都是嘴上的劲。那我今天就告诉你们，以后有我在，谁也不能再欺负我家黄安安！"

黄大明对此似乎早有所料，这时候，他已经在人群后边发话说："嗨，好些日子没有回来，这一回来就给乡亲们添麻烦了。"

大家的目光这就全都往后转。

黄大明分发着香烟和糖果说："现在老爷子还在念叨大家呢，医生说是回光返照。唉，人是不行了，老太太马上也要进门，你们都是些老兄弟老姐妹，等会儿先到院子里坐坐吧。"

大家又都面面相觑了。

黄安安赶紧打圆场说："大明哥，救人，救人要紧，这时候我们也就不去添乱了。"

大家这才附和着说了些救人要紧的话，渐渐地就都各自散开了。

崔会平还是愤愤地说："村里剩下的都是穷命鬼，和别人的日子不能比，就总想着在死人身上找碴呢！就是把死人拉回村又能怎么样？村道和地里永远没有鬼，鬼都在每个人的心里呢。"

崔会平一席话，说得黄安安目瞪口呆，他觉得这婆娘家起码也是见多识广，在外边多年长了本事，连讲话都是工作干部的口气呢。黄安安一下子精神起来说，对，不怕。他以后就把崔会平叫老师了。现在他就给崔会平做饭，吃完饭再给崔会平烙一个大锅盔，八叔的葬礼也不知道要几天，他忙起来就顾不上崔会平了。

崔会平说："黄安安你听着，你以后也不能小心眼。"

黄安安说："听着呢。记住了。"

其实黄安安心里也装着鬼，八叔的葬礼说来就来，许多事还是要提前安排，比如让唐春花在丧事时招呼客人，那就得给唐春花打声招呼吧？可是这么多人找他闹事，唐春花就连面也不敢闪，这以后必须面对的两个女人，就成了黄安安的挠头事。

吃完饭，黄安安给崔会平服了药，然后就让崔会平上床休息，这才在院子给唐春花悄悄打电话。唐春花说，她本来还想外出呢，既然村里有大事情，那无论如何也得帮忙啊。黄安安听说唐春花又要走，不由得心里有点发酸，他以为唐春花是故意回避崔会平，不想再在村里待。黄安安难受得半天不说话，唐春花在那边又主动询问说，你黄安安马上就是主持丧事的大总管，把崔会平放在家里谁伺候？不等黄安安想出办法，唐春花就指点迷津说，你赶紧去镇上买一包纸尿裤，这以后你用得上的时候多着呢。

黄安安不解地说："喂，啥叫个纸尿裤？"

唐春花说："有人也叫尿不湿。"

黄安安说："我还是越听越糊涂。"

唐春花说："超市商店的人都知道。"

黄安安赶天黑就把纸尿裤买回来，睡觉时和崔会平又发生了一场争吵。崔会平先是追问这是谁出的主意？黄安安坚称都是自己想到的。崔会平不相信黄安安能有那么个经验，黄安安就拿出崔会平的话激将说，世事都变成啥了，没吃过猪肉，他也见过猪哼哼。崔会平又埋怨这是浪费钱，黄安安说闲时收拾忙时用，平时就还是她男人的两条胳臂两只手。崔会平问黄安安晚上还要忙啥呢？黄安安说，八叔可能随时咽气，那他就要随时走。他们就这样争吵了一阵子，黄安安就让崔会平把纸尿裤试穿了一条。

崔会平这才笑了说："咦，花钱也能买舒服，今天晚上你就安稳地睡觉吧。"

07

今天是正月初八，立春的时分是前半夜，天亮后就进入立春后的节气了。

黄安安今天起得格外早，一是昨天晚上真的睡了一个安稳觉，二是他想着就要进入丧事主事人的角色了。果不其然，当他悄悄走到村子东头时，黄二明的大门上已经挂起了白灵和白幡，黄大明、黄二明和黄三明正在张贴着挽联。院子里已经哭声一片，一口棺材也已经安放在院子一角，棺材前正在搭建灵堂，似乎八叔的遗体已经入殓了。大门前还站着刘宏声，黄安安立即觉得有点失落感，说好是自己当大总管，这怎么就先通知刘宏声了？不等黄安安失落地发问，刘宏声首先迎过来说："唉，人老瞌睡少，我放心不下过来转转，没想到八叔已经走了。"

黄大明接话说："唉，立春了，立春了，老爷子真的熬过了立春时分。"

黄安安这才拿出主事人的口气说："那就赶紧请阴阳先生，停灵几天，书写七单，这都是阴阳先生要办的事情。"

黄大明说："虽然我已经退休几年，但毕竟也是政府的人，何况三明还在重要的位子上，所以刚才刘书记也再三叮咛过，一切都要移风易俗，一切都要从简办事。"

黄安安说："那你们决定停灵几天？接下来我怎么安排事情？"

刘宏声说："三天吧，既然是新事新办，就不能把丧事拉得太长，尤其是三明的工作不能耽搁太久。另外，关键也是从八婶考虑，八十多岁的人了，时间过长她的身体就吃不消。安安，你是主管，你觉得呢？"

黄安安一下子觉得，自己这还是聋子的耳朵，实际上就是个摆设嘛。可是毕竟要听主人的意思，刘宏声刚才的话，也肯定是和主人们商量过了。这样，黄安安对一切表示默认后，就提出了第一个任务说，那他先通知打墓人，虽然八叔和八婶的墓子早几年就箍好了，可现在还是要把箍墓挖开呢。刘宏声也明白不敢把大总管的权威侵犯得太过分，这就赶紧借机赞叹说，他还害怕黄安安是个生手，没想到他考虑得这么周到。哎，大明呀，打墓，打墓，这才是第一要紧的事情！

黄大明掏出五个红包说："也不知当初那三个打墓的人都在不在村里，这就要你安安兄弟费心呢。"说着就把那五个红包塞给黄安安。黄安安故意推挡了一下说："打墓都是三个人，这怎么多出来两个了？"黄大明说："除过三个打墓人，那两个都是你的，你的是双份。一切都要你操心呢！"刘宏声又提醒了一句说："安安，这可是新讲究，新讲究的事情对谁也不能说。黄刘村如果开了这个例，全村人可要骂你哩。噢，大明，你也不能忘了农村的礼行，不管是打墓还是主事，那四样谢礼都不能少！"

黄大明说："那是那是，必须入乡随俗嘛。"

黄安安又在心里笑了一声，入乡随俗你们连阴阳先生都不请？入乡随俗你们把一个高寿的老人停灵三天？入乡随俗你们就和主事的总管站在村道上说事呢？黄安安觉得，还是跛子岗猜得对，说不定八叔就是从太平间拉回来的。往明里说，那就是要让老爷子度过春节立春两个春；往暗里说，那就是让老爷子死在大年初上不吉利。黄安安突然又想起农村人最忌讳的两句咒语：一句是让你死在五黄六月；另一句就是让你死在大年初上。按常理，高寿的老人最少也要把灵柩停放七天，他们匆匆忙忙要埋人，这不是就证实了跛子岗的判断吗？

黄安安心里那样想，嘴里却喊着赶紧联系打墓人，掏出手机就走开了。

可是黄安安很快就犯傻，当初箍墓的那三个人，现在全都不在家，一个说他正在西安的工地上，一个说他还在天津看孙子，只有黄丙成距离近，正在县城的人市上找活儿呢。黄安安知道事情紧，这就高声命令黄丙成说，立即雇出租车往回赶，车费会有人给你报销！本来黄安安还想到了挖掘机，一是觉得挖掘机的费用比人工高；二是觉得肥水不能流进外人田，除过他自己今天也可以参与打墓，另外还有哑巴黄利贵，平时这个哑巴难收拾，让他半天工夫挣五百元的红包，那他就会在心里感恩戴德了。

黄安安他们下午从墓地回来，村道上已经搭起一溜子帐篷，帐篷下桌子椅子也都摆齐全了。村头还停放着两辆车，车里都是炒菜蒸馍的设备，后天埋人，明天起事，今天吃饭的都是村里人，村里人也叫"底窝子"，底窝子们吃饭都随便，用不着七碟子八碗摆一桌。跛子岗和刘庄村那边已经来了许多人，流水席已经开吃了。

跛子岗看见黄安安，立即就嘻嘻哈哈地开骂说："麻雀也有脸，你个主事的大总管怎么又去打墓了？"黄安安说："明天才起事，主事也要到明天。"跛子岗的一只手就往黄安安腰包里掏，黄安安一步跳开说："干啥呢？干啥呢？这究竟是谁不要脸了！"跛子岗说："那我现在给你先把脸留着，过后再找你算账！"说完又提醒黄安安："如今这世事，千万别把什么总管什么主事当回事，你瞧瞧这排场，都是饭店老板黄二明的朋友，黄二明一个电话，立马就说到就到。你自己想想主事还能主啥事？"黄安安说："可是明天的账房先生不能少，你不想当我就找别人了。"跛子岗说："刚才黄三明已经叮咛了，上边的政策现在管得紧，他们把城里的朋友都挡完了，账房明天也不能设。"黄安安彻底泄气地说："都是你个王八蛋，你不煽火我能费这心？"说话间那边又喊打墓人，黄安安带着黄丙成和哑巴走过去，门前就跪倒一群孝子，他们齐刷刷给打墓人磕头行礼，只有这样的礼节不能改。接受完行礼，黄大明黄二明黄三明就簇拥着三个打墓人，刘宏声也从院子里走出来，说是打墓人今天晚上就要吃席呢，吃席就要带酒带菜，孝子们还要敬酒行礼。他们谁也不敢笑话黄安安这个统领主事又跑去打墓了，黄家三个儿子甚至连连敬酒说，感谢主事，感谢总管！包括年迈的八婶，都走过来拍着黄安安的肩膀说："这村里离不开安安呀。只要有安安在，再愁的事情都能解决。"

黄安安和哑巴黄利贵、黄丙成吃完酒席，每人又拿到一条香烟、一瓶白酒、一条毛巾、一包香皂四样谢礼。走出门来，黄丙成和哑巴黄利贵又到帐篷那边看热闹，晚上的村道上一片通明，有人在帐篷下还支起麻将桌，这也是给治丧的主人撑面子，不管是扑克还是麻将，都会玩到后半夜，深夜在灵堂前守灵的孝子们也就不觉得清冷和寂寞了。

黄安安没有玩牌的时间和兴致，他还要先回家侍候老婆崔会平呢。今天崔会平没有抢刀子，黄安安进屋时，崔会平已经坐在炕边的轮椅上打瞌睡。黄安安叫醒崔会平说："来，吃饱肚子再睡觉。"他刚才经过村道上的餐车时，还给老婆带了一大碗烩菜，顺势又抓了几个白蒸馍。

崔会平睁开眼，还是戏弄地说："把大总管当成跑腿的了！"

黄安安又问崔会平明天是不是也去大棚里吃饭？崔会平说，她不去丢那个人！平时见面都是村里人，明天就有四面八方的客人，她怕别人议论她，前世造了什么孽，怎么就变成瘫瘫了？黄安安不愿意再勾起崔会平的伤感，看着崔会平吃完饭，最后又为崔会平更换了纸尿裤，这才放心地继续坚守大总管的岗位了。

08

正月初九就是起事的日子,以前的这一天,大总管最繁忙,可是黄家三个儿子把许多程序都精简了,黄安安操心的事情也不多。他们没有请洋鼓洋号,也没有准备唱大戏,只是唢呐班子还是请了八口乐儿,在黄刘村来说,八口乐儿也是最高的豪华阵容,这一点倒是应和了乡风乡俗的阵势。唢呐班子就带着司仪,司仪就代替了以前由主事者担任的祭祀主持人。黄安安看准了这一点,就提前在心里琢磨着,那就等到天黑吧,天黑后必须露一脸,要不就倒了大总管的牌子,就把终生难得的机会糟蹋了。

黄昏时从各个先人的坟地接回了灵,然后稍事休息就该最后给黄八叔的灵堂"献饭"了。黄安安这才叫来唢呐班子的司仪要过话筒说,这下来就该由他弄一回大总管的事情了。那司仪也是明白人,知道接下来的献饭,也就是村里人折磨孝子们,其实那样的闹腾和折磨,同样是检验孝子们的孝心,检验孝子们的忠诚度。

献饭的程序很简单,但是过程却非常漫长:全部的孝子必须从灵堂的供桌一边围过来,形成一个大圈后,孝子队伍的尾巴就落在供桌的另一边。左为上,右为下,村民们也在左边主孝黄大明身后站成一个长队,每个人手里都分别端着各种各样的日用品和食品,而每个人只能端一样,如此的顺序是:一盆水,一块香皂,一条毛巾。这时候祭祀主持人就会拿着话筒高声吆喝:"请老人的在天之灵净手准备用膳!"

然后首先把半盆水递给跪在首位的主孝,主孝恭敬而缓慢地接过洗脸盆,缩回胳臂把盆子摇三圈,伸出胳臂再摇三圈,高高地举过头顶摇三圈,最后再缓慢地降下来,摇完三圈后才能交给下一个孝子。下一个孝子如此照办,村民们这才把手中的香皂再交给首位孝子。后边的物品非常繁多,一壶酒过来了。一只酒杯过来了。接下来才上筷子、汤勺，一盘又一盘点心，一盘又一盘凉菜，一盘又一盘热菜，一盘又一盘馒头面条之类的主食。最后又是净手的水盆、香皂和毛巾。总之是这一场献饭的程序下来，孝子多的人家，四五个小时就过去了，而且孝子们都会端端正正地跪着，所以每个人都会受不了。

黄安安早就在棉衣下边套了一件西装，现在他把棉衣脱下扔在一边，再在胸前插上一朵大白花，就拿着话筒高声喊："全体孝子们注意了！现在开始献饭，现在开始献饭！"

对于这个突如其来的喊声，全场就出现了一阵吃惊的肃静，随即村民们也开始应声依附说，对，对，献饭！献饭！

刘宏声甚至也赶紧走出屋子说："大明呢？这事还真是应该黄安安主持，老先人留下的规矩，再简化就没有一点点习俗了。"

黄大明就连忙招呼孝子们："集合！集合！"

前来帮忙的村民们，实际上个个都是行家里手，献饭需要的每样物品，他们全记得，一样不会少。一时间，黄八叔的葬礼就出现激动人心的高潮。黄安安指挥得纹丝不乱，发现哪个孝子偷奸耍滑，他还要高声训斥说："喂喂喂，那个谁？骗人也不能骗先人！"孝子中的呻吟声，村民中的嬉笑声，这一折腾就到了后半夜，黄安安终于宣布完毕时，黄大明和几个年长的孝子，都已经爬不起来了。

黄安安意犹未尽，又想在大棚下玩几圈牌，刚刚坐下来，手机就嗡嗡嗡地震动着。他打开手机一看，那是唐春花发来的短信：赶快回家去！家里有病人，你以为你还是自由人！黄安安马上就离开牌桌了。

雨水

两个孩子回来了

01

送走了八叔的亡灵，唐春花就悄无声息地离开了黄刘村。

自从嫁到黄刘村，唐春花就几乎跌入了苦海，几十年的劳累和煎熬，改变了她的性情，也改变了她的心志。唐春花今年五十二岁，虽然还能看出她年轻时漂亮的风韵，保持着长腿细腰的身姿，但是生活和精神的折磨，使如今的她显得非常瘦弱了。早上起来，唐春花就收拾好行李。她本来也想和黄安安打声招呼，可是走在村道上，老远就看见黄安安又和黄二明走在一起，后来就进了黄二明家的院子，唐春花这就有点生气。她早几天就给黄安安说过了，儿子那边好像有事，她必须赶紧去看看。八叔昨天已经入了土，他黄安安还有啥操心的？看来每个人都是巴结有钱的，狗咬穿烂的，唐春花这样想着，就和黄安安不辞而别了。

其实黄安安那天在黄二明家只是吃了一顿饭。不管他这样的大总管是不是挂了个空名头，不管葬礼的议程多简化，黄安安这个主事人，还是要接受黄二明家最后一次酒席答谢。从黄二明家院子里出来，又把黄大明全家和亲戚们送上车，目送着几辆车驶出村道，黄安安这才想起唐春花也要离开的事。虽然唐春花是他的老相好，但是平时连在一起说句话的机会都很少。他不知道唐春花因为什么事情又要离开村子，只想着赶紧见个面，也必须为她送行吧。

黄安安没想到唐春花的门上已经落了锁，这就打通了唐春花的手机问："你怎么偷偷摸摸就跑了？"唐春花也没有好气地说："你只知道高门楼，哪还能记着穷人呀！"黄安安心想她走不远，弄不好才走到北沟底，或者是正在车站等车呢，声音也是匆忙地说："你等我，你等等我，咋说也该给你带点路上的盘缠吧。"唐春花的手机里突然传出跛子岗的声音说："你不仁，春花嫂子就不义。我现在是春花嫂子的专车司机，今天晚上还要陪春花嫂子在县城里住一夜哩。"唐春花赶紧又夺过手机说："你别听跛子岗瞎胡扯，刚才我是出村时碰上了，这就搭他的顺车先进城。"黄安安这才放心了一些。他又问唐春花为什么这么着急地要离开村子？唐春花哀叹说一言难尽，然后就非常简略地告诉黄安安，她儿子在成都市的大酒店当厨师，慢慢地钱挣得多了点，这就和媳妇整天闹事，她必须过去看管紧，不然吃亏受可怜的就是孙子和孙女了。黄安安一下子抱头蹲在地上，怎么就家家都有一本难念的经呢？他现在不是盼望着唐春花快回来，而是盼望着那小两口子快和好，可不敢让孩子遭罪呀！

黄安安知道，唐春花才是村里最苦命的女人。自从她嫁到黄刘村，就几乎没有过上一天好日子。公公是先天性心脏病，后来又患上严重的哮喘病。婆婆和公公也差不多，羊癫风一犯，就倒在地上满嘴吐白沫。那几年，唐春花伺候完这个伺候那个，经常就累得走路都在打瞌睡。两个老人终于离世后，她丈夫又接过了父亲的遗传，哮喘得躺在炕上都不能起来了。唐春花的儿子也不争气，他带着媳妇和孩子在成都打工，明明知道母亲的难处，几年都不回来探望一次。

黄安安能和唐春花好上，完全是共同命运的撮合。

那一年，黄安安离开老婆崔会平回到村子时，在村口就遇上唐春花拉着架子车。唐春花的丈夫黄马驹躺在车子里，似乎已经昏睡过去了。黄安安一把抓住车辕说："又去医院了？"唐春花擦着满脸的汗水说："唉，我的苦啥时候是个头啊？"黄安安说："别说那个丧气话，你坐在车帮上也歇一歇。"唐春花是从镇上的医院把黄马驹拉回来的，还要翻沟上坡，早就累得步履踉跄，现在遇上黄安安帮忙，不好意思坐上车，感动得只是流眼泪。黄安安拉着黄马驹进了村，唐春花缓过劲来，又要自己拉车子。黄安安看出她是害怕村里人说闲话，仍然很坚决地说："你前边去开门。一个村子住着，谁还不能帮谁一把嘛！"在黄马驹弥留人世的那些日子里，黄安安就成了义务帮忙的男保姆，他知道体质瘦弱的唐春花已经很难把黄马驹搬动一下，所以就每天过去两次，把黄马驹抱起来，让唐春花给黄马驹接屎接尿擦洗身子。唐春花开始还满脸羞涩，黄安安说，人一旦成为病人，身上的任何东西都不是自己的了。有一天，黄马驹喘着粗气说，黄安安对他这样好，他都不知道怎么报答呢？黄安安害怕黄马驹有别的意思，就避开报答的话题开着玩笑说，他们的父母都给他们把名字起错了，黄马驹的父母盼望儿子永远是马驹，可是很早就不能活蹦乱跳了。而他的父母盼望儿子永远安宁，可是连老婆都和他胡闹腾。黄马驹连哭的力气都没有，只是拉着唐春花的手说："我……让你受了多少年的委屈，安安他……他也太辛苦，你们想好，你就别让安安回去了。"黄安安立即起身说："马驹呀，麻雀都有个脸，何况人呢。只要你还有一口气，唐春花就还是你老婆。"

黄安安和唐春花真正好上，已经是黄马驹病逝之后的事情。埋葬了黄马驹，唐春花也累得住了院。唐春花住院没有告诉任何人，她打电话把黄安安叫进县城说:"如果没有你,我都不知道能不能活到今天呢。"黄安安说:"那你住院怎么就不告诉我?"唐春花说她这是累出的病,休息几天就过去了。黄安安又问唐春花还需要他帮什么忙?唐春花嗔怨黄安安真是一个憨憨货,她现在是自由身,黄安安也和光棍差不多,世事都变成啥了,他们都应该为自己好好活下去。当他们在宾馆的被窝里搂在一起时,黄安安甚至还心疼地说:"咱们再等一等,我都害怕你的身子受不了。"唐春花已经急不可耐地说:"安安,你快,你快……我也是女人,我已经多少年……没有过这个事情了。我要你,我要你,我要你啊!"黄安安这才爬上了唐春花的身子,不过他还是小心翼翼,唐春花真是瘦成了骨架子,他生怕把唐春花压垮了。黄安安对唐春花越是心疼,唐春花对黄安安也越是喜欢,唐春花燃烧起爱的烈火,这把黄安安的爱也点燃了。完事后,唐春花就泡在汗水里,黄安安不让唐春花动,他用浴巾替唐春花擦干了身子后,又把唐春花拥抱在怀里问,唐春花娘家在贺家镇,那里可是平原地带,唐春花为什么就要嫁到四沟里的黄刘村,甚至还逢上了那么一家病病歪歪的人?唐春花这才老实地说,她年轻时曾经有过一次短暂的婚史,那男的是县税务局副局长的儿子。结婚才一年多,那小伙就因贩毒吸毒被抓进去了。这样的案子也连累到唐春花自己,公安调查了一段时间,尽管洗刷了唐春花的清白,但是在那一片村子里,这就把唐春花的名声搞臭了。家里和亲戚们都很着急,唐春花也想尽快地逃避。黄马驹在贺家镇的亲戚一提亲,唐春花就迫不及待地把自己嫁到黄刘村了。唐春花是哭着说完的,还问黄安安会不会嫌弃她这样的女人?黄安安也是两股子眼泪说:"老天爷为什么这样狠心呀?想不到你受过这么多苦,以后只要我黄安安在,就不能让你再受委屈了!"话是这么说,实际上黄安安和唐春花也是半年数月才能那个一次。唐春花的儿子和儿媳都在成都打工,他们的两个孩子都很小，唐春花终于获得了自由，儿子和儿媳紧接着就又催促唐春花去成都帮助他们看孩子了。今年的春节，唐春花能在村里过，也是因为唐春花和儿媳闹矛盾，儿媳一气之下就辞了工作，两个孩子由儿媳亲自带，这也是变着法子把唐春花赶回农村了。唐春花和黄安安都在村里时，又从来不干那样的事情。用唐春花的话说，虽然村里已经没有多少人，但是还要顾及别人的眼睛，顾及别人的感受，如果那样的事情上了瘾，那就没有不透风的墙，就会被唾沫星子淹死，那就不好在村子里待了。

不等黄安安从烦乱中想明白，唐春花又把电话打过来了。唐春花再三劝说黄安安，对于崔会平一个病人，一定一定要尽心尽力，以往的事情就让它过去吧！别说崔会平是重病缠身，即就是仍然健健康康，再也不要讽刺和挖苦。黄安安说，在黄刘村，没有比唐春花再苦的人，唐春花都能熬过来，那他一个大男人，还有什么坎跳不过去呢！

02

崔会平这几天还算安宁，就是又成了电视迷。黄安安给她服完药，她就整天坐在电视机前，手拿遥控器又不好好地看，电视里是爱情剧，崔会平就骂骂咧咧地说："骗人，骗人呢！这世上哪有什么爱情，如果你媳妇也成了瘫痪，说不定你比我家黄安安还要嫌弃得快。"电视里是战争片，她又会立即换台说："都安安宁宁的有多好，成天怎么就是杀人放火呢。"电视里是警匪片，她又大呼小叫地说："瞎尿，瞎尿！这些东西要赶紧收拾呢！"骂累了，困乏了，也是止疼药产生了麻醉，她忽然就倒头呼呼地打瞌睡，似乎这个世界上啥都不顺她的心。

黄安安进门说："今天太阳暖烘烘的，你想不想去镇上游玩游玩？"

崔会平又睁开眼睛说："啊，你是到镇上看谁呢？"

黄安安说："我都不敢离开你一步，还敢看谁。"

崔会平说："那就哪里都不去，丢人也让我丢在自家屋子里。"

黄安安没办法，他知道久病的女人会变态，变态的病人不敢惹，就坐在院子想抽一支烟。黄安安刚刚把烟点着，禁不住又走到村道上，他还承接了老黄家三个儿子留下的一个任务：死人的坟头到晚上，要连续三天烧一堆火，黄刘村人把那叫"打怕怕"，意思是刚刚埋葬的人，到阴间还是人生地不熟，到晚上也会孤独和害怕，火光会给灵魂壮胆，尤其会把那些孤魂野鬼吓跑了。也是黄安安拿人的手短，吃人的嘴软，像这样的差事谁都不愿意主动承揽，可他却自觉自愿地说，让八婶赶紧进城好好休息，"打怕怕"的事情不是孝子也能办。闲着也是闲着，抱一堆麦秸草，烧一堆火能是多大个事情。黄大明他们正好就借坡下驴，把后两天的"打怕怕"留给黄安安了。黄安安觉得现在没事，从自己门前的麦秸垛上抽出一堆麦秸草，心想趁白天抱到坟地里，到晚上只需要点着火就行，白天总比晚上方便啊。

刚刚把麦秸草抱起来，黄安安忽见哑巴黄利贵背着一个蛇皮袋子走过来。他比画着问哑巴背的啥东西？哑巴用鼻子哼哼了几声，黄安安就明白他背的是猪饲料。哑巴还指了一下北沟那边，那边就是两条公路衔接的三角地带，再还有人来往的汽车站，许多商户就在那个三角地带开起门店，平时也热闹得如同集市了。

哑巴黄利贵并不是光棍汉，他也是儿女双全的有福人。儿子先是在浙江金华市打工，见那边的钱好挣，后来又把媳妇和妹妹妹夫都叫过去了。哑巴黄利贵本来也和老婆一同跟着儿女住了过去，可是半年不到哑巴自己就跑回来了。这样的分别大家都明白，哑巴是个非常勤快的人，聋哑人打工没人要，他又好生爱面子，尤其也舍不得撂荒了村里的花椒地。冬天地里没有活，可是他在后院还养着一头猪，这就给猪买饲料去了。

黄安安看见哑巴黄利贵，马上就想把自己的活路转嫁出去。

黄安安向哑巴比画说，这两天办葬礼，他是不是让哑巴占了许多便宜，很容易地挖了个墓坑子，五百元就到手了。从各个饭桌上撤下来的剩汤剩菜，也是他让哑巴端回去喂了猪。

哑巴连连点头表示感谢。

黄安安这就指指怀里的麦秸草，又比画着坟墓的样子，再从腰里掏出一个打火机递给哑巴黄利贵。

哑巴迟疑地看着黄安安，意思是说他又不是孝子，凭什么要给人家的老爷子"打怕怕"呢？

黄安安知道这家伙很贪小便宜，又把自己刚刚拆开的那盒烟拍在哑巴的手里。

哑巴这才痛快地答应了。

黄安安不由得骂了一句说："你也是个蹬鼻子上脸的东西！"

哑巴还以为是感谢他，连连地摆着手，意思是说"不必不必"。

黄安安尽管知道哑巴不会偷奸耍滑，只要是哑巴答应了的事情，就可以放心。但是天黑后闲得没事干，他还是悄悄躲在村外的一个墙角，远远地观察着哑巴会不会应付了事。他看见哑巴确实办事很认真，不但又多抱了一些麦秸草，在东沟岸边的坟地点着后，还要把麦秸草铺撒在整个坟头上。

唯一让黄安安感到遗憾的是，有一点辜负了八婶的反复叮嘱，晚上给新坟地的魂灵"打怕怕"，点着火还要念念有词："打，打，打怕怕，小鬼来了不怕他！他打你，你打他，哪怕打成一疙瘩。"如此反复地念叨，同样是给死人壮胆助威。可是这样的助威呐喊，哑巴黄利贵就无法完成。对不起就对不起吧，说到底都是活人骗死人，黄家三个儿子如果有孝心，自己开车就回来了。县城距离黄刘村也就是五十多里路，开车能用多长时间呢？

黄安安从村外往回走，嘴里就还在念叨着说："有权好，有势好！几桶喂猪的泔水和半盒烟，就先把哑巴拿下了。"有了这几天当大总管的经历，黄安安甚至都有点官瘾了。如果不是那几天当了总管和主事，也就没有机会自己挣钱，让哑巴也跟着沾光。如果不是他让哑巴把那些泔水提回去喂猪，那哑巴还能这么痛快地听他指挥吗？

黄安安胡思乱想着，这就又接到唐春花的电话。

唐春花说她早就坐在火车上了，临睡觉前就先给黄安安报个平安。黄安安问她买没买卧铺，唐春花说她都不敢进餐车，哪还敢花那个闲钱呢？黄安安觉得自己纯粹是用嘴糊弄人，死人可以随便骗，这样的活人可不能哄。通完话就用微信给唐春花的手机发了个红包，五百元也是一点点心意。当总管和打墓挣来的一千五百元钱，黄安安就把一千元交给了崔会平，虽然他知道崔会平现在也不会花钱，而且儿子还给母亲留下了三千元的买药钱，但是对病人就要发善心，对病人就要让她高兴。黄安安心想唐春花也知道崔会平的脾气，在心里一定会理解他的良苦用心。

可是黄安安还没有进家门，唐春花又把钱转了过来，用微信语音还留下一句话：以后少来这一套，你把我看成啥人了？

黄安安也用语音说：大忙帮不上，一点点心意你也不领情？

唐春花又用语音说：崔会平现在最重要，你自己也多多保重吧！

黄安安用语音说：那你就早点休息，记得到站报平安。

唐春花再没有回复什么，连声音都消失在茫茫的黑夜里了。

03

唐春花是第二天上午到达成都火车站的，接她的是儿媳陈艳红。陈艳红生着一张方盘大脸，以前村里人都说那是福相。可是现在陈艳红的脸色很难看，蜡黄的脸庞都好像瘦了一圈。唐春花看出她和儿子黄继先闹事也不是一天两天了，如果不是闹得不可开交，陈艳红也不会打电话把她催过来。

唐春花抓住陈艳红的双手说："萍萍和山山呢？那两个崽娃子也不来接奶奶。"

陈艳红说："他们还在补习班，不是害怕耽搁他们，我咋能让妈过来呢。"

唐春花埋怨说："补习，补习！怎么到哪里都要让娃补习呢？这还没过正月十五，让娃好好地耍几天有多好。"

陈艳红说："你不知道你儿子那个眉眼，有时候几天都见不上娃的面，我看他迟早要把这个家拆散了！"

唐春花知道事情也不能急着问，就拉着陈艳红说："回，先回。"

陈艳红想拦一辆出租车，唐春花又赶紧提醒说，陈艳红现在也没有工作，全家就靠黄继先一个人的工钱吃饭，这怎么还敢坐出租车？唐春花说她记得儿子的住处距离火车站不过就几站路，以前她每次来成都，都是步行走过去。陈艳红说，他们又搬家了，现在住的地方离车站远，坐公交就要倒几次车呢。

唐春花说："倒车就倒车，有你在，还怕把妈跑丢了？"

陈艳红突然就急躁地说："妈，你就不要再犟了！后边的日子我都不知道怎么过，还想着给谁惜疼钱哩！"

唐春花再也没有和陈艳红争执，好像一下子就变成了木头人。

来到儿子的新住处，唐春花这才弄明白，原来是儿子黄继先又换了另外一个酒店当厨师，每月的工钱也由六千块涨到八千块，这就租下两居室的小单元。附近还有一家小学，陈艳红接送孩子也方便。这么好的日子，村里人听说后都会眼红的，他们又开始闹什么事呢？

陈艳红告诉婆婆说，以前黄继先把每个月的工钱全都交给她，需要零花钱她也从来没有抠唆过，可是现在工钱多了，黄继先每次交钱竟然越来越少了。唐春花说，男人么，换了新地方，就要结交新的朋友呢，和朋友吃饭呀喝酒呀，有时候可能还会玩玩牌，让陈艳红也不能把黄继先看管得那么紧，成天斗心眼有啥意思呢！陈艳红说，她把唐春花叫来也没有给黄继先说，如果唐春花不相信儿子黄继先的心变了，那么今天晚上就可以看一看，看黄继先到什么时候才能回到家。唐春花仍然固执地说，初来乍到的大厨师，开始就要多些应酬啊。就是黄继先不请别人，别人也会和黄继先这个大厨套近乎。

陈艳红抹着眼泪说："妈，你是女人，我也是女人，女人的感觉不会错。"

唐春花说："你们才搬来几个月，这还能有个什么感觉呢？"

陈艳红说："那你就自己观察吧，他肯定是外边有人了！"

唐春花现在还没有震惊，他知道儿子也是苦过来的人，小小年纪就死了爷爷和奶奶，一直病病歪歪的父亲，也没有给他过多的疼爱。为了把儿子养活成人，她甚至都没有让儿子承担家里的重负。母亲用单薄瘦弱的身躯，一直支撑着那个破败的家，好不容易把三个病人都送终，儿子黄继先能不知道？这些当妈的忘不了，儿子要变也不会变得这么快。

说话间就到了放学的时间，唐春花要和陈艳红一起去接孩子，陈艳红坚决把唐春花按住说，婆婆一路有多累，在火车上也肯定休息不好。稀饭早就压在电饭锅里了，让唐春花现在再炒两个菜，娃回来啥话先不说了。

孙女黄宝萍和孙子黄宝山听说奶奶过来了，就一路小跑地先进了门。

唐春花把两个孩子搂在怀里，亲亲这个，亲亲那个，心里刚才结下的冰块就先融化了。唐春花把几盘菜已经放在桌子上，陈艳红也是一副高兴的样子舀来了稀饭。有孩子在，婆婆和儿媳的话题就全是孩子，孙女黄宝萍已经上四年级，孙子黄宝山也上了二年级，孩子们都开始懂事了，懂事的孩子就不能给他们心里浇脏水。

吃过饭，唐春花问下午再不去补课了吧？陈艳红说，这边是区上的重点小学，他们又是刚刚转来，各门功课都要补一补，不赶紧补习就跟不上趟了。唐春花见儿媳这样说，就觉得儿子和媳妇也不会有多大的矛盾。疑神疑鬼的事情，让陈艳红忍让几天就过去了。

萍萍和山山吃完饭也要休息一下，唐春花这才走进两个孩子的房间，屋子里支着一张架子床，窗前再摆着一高一矮两张小桌，这就把屋子几乎占满了。唐春花知道这张架子床也是从以前租赁的屋子搬过来的，平时孙女睡上边，孙子睡下边，如果她从农村来，就只能在下边的宽床上和孙子山山一起睡。

山山说："奶奶，我和姐姐一会儿又要走，你就睡里边好好休息。"

唐春花说："好好，奶奶真是有点累了。"

唐春花也没有睡踏实，囫囫囵囵地眯瞪了一会儿，睁开眼就看见屋子里已经没有人了。她知道陈艳红又去送孩子，想了想还是要赶紧告知儿子一声。你妈已经远远地赶来了，你小子可能仍然蒙在鼓里呢！打断的骨头连着筋，当妈的还是对儿子偏心一些。

唐春花拨通儿子的手机说："继先，你最近没事吧？"

黄继先在电话里说："妈，儿子都快累成狗了。这刚刚从厨房出来抽支烟，里边又喊着客人们催促上菜呢。"

唐春花说："艳红和孩子都好吧？"

黄继先说："都好都好，妈你就尽管放宽心！"

唐春花说："我已经到你们家了，晚上没事早点回来！"

黄继先愣怔片刻，似乎还是不相信地说："妈你别骗我，我这边刚刚搬了家，一切都是乱糟糟的，等以后安顿顺当了，我就会叫你来。噢，是不是陈艳红给你说啥了？"

唐春花说："我真的来了，就是艳红叫来的。你们之间有没有事，你自己先掂量掂量。"

黄继先不知嘟囔了一句什么话，他就首先把电话挂断了。

04

这天晚上，黄继先还算按时回了家。

酒店的大厨师，即使按时回来也是静街的时候。两个孩子已经入睡，三个大人就坐在客厅里说话。陈艳红泡来了一壶热茶，双手先端给唐春花一杯，又双手端给黄继先一杯。黄继先没有接茶杯，而是冷冷地发问说："陈艳红，你究竟想干什么呀？"陈艳红还是笑着说："过年咱们也没有回家，现在咱们又搬了新家，妈总该过来看一眼吧。"黄继先继续质问说："这是我妈，这么大的事情你为啥不告诉我？"陈艳红以前也是暴脾气，可是今天却一直乖巧地说："妈，你看你儿子，我想让他惊喜一下，这就好像犯了多大的错误了。"唐春花赶紧插话说："继先，妈也觉得你长脾气了，你们的日子越过越好，可不敢让别人看笑话。"

黄继先这才忍住气说："一身的瞎毛病，把自己的毛病还当本事呢！"

陈艳红一直把那杯热茶捂在手里，整个身子都没有落座。她不知再说什么好，婆婆唐春花是她搬来的救兵，那就必须让婆婆安宁下来。婆婆如果长住下来，那就是家里的纪检委，那就是全家的稳定器。就算是黄继先心野了，那他也得收回来。

静场了一会儿，陈艳红才放下茶杯说："妈，今天晚上我陪两个孩子睡，你们娘儿俩好好说说话。"

唐春花立即否决说："别！哪有把你们小两口拆散的道理。"

陈艳红又笑了一声说："两个孩子的夫妻了，虽然不敢在妈面前称老夫老妻，但是让妈好好和儿子说说话，这也是我们的孝心呢。"

唐春花说："萍萍和山山也够你操心的，你还是进自己的屋子睡。我和继先说会儿话，睡觉时，我还是要陪孙子。"

陈艳红进了屋，一进去就把房门带紧了。黄继先现在和母亲坐在一起，眉眼才温顺了一些。唐春花说，她知道儿子忙，学个手艺也不容易，既然现在工钱多，她也不是儿子的拖累，在村里能养鸡，能种地，自己一个人吃饱穿暖也不用任何人操心。

黄继先问母亲说："去年你为什么要从成都回去呢？"

唐春花听出黄继先这是要把罪责往陈艳红身上推。

以前陈艳红也不是省油的灯，动不动就会冲着孩子指桑骂槐，唐春花做饭做多了，陈艳红说，不要把城里当农村，农村的剩饭剩菜可以喂鸡，城里的剩饭剩菜就白白倒进垃圾桶里了。唐春花说剩下的饭菜她自己吃，陈艳红说谁生了病都是病，谁花的钱都是家里的。唐春花有时候做饭少了点，陈艳红又会阴阳怪气地冲着孩子说，哟，你们都是黄家人，你奶奶这是独独少了我一份吧！对于管教孩子的事情，两个人顶牛的时候更多。唐春花让孩子多玩了一会儿，陈艳红就唠叨说，你自己的儿子没念几天书，现在只能是个做饭的。如果宝萍和宝山再和他爸一样，那就什么都指望不上了!

唐春花开始还能忍,后来就觉得心烦了。有一次唐春花就质问陈艳红,我做什么都不对,是不是离开你,你就满意了?陈艳红说,我说什么了?我说什么了?啊,你要走也只能和你儿子说,可不是我把你撵走的。唐春花也不敢给儿子告状,只说是她在城里烦得慌,这就赌气回了村子。

现在儿子这样问,唐春花又得把谎圆回来,唐春花说:"婆媳嘛,哪有勺子不碰锅沿的。"

黄继先依然还是那句话:"你只说,你为什么要回农村?"

唐春花说:"人么,谁都会慢慢改变的。今天艳红能叫我来,这就是对妈孝顺呢。"

黄继先说:"哼,势利眼!那是她害怕我把她蹬了!"

这样的话就好像一声天雷,唐春花一下子转眼失色。看来陈艳红绝不是疑神疑鬼,不管是女人的感觉,还是抓住了什么把柄,儿子黄继先的这句话就已经让当妈的难以入睡了。

唐春花几乎是乞求地说:"继先啊,不管你是外边有人,还是从心里对艳红开始不满意,你都要赶紧把心收回来,不为别人,也得想着萍萍和山山两个孩子呀!"

黄继先说:"妈,没有你想得那么严重,有人以前对你不好,我就要让她也难受难受。"

唐春花说:"妈已经是五十多岁的人了,只盼着你们安安宁宁的。你如果是替妈出气,反倒就让妈心里害怕,心里难受。"

黄继先说:"你一天一夜都没有休息好,睡觉,现在睡觉。"

唐春花知道现在也说不清,弄不明,反正自己已经来了,来了就看着他们还会怎么闹。唐春花甚至觉得以后有她在,儿子脾气就会慢慢变好了,至于儿媳妇陈艳红，就更加会变得和颜悦色的。人常说，家有一老，如有一宝，老人不仅仅是家庭的和事佬，也是家庭的柔和剂，而且还是孩子们的保护神。黄继先和陈艳红，可以在心里继续斗气，来到母亲和婆婆面前，哪怕是强装也都要把笑脸装出来。这样想着，唐春花也就暂时放下了心。她悄悄推开那个小屋的门，两个孩子都呼呼地睡着了。睡在架子床下铺的小山山，自己紧紧地靠着墙，把床铺给奶奶留了一多半。

听着两个宝贝均匀的呼吸，唐春花自己也渐渐进入梦乡了。

05

第二天早上，唐春花还躺在被窝里，陈艳红就进门喊两个孩子快起床。

唐春花说了声，天还这么早，让娃再多睡一会儿吧。陈艳红不和婆婆说话，只是不停地喊着快点快点！萍萍不敢磨蹭，很快就从架子床上下来了。山山今天可能是仗着奶奶的势，仍然赖在被窝里不动弹。陈艳红一下子拧住了儿子的耳朵，硬是从被窝里把山山揪了出来。

"疼！疼！奶奶救我，奶奶救我！"山山捂着耳朵说。

唐春花坐起身子呵斥说："艳红你今天是吃了枪子了！进补习班又不是去学校，哪有你这样急急火火的！"

陈艳红没理唐春花，还是冲着山山说："你老子是祖宗，你也想当小祖宗了！"

唐春花忍耐着没有再说话，看着两个孩子穿好衣服出了小屋，自己也就准备起床了。她知道儿子平时都是睡到很晚才起来，酒店的厨师，要到九点以后才上班。两个孩子的早点很简单，以前陈艳红都不让她插手，有时候一片面包一瓶奶，有时候他们就在外边吃。所以，唐春花今天也不想打乱以前的习惯。她知道，儿子黄继先才是家里的顶梁柱，必须让儿子休息好。如果几个人在窄小的客厅里吃饭说话，就会把儿子黄继先吵醒了。唐春花穿好衣服也没有出门，她又听见陈艳红在外边骂骂咧咧地说："看啥呢？咱们家真是出神弄鬼了！"接着陈艳红就推搡着两个孩子出了门。

等到外边安静下来，唐春花才从小屋里走了出来，可她立即吃惊地发现，儿子和儿媳的卧室门已经大开，床上只散乱着一条被子，也不知是儿子走得早，还是根本就没有上床睡一夜。唐春花瘫软地坐在客厅里，禁不住就流下心酸的泪水。唐春花这才渐渐相信了陈艳红的感觉，她自己的男人都不上床，她自己的男人半夜三更都跑走了，陈艳红对别人对孩子，那还能有好性子吗？可是儿子黄继先这个狗东西，究竟是谁把他迷住了？你老妈远远地过来看你，你就连一天都不能忍耐一下，都不能让她放心吗？

唐春花拨通了儿子的手机说："喂，继先啊，你这是不让妈活了呀！"

黄继先对母亲倒是平和地说："妈，以后有你享福的日子，这你就放心吧。"

唐春花说："那你为啥都不在屋里住了？"

黄继先说："是她首先不像话！什么事都敢自己做主的女人，她的眼里还有我吗？"

唐春花说："我看是你故意找艳花的茬，是你起了歪歪心！"

黄继先说："妈，你把你自己的身体保养好，我们的事情你再不要操心了。"

陈艳红从外边回来，甩上门就冲进自己的屋子里。唐春花推开门走进去，陈艳红又爬在床上号啕大哭了。

唐春花说："艳红，你先别伤心，有妈在，妈就给你做主呢。"

陈艳红说："看见了！这你都看见了！这还是人过的日子吗？我把他

亲妈叫进城里，一片孝心倒成了驴肝肺！他现在就拿这说事，明明是倒打一耙嘛！"

唐春花走进去搂着陈艳红的肩膀说："你们刚刚搬过来不久，他可能在单位也不顺心，忍字头上一把刀，自家人就不能忍一忍？"

陈艳红霍地站了起来，在门口换上了旅游鞋，又气冲冲地出去了。

中午陈艳红也没有接孩子，萍萍和山山就自己回来了。

两个孩子一进门，就问妈妈到哪里去了？

唐春花大惊失色地说："我……我还以为她是接你们去了。这……这连孩子都不管，以后的日子可怎么办呢？"唐春花已经把饭做好端在桌子上，可是两个孩子都不动筷子。唐春花说大人的事情，孩子们不用操心。萍萍就伤心地哭了说，她好些日子都没有见到爸爸的面了，有时候打电话也不接。山山的年纪还比较小，不知道该说什么话，看见姐姐哭，眼泪也吧嗒吧嗒地往下掉。

唐春花哄劝孩子吃了饭，下午接送孩子就是她的事情了。回来时走在街道上，正想着给谁把心里的苦楚倒一倒，黄安安正好就来了电话。

黄安安说："春花啊，说好让你报个平安，这怎么就无声无息了？"

唐春花强忍心里的难受说："一言难尽，一言难尽啊！"

黄安安还是他那个憨脾气说："把他的！这老天爷为什么总和咱们过不去，你又遇上啥难处了？"

唐春花心想自己很可能又要很快回到黄刘村，如果两个孩子没人管，她就会把孩子也带回村。回去后，孩子的上学又成了问题，这就要提前做打算，出了这样的大难题，她就试探地问黄安安说："哎，安安，你和北沟那边的高家村小学的人认识吗？"

黄安安一听就急了，说："你想干啥呢？你想干啥呢？"

唐春花说："假如我把两个孙子转回来，这就要提前托人呢。"

黄安安似乎是一蹦三尺高："你这是疯了吗？你想想咱们全村还有几个娃？每个人都说再苦不能苦孩子，别人都寻情钻眼地让孩子进城去上学，你怎么就想把娃转回来？"

唐春花苦笑着说："假如，我是说假如。万一必须转，你想想找谁帮忙好？"

黄安安急切地询问唐春花到底出了什么事。唐春花仍然不想家丑外扬，只说城里的学费太贵太贵，儿子和儿媳现在也没有找到好工作，如果真的要回去，这事情就得提前考虑呢。黄安安这才叹息地说，那他就提前给刘宏声刘书记打声招呼，刘宏声的儿子就是阳泉镇中心小学的校长。北沟那边的高家村小学，距离黄刘村最近，现在农村的小学都好进，可能都不用托人呢。唐春花这就赶紧说，那就对谁都先不要说，如果需要请刘宏声帮忙，也就由她自己说。这人托人的，弄不好就闹出是非了。

黄安安噎着声说："春花，我能猜出来，你肯定又遇上更难更难的事情了。"

唐春花这就一下子哭了说："安安，我不是故意想瞒你，是觉得你身边还有个重病人，这就……这就不想让你再为我难受了。"

黄安安又打起精神说："我不怕，你也不要怕！再难的事情，我也会帮你扛过去！"

唐春花说："那你先把崔会平照顾好，有什么事情，我会和你联系的。"

黄安安说："船到桥头自然直！我就不相信，咱们会苦命一辈子！"

06

五天之后，黄继先就和陈艳红彻底摊牌了。

这几天，陈艳红白天已经忙着给自己找工作，晚上就去盯黄继先的梢。昨天晚上，这就把黄继先和一个女人堵在另一处的出租屋子里。三个人厮打在一起，最后都惊动了派出所。派出所首先弄清陈艳红是受害者，虽然用棍子打人不对，那也仅仅是批评教育。

陈艳红带着满脸的伤痕走进门，唐春花以为陈艳红遭到车祸，连忙搀扶着陈艳红的胳臂要带她去医院。陈艳红铁青着脸说，法院都管不了她的事，还去医院干什么？让唐春花就别费那个心了！唐春花问到底发生了什么事？

陈艳红说："明天你儿子回来你就知道了。"

萍萍和山山这几天睡觉都不踏实，听见外边母亲和奶奶说话，担惊受怕地把房门拉开一条缝，看见妈妈脸上的伤，这才双双跑了出来。

萍萍扑进陈艳红的怀里哭喊说："妈，你这是怎么了？你这是怎么了？"

陈艳红把萍萍抱在怀里，可是那样的丑闻又不好给女儿说。

山山也紧紧抱着妈妈的腿说："谁打妈妈了？谁打妈妈了？"

陈艳红把两个孩子搂在怀里，这就只能冲着唐春花说："你养了个好儿子，你儿子究竟是个什么货，现在你总算明白了吧？！"

唐春花一句话都不能说，尽管她已经明白出了什么事，只是不想在两个孩子面前把根根底底刨清楚。陈艳红把两个孩子向自己的屋子拉去说："走，今天晚上和妈妈睡。"唐春花这才提醒说："艳红，你身体不好，还是让我陪孩子睡吧。"陈艳红回头说："我很快也要开始上班，自己的日子自己过。说不定以后就很难见到我的两个宝贝了，这几天我就和他们睡。"唐春花想问孩子明天还去不去补习班，话还没出口，陈艳红已经把门关上了。

唐春花一夜没合眼，打儿子的电话，电话没人接。她就那样一直在客厅坐着。刚开始唐春花还觉得天旋地转,脑子里到处都是倒塌的声音。后来又是无声的哭泣,她知道现在离婚也不是什么稀罕事,只是担心亲爱的孙女和孙子以后怎么办?儿子黄继先那个狗东西如果再娶了人,就不可能把孩子管得让她放心。至于陈艳红,人家也要过自己的日子呢,别说会不会很快找到男人,就是一直不想找,整天东奔西跑的,也还是对孩子不会尽心。唐春花坐在那儿想着想着,陈艳红把房门又拉开了。唐春花以为陈艳红又想出来和她说话,还没弄明白,她发现萍萍和山山也一个一个地走出来。萍萍和山山都换上了新衣服,出来后还在揉着惺忪的睡眼。

唐春花这才发现,天已经亮了啊。

唐春花甚至有些欣慰地说:"萍萍和山山又要上学了。"

萍萍看见奶奶惊讶地说:"奶奶你也起来了?"

山山跑过来也要和奶奶吻别。

陈艳红没有和唐春花说话,她只是拉过了两个孩子说:"快走,从明天开始,妈妈也要早早上班,以后就不能按时接送你们了。"

唐春花连忙接住话茬说:"有我呢。奶奶以后就接送你们。"

唐春花原以为一场打闹,儿子可能就清醒了。尤其是共同心疼两个孩子,亲骨肉也会紧紧牵住陈艳红的心。她这就开始收拾屋子,两个孩子昨天晚上突然被陈艳红叫过去睡,架子床上的被子都没有叠。唐春花刚刚把被子叠整齐,再出来烧了一壶水,儿子黄继先就步履跟跄地进门了。黄继先头上也起了两个大包,包扎着纱布的周围还能看清淤青的颜色。

唐春花没有安慰没有心疼,声音也是冰冷地说:"自己的罪自己受!"

黄继先似乎也是一夜未睡,他长长地打了个呵欠,然后就神情坚定地坐下来,由黄继先嘴里说出的话,现在也变成了一块块冰冷的石头。这些石头砸向了别人,也砸向了自己的母亲。黄继先说,他现在已经成了一头死猪，死猪就不怕开水烫了！唐春花问黄继先是不是真的在外边好上女人了？黄继先果决地承认说，对！她叫朱微微，朱微微还是一个姑娘家！唐春花一下子气得不知道该说什么好，黄继先也不给母亲说话的机会，说，现在他过来，只是给母亲说一声，他肯定要和陈艳红离婚，就是天王老子劝说都没用。至于两个孩子，当然永远是他黄家的血脉，陈艳红想带就让她暂时带，等他在那边和朱微微正式办了手续，然后再租好房子，很快就会把母亲和孩子们接过去。

说话间陈艳红也回来了，陈艳红谁都没有看一眼，就走进自己的屋子，提出来一个早就收拾好了的大提包，然后又走出房门口。

黄继先说："陈艳红，那我们什么时候办手续呢？"

陈艳红说："你以为你就是成都人，办手续就那么容易？"

黄继先说："那咱们现在就写个协议书，有协议书也就没有你的事情了。"

陈艳红说："美的你！那你能不能先拿出五十万？有五十万我就带着孩子远远地离开你。"

黄继先说："你也用镜子照照你，凭什么呢？"

陈艳红这才冲唐春花说："妈，那你记着接孩子，我现在只能自己顾自己了。"

陈艳红说完就进了电梯，黄继先也匆匆地站起来，唐春花发狠地抽了儿子一个耳光说："现在你还能撑得上！"黄继先丝毫不在乎地冲着母亲笑了笑，说他也不能耽搁上班，让母亲先安心地在这儿住，晚上他也会回到这边来。

唐春花没有等到晚上，就知道在这儿也住不成了。

黄继先刚刚走，房东就上来告知说，当初是以陈艳红的名义租下的房子，刚才陈艳红已经要走了押金。唐春花说那是儿子和儿媳的事情，让儿子晚上回来再商量续租吧。房东说，他已经看出来，这又是一桩第三者插足的风流事。那他家的房子就要彻底收回了，成天打打闹闹追追杀杀，他们还不想担惊受怕呢。

晚上黄继先回来时，唐春花已经哄劝着两个孩子睡了觉，她又在收拾着孩子的衣服。黄继先问这是怎么了？唐春花泪水长流地说，还是乡下好，还是乡下心里安宁。让黄继先马上就给她和两个孩子买好火车票，她在这儿一天都待不下去了。黄继先也接到了房东的电话，但还是真心地挽留说，陈艳红把事做绝了，可是城里的房子多着呢。他现在就给朱微微打电话，说不定明天就可以搬过去。

唐春花把手中的包袱摔在儿子的脸上说："你们两个不要脸的东西！我绝不会带着两个孩子过去受气。这八字还没见一撇，你以为那就是新媳妇？你就把你自己往监狱里送吧！"

两个孩子也在里屋喊："我们哪儿都不去，我们只跟奶奶了！"

07

唐春花带着两个孩子回到村子那一天，全国的学校都已经早就开学了。唐春花走出火车站，就包了一辆出租车，一是她不想苦孙子；二是想尽快赶到学校。两个孩子转学的事情，她没有再告诉黄安安，直接给刘宏声打了电话，刘宏声今天就在高家村小学等候着。这个小学和黄刘村又仅仅是一沟之隔。

各个村子的学校全撤销了，现在只有高家村小学距离黄刘村最近了。整个冬天，这片地方都没有好好下过一场雪，今天就突然阴沉沉的，唐春花他们的出租车在学校门外停下来，天上就下起细密的小雨了。刘宏声这几天也在为唐春花发愁，两个孩子毕竟一直在大城市生活和念书，现在要转到乡间小学，谁知道都难受。

所以刘宏声就正好借着下雨冲喜说："萍萍、山山啊，看看你们多有福气，春雨贵似油，你们一回来就开始下雨了。"黄宝山还一直噘着嘴，黄宝萍却懂事地说："书记爷爷，今天还是雨水节呢。"一句话就把刘宏声说笑了。刘宏声高兴地说："嗨，看来还是要多念书，一个小姑娘，这就连今天是什么节气都知道。哈哈，你奶奶带回来的不仅仅是两个小孙子，这是给黄刘村带回两个小知识分子了。"然后又拉着黄宝山的小手说："今天还是星期六，为了你们，我儿子把他们的校长也都请了来，那今天就先把入学手续办完吧。"

山山一直不说话，只是陌生地看着周围的一切。突然，一条野狗伸长舌头呼哧呼哧地跑过来，山山恐慌地向前跑了几步，唐春花赶紧护在小孙子身后。谁都没想到，黄宝山这个才八岁的小孩子，一开口就说出那样的狠话："黄继先，我恨你！我永远都不认你了！"

惊蛰

代理组长悄上任

01

在崔会平没有回村的这些年，黄安安就几乎是整个黄刘村的一个勤杂工。谁家的下水道堵塞了，一声呼叫，黄安安很快就会赶到谁家去。谁家的煤气罐没气了，也会来找黄安安。因为大家都知道，黄安安的手机里总是存着许多电话号码，雇车辆，修电视，样样事情他都能联系到，所以，大家就把黄安安看成了百事通。当然，黄安安也不是白跑腿，白帮忙，单身汉经常懒得做饭，那样就能蹭一顿饭了。现在，黄安安家里多了一个半瘫子老婆，大家就不好意思再找他帮忙，这些日子，他家门庭就一下子冷落了。

唐春花带着萍萍和山山归来，不但让黄安安更加忙碌，而且心情也格外沉重。

前天下午，黄安安在村头把唐春花和两个孩子迎进村，听刘宏声说小山山害怕狗，黄安安就跟着刘宏声去了村委会。趁刘宏声上厕所的机会，黄安安就打开了刘宏声办公室的大喇叭，他在喇叭里高声说："全体村民请注意，全体村民请注意，现在咱们村回来了两个碎娃娃，城市回来的娃娃害怕狗，凡是家里有狗的人家，一定要把狗拴在自己院子里……"刘宏声听见大喇叭的声音，提着裤子就跑进屋子，他先赶紧关掉喇叭说："好你个黄安安，这喇叭上啥话都能说吗？"黄安安说："如果狗把娃娃吓坏了，这也不是小事情吧？"刘宏声说："村里还有几户人？养狗的人家也不多，你如果有那心，叮咛一下就行了，怎么就敢闹出这样的笑话呢？"

黄安安说："唉，那两个娃娃可怜啊！"

刘宏声说："还有唐春花，她活得真是不容易。"

黄安安说："咱们都要想办法帮助她呢。"

刘宏声说："这没有问题，我坚决支持你！"

今天早上，黄安安又起得非常早。唐春花这以后就要雾明搭早送孩子，虽然路不长，但是必须翻过一条深深的沟，黄安安这就不放心。黄安安心里想着把唐春花送孩子的事情先理顺，嘴里却对崔会平说，老天爷连续下了几场称心的春雨，院子一角的香椿树已经顶出了小芽芽，地里的青草说长也就长起来，季节不等人呢。他这就想到集上买两只奶山羊，家里有一个长期的病人，花钱就是无底洞。每天早上的鸡蛋穗和奶粉换着喝，再不想个节省的办法，儿子迟早都要把财路断了。

黄安安先在院子洗刷了尿盆，一进屋又要给崔会平冲鸡蛋穗。崔会平坐在轮椅上，看见黄安安手中的鸡蛋赶紧喊："你也成了吃屎喝尿的孩子，刚倒了尿盆都不洗手了？"黄安安说："不干不净，吃了没病，你哪儿就这么多穷讲究。"又害怕崔会平说是迫害她，盼她死，放下鸡蛋，又跑到院子的水龙头去洗手。

崔会平对黄安安买奶羊的想法很支持，自己喝着鸡蛋穗，就催着黄安安快上路。黄安安伸手又要钱，崔会平打开他的手说，他们两个人昨天晚上都细细地估算过，一千块钱肯定够用了。其实黄安安是想多赖几百块，手机微信的钱包都快空了。现在出门,手机里没有几百元,就好像成了光屁股,羞得都不好意思在人前站呢。崔会平马上拿起手机打给儿子说:"大鹏呀,你爸要给我买奶羊,你快给你爸的手机转一千元。"儿子那边说没问题,黄安安就连蹦带跳地出门说:"对对对,该敲诈就要敲诈呢,家里要添置固定资产,怎么就能轻饶他个龟子尿!"崔会平在屋里说:"你就管住自己的臭嘴吧!我还能活几天,儿子你一定要巴结好,不然有你老东西受的罪呢!"黄安安说:"心里不舒服,还不让嘴里舒服了?我就骂他个龟子尿!"崔会平说:"你心里有啥不舒服?是不是还在埋怨儿子把我交给了你,影响你的什么好事了?"黄安安再也不敢接话,他一边大步往外走,一边就给唐春花打电话,唐春花似乎很吃惊,问黄安安这么早有啥事情。

黄安安说:"你把萍萍和山山送到村口,然后就让我带到学校去。"

唐春花说:"不用不用!这牙长一截路,你咋还要操心呢?"

黄安安说:"你一个女人家,身边又是两个孩子,我先帮你送几天,以后的事情慢慢再想办法吧。"

唐春花说:"你再不要死犟了!崔会平也是不能离开人,实际上你比我更艰难,怎么能让你每天雾明搭早地跑路呢。"

黄安安说:"今天我是要赶集,崔会平也已经安顿好了。"

唐春花听说是顺路,这才和黄安安在村口见了面。山山知道黄安安就是昨天在大喇叭上喊着让大家把狗管好的那个黄爷爷,这就把黄安安叫领导。黄安安一声苦笑说,他这样的领导,现在只管五个人。萍萍又问那五个人都是谁。唐春花说,除了他们婆孙仨,另外还有崔奶奶和黄爷爷自己。黄安安不敢耽误时间,带着萍萍和山山就要走。唐春花把黄安安扯到一边悄声说:"崔会平一个人在家真没事?"黄安安说:"这几天精神还行吧。"唐春花说,那她就过去照看一下。黄安安又赶紧提醒说,自从崔会平病倒后，心眼小得就像个针鼻子，还是不要招惹她，省得那个母老虎再发威。

唐春花也只能是一声叹息。

02

黄安安不敢在集镇耽搁，中午就牵着两只奶羊往回走。

阳泉镇的集市是大集市，连秦丰镇那边的群众都经常赶过去买东西，所以黄安安一直走到北沟底，一路上都是车来人往的。可是从北沟底的丁字路口拐过来，立即就冷清得只剩下黄安安和他的两只奶羊了。

黄安安从北沟底走上来，又站在沟岸边想歇一歇。

正是小麦苏醒的季节，可是如今的麦田都很少了。到处都可以买粮食，村里人就变得很懒惰。前些年纷纷栽苹果，瓷蛋蛋苹果没人要；后来又纷纷种黄桃，黄桃生时吃不成，成熟后放几天又成了软蛋柿。最后还是刘宏声从外地取经回来说，种花椒！咱们这里的气候和土壤，最适合种花椒，何况花椒放几年也不坏。

这几年，黄刘村就成了花椒村。从南到北，从东到西，大家都不种麦子和玉米，几乎都成了花椒林。这样一来，忙碌的也就是摘花椒的那几天，平时就闲得学驴叫哩！家家都有花椒林，家家都是存款户，所以，镇上和县上确定贫困村，也就把黄刘村拉掉了。可是这花椒也不是旱涝保丰收，尤其是这几年栽种花椒树的村子越来越多，价钱又开始年年落，甚至已经出现了滞销的艰困。村民们又骂刘宏声说，你只图自己把牌匾挂了一屋子，如果哪天花椒没有客户要，那我们就会坐到你的屋里吃饭了！可是黄安安对于这样的议论总是充耳不闻，有人骂到他面前，他也会哼哼一笑说，没有花椒还有儿女吧？现在谁不是儿女养活，儿女一次打进卡上的钱，比以前在生产队里时，几年下来全家的分红还要多。唉，咱们这个穷疙瘩，穷也只是穷了心，心穷也就是精神穷，其实只要有心劲，有热闹，他就觉得活得旺实呢！

黄安安的两只羊是从两个羊贩子手里买来的，虽然这两个东西都是同类，但是现在也开始干起仗来。它们都高高地跳起来，犄角对犄角，谁也不让谁。

黄安安连忙制止它们说："别闹了，别闹了，三个女人一台戏，你们两个东西以为自己也是女人了？是女人也不够一台戏吧。闹啥？你们还闹啥！"

今天黄安安的心情很好，对着羊又说出一大摊话。

一只羊"咩"了一声。

黄安安说："哎，顶嘴是不是？"

另一只羊也"咩"了一声。

黄安安说："嗨，这还是看样学样了！"

两只羊都"咩咩"地叫。

黄安安禁不住就哈哈笑了说："好好好，这世上的事情，都是一物降一物，比如我的性子绵，就偏偏娶了崔会平那个猛婆娘。看样子你们都爱叫，爱闹腾，你婶子——哎，你们把我老婆叫婶子行不行？你婶子平时难得出门，以后院子里有了你们，那你们也是给她带来热闹了。只是我还要给你们把话说明白，如果你婶子哪天烦了，突然抽你们一棍子，那我可帮不了你们的忙，你们就学着慢慢忍耐吧。"

人和羊说话，只能图个一会儿乐，说完后又会憋得难受。

"走，回，没听说不说话还能把人憋死了！"黄安安转过身，又对两只奶羊说。

黄安安走到村口，一个人就把他截住了。终于有人和他说话，黄安安应该高兴了吧？问题是这个人又是哑巴黄利贵。黄利贵比黄安安大两岁，但是论辈分，黄安安是要把哑巴称叔的。农村的辈分，都是按家族的族谱延续下来，贫穷家庭的孩子，一代一代都结婚晚，这也就一代一代把辈分升高了。黄安安弄不清先人的事情，也就不管族谱的延续了。哑巴黄利贵听不见，这就一切从简，有时候见面时就仅仅摇摇手，有时候他作弄般地还要把哑巴吓一跳。现在黄安安刚刚和两只羊说完话，一时就习惯成自然地说："避开避开，好狗还不挡路哩！"

可是哑巴却是一脸着急地比画着什么。

黄安安很快就看懂了哑巴的意思。哑巴是叫黄安安到他家里喝几杯。黄安安并不是不贪酒，可是让他和一个哑巴喝，就觉得实在无聊透顶了。

黄安安推开哑巴，更快速地朝前走去。

哑巴还是"哇哇呀呀"地紧跟着。

黄安安不得不回过头来比画着说："我婆娘的病身子你不知道吗？今天从集上刚刚买回了两只羊，你再有着急的事情，也得让我把羊拉回去吧。"

哑巴似懂非懂地点着头，还想比画什么事情，可能知道黄安安的老婆更要紧，就只是抢前一步，把那两只羊牵在自己手里，跟随着黄安安走进村去，满脸都是巴结的微笑。

哑巴跟着黄安安走进院子，一进门哑巴就"哇哇"地叫着捏住了鼻子。

黄安安冲着哑巴又开骂说："你是不是长了个狗鼻子？我每天给老婆都要洗几回，院子和屋子还有什么味道呢？"

哑巴看出黄安安在骂他，松开鼻子还是屏住呼吸的神情。

每天几次侍候老婆崔会平拉屎尿尿，还要给老婆擦洗弄脏的身子，黄安安的鼻子已经迟钝麻木了。他看见哑巴那样的神情，这才赶紧跑进屋子看老婆。崔会平不但很要强，而且还总是厉行节约，今天黄安安临走前，已经给她穿上了纸尿裤，可是她现在想睡午觉，爬上床自己就把纸尿裤脱下来扔在地上了。纸尿裤也会散发出味道，嗅觉灵敏的人站在院子就可以闻见了。黄安安打来一盆热水，正要给老婆擦洗身子，哑巴却从门外探进头来。

崔会平发现哑巴后浑身一抖，连忙拉过被子往身上盖。

黄安安气急败坏地跑过来，一脚就把哑巴蹬了出去。

哑巴也是纯属无意，赶紧转过身后，仍然"哇哇"地叫着什么。

黄安安卷着老婆的纸尿裤和脏内裤走出屋子，哑巴这才一手指着院子的奶羊，一手又做出挤奶的样子。黄安安知道刚才把哑巴冤枉了，哑巴是想帮忙把羊奶挤下来，然后再赶紧热给病人喝。黄安安又对哑巴笑了一下，眉里眼里都是真诚的歉意。哑巴也笑，只是笑得很羞涩，很不好意思，就好像他刚才真的看见了崔会平身上的什么东西。

黄安安把老婆的脏内裤扔进院子的洗衣盆，又过来拍着哑巴说："其实看了又能怎么样？别说我老婆的那个东西早就不能用，就是身子骨还利索，咱们都是一把年纪的人了，谁没见过女人的东西。"

这样的话就有点复杂，何况黄安安没有再比画，哑巴就茫然不知所措了。

也好，也好！黄安安看出哑巴可能有什么事情要求他，那就想先来个以工换工。只有把他家的事情弄完后，他才能去哑巴家听哑巴吩咐呀。黄安安拉着哑巴，取出了挤奶热奶的小铁锅，还让哑巴看过了煤气灶，哑巴就忙活着自己该干的事情了。

两个五十多岁的大男人，就共同围着一个女人忙碌了。

黄安安在里屋给崔会平洗净了身子，然后又在院子洗净了崔会平的脏衣服。等到他干完了自己的事情，哑巴也热好了鲜羊奶。黄安安看着崔会平喝羊奶时，又给哑巴派了活。养羊不像哑巴养猪，养猪需要猪圈和食槽，养羊只需要一棵拴羊的树。墙角那儿就长着一棵香椿树，但是镇上经常都要到各村各户检查卫生，那就要在香椿树周围再栽上一圈木桩，然后还要拉上铁丝网。到了冬天，不懂事的牲畜不会说话，可是主人就要再在上边苫一个棚子。牲畜和人都是命，都要互相关照呢。黄安安知道那些事情一下子也做不完，他现在只是让哑巴挖几个栽木桩坑，首先弄成羊圈的样子，就可以应付村上检查了。

哑巴总是心灵手巧，他根本就没有挖一个坑，连续几天淅淅沥沥的春雨，香椿树周围的阴凉地，地面仍然是湿漉漉的。哑巴找来了一根木棍，用斧头把棍子的一头削尖，这就很快在地面上砸出了几个洞。现在还找不到打桩的圆木头，他就把后边的事情留给黄安安了。

黄安安在里屋对崔会平说："哎，你先睡，哑巴可能有事情，那我得去帮他的忙了。"

崔会平推开碗，就一头倒在枕头上了。

黄安安走出里屋门，发现香椿树周围连一堆黄土都看不见，就以为哑巴根本就没有动弹。立即又瞪圆了眼睛说："你可以求我，我就不能求你了？"

哑巴明白黄安安的意思，笑嘻嘻地把黄安安拉过去仔细看，黄安安这才赞许地摇摇大拇指。

黄安安和哑巴走在村道上，看见黄万民的大门上仍然挂着一把锁，这就不禁又自言自语地叨叨说，把他的！当时给八叔办丧事，黄二明说黄万民正月十五就回来，这现在已经快到惊蛰了，黄万民的人影还看不见。都疯了，都野了，黄庄村真成没王的蜂了！看着前边的哑巴，他在哑巴的肩膀上又拍了一下。

哑巴恐慌地转过身来。

黄安安却是一笑说:"你他娘的如果能听见,我就找刘宏声告状了。黄万民占着茅坑不拉屎,还不如把他拉下来,让你把黄庄村民小组的组长当了!"

哑巴对这句话听不明白。

黄安安又哈哈一笑说:"嗨,拉下来也是我上去。别看你脑子好,可人人都知道你太小气。小气的人不服众,那就难成好领导!"

哑巴和唐春花都住在西巷子,黄安安自言自语的叨叨还没有说完,忽然就看见唐春花从院子跑出来,不等黄安安问候,唐春花就带着哭声说:"安安呀,学校打电话说我家山山不见了,你赶快帮我过去找找吧。"

黄安安没有和哑巴告别,"嗖"的一声就向北沟跑去。

03

黄安安率先跑到学校门口,保安就把他拦住了。黄安安说他要找孩子,保安说学校就一个大门,他们都不知道的事情,是哪个学生还能插着翅膀飞出去?唐春花也气喘吁吁地赶过来,解释说是学校办公室通知的。保安又给办公室打了电话,这才让他们走进去。

黄安安进了院子,就安慰唐春花说,也许是虚惊一场,大门口有保安把守着,四周都是高高的围墙,小宝山可能也就在学校里边的什么地方藏着呢。对面已经迎来几个人,小宝萍哭着抱住奶奶说:"都找了,我们到处都找了,他还能藏在哪里呢?"唐春花浑身瘫软地说:"早上你们还好好的,啥事情又让他想不开了?"校长说,他已经问过黄宝山的班主任,班主任说黄宝山上体育课时,报告说要上厕所,然后就再不见他的人了。

唐春花哭喊说："再找啊，再找啊，我山山娃千万千万不能出事呀。"

黄安安没有跟随大家进校园，他先从大门一边走了过去，小学的校园就是这么大，学校里边也没有什么黑洞和枯井，一个八岁的小孩子，还能藏在什么地方呢？黄安安来到操场的一角，忽然就发现那儿有几棵老槐树，树身距离围墙还有几米远，攀爬树身也跳不到围墙上去。黄安安继续琢磨了一阵，突然就在心里确定说，有一棵树的树枝已经向围墙伸了过去，那样的树枝负不起大人的重量，可是一个年幼的小孩子，就应该是攀着树枝跳了过去。黄安安又快速地出了大门，那边的一处墙根底，又是一个麦秸垛，麦秸垛的上边，显然有人踏了一个窝。黄安安这才掏出手机拨打唐春花的电话说，孩子肯定跑到外边了！

夜色降临时，唐春花才把淘气的孙子黄宝山搂进怀里。

原来是黄宝山早就有了出逃的计划，那棵老槐树，那个麦秸垛，也就成为他出逃的路线图。毕竟是大城市长大的孩子，小东西竟然知道小孩子不管是坐汽车坐火车都可以蒙混过关，逃出学校后他就登上了一辆过路的班车。上车后，黄宝山就挨在一个妇女身边的座位坐下了。

当然，这个自作聪明的小家伙还是没有逃过售票员的眼睛，售票员过来询问他要到哪儿去？黄宝山又耍着小赖皮，一会儿看着窗外，一会儿闭着眼睛，对售票员也不搭理。售票员看出他心里有事，也不想和这个孩子多计较。等到班车进了秦岭，上车下车的旅客稀少下来，售票员这就真的担心了，她坐在黄宝山身边耐心地说："喂，阿姨不会让你买票，可是你必须告诉阿姨你要去的地方啊！"黄宝山这才开口说："阿姨，求求你先把我拉到县城里，我还要去火车站呢。"售票员一下子大惊失色，这孩子稀里糊涂上了车，结果连方向都弄反了。现在班车已经进了秦岭，可怎么让他返回去？经过一个交警检查站，售票员就让司机停下车，这就把这个小家伙交给了警察。交警们弄清情况，又电话通知了阳泉镇派出所，这才把这个小家伙接回来了。

唐春花见到孙子黄宝山，也不用多问询，只是反复地叮咛他："你妈上班，你爸上班，他们肯定整天还在闹纠纷，你就是过去了，谁又能侍候你？别说你能不能安心上学，就是饭都吃不到肚子里。"黄宝萍擦着弟弟的眼泪说："不哭不哭。咱们不是还有奶奶呢。你看今天多少人为你操心，这儿也是咱们的家，回来上学也好着呢。"

黄安安在一旁不敢插话，这个喜欢开玩笑的人，现在就紧紧地闭着嘴，眼泪也在往心里滴。他见小山山的情绪已经渐渐稳定下来，对奶奶和姐姐也是轻轻点着头，甚至还不好意思地看着那些老师们，这才放心地走出校门。

黄安安拦住一辆出租车说："走，过沟！牙长一点路，五块钱行不行？"

出租车司机说："这一点点路，我都划不着发动车。"

黄安安说："我都是为了一个小家伙，他逃了一天课，现在就累得翻不过沟了。"

司机可能也知道今天发生在学校的事情，很快又爽快地说："你给兄弟发一支烟，钱就不说。"

出租车进了村，唐春花和两个孩子从车上下来，黄安安也跳下了驾驶室的副座。两个孩子感谢黄爷爷，黄安安这才开着玩笑说："别说你奶奶，连黄爷爷的胆都差点吓破了。"

唐春花说："我们山山会学乖的，你就放心吧。"

黄安安说："那你就赶快给娃做饭，我还要去给哑巴帮忙呢。"

实际上哑巴就站在车后边。他弄不清到底发生了什么事，整个下午都急得在村道转圈圈。后来又想到黄安安的病老婆没人管，自己一个大男人又不好进去，这就叫了郑氏婶去关照崔会平。黄安安问哑巴崔会平现在怎么样？哑巴比画说，郑氏婶刚才出来说，她已经把崔会平安顿睡觉了。

黄安安这就一拍哑巴的肩膀说："黄刘村都快成文明村了！那走，那就再办你的事情！"

04

村道白天就少有人迹，晚上就更加寂静了。

黄安安经常会想起以前的村庄，到哪儿都是一片子热闹。很早时，端着饭碗也要走出门，不管是苞谷糁还是红苕糊汤，都会吃出非常好听的声响。后来，每家的日子都好过了一些，桌子上也讲起排场，吃一口饭搛一口菜，饭碗也就不端出门了。再后来，青壮年们都进城打工去了，许多家庭的大门就上了锁，几乎连吃饭的声音都听不见了。

在黄庄村这边，平时只剩下黄安安和哑巴两个身强体壮的大男人。

快到哑巴的家门口时，黄安安身上的手机又响了。不用问不用看，肯定就是儿子打来的，狗东西带走了媳妇带走了娃，现在又把他们的病母亲送回来，却还要装腔作势地尽孝心。给父亲和母亲留下一个破手机，就好像他们随时还在父母身边呢。

"喂，大鹏吗？"黄安安心里有气，嘴里却喊得很亲切，"爸好着呢，你妈……啊，你妈刚刚喝了羊奶，爸已经伺候她睡觉了。啊，没有没有，除了白天，爸晚上从来不敢出家门，放心，你们就放宽心吧！啊，让那个小狼崽子和我说话。"

小狼崽子是孙子，孙子在那边抓过电话没有叫爷爷，而是怪声怪气，拉长音调喊着说，"你是安——安安——"最后才落到"爷"字上。

黄安安朗声大笑着说："崽娃子，安安是你叫的吗？等你哪天回来，小心爷爷把你的碎脸打得和屁股一样胖！啊，让你奶奶和你说话？"黄安安赶紧捂住手机故意小声叫，"哎，会平，会平……"然后又对着手机说，"哎，崽娃子，这羊奶都好像催眠呢，你奶奶今天喝了两次鲜羊奶，现在已经睡着了。好好，爷爷知道，每天晚上这个时候，也就是咱们全家说话的时候，这事爷爷还能忘！爷爷把这样的通话，都会看成是团聚呢。"

说到这儿，黄安安嗓子一噎，眼睛里就滚出了两滴老泪。

"好了，崽娃子！"黄安安又赶紧提高声音说，"你现在和爷爷说话也要钱，打一次就足够爷爷买一包烟。挂了，爷爷挂了！哎哎，爷爷再叮咛你一句，天慢慢热起来，你上学时一定要注意换衣服，可别着凉感冒了。"

孙子淘气地说："你也真是土老帽，我们这边早就热得很！冬天都不用穿棉衣，现在已经是短袖短裤子，你连南方的气候也不知道吗？"

黄安安禁不住嘟囔说："兔崽子，这能怪爷爷吗？你爸把你病奶奶交给爷爷，爷爷就忙得神魂颠倒了。"

孙子没听清地问："你说什么？"

黄安安连忙说："我说赶紧挂了，别浪费钱！"

孙子最后喊了声"拜拜"。

黄安安按下手机说，拜拜你娘的脚！才多大年纪，就都不会讲人话了。他也是在心里骂儿媳，把娃留在家里就不能学习了？老子好赖也认得几个字呢。你公公和婆婆这么苦，如果有孙子在身边，也就是留着一个活着的精神头呀。

哑巴见黄安安站着不动，也不知道他在电话里说些什么，又赶紧赔着笑脸，示意黄安安快进屋。黄安安在心里再骂哑巴说："你他妈今天是鬼缠身了，到底要我到你家干什么吗？这不是硬让我对儿子和孙子说假话，把老婆一个人丢在家里，而要陪你来喝酒，连我自己都觉得不对劲，你个狗东西就好意思啊？"哑巴看出了黄安安的怨气，越发笑得甜蜜了。

哑巴的屋子收拾得很干净，虽然是只身独居，但永远像是有一个女主人操持着家庭，一切都摆放得井然有序。桌子上已经摆着三盘菜，一盘是油炸花生米，一盘是凉拌土豆丝，一盘是炒鸡蛋。

黄安安进屋后，哑巴又立即取出了一瓶酒，还把两个酒杯放在碗里用开水洗烫着。

"先别急着喝酒，有什么事情说事吧！"黄安安馋得在喉咙里咽唾沫，嘴里却制止着哑巴说。哑巴仍然固执地按照自己的意志行动，取出了酒杯，又开启了酒瓶，给两个酒杯倒满了酒后，才坐到黄安安的对面举起了杯。

没有办法，黄安安就先干了一杯。哑巴接着又给酒杯倒满酒。三杯过后，黄安安就着急了，就内疚了。一是觉得哑巴也是个可怜人，二是害怕自己喝过了头，误了伺候老婆的大事情。他再次比画着问哑巴：你把我带到家里来，总该还有别的什么事情吧？哑巴大笑一声，就好像黄安安终于进了他的圈套，现在是想跑都跑不走了。

黄安安故意冷了脸，不端酒杯也不动筷子。

哑巴似乎觉得时机已到，这才从柜子里取出了一封信和一张汇款单。

黄安安眼睛一热，心里竟然又涌出了一股酸楚。他知道哑巴大字不识一个，聋哑人也没有用手机，炒菜备酒地招待他，其实也就是读信和明天取钱的事情。同村住着，这样的事情谁都可以帮助，但是现在的村子里，哑巴实在再找不到其他人，别人也许都认得字，可是能和哑巴比画的人，黄安安自信只有他一个人。就是这样，也用不着如此费心，如此乞求，黄安安就知道都是他以前把哑巴"闹"怕了。

凡是哑巴，都是倔脾气，年轻时的后生们对哑巴都有点怯畏，哑巴害怕的人也就是黄安安。当然黄安安也不是对哑巴经常动手动脚，而是他喜欢和哑巴恶作剧。黄安安以前每每遇到哑巴，从来都不会轻易放哑巴离开。小时候他们的劳动还是给生产队的牛割草，其他人还可以边割草边说话，可是又哑又聋的哑巴低下头后，就什么都听不见了。

黄安安开始时是忌妒哑巴挣的工分多，许多孩子就受到了家长和村干部的嘲笑："一个个都是嘴上的劲，怎么就连一个哑巴也比不过呢？"听着这样的议论，黄安安就非常不服气，就需要把哑巴从"进步"的道路上拉下来，否则他觉得就没脸见人了。起先，黄安安只是偷哑巴的草，哑巴在前边割，忽然就发现身后的草笼里少了一半。这时候哑巴对黄安安还不惧怕，提着镰刀就冲黄安安追过来。黄安安天生是快手快脚的人，三跳两蹦就钻进树林中找不见了。等到哑巴从树林里出来，又发现连草笼都滚到沟底去了。哑巴吃了哑巴亏，看见黄安安就是横眉冷对。黄安安害怕哑巴暗箭伤人，就决心把哑巴制服到底。有时候哑巴的脖子里突然钻进了一只青蛙，一阵惊吓和慌乱，黄安安从后边又把草笼顶在他头上，让哑巴连作弄他的人也看不清。有时候夜里在村道走，哑巴又突然一个跟头，从地上爬起来时，后边仍然找不到人影。时间长了，哑巴就觉得欺侮他的人，只能是黄安安，对黄安安也就渐渐地害怕起来了。在以后漫长的日子里，哑巴老远看见黄安安，就赶紧巴结地微笑着。这几乎成了不变的习惯。

哑巴看着面前的信和汇款单，再次乞求地微笑着。

黄安安哽咽了好一阵子，才又骂着哑巴说："屁大个事情，就不敢早点说。我还是以前的黄安安吗？每天要伺候老婆十几次，我还有心和谁闹腾啊？说一句你也听不懂的话，如今咱们这村子，我在村道见了一条狗，都舍不得吼一声，生怕把它们吓跑了。狗都是咱们的伴儿呢，别说你一个大活人。"

哑巴真是听不懂，看见黄安安严肃的表情，绽着的笑容又绷紧了。

黄安安赶紧放声大笑说："把信拿来，论辈分我还把你叫叔呢，你也是把叔当成孙子了。"

好像害怕黄安安在读信时又搞什么恶作剧，哑巴恭恭敬敬地把信呈过来，又端起酒杯和黄安安碰了一杯。为了取得哑巴的信任，黄安安没有推拒，甚至自己把面前的酒杯又斟满了。村子几乎成了空村，但是留守的人也不会十分地寂寞，十分地难熬。或者电话或者手机，随时能听到远方儿子儿媳孙子们的声音，闲着时也有电视看，地球上发生了什么事情，美国总统又换了什么人，连那些老汉老婆们都知道。可是只有哑巴家里还有许多空缺，电话手机他用不上，他从儿女那边归来也不久，电视也没有买回来。

黄安安只看过信封，心里不由得又是一阵忌妒，不过他现在是笑着骂，喂，哑巴，你他妈的还有着一个好名字嘛！啧啧，黄利贵大人收。你到底是那儿有利，那儿珍贵么？我总算咱们村一个人物吧？怎么就把黄安安的小名都叫到死了？

哑巴不敢再打扰，静静地把下巴顶在桌沿上，似乎是期待着什么喜讯，又似乎害怕传来不好的消息。

黄安安把信抽出来念了几句，见哑巴仍然是那样地一动不动，这才醒悟了地笑着比画说："你他妈的变成了黄利贵，我就把你也当成耳聪眼明的好人了。费劲，费劲，看来这顿酒我还是真该喝。"

接着，黄安安就一句一个比画着，和哑巴进行着艰难的对话：

"你儿子说，他们，还有他妈你老婆，每天都在念叨你，担心你一个人受苦呢。"

哑巴指着自己的屋子，还伸出大拇指连连摇晃着，意思是说他回来守着家很好。

"你老婆说，天气慢慢热起来，让你自己再买几件单衣服。"

哑巴连连点着头，嘴唇还一抿一抿的，就好像他老婆的嘴也伸过来了。

"你儿子又说，媳妇和娃都好呢，让你什么都不必操心。"

哑巴的鼻子抽了几抽，忽然又拿过那个空信封，见里边什么都没有，失望的眼泪就流下来了。

黄安安知道哑巴是寻找孙子的照片，又骂哑巴说："你他妈的再哭我连信都念不成了。就你想孙子，我……我他妈的就不想吗？听见那个崽娃子的声音，我也是每次都想哭。"继而想到他还能和孙子在电话里说话，可是除了眼睛，哑巴的心里永远都是混沌的世界。最后，他又给哑巴比画了一个好消息，"你儿子寄回了两千元，明确说让你买一台电视机！"

那张汇款单再不用看了，哑巴紧紧把汇款单捂在胸口，手舞足蹈地满屋子跑着。一会儿后，哑巴又找来几张纸，拱拳作揖地让黄安安立即写回信。

黄安安有点不耐烦了，爱闹的本性又涌了出来，也是他同情着哑巴，可怜着哑巴，心里埋怨哑巴的儿子说，你爸爱面子硬要回农村，你们就不能把他拦住？说到底还是面子作怪，恐怕同样是不想让一个哑巴父亲丢人现眼吧？

心里有气，笔头子就歪了。黄安安不管哑巴比画些什么话，只按着自己的思路，甚至也是以自己的口气，慢慢地写下几行字：你父亲身体没毛病，村里人对他都很好。可是他想孙子每天都要哭几回，人都瘦了一圈，饭都咽不下！再说，你父亲还是一个壮男人，没有老婆的日子更难熬……黄安安乱七八糟地写了一张纸，这就把所谓的回信扔给哑巴了。

哑巴喜悦地接过那张纸，还给黄安安又塞了一盒烟。

黄安安也不客气，接过烟就出了门。

05

　　黄安安先赶回去看老婆,崔会平今天喝了两次羊奶,确实还是安稳地睡着。可是黄安安很兴奋,一是他帮助唐春花找到了孙子;二是又在哑巴屋里喝了半瓶酒。这就没有一点睡意,这就想把羊圈也连夜搭建好。院子里找不到搭建羊圈的木棍和铁丝,他又想去黄二明的院子找一找。自从黄安安当了八叔葬礼的主事人,他们就把大门的钥匙都留给他了。

　　身上手机的声响,让黄安安止住了脚步。

　　"喂,老黄吗?"电话是刘宏声打来的。

　　黄安安有点冷汗淋漓,在村里,没有人叫他老黄的,他一直认为那是城里人的专利,现在听到刘宏声这样的称呼,他甚至就有点紧张起来了。

　　"啊!刘书记呀。"黄安安弄不清刘宏声找他有什么事,也弄不清他的人在哪里。心里还想着自己搭建羊圈的事情,立即又编出谎言说:"我正在给老婆端屎端尿哩,刘书记如果是关心村民的苦恼,赶紧过来帮一把也热烈欢迎啊。"

　　村道那头已经发出了哈哈的大笑,刘宏声正在顺着声音走过来。

　　黄安安也赶紧迎过去说:"哎,刘书记,不好意思。我刚才在哑巴家喝了几杯酒,这就有点冒犯您了。"

　　刘宏声说:"哎,我找你有正经事,总不能站在村道说话呀?"

　　他们这就进了村委会。

　　刘宏声首先把一封已经打开的信推过来,黄安安这就在心里发笑说,今天怎么都是和信干上了。刚刚给哑巴把信看完,现在又是让他看信。刘宏声不聋不哑也是知识人,这封信让他看又是什么意思呢?这封信是黄庄村民小组组长黄万民寄来的,黄万民在信里说,儿媳又要生二胎,他这和老婆就都要伺候儿媳呢。黄万民在信中的套话说了一大圈，黄安安最后只总结了一句话说："刘书记，看来这个货又不想干了！"

刘宏声唏嘘了一声，又把一张纸推过来，不等黄安安仔细看，刘宏声就摇头说："他还寄来了辞职报告呢，这就没有一点商量的余地了。"

黄安安说："这货就是个弯弯绕，可能是他自己在青海也找到挣钱的差事了，还要拿二胎孙子说事呢。"

刘宏声给黄安安扔过来一支烟，然后自己也把一支烟点燃了。

黄安安说："刘书记，你让我看这些是啥意思？"

刘宏声这才笑了说："我把你们黄庄那边的人，扳着屁股眼数了一遍，也只有让你出任组长了。第一，你老婆……"

黄安安赶紧打断说："别别，你再说一遍，你是让我干什么？"

刘宏声提高嗓门说："你千万别说你不行。就冲着你刚才对哑巴的关心和帮助，啊，还有，听说你今天也帮了唐春花的大忙，我就一下子看好你了！"

黄安安仍然是一头雾水。

刘宏声继续说："老黄呀，你家里守着病老婆，这就没有外出的机会。所以我就实话实说吧，现在的村民小组组长谁都不在乎，可是剩下的男女老少，没有个照顾和经管的人，这还真是说不过去呢！"

黄安安的心里已经悄悄激动了。不仅仅是刘宏声对他的表扬和肯定，而是他这一生也可以当一次村干部了。有多少次，有人也提过他的名，可是每次都会引来戏弄的笑声。因为在黄庄村民看来，黄安安就是吃一斗屙十升的憨憨货，尤其是那些年崔会平在外边瞎胡跑，黄安安竟然连屁都不敢放一声。后来又把老婆崔会平丢在南方，自己一个人跑回来了。这样白白披着男人皮的男人，连自己的老婆都不敢管，还能管住别人吗？

刘宏声又说:"用一句文明的话说,你这也是受任于危难时期啊!"

黄安安终于开口说:"我知道,这也叫矮子里边拔将军,筷子里边挑旗杆。"

刘宏声说:"闲话不多说,你就尽快上任吧。"

黄安安忽然觉得这又是一桩儿戏,所以就很严肃地问:"以前都是选举,今天就你一人说了算?"

刘宏声说:"我已经和支部委员和村委会成员通过气,大家都一致看好你老黄啊!为了合法又合理,这就先暂定你是代理人。现在把村民集合起来很不容易,那就等一个合适的时候再选一下。农村这选举你也知道啊,我觉得你就可以放心上任了。"

黄安安知道刘宏声的难处,但也不能这样不明不白,尽管心里有点小兴奋,嘴上说:"那我也得考虑一下,还要和儿子儿媳说一说。尤其是崔会平,她经常动不动就发脾气,她的工作最难做!"

刘宏声嘿嘿一笑,也就心照不宣地说:"那是那是。"

春分

两个女人的战争

01

苦难的命运，已经把唐春花逼成了非常坚强的女人。两个孙子刚刚回来那两天，黄安安总是早早起来要帮助唐春花送孩子，唐春花知道黄安安也是个犟脾气，就由着他的性子送了两天。可是到了第三天，唐春花就态度坚决地说，这样的日子还长着呢，自己的苦让她自己受，再不能麻烦黄安安了！黄安安说，他一个大男人，多跑几步路有个啥？唐春花说，如果黄安安不听话，那她就去伺候崔会平，这样才算互相帮助，这样才算工换工，这样她心里才能好受一些。黄安安听唐春花这样说，就不敢违抗唐春花的旨意了。

崔会平那样的暴脾气，黄安安哪敢让唐春花走到她的身边去。

这已经是刘宏声和黄安安谈过话的第五天，黄安安还是装得和没事人一样。黄安安心里着急，但还是劝告自己说，把他的！你刘宏声一句话，我就成了代理组长，这也不是个说法嘛，这也是不清不白吧？所以，我也不能逢人便自我介绍说，我——黄安安，现在已经是你们的代理组长！这样的话说不出口，敢说这个话的人，那就太不要脸了！

刘宏声也好像是故意考验黄安安的耐性和耐力，也不见再来个电话，把这么重要的大事情，好像睡一觉起来又忘了。刘宏声不急，黄安安更不急，前任组长黄万民，离开村子两个多月，村子也没有乱了套，其实在平常的日子里，有没有组长都一样。

黄安安今天要和哑巴一块去镇上，先到邮局取出汇款，然后再挑选电视机。取款购买电视机，平时的日子都可以办，黄安安和哑巴约到今天去，完全是为了再赶一趟集。哑巴本来是个不爱热闹的人，可是没有黄安安，哑巴就不会讨价还价，给儿子的回信还要写，所以哑巴再着急，也只能看黄安安的脸色。阳泉镇的集市六天一次，今天又是赶集的日子了。

今天一走，老婆崔会平又该怎么办？

每次黄安安外出，都会遇到这样的难题。而且现在又有两只羊，那两只奶羊也不能饿着吧？村里人还不知道他是代理组长，即使知道了，他也不好指派别人。新官上任就剥削人，那他黄安安很快就名声扫地了。

现在，只有老婆崔会平是知情者。那天晚上，黄安安从村委会回去后，老婆正好被一泡尿憋醒了，黄安安端着崔会平尿着尿，崔会平就用一只手捶他，他知道崔会平是生气了，怎么就出去了这么长时间？黄安安这就赶紧对崔会平说，都是刘宏声刘支书把他缠住了，刘宏声终于觉得他还是一个人才，就任命他当代理组长了。崔会平转过脸来，怒视黄安安永远是谎话连篇。黄安安又认真地说："几天后就会公开了。刘宏声说是找一个合适的机会，他说先任命，可我坚持还是要选举。选举就需要一个过场，选出的领导才是真领导，那才是深得民心，那才是民心所向呢！"黄安安兴奋和高兴，就又和崔会平做了一次游戏。尽管他知道，崔会平的骨癌已经越来越严重，但是他始终记着儿子的话，必须把那样的病情对崔会平隐瞒着。崔会平每天要吃的药,都是儿子带回来的,儿子和医生密谋后,已经更换了药盒,需要注射的针剂,也都已经做过了手脚。所以,为了让崔会平对自己的病情不怀疑,隔几天,黄安安就故意提出要和崔会平"那个那个"。而崔会平一个半身麻木瘫痪的人,服下的药又都带有催眠昏睡的成分,也就没有那样的要求和感觉。黄安安知道这是游戏,知道这仅仅是欺骗崔会平的伎俩,还是要把这样的游戏做下去。明天早上,黄安安又得陪哑巴去赶集,为了讨得崔会平安心和高兴,就再次和崔会平表演说:"今天晚上咱们就那个一下啊?"崔会平立即就是一如既往地开骂说:"滚!不弄那事你会死?"黄安安表演完毕,躺下后还要连连叹息说:"唉,把他的,连老婆都不听领导的话,以后我还能指挥谁呢?"崔会平说:"你和唐春花的事情,以为我还不知道。过去我还会把你看管紧,可是现在……你就给我小心着!"黄安安一惊说:"你胡说啥哩?以前我们就没有啥,现在她跟前又有两个孙子娃,你说我还有啥机会呢?"崔会平说:"你别当了个狗屁组长又是人来疯,村子里没有几个人,那还有许多眼睛盯着你!"黄安安说:"把他的!怎么又提起这一壶?好,不说不说,睡觉睡觉。"

所以,黄安安就把给哑巴办事的事情推了几天,实际上也是为了让老婆安心。连续不停地往外跑,没有事情也会引得崔会平怀疑的。这还没有公开上任,如果后院再起火,那还不弄得鸡飞蛋打了。

今天,黄安安赶早起来,先去院子挤羊奶。挤完了羊奶,天色才渐渐地发亮,他又给老婆把羊奶热好,端到了炕前的小桌上,奶太烫,他不能立即让老婆喝。可是时间不等人,说不定哑巴已经在村道等着他了。去镇上还有五六里路,马上出发,才能赶午饭时回到家里来。他这就让老婆也起床,觉得让老婆坐在轮椅上才放心。可是崔会平又开始发脾气,让黄安安"想滚赶快滚",她就是想躺在床上等死呢!黄安安没办法,忽然就看见了一堆塑料管,那是给老婆打吊瓶时,一次性使用过的东西。黄安安当即剪下一长截,一端压进奶锅里,另一端压在老婆身旁的被垛上。

"看明白了吗?等奶凉后你自己吸。"黄安安对崔会平说。

崔会平这才被逗笑了说:"我下半身不能动,上半身也能爬过去。一时半会也死不了。"

黄安安说:"那还有咱们的两只羊,谁把饲料和青草给它拿过去?"

崔会平这才起身,任凭黄安安又给她穿上纸尿裤,把她抱到轮椅上。

02

黄安安正往哑巴的门前走着时,就遇到了唐春花。

"你怎么也像是当了干部,这么早就起来了?"黄安安问唐春花的话都是一语双关,他很想尽快把自己变化了的身份让唐春花也知道。

唐春花双手牵着两个孩子说:"你就让我和孩子慢慢习惯吧,为啥又早早地起来了?"

黄安安说:"今天你还是不用送,等会儿我就把萍萍和山山带过去。"

唐春花仍然不停步说:"我知道这是你又找借口呢。"

黄安安望着唐春花的背影,不由得为唐春花暗暗叫苦。唐春花每天都要翻两次沟接来送往,尤其是黄宝山那天逃跑的事情发生后,唐春花更不敢有半点疏忽。孙女黄宝萍给唐春花说过好几次,他们对周围的环境都已经熟悉了,让奶奶起码不要再接了。可是唐春花坚决不肯,说是他们现在就是她的命根子,不能让他们再出半点事。现在,黄安安也在心里说,两个小东西,一个顽皮淘气,一个又是女孩子,都是让人不放心的年纪啊!以前黄安安起来晚,眼不见,心不疼,今天看见唐春花那么地急切,内心也是那样劳累，就觉得非常过意不去。

"别走，你先别走！"黄安安追着唐春花喊。

唐春花不知发生了什么事，回头说："你到底要说啥话呢？误了娃的上学你负责！"

"我负责，以后你和娃的事都是我负责！"

唐春花吃惊地看着黄安安，站在原地不走了。

黄安安又说："让两个娃慢慢走，你过来，你过来和我一起找哑巴，我和哑巴正好马上要到镇上去，顺便就把娃领着了。"

唐春花不敢让娃走，只是让两个娃原地等候着，自己跟着黄安安去找哑巴。

天色更加亮了一些，哑巴本来就是个勤快人，今天又有高兴事，早就等不及，没有站在院子死等，已经走出自己的家门，四处张望了。

黄安安冲着哑巴摇手让他过来。哑巴过来后，他又回头指着唐春花的那两个孙子，让哑巴带着两个娃先走一步，他和唐春花说几句话就追上来了。哑巴似乎都听明白了，眼睛却不停地打量着唐春花，好像唐春花也会纠缠着黄安安不放，如果唐春花又耽误了他的高兴事，那就太气人了。

正在这时候，黄安安的手机响了。

哑巴看见黄安安掏出了手机，就一溜烟地向黄宝萍和黄宝山跑去，然后就领着两个娃一步一回头地出了村子。

唐春花当然不知道哑巴为什么害怕手机，只有哑巴自己知道那个玩意其中的奥秘。

前天下午，哑巴又找到黄安安比画说，从邮局取款买电视，都可以推几天，可是给儿子的回信应该赶紧寄出去，儿子和老婆都会着急呢。黄安安想了想，问哑巴有没有儿子的电话号码。哑巴从身上掏出一张纸，那纸上就写着儿子的手机号码。黄安安当时就拨了过去，然后还让哑巴的儿子和他加上微信，一阵子操作后，哑巴就在微信的视频上看到了儿子、孙子和老婆一家人。黄安安最后还对哑巴的儿子说，给你爸也买个手机吧，世事都变成啥了，你们咋就连这样的方便都想不到。所以，今天黄安安还要给哑巴买手机，哑巴飞快地跑远了，那也是激动和开心。

电话却是刘宏声打来的，刘宏声说，他正在镇上参加脱贫工作会议，这就给县上镇上的领导夸了海口，黄刘村不算贫困村，也不需要派工作组，如果还有贫困户，还是由我们自己帮助吧！黄安安说："我还没有正式上任，你给我说这话啥意思？"刘宏声说："老黄呀，你可别给我卖关子，我相信你一定会胜任。啊，我知道你们组还有一个哑巴黄利贵，这就算是残疾人，你把他的家境弄清楚，需要帮助就赶紧帮助。"黄安安说："那狗东西精得和猴子一样，儿女每月都寄钱，他自己在沟坡上的撂荒地，还种了好几片花椒林。不但不是贫困户，而且可能还富得流油呢。"刘宏声说："啊啊，那就是精神和生活上的帮助了。"黄安安正好摆功说："我现在正和哑巴走在路上，帮助他买电视买手机，这就是解决他的精神贫困问题吧？"刘宏声大喊了一声"好"，这才把电话挂断了。

黄安安又问唐春花说："你听见了吧？"

唐春花说："啊，你现在是黄庄这边的领导了？"

黄安安说："暂时还是代理的。"

唐春花一笑说："黄庄这边除了你，我看谁都指望不上。好事！哪天我也要请你吃饭，是不是也要巴结你这个领导呢？"

黄安安说："哎，春花，别说有崔会平那个瘫子缠着我，她就是腿脚都灵便，我也不想外出打工了。你这么苦，我不帮谁帮呀，我咋能丢下你不管呢。"

唐春花说:"你赶紧去追哑巴和孩子,别让萍萍和山山也看出这么个黄爷爷和他们的奶奶不正经。"

黄安安哈哈一笑说:"爷爷和奶奶都是大活人,怎么就必须受苦受委屈!"

唐春花说:"我明白你的意思。可是你现在有崔会平,我们就连进城的机会都没有了。"

黄安安说:"你家里白天也没有人,我就不能过去啊?"

唐春花说:"那不行!我说过的话你又忘了吗?我们绝不能在村里干那样的事!"

黄安安说:"哑巴都看出了咱们的关系,我就弄不清,你究竟是还怕谁呢?"

唐春花说:"哑巴是哑巴,我们还是要顾及别人的眼睛呢!"

黄安安说:"把他的!你怎么也是这样的犟脾气。"

离开唐春花,黄安安再没有走正路,害怕哑巴着急,他是从野外斜插着跑下了北沟。上了那条柏油公路,他才停止了奔跑,步履仍然快速,却是一身的庄重。

两个孙子成了唐春花的劳累,现在也是黄安安肩膀上的担子了。

上了北沟后,哑巴就在沟岸上等候着。

黄安安问哑巴把两个孩子送到学校了没,哑巴指着高家村的学校,意思是说他一直看着两个孩子进了学校门。黄安安心想,自己毕竟有崔会平拖累着,以后就把早上送孩子的任务彻底交给哑巴黄利贵。但是还不等黄安安把那样的事情交代清楚,哑巴又急着他自己的事情,扭过头就朝着镇上的方向撂开了大步,再也不看黄安安的眼睛。也不急,哑巴乞求他的时候多着呢,回去再给他把任务压实,黄安安仍然这样想。

现在两个人步行倒可以，可是买好电视怎么办呢？五六里路，总不能两人轮换着把电视机扛回来。黄安安这就又想起跛子岗的农用三轮车，跛子岗是个碎嘴子，成事不足，坏事有余，可是现在黄安安又突然觉得，如果把跛子岗能叫到，那就是一举两得了。一是可以帮哑巴把电视机拉回来；二是还可以当他的传声筒——把他黄安安出任黄刘村第一村民小组组长的消息尽快地传播开。尤其是黄大明那几个兄弟们，那他们也得把黄安安黄组长，当作乡绅一样的敬重吧？

黄安安想着就打通了跛子岗的电话。

跛子岗一听是黄安安，立即就好像找到救星说："哎，安安哥，我昨天晚上是不是和你在一起喝酒了？"

把黄安安问了个莫名其妙。黄安安立即判断到，这狗东西昨天晚上肯定又惹下了什么事，现在就抓住黄安安下台阶。黄安安沉吟了片刻说："跛子岗，你先说你现在在哪里？"

跛子岗有点着急地说："我和我女朋友在一起，昨天晚上我回了一趟村，都怪你把我灌醉了。可是现在她不信，还说我和别的女人又鬼混。哎哎，安安哥，你可是唯一的证人，你不说话，她就和我断交了。"

黄安安只得替跛子岗圆谎说："啊啊，这没问题……我后来也喝得太多了，都不知道你啥时候走的呢。"

跛子岗听见黄安安如此仗义，就好像又和一个女人说："现在你听明白了吧？整天疑神疑鬼的，这以后还怎么相处呢！"

黄安安在心里说，把他的，本来还想占便宜，没想到把自己弄成了说谎的鬼。

跛子岗似乎要以仗义还仗义，没放电话又问道："安安哥，你有事情尽管说！"

黄安安也就直白说:"我现在去阳泉镇要给哑巴买电视机,如果你能赶回来,就到镇上来找我。"

跛子岗哼哧了半天说:"雇一辆车屁大个事,我这可是五十里路呢!"

黄安安气得又骂了句说:"靠屁吹灯,臭气烘烘!"

03

到了镇上,黄安安就只是尽心地帮助哑巴了。先从邮局取出了汇款,又领着哑巴去选电视机,可是哑巴又犯了倔脾气,站在最小的电视机前就坚决不走了。黄安安说哑巴也是有福不会享,买这样的小东西不丢人?哑巴就摔着手里的钱,还指着另一边的"大锅"天线,让黄安安自己算清账,该节省就要节省呢。

黄安安又掏出了手机比画说,他现在就给哑巴的儿子把电话打过去,问问哑巴儿子的主意。钱如果不够先由他垫着,不信哑巴的儿子就不再往回寄。

哑巴弄明白黄安安这是要把电话打给他儿子,就一把压住黄安安的手机,眼泪都快要急出来了。哑巴连哇啦带比画地告诉周围看热闹的人,他儿子在那边打工,可是管着四个人的吃喝拉撒睡,特别是孙子就要上学念书,挣钱有多么不容易!儿子就这还想着他这个哑巴父亲,他如果再不节俭,那还是当父亲的样子吗?

周围的人虽然听不懂哑巴的话,但是看见哑巴流眼泪,这就唏嘘成一片了。

黄安安却觉得哑巴太不争气,冲着哑巴大骂说:"十七寸的小玩意,收破烂的都不要。再看瞎了你的眼睛,你就睡在炕上等死吧!"

有人就指责黄安安说:"你这人是怎么说话呢?多么可怜的人,你还好意思欺侮他。哑巴为什么就非得听你的?"

黄安安想说他是哑巴的领导,但是能在镇上逛的人,很可能都是人尖尖,谁要说他是村民小组的组长,就实在算不上一盘菜,还会落下大笑话。所以,黄安安只能窝火地说:"我也是好心成了驴肝肺!"然后又对卖电视机的老板说:"老板,取货。哎,一切的东西可都得配齐全。"

黄安安和哑巴把电视和卫星天线抱出来,哑巴又比画着要买手机。

黄安安瞪圆眼睛比画说:"那可是两三千块的货,你现在到哪里找钱呢?"

哑巴神秘地笑笑拍拍腰包,意思是钱在身上带着呢。

黄安安又在心里说,这个货也不是老实人,自己攒着私房钱,儿子的汇款也照收不误。黄安安带着哑巴又进了手机店,这下哑巴就好像换了一个人,售货员取了个老人机,哑巴生气地推回去。售货员这就问黄安安说:"一个聋哑人,他到底是给谁买手机?"

黄安安说:"你大伯只能看视频,你挑一个差不多的智能手机吧。"

那样的手机最少也是两千多,可是哑巴就很爽快地拿在手里了。

走出手机店,黄安安一下子拧住哑巴的耳朵说:"把他的!红萝卜夹辣子,吃出看不出,平时还装得像个贫困户!"

哑巴又在比画着,他现在就想和老婆儿子再视频。

黄安安比画说,手机里的门道多着呢,新手机,他一时间也弄不会。

哑巴的笑容就僵住了。

临回家时又出了问题。

黄安安叫了一辆出租车,可是哑巴硬是把司机挡走了。黄安安知道他嫌贵,又指着另一辆农用三轮车,再比画着那样的车有二十块钱就一定能成交。回头时哑巴已经不见人，稍许之后，哑巴竟然从路边捡来一根木棍子，他是要把电视和"大锅"挑回家了。

黄安安气得踢了哑巴一脚，自己就率先往前走。没有走几步，跛子岗就开着三轮车和他撞了个对面。

黄安安说："你不是不来吗？"

跛子岗悄声一笑说："要谢就谢我的女朋友。"

黄安安说："她还是不信你，还要和我当面对质吧？"

跛子岗往后一指说："可不是。我怎么弄了个麻迷子，动不动就会和我翻脸撕襟呢。"

黄安安往远处望去，那个女人正坐在一个凉粉摊吃凉粉，模样倒不错，就是身旁也放着双挂拐。黄安安这就要走过去和那个女人说话，跛子岗赶紧把他拉到一边叮咛说，他和那个女人已经同居了。可是昨天晚上，他没有进屋子，所以她就闹得寻死觅活的。

黄安安追问说："那你昨天晚上在哪里？"

跛子岗说："现在谁还会吊在一棵树上呢。"

黄安安不由得发火说："你他妈的给我说清楚，犯法的事情我可不作证！"

跛子岗仍然是一脸赖皮地说："她平时就是在街角擦皮鞋，另外还有她一个闺蜜，平时也都是坐在一起配钥匙。这……这你明白了吧？人家两个是闺蜜，那样的秘密，打死我也不能说。"

黄安安再也不想过去，不只是觉得跛子岗太不要脸，也怕真的闹出人命关天的大事情。跛子岗如果改了还好，假如再继续脚踩两只船，那就迟早要出事，到那时候，他黄安安就也是害人的共谋了。

哑巴还挑着担子在远处发愣，似乎跛子岗把车开回来，这样的便宜就应该占。黄安安悄悄给哑巴使了个眼色,哑巴立即意会地继续往街外走去。

黄安安又对跛子岗说:"你看看,那个犟货谁都说不通,二十块雇车钱舍不得花,也不想欠别人的人情嘛。"

那个女人已经吃完凉粉站起来,跛子岗赶紧拉住黄安安说:"那……那你必须再当面说句话啊。"

黄安安只得迎上那个挂着双拐拐的女人说:"你好!"不等那女人回答,立即又回头对跛子岗说:"你以后也要注意呢,别整天把酒当尿的喝!闹出什么事,对谁都不好!"然后就随着哑巴的后影大步离去。

黄安安对自己的表演很满意,既没有证明跛子岗昨天晚上和他在一起,又让跛子岗面子上过得去,而且也是对跛子岗的警告了。

跛子岗也虚张声势地喊:"不喝酒不就把人愁死了?对对,少喝可以,不喝不行!"

出了街道,黄安安再不想和哑巴继续同行,你乐意走路你自己走,我可得赶紧回去伺候老婆呢。黄安安这就叫了个摩的回去了。

04

黄安安害怕老婆崔会平看见摩的也会唠叨个不休,白白帮了半天忙,连一口水都没喝,这怎么还自己破费雇摩的了?所以他在村口就让摩的停下来。

黄安安急急匆匆地推开大门,就惊叫一声说:"你……你怎么在这里?"

院子里站着的是唐春花,看样子唐春花也在气头上,她铁青着脸,一时都没有和黄安安说话。

黄安安又悄声说:"我问你话呢?"

唐春花这才说:"我也不知道你和哑巴什么时候能回来,这就想过来帮帮崔会平,没想到我咋就遇上母老虎了。"

黄安安苦笑着,仍然压低声音说:"你也真是个女二杆子!别人不说,她可是早就知道咱们两个悄悄地好,防你就像是防贼呢。你……你这不是拿着鸡蛋碰石头,自己把自己往老虎嘴里送?"

唐春花这就不由得提高声音说:"哼,谁是鸡蛋你以后弄清楚,我现在也终于活明白,谁都没有什么可怕的,那还用害怕一个半瘫子?她才是软得像是鸡蛋呢。"唐春花说着话,又已经蹲在洗衣盆旁,盆子里放着两个被罩子,她再撒了一把洗衣粉,就继续身子一躬一躬地揉搓着。

如果不是在自己院子里,黄安安最喜欢唐春花这样的疯狂劲。唐春花蹲在地上,也不坐凳子,往前再那么一纵一纵地搓洗着,胸部就不停地颤巍巍,屁股也绷得圆溜溜,忽高忽低地晃动着。是个男人,谁都会立即想入非非,可是黄安安现在不敢,连抱一抱唐春花的勇气都没有。黄安安还在想,这家伙怎么自己就跑进门了?竟然还为他拆洗了被子?

"咋回事?到底咋回事?"黄安安真是糊涂了。

"你进去问你老婆去!"唐春花说。

黄安安无奈地走进里屋,这一看他又差点笑出声。崔会平围着被子靠坐在床上的墙角,身上的被子还用一条带子紧紧地捆绑着。就像一个婴儿,脸上憋得通红,却不能蹬开被子爬下来。炕边的桌子上还放着一只碗,碗里的蒸鸡蛋羹只残留了一少半。见黄安安进来,崔会平就气急败坏地骂着说:

"你……你就死在外边吧!你还有脸再回来!"

黄安安上前拍了拍崔会平,算是安慰地说:"好端端地死啥呢?我现在是村上的领导了,给哑巴帮忙你也是知道的。"

崔会平似乎已经被唐春花制服了，神情很有些忧伤地说："那就……那就让我死，你现在就把我弄死吧！"

"她刚才打你了？"

崔会平稍微安静下来，似乎再也说不出话。

唐春花已经冲进屋子说："黄安安，她说不清我来说，都是我多管闲事惹的祸。今天早上，我看见你为哑巴的事情那么操心，还顺便让哑巴把我的孙子们送到了学校，也就在家里坐不住。现在村里还有几个人，也就是剩下几个残的，几个老的，两个小的了。空荡荡的村子，人和人还计较个啥呀？也只能互帮互助往前走。开始我确实不想踏进你家的门，害怕她崔会平的心仍然像针尖那样小。后来又觉得人都瘫了，心胸也就应该变得宽，变得大，这就硬着头皮走过来了。没想到这个婆娘比以前还要泼，先是让我滚出去，然后就用手指头抠着自己的脸，还指着墙角的一双旧鞋，她这是骂我不要脸，骂我是破鞋。可是我觉得既然来了，就想把新仇旧恨都消掉，我问她拉不拉，她只喊着让我滚。我又问她尿不尿，她嘴里还是滚滚滚。我说我不滚，我过来就是想好好说说话，想好好地伺候她。她这就摇着轮椅冲着我撞过来，我只是躲让了一下，她就从轮椅上差点跌到地上了。我没有办法啊，为了帮你们把屋子收拾收拾，这才把她抱到床上绑起来。"

唐春花说着这些话，早就伤心地抹起了眼泪。然后又是一不做二不休地说："我是狠下心要和她成为好姐妹，以后还要经常过来陪她说话呢。所以，她骂她的，我只干我想干的事情。一个人就在厨房里忙活着，可我给她蒸好了鸡蛋羹，再端过来亲自喂她时，她一把就连碗都打掉了，给被子上都倒了一河滩。黄安安你自己说，我是不是把一张热脸往她的冷屁股上蹭？我觉得你每天让她喝羊奶伤胃口，想给她变个口味她都不领情。"

黄安安一下子放了心，对唐春花简直是感激不尽。这真是时势造英雄，他觉得唐春花突然间就好像变成女汉子女英雄了。但是他看着老婆崔会平被捆绑的样子，又苦笑着说："可你也不应该给她上了刑法吧？"

唐春花说："我给她上刑法？这儿瞧，她把我的胳臂都抠出了两条血印子。"说着挽起了一只袖子，唐春花的胳臂上，果然留下着两条醒目的血痕。"我把脏了的被罩扯下来，要赶紧洗净时，她又挣扎着想往床下爬，你说我不绑住她，我能干活吗？"

黄安安禁不住拉过了唐春花的胳臂，另一只手还没有抚摸上去，崔会平全身又是一阵颤抖，嘴里又是一句臭骂说："你们想爱就出去爱，别在这儿脏我的眼睛了！"

黄安安放开了唐春花的胳臂，赶紧又给崔会平松了绑说："看来真是你不对嘛，春花是来照顾你的，你却是又打又骂又折腾，这真是不应该嘛。"

崔会平不再哭闹，但对唐春花仍然是怒目相对。

黄安安说："会平，你真的还想继续闹下去？"

崔会平说："你们想好就在外边好，她怎么都敢来见我了？"

黄安安说："这话首先要问你自己！我当初是怎么回来的，难道你自己不知道？"

崔会平说："那你也没有抓住我的现形吧？"

黄安安说："你让我怎么说你呢？啊，其他事情都不说了，就说儿子把你送回来，我只是生了两天气，然后就一切都想通了。会平呀，我能这么快地接受你，把以前的记恨都丢掉，这本来就有唐春花的劝说，她让我把一切心思都放下，她让我一心一意地伺候你！她也不让我早早起来帮她送孙子，这都是为了好好照顾你。这么好的一个人,你咋就不能忍让呢？"

崔会平就不再说话了。

黄安安仍然惦记着哑巴的事情，往外走着时又对唐春花说："那你就帮人帮到底,把被子洗完后,再给她蒸一碗鸡蛋羹。哎,还是你们女人家心细,蒸鸡蛋羹我怎么一直学不会。"

唐春花也跟出来说:"你回来了,我就走。留在这儿,我算是什么人吗?"

黄安安说:"什么人?明白人!女汉子!还是你刚才那句话说得好,人活着,就要把自己活明白!男男女女的那些事情,哪儿都有!只要没有欺负谁,只要活出真情真意,只要心里对谁都尊敬,我看别人还能说个啥!"

崔会平又在里屋喝问说:"你们又合伙骂我啥呢?"

黄安安说:"我说崔会平也是明白人!比如八叔拉回来时,村里那么多人都在围攻我,质问我八叔到底是活着回来的,还是死了回来的,崔会平冲出来说的那些话,那不就是明白人才能说出的话嘛!"

崔会平这才哼哼一笑说:"你记着就好。"

黄安安和唐春花来到院子,忽然都看见哑巴就站在门外,但还是探头探脑地不敢进屋。

黄安安现在就不在乎地向哑巴比画说:"你不认识唐春花,探头探脑地看啥呢?"

哑巴憨笑着走进院子,首先把十块钱塞进黄安安的怀里,然后就低眉垂眼地看着黄安安的脸色变化。

唐春花又指责黄安安说:"噢,你给一个可怜的人帮点忙,这还好意思收钱了?"

黄安安说:"这是他狗东西想起我的摩的费了,现在又是求我去安装电视机。"说着就要随哑巴走,回头又对唐春花说,"看来你当个妇女主任也不错。就凭你这胆量和心胸,就是我很好的助手了。"

唐春花说:"你还真把自己看成狗屁领导了。可是你也别高抬我,除了以后能安安宁宁地过日子,我什么都不希求了。"

黄安安又想把哑巴以后送孩子上学的事情敲定下来，在唐春花面前，又不愿意如此要挟。他知道哑巴心里也是个明白人，如果哑巴也真的看出了他和唐春花不正常的关系，说不定哑巴也会向他要挟，或者在心里看不起他们呢。

"哎哎，崔会平再和我闹事，我可是当下就走人了。"唐春花追出门说。

黄安安故意激将说："我相信你那三寸不烂之舌！外面的破事烂事你经历了那么多，这还摆平不了一个病婆娘。"

唐春花仍然绷着脸说："我现在还真是不怕事情闹得大！这头都磕了，还在乎再作几个揖？你就忙哑巴的事情吧！"

05

刚才哑巴可能也不愿意让黄安安再帮忙，电视机打开已经把电源插在插座上，那个卫星天线的"锅"，他却不知道怎么连接，也弄不清放在什么地方好，这才不得不又把黄安安请过来。

黄安安继续摆着谱，不给哑巴一点好脸色。他让哑巴端出一把椅子放在院子里，一会儿要烟，一会儿再要茶，哑巴就忙成了一个陀螺。黄安安这才开始指挥着，去，把梯子端来，先把那个东西吊到房顶上。哑巴把梯子顶放在屋檐上，自己就背着那个"锅"上了屋顶，连接了天线，黄安安才自己开始动手了。

可是电视上仍然是一片子雪花点，黄安安这就没辙了。他知道那样的"锅"还必须把方位转动好，可是这就需要上下的人都必须用语言问答，这样，哑巴就彻底成了没用的废人。如果他黄安安站在屋顶比比画画的，心急中摔下来，说不定就会也和崔会平一样，躺在炕上不能动弹了。那还怎么当组长？那不是要连累儿子一家人一辈子吗？

"去，把唐春花叫过来。"黄安安进一步指挥哑巴说。

哑巴眨巴着眼睛，弄不清黄安安说的啥。

黄安安指了指他家的方向，然后又拍拍自己的屁股，摸摸自己的胸脯，再比画出长头发，哑巴眼一亮，这才一溜烟地就跑出去了。

唐春花进门说："男人们的事，你叫女人来干啥？"

黄安安攀着梯子说："哑巴的下面倒是男人，上面的七个窟窿眼，也只有四个才管用。"

唐春花家里早装了电视机，她一下子就知道要她来干啥。

黄安安在屋顶转动着天线，唐春花就在屋里屋外出来进去地跑着喊："不行不行，再转再转。哎，有点图像了，只是还有点模糊，继续调……"

哑巴的眼睛一会儿看着屋顶的黄安安，一会儿又看着跑出跑进的唐春花，最后才激动地哇哇大叫了。

三个人都面对着出了画面的电视机时，哑巴又掏出十块钱举给了黄安安。

黄安安摇摇手说："不急不急，我的事情还没有办完呢。"

唐春花插话说："他的钱你真不能要，一个村住着，谁没有个难处哩。"

黄安安说："你是不知道，他这是让我给他的儿子老婆赶紧打电话报喜，肯定是要付我的电话费。他不想贪别人的便宜，没有这事，哑巴也是一毛不拔呢。"黄安安说着挡开哑巴的钱，把手机掏出来却不拨，又对哑巴比画了，"这个忙我是不是帮到底了？"

哑巴连连地点着头。

黄安安又指着唐春花向哑巴比画说："她是不是也算帮忙了？"

哑巴羞涩地笑了。

黄安安这才给哑巴彻底摊牌说:"现在我就要交给你一个任务了!"

哑巴还没有弄清黄安安什么意思,唐春花又想起卫星天线还应该接上避雷针,两人又找来铁丝忙活了好一阵子。

黄安安觉得自己再不需要说什么,只指着唐春花问哑巴应该怎么感谢?

哑巴摩拳擦掌地站起来,好像什么都在所不辞了。

黄安安压着哑巴坐下来,耐心地对哑巴比画着说,唐春花一个孤寡人,日子本来就不容易,每天接送孙子的事,更是把她害苦了。高家村那边的小学也没有灶,隔着一条深沟,路途就不近,中午也不能接孩子回来吃饭,就只能给孩子们的水壶灌满水,再带点儿干食品。当然这点谁也没办法,等孩子们上了中学就好了,到中学就有食堂了。目下最苦的还是当奶的,还是唐春花。两个孩子把你哑巴也叫爷,当爷的以后就接送孩子吧!

哑巴的眼睛落在唐春花身上,再看着黄安安,不敢比画他们本来就是老相好,意思只是说,你黄安安既是男人,又是领导,这样的事情也轮不到我吧?

唐春花赶紧说:"我自己的苦我自己受,也别难为人家哑巴了。"

黄安安仍然只是对哑巴比画说:"咱们黄庄这边剩下的人不多了,可拢到一堆还有二十多个人,哪一个都要我操心。再说,如果我不是白天晚上都要伺候病老婆,这就不用给你哑巴开口求情了!"

唐春花还是说:"安安,你为什么就要麻烦别人呢?"

黄安安撇开唐春花,只举起手机看着哑巴了。

哑巴终于霍地站起来,再盯着唐春花使劲地拍着自己的胸脯,意思是他一切都会答应的。虽然哑巴儿子黄锐锐的电话已经在黄安安的手机上存着,但是为了让哑巴弄清他的电话打给了谁,黄安安又让哑巴找出了他儿子黄锐锐的电话号码。

黄安安一个字一个字地慢慢拨着，还让哑巴一个字一个字地看清楚。打通了哑巴儿子黄锐锐的电话，黄安安就告诉哑巴的儿子黄锐锐说，电视机不但买回了，而且又是他和唐春花帮着你的哑巴父亲装好了。黄安安让哑巴对着电话也哇哇了几声，甚至还对着电视机让那边听了听电视的声音。

"太感谢安安叔了！现在我正在上着班，这边的家里也没有装电话，回去我就告诉我妈和媳妇，他们也都会感谢你。"哑巴的儿子黄锐锐说。

黄安安说："噢，锐锐呀，该感谢的还有一个人，你春花婶刚才也帮了忙，没有她过来，电视机肯定还是一团黑。"

黄锐锐在那边又感谢了春花婶，说了许多问候的话。

黄安安又补充说："啊，对了。你爸自己也买了个好手机，而且用的还是自己的私房钱，哎，别别，你们家的财务我不管，我只是告诉你，那样的手机还得我慢慢给你爸教会，你说叔要操多少心？"

黄锐锐说："安安叔，我爸在家里，许多事情都要你们关照呢。当然，他一个人住着也没有多少事，如果你们需要他帮忙，这就尽管给他指派吧！"

黄安安说："哎，这就对了！你会平婶子是个病身子，叔现在又要当村民小组长，所以有些事情就忙不过来。比如你春花婶子每天都要接送孩子，她一个女人家，接送孩子就太辛苦，叔这就想让你爸也把两个孩子关照一下。"

黄锐锐说："那没有问题啊！你尽管给我爸说，你帮人，人帮你，这样下去我们在这边也放心！"

黄安安这才和黄锐锐说了声再见。

唐春花没弄清黄安安的意思，只是有点憋气地问："你是想让满世界的人都知道咱们的关系嘛,给人家孩子提我干啥嘛!"

黄安安说:"哑巴以后就要每天帮你接送孙子,我害怕时间长了,那边不乐意。这样提前告诉他们,你也帮助过他哑巴爸,哑巴那边的家里人,就再也不好意思胡言乱语,尤其是哑巴他老婆,可别也闹出争风吃醋的事情了。"

唐春花说:"除了崔会平,谁的心眼都没有那么小。"

哑巴取出了一瓶酒,又要为电视庆贺一番。黄安安看了看手机上的时间,农村的学校放学早,哑巴马上就该正式执行第一次任务了。所以,黄安安就对哑巴比画说,没有时间了,你现在就该过去接孩子了。如果要喝酒,我黄安安也该请一次客。或者等你把手机学会,以后热闹的时间长着呢。哑巴当下就起身出屋,还把自己的手机也带在身上,当然他不是想使用,只是觉得那实在是最珍贵的宝贝!

清明

祭祀时节的热泪

01

这些日子，黄安安就不时地接到了电话。这些电话都是从县城或者外地打来的，有的是和黄安安拉近乎，有的直接表示祝贺，有的还要和黄安安约定时间，说是什么时候回来请黄安安黄组长喝一次酒。尽管黄安安知道那些话也就是说说而已，说到底都是虚情假意，但是当时听起来，心里还是像鸡翎子扫——舒服受用啊！

别看一个小小的村民小组长，可是在出外打工的那些后生心里，绝对是不敢轻视的。他们知道他们的户籍还在黄刘村，说不定哪一天就会下岗了，失业了，就还会回到黄刘村。现在打电话祝贺和问候，也就是提前铺个路，就是安妥他们的归途。什么情分都可以断，只有回故乡的路必须一茬一茬地接续着。包括黄继先和陈艳红，不管他们心里装下多大的仇多大的恨，叫"黄组长"叫得都很真诚和亲切。

黄安安接了黄继先和陈艳红的电话在心里想，你黄叔当组长，首先就是给你们家带来了好处，萍萍和山山大家都共同关照，你们就少了许多惦记和操心。可是黄安安心里还有一个疑惑,唐春花即使和儿子儿媳通电话,也不会提说他黄安安当了组长的话题。自从黄继先和陈艳红闹离婚,唐春花就从来没有和他们主动通过话,黄继先或陈艳红给唐春花打电话,也都是非常简略的一问一答。那边问:"妈,萍萍和山山没事吧?"这边答:"没事!有事又能怎么样?"那边说:"让妈费心了。"这边说:"那是我命不好!"那边说:"妈你多保重。"这边就把电话挂了。唐春花心里的苦楚无处诉说,就只能把这样的对话说给黄安安。那么黄继先和陈艳红是从什么渠道,也知道黄安安当了组长的消息呢?

有一天,哑巴跳跳蹦蹦地冲进黄安安的院子来,得意地晃动着手机比画说,会了,会了!黄安安也是吃惊地问,是谁就有那个耐心了?哑巴比画着说是萍萍,他们每天在路上走,黄宝萍这个小精灵,就耐心地教会哑巴爷使用智能手机了。

黄安安一拍大腿说,把他的!这怎么又是一举两得?同时也解开了一个谜,萍萍时常帮助哑巴爷摆弄手机,用哑巴爷爷的手机,打给他爸他妈不是也很容易吗?

那两只奶羊都几乎不用黄安安去放了。

不管是男人还是女人,每天都要给花椒树除草,顺便牵走黄安安的羊,在地里可以吃嫩草,回家时还会把锄下来的干草给黄安安带回来,那就是入冬后奶羊的饲料了。希贤伯甚至还提出把放羊的事情承包了,他和老婆都是半病子人,去年希贤伯的心脏搭了桥,老婆郑氏婶身患严重的脊椎劳损,走路时腰身都弯成了一张弓。希贤伯就首先带了头说:"安安呀,村里事情也不多,可毕竟你媳妇离不开人,让伯把羊牵走吧?"黄安安真是不敢使唤哪一个老人,诚心诚意地阻拦说:"那不行,我不敢使唤大伯呀。"希贤伯说:"儿子们总是让我多走动,多锻炼,没事就到村外坐一坐,还说那是天然氧吧。我也弄不懂现在的洋名词，只觉得村外的空气新鲜，空手走也是走，拉羊走也是走，这也把我累不着嘛。"黄安安还是不松手，可是他进屋给老婆热奶出来后，院子里的羊已经不见了。以后就有人不断在用这样的说辞效仿，黄安安也就渐渐地习惯了。又由郑氏婶带头，看望崔会平的人也多了。今天是这个老太太，明天是那个老太太，把唐春花都气得进不了门。

02

清明节的来临，让黄安安快速做出决定：摆几桌！一定要摆几桌！把他的，平时哪有这样的好机会，有道是机不可失，时不再来，离开这个节，再啥节气人都聚不全。城里人都是借自己的空，昨天已经有人提前车来车往地回来上坟烧纸了。

黄安安先给黄大明打了电话，问他们什么时候回来上坟。他们可是大家庭，一回来就是一群人。黄大明问黄安安有没有什么事，本来他们想每家派一个代表回去，如果黄安安需要谁，那人数和时间都由黄安安确定吧。黄安安沉吟了一下说，他这个代理组长已经当了快一个月，这就想把大家聚拢起来摆几桌。无论如何也必须形式一下，要不然还是名不正言不顺嘛！虽然黄大明明白过来，但还哼唧了一声说，啊，那……那就是选举的事，只不过除了二明全家的户籍还在村上，他和三明就是回去也没有选举权呀。

黄安安激将黄大明说，那还有八婶呢！让黄大明必须把八婶送回来。有八婶坐镇，那就是佘太君，那就是西太后，那就是他黄安安最大的荣耀和光彩！黄大明说，没问题！烟酒都不用管，他也会陪着老母亲回来的，选举会就不参加了，会开完他还要把母亲带走呢。黄安安说，那就今天晚上吧，明天就是清明节，每家每户都上坟，如果拖到明天办，那就不能安宁呢。黄大明说那他现在就做准备，肯定按时赶回去。

确定下来这一家，黄安安就亲自报告刘宏声了。

刘宏声住在村南头，抬头就能看见秦岭坡。以前给儿女都圈了院子，把儿女全都转为公办教师后，他就把三个院子打通了。虽然不像别墅，但在宽阔的院子中间搞了花坛，另一边还种了各种菜，那一排子房子有十多间，儿女的工作单位都不远，周末全都回来后，那也是热热闹闹的一家人。

黄安安走进院子说："哎，刘书记，啥叫个活神仙，你这日子就是个活神仙吧？"

刘宏声和老婆都在院子里，那个花坛中已经开满了花，两个人都转着圈子闻花香。看见黄安安，刘宏声赶紧对身旁的老婆说："泡茶泡茶，不赶紧把老黄的嘴堵住，难听的话还在后边呢！"

黄安安说："啊，嫂夫人，啥啥都甭忙活，我来就是几句话，说完立马就走人。"

刘宏声说："有事打电话，还非得跑一趟。"

黄安安说："今天不行，今天是正经事，正经事必须当面汇报，亲自邀请啊！"

刘宏声说："晚上的事情，现在也不用着急吧？我肯定到，还会把村委会的几个人都拉过去。哎，这是不是给你把面子撑美了，撑大了？"

黄安安惊愕这是谁泄漏了秘密。跛子岗不在家，开会吃席也没有他的份，一是跛子岗不是黄庄村民小组的人，二是他也害怕那个东西吃了他的饭，又会砸了他的锅。那就肯定是黄大明，对，没错，人家才是真朋友，人家才是穿着一条裤子呢。黄安安心里扫兴，嘴里却是讨好地说："刘书记总是神机妙算啊！既然你都知道了，那我就回去准备饭了。"

刘宏声说："开会是开会，吃饭是吃饭，豇豆茄子要分清。"

黄安安说："您这是又有啥讲究呢？"

刘宏声说："自己动脑子！啊，开会你们也没地方，那就放在村委会。至于吃饭的地方，你就自己挑选吧。"

黄安安走出院子，一路上都在苦思冥想。把他的！好不容易想热闹一次，这怎么又有那么多渠渠道道呢？喝着酒，吃着饭，再让大家举举手，为啥还要分分合合呢？黄安安回到家让老婆崔会平指点迷津，崔会平就指着电视说，塞红包、发东西是贿选，喝酒吃饭也是贿选，你整天只图个嘴痛快，其他事情都不懂了。

黄安安说："我的妈呀，多亏刘宏声提醒，这还差点犯下政治错误了。"

崔会平说："多看电视也长知识，别以为我总是打瞌睡，有时候耳朵里逮一句，同样是国家大事呢！"

黄安安说："咱就是一个草木百姓，吃顿饭，喝顿酒，谁还能说啥呢？"

崔会平说："也是刘宏声书记为自己担心，现在上边管得紧，他的日子那么受活，还能舍得头上的乌纱帽？"

黄安安这就又想起还有黄大明黄三明那些身居官位的人，回村里选个村民小组长，还要让人家喝酒吃饭，这如果传出去，一是会不会也要受到连累？二是会不会让他们看笑话了？把他的！人人想当官，当官都一般，黄安安自己也开始犯傻，同样也瞻前顾后了。

03

正是上午十点钟，村委会院子的大喇叭，忽然喳喳地响起来，紧接着就播放了通知：黄庄村民小组的村民请注意，黄庄村民小组的村民请注意，中午十二点，都来村委会开会。再播送一遍，再播送一遍……

现在掌控村委会喇叭的人，是村委会的兼职文书刘全德。刘全德说是村委会文书，实际上他干的事情太多了，这就也是掌控喇叭的播音员。他今年已经七十岁出头，可还是刘宏声的老杂工，小跑腿。说起刘全德，这就要说到刘全德的父亲刘寿山。黄刘村还是生产大队时，刘寿山就是大队支书兼任大队长。刘寿山的相貌很瘦小，可是正如有一句俚语所说——秤砣虽小压千年。从当选到卸任，刘寿山一直受到全村人的尊敬和信服。刘寿山对什么事情都较真，对什么事情都强势，最后那一年卸任时，也不是因为年龄和犯了什么错误，而是他要和儿子较真到底，不能败坏了黄刘村的风气！

刘寿山的儿子刘全德，是1967级的初中生，由于众所周知的原因，学校彻底停课后就回到村子当了农民。在当时来说，村子里除了地主分子黄光如，刘全德就是一个最有知识和文化的年轻后生。当时按照村里人的预感，几年后他就可以子承父业，成为新一代村支书。可是刘全德似乎没有那个想法，整天还是东跑西走地找同学们玩耍。为了把儿子的心收回来，刘寿山就开始给儿子张罗媳妇，后来和刘全德结婚的那个女子叫樊明贞，人样儿虽然很一般，村里人却一致欣赏她高挑的个头。那样的个头，是不是就会改变刘寿山家代代都瘦小的基因了？樊明贞家是秦岭山里人，听说小学还没有上完。那时候穷乡僻壤的女孩子，能认些字都算是知识人，在这一点上也没有什么不般配。订完婚，村里人就等着吃刘寿山的酒席了，可是对什么事情都较真的刘寿山，说领导干部的儿子更加要遵守婚姻政策，两个人的年龄都不够，结婚就是犯错误。硬是等到1970年，刘全德才和樊明贞结了婚。结了婚就会生孩子，七年后，刘寿山很快就成了一个孙子一个孙女的爷爷，刘全德当然也成了年轻的父亲。

刘寿山的小孙女刚呱呱坠地，恢复高考的政策就传到村里来，这时候黄光如已经进了省城，刘全德也很快从村里失踪。村里的两个文化人都不见了，大家都觉得非常奇怪，询问村支书刘寿山，这个时候的刘寿山还很高兴，他见人就兴奋地说，政策变了，好政策来了，娃娃想进步谁也不能阻拦呀！不管刘全德是不是寻找黄光如求教和复习，考试完还是要暂时回到村里。

紧接着，刘全德即将上大学的消息公开化。村里人又开始为刘全德的媳妇樊明贞担心，一个年纪轻轻的女人，这以后就要守活寡了？尤其是那些老年人，甚至担心黄刘村以后会不会出个薄情郎、负心汉？仍然是刘寿山出面承诺说，年轻人都要以前途为重，瞻前顾后就干不成大事情。刘寿山把心里的决心一直憋着，村民为刘全德送行那天，刘寿山才站在村口面对大家说："身为村支书，也身为全德的父亲，我向全体村民保证，别说刘全德敢起别的歪歪心，他就是做出对不起媳妇的事，我都要打断他的腿！"

刘全德在众多的掌声和羡慕的目光中离开村子了。

农村的政策也开始活泛起来，儿子出息，儿媳孝顺，村民们也乐呵呵的，刘寿山看见每个人都是笑脸相迎。大孙子已经到了上学的年纪，刘寿山就把孙女架在脖子上，拉着孙子去上学。

那时候刘宏声才刚刚十八岁，由于家里穷，高中一毕业，就回到村子当了农民。刘寿山懂得村子要变化，必须依靠有知识的年轻人，这就让刘宏声担任大队长，并且连文书、治保的许多事情都一肩挑起来。

转眼就到了暑假的假期，刘全德的学校就在省城里，他先是写了封家信回来，说是假期他想在城里找个挣钱的事情，那样就可以自己挣下生活费。刘寿山容不得儿子有半点拖延，立即发出一份电报，电报上只有四个字：不许！速回！

刘全德人是回来了，可是村上人都能看出他眉眼不顺，白天他喜欢在地里干活，晚上又喜欢到处串门，几个月没见的媳妇，似乎已经拴不住他那颗游荡的心了。这时候村里人还不敢相信，他才走了几个月，变心也不会变得这么快。

接着村里人又看到，刘寿山的脸上也挂上黑霜，甚至有好事者，还听见了樊明贞和刘全德夜晚来临时的争吵声。他们争吵的原因很奇怪，媳妇要把两个孩子送到公公婆婆的炕上去，刘全德却要把两个孩子留在自己屋子里。后来还是刘寿山怒声一喝才平息下来："两个娃娃都交给我，你们两口儿安心睡！"在接下来的日子里，刘全德更加郁郁寡欢，沉默寡言，不管是白天还是晚上，他都很少出门了。村里人偶然看见他，那就是他和两个孩子在一起。本来他长得比父亲要壮实一些，可是两个月不到的暑期，消瘦得就和父亲一样了。按村里人的说法是，情养人，也伤人，小伙子的心里压了石头，抠不掉，取不出，憋屈得寝食不安啊！

人们这就纷纷猜测，村支书家迟早要闹出丑闻了。

暑假终于结束，刘全德终于离开了四沟里，离开了黄刘村，终于可以重新自由了。可是儿子离开没几天，刘寿山也从村子消失了。这次外出，刘寿山好像已经有了什么预感，好像已经做了最坏的准备，他先是召开了支委会，这就把村上的工作交给大队长刘宏声，让大队长同时代理支书的职责。

刘寿山在省城如何和儿子斗智斗勇，甚至像地下党似的潜伏着，村里人对那些不知道，说不清。只知道一个月之后，刘寿山和儿子刘全德就双双回村了。那一天刘全德脸色很难看，头上还起了血糊糊的两个包，显然也是进行过抗争。黄刘村人最讲究"家丑不可外扬"，一生好强好面子的刘寿山，当然也不会把儿子的丑事彻底捅破。那几天他只是对村上人说，不念了，我娃不念了。念个大学又能咋，人活脸树活皮，端端正正地活人比什么都重要。他老婆也和刘寿山一唱一和，对村上的女人们说，大人们受点难场没有啥，她和他爷爷不能让两个小宝贝受难过啊。

刘全德不几天就患上了精神分裂症。他先是每天都号啕大哭，后来又是一会儿哭一会儿笑。再接着，他又经常跑得不见了。刘寿山这就彻底辞掉了村支书，这时候大队部已经变成了村委会，刘宏声也就是从那个时候起，就支书主任一肩挑了。刘寿山带着刘全德四处求医治病，樊明贞那几年也真是凄苦，两个小姑子早已出嫁，地里的活路就全都压在她的身上了。婆婆接送两个孩子上学时，经常也是悄悄抹眼泪。

这样，刘全德的丑闻就由樊明贞说了出来："唉，我只想到他可能学坏，实在没想到他坏得那么快！人家也是有丈夫的人，咋能把两个家庭全都搅散呢？"至于刘全德和什么样的女人搞到一起，樊明贞也一直蒙在鼓里，又不好向公公刘寿山问个明白，她经常念叨的那些话，也许只是公公或者婆婆透露了一点点秘密。

刘寿山不知从哪儿得来个偏方，说是孩子最能收回父亲的心。他就让孙子也退了学，劝说两个孩子一起纠缠着爸爸刘全德。一个半路退学的大学生，现在竟然和小儿小女耍在一起，开始他们还只是在自家的院子里打打闹闹，后来就在村道里赛跑。再后来，刘全德就慢慢安宁下来，自己把小儿子送到学校，然后就抱着小女儿下地干活了。

黄刘村缺少的东西太多了，尤其是缺少文化人。虽然刘全德的大学只上了一学期，那时候在村里仍然是最高学历。乡政府发现了这个人才，就把刘全德聘为民办教师。刘全德先就在本村教书，后来还转换了几个学校。多年后，当刘全德的儿女都先后上了大学时，刘全德又传承了父亲严厉的教导说："书念成念不成不要紧，绝不能早早地谈恋爱！谁如果起了歪歪心，我就敢打断谁的腿！"可惜这样的话，父亲刘寿山已经听不到，父亲和母亲都已经过世好几年了。村里人说，这父子俩在阴间也不会和好，刘全德为父亲送葬时，也确实没有流一滴眼泪，以后也很少去父亲的坟地。在刘全德的女儿也进城上大学那一年，刘全德才去了父母亲的坟地，那一次他哭得很厉害。

村里人始终没有听明白，他那是怨恨还是忏悔。

04

刘全德转正为公办教师，还是刘宏声跑前跑后说情的，所以刘全德退休后，就坚决要回来给刘宏声当文书。刘宏声巴不得身边有这位老哥哥，一是不用操心给他开工资，二是刘全德办事太让他放心了。

黄安安听见刘全德的通知后，很快就跑到村委会。黄刘村村委会在黄庄和刘庄两个自然村之间，很早前那儿是一个大涝池，晚上两边村子的女人们就围在涝池洗衣服，男娃娃也脱得一丝不挂，跳进涝池游泳戏耍。生产大队变成了村委会，新任支书兼村主任刘宏声就叫来了推土机，填平涝池，那儿就成了村委会的办公地址。

黄安安走进会议室的门，只见刘全德正在忙碌着，桌子凳子已经擦洗得干干净净，每个位子前边的桌子上，还摆好了一次性纸杯。会场前面的墙壁上，也悬挂着一条横幅，横幅上写着：黄刘村第一村民小组选举大会。

刘全德看见黄安安，立即深深鞠躬说："您好！"

黄安安知道这是刘全德早就养成的习惯，但还是深深鞠躬地还礼说："刘老师好！辛苦刘老师，麻烦刘老师！"

刘全德习惯性地问候后，又提着电热壶去那边的接待室烧水了。自从刘全德的精神分裂症康复后，脸上就时常挂着卑微的笑容，似乎内心深处，总是存在着一种怨恨，又似乎是呈现着忏悔和痛楚。至于他真实的想法，实际上没有人能猜透。一个曾经声名远扬的大学生，又因为父亲的执拗，不但重新当了农民，而且再也抬不起头了。开始那几年，刘全德也确实受到村里人一致的冷漠，甚至许多人还冲着他的背影嘲笑说，哼，还全德呢？原来是一个缺德的货嘛！到了黄安安这一代稍微年轻的人，才渐渐对刘全德同情和痛惜，再往后的几代年轻人，都曾经当过刘全德的学生，刘全德"缺德"的过往，再无人提及，一律都尊称刘老师，一律都见面先鞠躬。

在农闲的日子里，黄刘村都是两顿饭，所以十二点开会就是最好的时间点。

会场已经收拾停当，黄安安就坐在那儿抽烟。他把一支烟递给刘全德，刘全德双手聚拢地谢绝说："您客气，您客气。"

黄安安心想，也该来人了吧？门外广场上就停下一辆农用三轮车。黄安安赶紧出去迎接时，跛子岗就大呼小叫说："安安哥，这也太便宜你了吧？排场弄得这样大，不摆几桌可说不过去呀？"黄安安心里说怕处有鬼，这个货怎么也回来了？可是现在还必须笑脸相迎说："刘岗贤弟，这怎么也惊动你的大驾了？"跛子岗说："嗨，今天嘴倒乖，都不敢叫我跛子岗了。不过我也能听出来，你这是嫌弃我是多余的人。"黄安安说："哪敢哪敢。"跛子岗这才解释说，黄丙成那几个在县城打工的人，也要回来上坟开会，这就合伙雇了他的车。黄安安问，怎么不见人？跛子岗说，他们都先去上坟，然后从坟地就直接过来了。

黄安安赶紧把腰包的半盒烟塞给跛子岗说："你回来也是上坟呢，那就先忙。你大伯胆小你知道，喝酒吃饭的事情那就以后补上吧。"

打发走跛子岗，黄庄那边的人就陆陆续续过来了。希贤伯搀扶着郑氏婶，黄丙成带领着从县城回来的几个人。清明节学校也放假，唐春花领着两个孩子，哑巴黄利贵也跟在他们后边过来了。黄安安一直把唐春花当军师，这就悄声询问军师说："叫不叫崔会平呢？"唐春花说："我刚才让萍萍去看她，萍萍说她正睡午觉，这就不要打扰她了。"

黄安安憨憨笑着说："咋说她都是一张选票呢。"

唐春花说："她整天都骂你是羞先人，来了说不定还是搅屎棍！"

黄安安倒吸一口凉气说："对对对，那就别让她搅臭了！"

说话间，黄大明和黄二明的两辆车已经开进广场里，刘宏声和村上的几个领导也都走了过来。从车上下来的八婶也真像是"西太后""佘太君"，她披着一件宽大的羽绒服，一下车就被一群人前呼后拥了。黄大明从黄安安身旁经过时，轻声地叮咛说："烟酒我都给你放在车后厢，那你过些日子再招呼大家吧。"黄安安立即脸红了说："这……这……"刘宏声跟在后边嘻嘻一笑说："我没有听见，我可是啥都没有听见！"

然后就正式开会。

会议当然是由刘宏声主持。刘宏声刚刚在主席台前坐定，刘全德就过来递了一张纸，大家都知道那是主持词。

刘宏声就读着主持词说："无花无酒过清明，兴味萧然似野僧，昨日邻家乞新火，晓月分与读书灯。哎，古人说得好啊！今天我们就是开一个无花无酒的会议。会议也就一个事情，本来嘛，这样的事情也可以从简，可是我还是觉得正式一些好！经过村党支部提议，黄安安同志已经代理了第一村民小组组长有一段时间了，大家共同的反映也很不错，那今天大家就再举举手……"他的话音未落，刘全德已经抱着一个纸箱走过来，纸箱上还写着"票箱"二字。刘宏声这就又改口说："啊，还是刘老师想得周到，这样好，这样好！这样就更加严肃认真了。"

可是在分发选票时又引起了一阵骚动，哑巴伸手要四张，他还"哇哇呀呀"地举着手机，手机里早就出现了哑巴老婆、儿子、儿媳的图像。在哑巴的提醒下，希贤伯和郑氏婶也想起了两个儿子和儿媳妇。萍萍举起小手说："我也要代替我爸爸黄继先投票呢！"山山也学着姐姐的样子说："那我就代替妈妈陈艳红！"……一下子就把每个人都弄得泪水涟涟的。这样的选举谁都没见过，几乎是手机连线了大半个中国。

刘全德悄声询问刘宏声，这样的视频选票能不能发出去？刘宏声说，那些在外边的村民都从手机图像中出来了，这也不是弄虚作假，这就应该算数呢。刘全德正在分发着选票，会场外突然就出现了一个女人的声音：

"我反对！我反对！"

当大家的目光纷纷向门口望去时，崔会平就摇着轮椅进来了。

刘宏声说："哟，这怎么就把一个特殊的村民落下了？"

崔会平说："我咋个就特殊了？难道我不是黄庄村民小组的人？"

黄安安说："你不是习惯睡午觉吗？再说，今天是选我能不能当组长，你是我老婆，这就应该避嫌呢。"

崔会平说："你少说那些好听的话！不但我反对，我还要代表儿子和儿媳共同反对呢！"

刘宏声说："可以可以，那你就把反对的意见发表一下。"

崔会平说："我儿子把我送回来，就是觉得他爸爸是个闲人。如今你们都让黄安安当组长，那就是和我崔会平过不去，那就是合伙害我呢！"

郑氏婶说："这女子，你说话也要凭良心，婶子也是个病身子，还会经常去陪你说话，这怎么就合伙害你了？"

大家都看着崔会平议论纷纷。

刘宏声说："安静，大家安静。请崔会平把她的意见继续说完。"

崔会平又摇着轮椅出去说:"黄安安,那你就把你的心分成八瓣吧!如果你以后冷落了我,你看我敢不敢和你拼命呢!"

唐春花给萍萍使了个眼色,萍萍和山山就跑出去护送崔会平了。

最后黄安安上台表态时,也已经泣不成声地说:"这么多人信任我,我这心里高兴啊!崔会平刚才有一句话也说得对,虽然平时留守在村里的人也不多,但是都需要我照顾。我以前就经常开玩笑说,我就是给大家当长工,打短工,那以后还是这句话,有事就找我!你们有事就找我,我一定给大家服务好!"

会场上没有掌声,许多人都在擦眼泪。

谷雨

生意引出的风波

01

陈艳红的突然归来不仅仅是思念女儿和儿子。她穿着一件乳白色的风衣，胸前还绣着一枝金色的花朵，不管走在哪里，腋下总是夹着一个精致的大包。那副茶色的太阳镜，同样是格外引人注目。当陈艳红领着两个孩子从北沟底走上来时，黄安安也在北沟岸放羊，他几乎不敢相认地盯了半天说："哎呀艳红，如果不是你领着萍萍和山山，我真是都不敢认你了。"

黄宝萍和黄宝山齐声叫道："黄爷爷好！"

黄安安说："哎，你们看你妈像不像女老板？"

陈艳红把太阳镜推到头顶说："安安叔，你对萍萍和山山那么操心，那么关照，我回来也是当面感谢了。"

黄安安说："那你这次回来就不走了吧？"

陈艳红说："走！办完事很快就离开。"

黄安安说："这么急？"

陈艳红说："我也是冲着你回来的。我先回家见见妈，然后就要和你商量事情呢。"

黄安安心里咯噔一下，陈艳红这话是啥意思？看样子她确实成了女老板，或者是找了一个有钱的男人。难道是腰里有钱就翻脸，回到村里开个证明，就要和黄继先彻底离婚呢？在孩子身边，黄安安不敢问明白，陈艳红也已经大步离去。黄安安这就磨磨蹭蹭地继续放羊，他真怕一回去陈艳红立即找上门，和孩子还没有住一晚，如果他把证明开了，村里人都会骂他是个糊涂蛋！但是拖一天也不能拖两天，自己这个黄组长，可就成为在离婚证明书上盖章的第一人了。

自从刘全德早些年闹出了那种事，黄刘村再没有一个人闹过离婚。每当有年轻的夫妻吵架，然后再闹到村委会，刘宏声连劝也不劝，只是用手指着村外的一个坟头说："那你先去问问老书记，黄刘村离婚的事情，都必须征得老书记刘寿山同意！"

黄安安正在想着自己是不是也要借助刘宏声这一手，哑巴黄利贵又从沟底上来了。哑巴每天都是按时按点接孩子，今天两个孩子都被陈艳红接走了，哑巴就半路去了他的花椒林。这家伙太贪了，承包地里种满了花椒，然后他又在沟沟坡坡的边边角角岩畔畔，也是在这儿栽几棵，在那儿栽几棵。

哑巴慌慌张张地跑上来，看见黄安安，就向陈艳红的背影比画着。

黄安安知道哑巴是担心同样一件事，脸上就更加挂着黑霜了。咋办呢？如果不是老婆崔会平离不开人，他简直都想一走了之。三十六计走为上，看她陈艳红又能找谁呢？刘宏声那道门槛肯定跨不过，陈艳红还能打持久战吗？

黄安安匆匆忙忙回到家，又匆匆忙忙伺候着老婆。

崔会平奇怪地问："你这失急慌忙的，是不是又想和谁约会呢？"

黄安安说："陈艳红回来了，她说很快还要找我呢。"

崔会平更加放肆地说："收拾了老的，又瞄着小的，我看你是不想活了！"

黄安安说："你每天不犯一次浑，心里就好像钻了蚂蚁。不是陈艳红和黄继先闹离婚，那两个可怜的孩子还能回到村子来？哎，你是没看见陈艳红穿着打扮的样子，现在都有点妖里妖气了。我是怕她找我开证明，这就想赶紧躲出去呢。"

崔会平这才不言传了。

在平时，黄安安家的大门从来不上锁，家里有个病老婆，其他也没有可偷的东西，时时敞开着大门，崔会平假如突然发生个状况，别人也好及时报信。可是现在，黄安安走出院子，就给大门上了一把锁。

02

黄安安是去了村委会，打电话也把刘宏声叫来了。黄安安汇报了陈艳红的情况后，刘宏声就沉吟一声说："推过来！"刘宏声让黄安安把陈艳红的事情推到村委会，村民小组的公章不对外，最后必须有村委会的公章嘛！黄安安说陈艳红一个女人家，黄继先又是那样可恶可恨，如果陈艳红到处吵吵闹闹的，最后可如何收场呢？他们正说着陈艳红的事情，陈艳红就已经走进办公室了。

陈艳红说："黄组长，我本来想和你先商量一下，没想到你提前来找刘书记了。"

黄安安说："你刚刚回来，啥事也没有那么急，都仔细考虑考虑吧。"

刘宏声也说："不看僧面看佛面，咱们都要想想孩子啊。"

陈艳红扑哧笑了说："你们都想到哪里去了？我是想回来收花椒，听说这几年花椒开始滞销,去年的花椒还在村民的家里囤了不少,这不想办法赶紧卖出去,等今年花椒再下来,村民们的日子可怎么过呢?"

黄安安霍地站起来说:"把他的!你把我和刘书记都差点吓得出逃了,原来是这么一桩好事情!"

刘宏声倒不避嫌地说:"这就对了嘛!天上下雨地上流,两口子吵架不记仇……"

陈艳红却急忙打住说:"哎,你们如果提别的事情,我马上就走人!"把刘宏声和黄安安都弄了个下不来台。陈艳红自己又沿着那个话题说:"不管是男人还是女人,都必须为自己而活着!活着还要活得好,活出自己的尊严和志气!"接下来,他们就一会儿安静,一会儿兴奋。陈艳红说她回来是想做花椒销售的生意,刘宏声问陈艳红是不是已经把销路找到了。陈艳红说四川的火锅天下闻名,整个川菜也都是花椒出头。她现在的老板让她回来,第一步是先拍一个周围环境的广告,第二步就是先从黄刘村进一批花椒,关键是花椒的质量要过硬,当然还包括绝对无污染的生态问题。

黄安安说:"还有这么多麻烦事,可别又是一场空喜欢啊?"

陈艳红说:"事在人为,我倒是非常乐观和自信!"

刘宏声知道拍广告就要写解说词,没有和陈艳红商量,打电话就把刘全德叫了过来。刘全德站在门口,看见陈艳红这个年轻的女人,立马就回头走,说,那样的事情他弄不了,还是赶紧另请高明吧。

陈艳红也知道刘全德的怪脾气,凡是和任何女人单独在一起,他马上就把脸绷紧了。听说在学校教书,女学生要来拿作业,每次都是他提前拿着作业本,站在门外等待着。如果是女教师要讨教什么,哪怕是大冬天,他都会把窗户和房门全打开。

其实陈艳红说的广告很简单,用手机拍个视频就可以交差。

陈艳红出了村委会，首先爬到村南秦岭的坡顶端，拍了四沟里村的全貌，让黄安安看她的视频时，黄安安又想起了他年轻时说过的话：黄刘村就像一只大耳朵，耳朵轮里的耳朵窝，本来就清静得连空气都觉得甜，一圈圈深沟的外边，也都是空空落落的村寨子，那些村寨子，现在也看不见一缕炊烟了。黄刘村距离县城又是五十多里路，还能有什么污染呢？何况目前正是花椒的生长期，满坡满地都是绿森森的花椒林。短短几分钟的广告视频，也就把一切都说清了。自从黄安安当了组长，他总喜欢以领导者的口气，这就说："行！不错！发吧！"

陈艳红一笑说："安安叔，我早就发过了。"

黄安安尴尬地笑笑说："那你们老板还没有回话吗？"

陈艳红说："下来的事情还是个难题，恐怕还是要和刘书记商量呢。"

黄安安心里说了句"把他的"，这就又去了村委会。

03

两天之后，陈艳红就离开村子了，当然她不是空手而归。但是陈艳红提出的要求很苛刻，先给成都发二百斤花椒，暂时也不付货款。如果那边检验质量和品质都没问题，那就可以大量发货，分期分批就会把货款结清了。如果检验没通过，二百斤花椒就会一两不少退回来。

这样的事情，刘宏声和黄安安都挠头。陈艳红也不想签合同，空口无凭的事情，会不会把二百斤花椒打了水漂呢？

黄安安说："艳红呀，别的先不说，可是价格必须定下来。你说的二十块钱一斤干花椒，这已经比去年少了十块钱。"

陈艳红说："今年可是大范围滞销，就这我们也是做的担风险的生意。"

刘宏声说:"就是按这个价钱算,二百斤花椒也是四千元,让你带走后,你拿什么做保证?"

陈艳红说:"萍萍和山山都还在村子里,有两个人质在,我还能从此消失了?"

黄安安说:"你看你说的,我们把娃能怎样?"

陈艳红最后说:"刘书记,黄组长,我就求求你们了。这是我第一次单独做生意,只能用我的人格做保证,别的什么都不能说。"

刘宏声瞅着黄安安说:"那就是给艳红帮忙呢,咱们两家各拿出一百斤,是赔是赚都不在乎了。"

黄安安说:"没问题,让艳红把花椒先拿走。"
这样的事情,很快就在村子引起一场大风波。

刘庄和黄庄的几十号人,都齐刷刷集中在村委会,大家都喊着领导干部在吃独食!大家的花椒都卖不掉,你们怎么就能把好事独吞了?刘宏声和黄安安解释说,因为陈艳红不付钱,所以这个风险只能由他们两个人先承担嘛。

这样的话,谁都不相信,他们就呼啦啦走出村子说,这就要去镇上县上上访呢!哑巴黄利贵,甚至还冲着黄安安和唐春花"呸呸"了两声,比画说他们是合伙欺负他,平时让他跑了多少路,有好事就把他忘了。

在金钱面前,每一个人都变得非常无情,非常实际,一下子个个都撕破了脸皮。平时慈眉善眼的希贤伯和郑氏婶,没有力气和黄安安闹事,竟然悄悄打了电话,叫回了在煤矿的儿子和儿媳。城里的人相互串联,半天工夫,摩托车、面包车就把村委会的广场停满了。跛子岗没有花椒树,他回来是大家雇了他的车,挣了来回的包车费,跛子岗同样是英勇善战的指挥,说:"擒贼先擒王,你们先把黄安安弄上车,把他狗日的拉到县政府再说话!"

黄安安说:"喂,死跛子,你大伯是村支书,擒王也不能先擒我吧?"

跛子岗说:"陈艳红是你们黄庄的儿媳妇,捣鬼也是你出的主意。"

黄安安说:"那你们就找刘书记,听他又会怎么说。"

可是刘宏声突然间已经找不到人了,虽然黄安安不相信他是悄悄溜走的老滑头,但是他的突然消失,还是把黄安安害苦了。黄丙成和哑巴已经把黄安安的两条胳臂反扭在背后,其他人也都推着黄安安往车跟前走。他们连推带拉地把黄安安扔进跛子岗的车厢里,跛子岗发动了车就轰隆隆往村外开去,其他的车辆也跟了上来。

五六辆车刚刚开出村头,刘宏声的大踏板摩托车就迎面出现了。

刘宏声用摩托车顶着跛子岗的三轮车说:"你们这是干什么?"

跛子岗这又耍着赖皮说:"我是帮忙的,我啥都不知道。"

刘宏声说:"把人给我放下来!"

大家都在僵持着。

黄安安喊着说:"刘书记,你这是到哪里去了啊?"

刘宏声说:"陈艳红昨天忙得发花椒,把两个孩子的辅导书都忘在村委会了。她这是给村上帮忙,我也不能耽误孩子的学习吧?"

黄安安仍然哭丧着脸说:"把他的!把他的!你们这是把人往死冤枉呢。"

刘宏声也甩出自己的乌纱帽说:"陈艳红的电话你们能弄到,那你们就合伙调查吧。假如我和老黄真的得到了什么好处,你们调查清楚,那我就甘愿马上辞职!你们的心眼太小了,屁大个事情,值乎闹得地动山摇的?"

大家还是不相信,还是站立成一片僵持着。

唐春花急匆匆地走过来，她已经打通了陈艳红的电话，现在又按下了免提键，让大家听听陈艳红怎么说。陈艳红告诉大家说，她现在还在火车上，穷得连飞机也不敢坐。陈艳红让大家一定要相信刘书记和黄组长，她完全是赊账把两个领导的花椒拿走了，这本来就是很不好意思的事情，怎么又让他们受冤枉呢？陈艳红最后说："你们这么闹，败坏的是你们大家的名声，以后谁还敢再收你们的花椒呢？"

04

陈艳红的报喜电话是五天后打来的，她说黄刘村的花椒真的非常受欢迎，陆陆续续都可以往她那边运。拿走的花椒她已经把款子打到刘书记和黄组长的微信上，尔后再收的花椒，都是由刘书记和黄组长代她验收。全部的货款也绝不拖欠，所有收购细节的合同书，她已经寄给村委会，由村委会和她签订合同书。

黄刘村很快就热闹起来，村委会的广场上，一连几天都是出售花椒的长龙队伍。广场上还停着几辆"货拉拉"，检验合格的花椒，立即就打包装上车。然后卖主又到刘全德把守的付款处排队结账。黄安安的检验非常严格，虽然会时而发生争执，但是许多人都会给黄安安帮腔说，不行就不行，谁倒黄刘村的牌子，谁就是黄刘村共同的敌人！

把他的，终于可以消清一阵子，黄安安美美睡了个天昏地暗，揉着眼睛坐起来时，崔会平就又开骂说："睡嘛，睡嘛，我都害怕把你睡死了！"

黄安安说："你就见不得我有个好，这好端端地又发哪门子神经呢？"

崔会平说："哪儿好？你说你究竟哪儿好？你瞧瞧人家哑巴，到手就是一万多元，他现在都张罗着要给儿女们寄钱，可咱们的花椒有多少？敢不敢给大鹏他们说？"

黄安安一下子来气说："不是你和我出去了几年，我他妈的也会到处种花椒！咱们那一年出去时，就把土地转让给别人。你说话心里亏不亏，这怎么就反咬一口了？"

崔会平自觉理亏，手拿遥控器打开电视再不说话了。

黄安安害怕和崔会平又争吵，就从家里出来了。走到村道口，这就遇见唐春花，唐春花手提着竹篮子，是刚刚从地里回来的。黄安安问唐春花，今天晚上做什么饭。唐春花说今天又是谷雨节，她就挑了一篮荠荠菜，准备用荠荠菜包饺子。黄安安听说今天又是个节日，马上就做出决定说，今天下午的饭谁家也不要做，唐春花说，闹了那一场大风波，她现在想起来都害怕，问黄安安又想干啥呢。

黄安安说："喊，当领导就不怕事，怕事就不要当领导！"

唐春花一笑说："你把你哭丧个脸，向大家求饶的事情又忘了？再说，也难怪崔会平数落你，别整天领导领导的，在这块四沟里的圈圈里，除了刘宏声，恐怕再没有领导了。"

黄安安说："那你说村民组长算个啥？"

唐春花说："别的地方我不知道，在咱们村，你永远就是黄安安。"

黄安安说："城中村也有村民小组长呢。可是人家那组长，巴结他的人，都把他们当皇上，不但必须叫领导，还要不停地给领导塞钱呢。"

唐春花说："人比人，活不成，马比骡子驮不成。"

黄安安说："嘻嘻，不管不管！我早就说过要摆几桌，在村委会选举那一天，都让刘宏声搅和了。后来又帮助村民卖花椒，我还想着要摆几桌，然后大家那么一闹，把我的心都闹凉了。可是这几天美美睡了一觉，这就把啥事情都想开了。人活着就要图个热闹，成天你争我斗的，成天噘着嘴，吊个脸，那还活个啥意思？"

唐春花还是开着玩笑说："像你这么大度的人，当一个组长都有点屈才了。"

黄安安的声音又变得哽咽说："春花，我……我也知道这是把一个空空落落的烂摊子交给我，村民组长也确实狗屁都不是，可我不干谁干呀？别人就是留在村里，还可以隔几天出去走一走。家里有个病老婆，我可是哪儿都不能去。说一句大实话，我心里也就是图个热闹，也就是图个苦中作乐啊！再说，你不是也在村子里，两个孩子也紧紧地把你捆住了。咱们都要在这儿生活下去，如果自己不找个乐儿，让两个孩子都难受。"

说得唐春花也眼睛潮湿了。

黄安安又赶紧说："别难受，今天晚上都热闹一下。"黄安安再次坚定了决心说，"有热闹咱们不错过，没有热闹创造条件也要热闹嘛！哎，春花，你提醒说今天又是谷雨节，这是第一个由头；至于第二嘛，那我就对你悄悄说，那天选举结束后，黄大明还给我留下了几瓶酒，他可是说好对我的祝贺，如果我一直把那几瓶酒留在家里，那就是一种自私自利，那就对不起大家了！"

唐春花也被感动了，说："那你先去选地方，这篮荠荠菜，我就送到你家去，让崔会平明天也尝尝嫩油油的鲜味吧。"

黄安安来到村委会，不管是广场还是会议室，在哪儿都可以摆两桌酒席。可是转眼一想，村委会是全村人的村委会，他一个黄庄村民小组的组长，一是没有占用的资格，二是如果招来刘庄那边的人，就又会把摊场铺排大了。把他的，想那么多干啥啊？早就是春暖花开的季节，随便在哪儿不能摆两张桌子吃酒席？心里松泛下来，黄安安又想着赶紧把热菜凉菜买回来，村里找不到好厨师，他就想一切都从镇上买回现成的。

可是来回十多里路，时间肯定来不及。

黄安安这就又想起了刘宏声，想起了刘宏声那辆从来不离开身边的大踏板摩托车。黄安安马上打通了刘宏声的电话说："喂，刘书记吗？"

刘宏声不耐烦地问："啊，老黄啊，你又有什么事？"

黄安安说："我请你吃饭喝酒还不行？"

刘宏声这才缓和了口气说："不会吧？你今天没有什么好事情啊？"

黄安安仍然笑着说："感谢您的栽培还不行？黄刘村的花椒一下子弄来二十多万元，如果吃饭你不出面，那就有点脱离群众了。"

刘宏声也笑了说："没有那个必要吧？"话是这么说，接着又问是什么时候。黄安安说就是现在，酒菜全都摆在桌子上，只等着刘书记过来开席呢。

刘宏声真像是飞过来的。村委会是刘庄到黄庄的必经之路，刘宏声还以为黄安安是在自己院子请客摆酒席，当他在村委会广场一边看见黄安安时，也就愣怔地停下了摩托车。刘宏声的摩托车还没有停稳，黄安安就一把抢夺过去说："你先去黄庄视察一下民情，我去镇上再称几斤猪头肉，没有儿盘像样的菜，对不起你这个党，我们的基本群众也不答应啊。"

刘宏声木木呆呆地立在原地，冲着黄安安远去的背影骂了一声说："你真是狗改不了吃屎，连我都闹腾，连我都敢作弄了！"

黄安安骑着摩托车驶到村外，哑巴已经领着两个孩子上了沟。为了一切都不耽误，黄安安又对哑巴比画说，他今天真的要请村里人喝酒吃饭，让哑巴在他自己的院子摆好两张桌子，酒菜不用哑巴管，只要把碟子碗筷酒杯提前准备好就行。

刚开始，哑巴还以为黄安安要敲他这个新万元户一竹杠，眨巴着眼睛有点发蒙，后来终于弄清是白吃白喝，哇啦哇啦地就往村里跑。黄宝萍和黄宝山两个小不点,听说晚上要聚餐,也一步不落地跟着哑巴跑开了。

05

黄安安实在不敢耽搁,买了一块猪头肉,两个猪肚子,一包油炸花生米,一包西芹拌腐竹,一包凉拌豆腐丝等六个凉菜;另外有两条红烧鲤鱼,两碗八宝甜饭,两碗红烧肉,两盘炒凉粉,四个热菜。

当黄安安快速地赶回村里时,哑巴的院子已经是一片子热闹,两张桌子都摆好,凳子也围成一大圈。刘宏声也正在对一群老头老太指手画脚,张扬说黄刘村从贫困村的名单里退出来,以后还要长期确保这样的荣誉。好像这顿饭是他请客,其他人都仅仅是替他跑腿。黄安安真有点后悔了,自己请大家伙吃顿饭,怎么把宴席设在哑巴的院子?现在如果再转移到自己家里,已经来不及,也显得自己太计较,太小气了。黄安安不想在自己家里请客,实际上也是无奈之举,崔会平拉屎尿尿都是他端在盆子里,即就是有时候穿着纸尿裤,满屋满院还是避免不了臊臭的味道。

"哎,郑氏婶,你把我买的菜分成两份装在盘子里,再不敢让刘书记等急了。"黄安安先讨好地看着刘宏声,然后又走出院子说,"今天一切都是我出血,这还要回家再去拿酒呢。"忽然发现唐春花竟然不见人,禁不住愤愤地喊,"唐春花呢?现在村里的女人数她最年轻,怎么就她只图享受了?"

那些老人的目光一下子就射过来,还发出了一片窃窃的笑声。

刘宏声适时地打趣说:"你看你是不是咋呼出事情了?快走吧,这个院子除了哑巴,再没有一个傻子了。"

黄安安回到家里取酒,却发现唐春花还在他们家卧室和崔会平说话。

黄安安说:"你们两个还叨咕些啥呢?那些老人笑话我,就不会笑话你们了?"

唐春花说:"谁爱笑话谁笑话,我就是觉得全村人在一起,就不能缺少一个人!"

黄安安愕然地问:"你是说把崔会平也带去?"

唐春花说:"怎么,崔会平就不是黄庄村的人?她就是歪躺在椅子上,也会看个热闹吧?"

崔会平却一直阴着脸。

黄安安心想,还是唐春花考虑得周到,刚才那些老人的笑声就埋伏着危机,如果他老婆崔会平也出现在酒席上,不敢说危机消除了,起码就顾全了他的面子。何况是唐春花要把崔会平一同带过去,那些老人们都会在心里说,以前的议论全都是胡说八道呢!

黄安安从厨房里找出了两瓶酒,又问那边屋子的唐春花:"你问崔会平到底去不去,想去我就推着她。"

唐春花说:"她不去能由她,你过来也赶紧帮个忙!"

黄安安走进睡觉的屋子,只见唐春花正在给崔会平换衣服。上身的衣服已经穿好了,那是一件湖蓝色的夹克衫,唐春花说是陈艳红从成都带回来的,可是只有黄安安知道,实际上是唐春花自己买来的。刚才换上衣时,崔会平还能和唐春花配合,现在唐春花让她换一条新裤子时,崔会平就一直推挡着唐春花不配合了。

唐春花说:"犟啥呢?"

崔会平说:"一个瘫痪老太婆,穿那么好干啥呀?"

唐春花说:"瘫瘫是你自己叫,我还是把你叫会平姐!"

黄安安看出唐春花的良苦用心,她这是让崔会平也振作起来,身子残疾，心性永远都不能倒。所以也赶紧抱起崔会平说："今天咱们都听春花的，打扮得漂漂亮亮地吃席去！"唐春花这就拉着崔会平的裤子。

崔会平双腿麻木不能蹬，嘴里却是大声地叫喊说："你走开！你走开！穿裤子也让黄安安穿！"

唐春花一笑说："咱们都是半截子入土的女人了，谁还没见过谁的啥东西？你也别害羞，你也别见怪，黄安安现在成了忙人，以后由我侍候你的时候多着呢。"

崔会平又犯了心里的忌讳说："你是我的啥人？你是黄安安的啥人？我要你侍候？"

唐春花说："远亲不如近邻呢，该帮的都要帮一帮。"

崔会平终于换好了全身的衣服，在唐春花过去推轮椅时，黄安安又给她把纸尿裤更换了。

一路上，崔会平的轮椅都是黄安安推着，唐春花的手里也没有闲着，大家好不容易聚一聚，说闲话可能就到很晚了。四月初的夜晚，天气还是凉飕飕的，唐春花的手里还提着一条小被子，以便盖在崔会平的身子上。

黄安安他们进了哑巴黄利贵的院子，大家都是目瞪口呆，可是不管是风凉话，还是窃窃的笑声，都没有从任何人的嘴里发出来。当然还有一时的静场，有的人看着崔会平，有的人看着唐春花，一时间就不知道怎么问候了。

刘宏声打开尴尬的局面，主动地迎上他们说："啊，会平呀，人常说家有贤妻，夫在外不出祸事。所以，我现在就代表大家感谢你，感谢你这个贤内助！如果没有你的支持和理解，老黄这个组长怎么还能当成呢？"

崔会平说："刘书记这是变着法子骂我呢。"

刘宏声说："你这话从何说起呢？"

崔会平说:"那天我都差点把你们的选举会搅黄了,刘书记在哪儿见过这样的贤内助?"

刘宏声说:"有反对意见也是好事情,对老黄就是监督鞭策呢。"

黄安安害怕崔会平再说难听的话,赶紧说:"大家等我们都等急了,这就赶紧开席吧!"

黄宝萍和黄宝山跑过来,连忙就一边一个扶着轮椅,把崔会平推到一张桌子旁边,接着就首先给崔会平面前摆上了筷子和小吃碟。现在唐春花再没有凑热闹,她平静地搂着孙子和孙女,在门口的那张桌子落座,丝毫也不想和谁争抢主宾和主角了。

现成的酒菜都摆到两张桌子上。

黄安安就对刘宏声说:"刘书记你就发话吧。"

刘宏声似乎在等掌声,几次清了清喉咙也没有说出话。可是剩下的这些老人们早就忘了那个讲究,还是两个孩子养成了习惯,由萍萍和山山带头,黄安安和唐春花也赶紧拍了拍手。哑巴一时弄不清,发了半天愣,才走过去向黄安安伸出大拇指。

这就惹得崔会平很不高兴,鼓掌的就是黄安安、唐春花和两个孩子四个人,好像他们才是一个家庭。好在崔会平只是在鼻孔里哼了哼,没有发出什么责怪声。

刘宏声只得自打圆场说:"我想老黄也就是图个热闹,那就为老黄的这顿饭干杯!"

黄安安这就气不过,直接打断刘宏声的话说:"刘书记,你不按程序走,我可是要按程序走,你也不能把这顿饭说得稀里糊涂吧?"

刘宏声好像还是卖关子,好像还是开玩笑说:"嗨,刚才我已经问候了崔会平,从他们的眼神里,我就知道你是非常称职的组长,这么大好团结的形势，大家都看在眼里，记在心里了，这还要把简单的事情复杂化吗？"

希贤伯和几个老人又抿着嘴笑，也不知他们笑什么。

刘宏声害怕把黄安安彻底惹恼了，再不敢开玩笑，这才站起来正经地说："经过支委会研究，决定对黄安安同志的工作精神，给予高度的肯定和表扬！你们也觉得黄组长摆这两桌饭是心血来潮吧？不——这首先是一次答谢宴！答谢大家把他选出来，答谢黄庄村那么多在外漂泊者的信任，答谢你们对他的支持和理解。这第二点嘛，又是一次庆贺宴！庆贺黄刘村把积存的花椒卖出去了，庆贺开了个新局面！所以，我提议，为这个新局面干杯！"

全场这才响起了稀稀啦啦的掌声。

黄安安陪着刘宏声给两个桌子的每个人都敬了酒，敬完酒后大家又都在低头吃菜。这些人平时都没有经过什么大世面，领导给他们敬了酒，可他们都没有过来给领导回敬。黄安安心想唐春花是懂得那个礼数的，可是现在他都不敢对唐春花多看一眼。尽管大家都没有说什么，但是会不会在心里讥笑呢？

冷场冷得难受啊！

刘宏声也看出了黄安安心里的难堪，又赶紧帮黄安安救场说："来来，再喝一杯，大家能喝不能喝，都把杯子举起来。哎，我选定的黄组长你们满意吧？这些年也真是把一个人才埋没了。"

这些话黄安安当然爱听，只是那些老头老太们都是只喝酒不表态。

黄安安心里窝火，嘴里又不能发作，夜里的气温已经渐渐冷下来，他就问身边的崔会平回不回？既然这顿饭索然无味，那就把剩下的酒菜带回去，哪怕是自己独喝独饮，也比和这些棺材瓤子坐在一起好得多。

崔会平却突然说："刘书记，我想唱！"

刘宏声本该已经想离开，听见崔会平这么说，就只得坚持坐着说："改天吧。改天我让老黄把你推到村委会，你就在大喇叭上唱几声。"

崔会平说:"那不行!我现在就唱,老黄和春花费尽心思把我推出来,不就是看个热闹嘛。结果还是冷冷清清又散伙,这倒有个啥意思?!"

黄安安立即附和说:"唱!"

唐春花也在那边说:"唱!让会平唱完,我家萍萍和山山也要唱!好不容易凑到一起,这样散伙让人寒心呢。"

崔会平年轻时也是戏迷,整天下地走在路上,嘴里都会哼哼唧唧的,她能唱的也就是眉户剧《梁秋燕》的几句唱词:

他想说话不开口,

说明白他怕把人丢。

我有心给他说清楚,

只觉得脸红有点羞。

……

崔会平的这段唱又把黄安安吓了一跳,这家伙心里又想啥呢?可是不管怎么说,全场这才有了哈哈的笑声。黄宝萍和黄宝山又唱了两首儿歌后,刘宏声就趁机离开说:"哎,黄组长,好,好,非常好!我还记着你说过的话,在有些村子,贫困当然是生活贫困,而在另外一些村子,比如说咱们黄刘村,虽然家家户户的日子都能过得去,可是冷清孤寂得难受呢!这就是你说的心贫精神贫。好!你设的这个饭局也就是为了解决这个问题,经验啊,你这个经验我必须尽快推广呢!"

黄安安送走刘宏声,唐春花也说两个孩子明天要上学,一时间一半人都要走,为了再讨得崔会平高兴,也为了让哑巴多热闹一会儿,黄安安又高声喊了一句说:

"咱们再把牌场子支起来,崔会平你今天上,我就给你们沏茶倒水吧!"

夏

草木轮回

立夏

失而复得的喜剧

01

老天爷绝不看谁的眼色行事，这就一下子进入夏天了。

夏天就是黄安安的最爱，自己热点就热点，伺候老婆就方便得多。纸尿裤也是要花钱的，穿多了就是一大笔花销，崔会平同样很心疼。再说崔会平也不是小婴儿，小婴儿拉屎尿尿不知不觉，可是崔会平就会有明晰的感觉。有感觉就不会撒着欢儿，有感觉就不会顺利排泄。时间长了，说不定又会引起别的什么病。尽管在那些不热不冷的春秋季节，黄安安伺候崔会平也少了许多周折，但那无论如何不能和夏天比，热气腾腾的大夏天，崔会平上身就可以穿着T恤衫，下身穿着裙子，一切都是轻轻松松地解决了。什么叫幸福？什么叫愉快？黄安安觉得，这就是他的幸福和愉快！天一热，人也容易打瞌睡，黄安安和崔会平就开始一起睡午觉。睡午觉起来，黄安安只需把崔会平抱到轮椅上，崔会平自己就摇着轮椅洗手洗脸倒开水。

黄安安说："一出戏把你都唱精神了。你没事，那我就放羊去了。"

崔会平说："那是我给你小伙撑面子。不然的话，一场本该热热闹闹的宴席，就好像办成丧事了。"

黄安安说："那是那是，你不说我心里也明白。"

崔会平说："哎，唐春花这几天怎么都不见人了？"

黄安安说："你问我，我问谁？"

崔会平说："你别放着聪明装糊涂！一个村住着，弄那事也是一袋烟工夫。"

黄安安说："你怎么又胡说？现在……现在谁还有那个心思。"

黄安安说着话，已经从圈里牵出两只羊。他知道面对这样的话题，最好的选择就是赶快走开。可是崔会平仍然自言自语地嘟囔说："我早是占着茅坑不拉屎，不拉屎也不能腾茅坑！你们想野就在外边野，眼不见我就心里净。"黄安安在大门外听见了，但是也装着没听见。这世上的事情，有多少都需要装一装。没有秘密，就不是人群，这人群里隐藏着多少秘密呢！如果世事变成空空荡荡的大广场，没人敢装，没人敢藏，那样下去照样会乱套，那样就把人又变成猴子了。

村外的田野，不管是路边边，还是崖畔畔，到处都是绿油油的青草，黄安安牵着两只奶羊走出村，又开始和羊说话了：

"你们两个注意听！在四十多年前，我们每天都要给生产队的牛割草，那时候我才八九岁，割草也就是挣工分，满满一大笼草，赶天黑交给饲养室，过完秤就能换得二三分工，挣工分也就是挣粮食，挣工分也就是挣馍呢。娃娃们都在比着谁的工分多，地里的青草就到处都被割光割净了。你们看看现在啊，哪里的青草都没人割没人要，什么叫吃独食？在黄庄村，你们两个就是吃独食！所以啊，这也是你们的幸福和愉快！"

其实，黄刘村的人都是幸福和愉快的。以前，每当进入五月初，村外的地里都是麦子地，麦子一天天地变颜色，村民的心里就既有喜悦，也有焦虑，喜悦的是眼看着又要吃新麦；焦虑的是收麦的日子很劳累。这几年都种上花椒树，那就再没有多少繁忙的事情了。现在只需要给花椒林里除除草，除草的活路也不必焦虑和急躁。

黄安安也想起自己的花椒林。自己的花椒林，也就是过去的自留地，四口之家的自留地，满打满算也就是一亩半，所以说如果再找贫困户，他黄安安黄组长现在就应该是其中之一。想起来都是懒把他害了，那些年儿子把他和崔会平带出去，他就只知道开挖掘机也来钱，这就把他以前承包的土地也转让给别人了。可是黄安安无论如何也想不到，崔会平又明目张胆地给他戴了绿帽子，一气之下回到村子来，签了合同的土地，就要不回来了。

进了自己的花椒林，野草已经长出半尺高，黄安安仍然不想除草，他又开始对两只羊说："吃草！在这儿吃草，就是帮我干活呢。别以为你们产奶下奶就是天大的功劳了，牲畜永远不能和人比，最后不送你们去屠宰场，对你们来个养老终身，那就是对你们最大的奖赏和关爱！"地里的青草太多了，两只羊吃饱后就躺在地上打瞌睡。

黄安安也侧卧在羊跟前，嘴里唑唑地抽着烟，眼睛却不时地朝大路上张望。那条路就通往沟那边，他知道哑巴这些日子忙得可能顾不上替唐春花接孩子，那就是唐春花自己每天接送了。

02

唐春花真的在沟那边。

自从陈艳红帮村里干出那么一件大事情，唐春花也成了刘宏声书记的座上宾。今天下午，刘宏声就打电话把唐春花叫到村委会，问唐春花目前还存在什么困难。唐春花说，她最大的困难还是儿子和儿媳闹离婚的事情，那样的困难，谁也帮不上什么忙啊。刘宏声问唐春花儿子黄继先目前的处境和想法，唐春花说，她知道儿子还是那么个眉眼，来电话只问母亲和两个孩子好不好，她一旦追问儿子的事情，儿子就仍然很坚决地说，要拖都拖，看谁能拖过谁！刘宏声也只能摇头叹气了。

唐春花这就起身说，地里都忙了，她现在谁也不能靠，自己还要去接孩子呢。

刘宏声就是刘宏声，他不是那种嘴里噙不住一粒米的人，必须把各种情况都弄清楚，假如黄继先和陈艳花很快要和好，那他心里的想法就无须说。黄继先和陈艳红小两口又要搬到一起去，那么唐春花和两个孩子都在村里留不住。三个都是留不住的人，那也不需要多关心。何况再把关心的具体办法说出来，不仅仅是多此一举，传出去都让村里人发笑了。

现在，刘宏声又把话题绕到陈艳红身上说："我看艳红没有死心。"

唐春花说："都是我儿子那个货不是东西！以前艳红也是个刀子嘴，经常把我呛得生半天气。可现在看，艳红还是个豆腐心，不只是能回来看看孩子，咋就都学着做生意了。"

刘宏声说："不不，艳红不是学，也不仅仅是收个花椒，她现在和我经常保持联系，说收购花椒还要扩大范围，每年都由她承包下来，咱们这边的其他农副产品，她也正在联系销路呢。"

唐春花说："刘书记，那就是你们之间的事情。艳红已经成了老板，跟前肯定也少不了男人，她这和继先彻底离婚就是迟早的事情。他们离了婚，我和她也就不是一家人，这还操人家的那份心干啥呢？"

刘宏声说："老观念，老传统！人常说打断骨头连着筋，萍萍和山山那么可爱，这就谁都丢心不下，这就永远是你和艳红的桥梁和纽带。"

唐春花说："不管我思想落后不落后，我还是要把萍萍和山山管到底！这一点你不要和我商量，再商量都没用！刘书记你自己也想想，假如艳红和我儿子都再婚，那就是给萍萍和山山找了个后爸和后妈，你说我能放心吗？"

至此，刘宏声才似乎彻底清除了拦路虎，这就说出了自己的打算和安排。

刘宏声说，当初黄安安也是一片好心，他自己帮了哑巴不少忙，然后就让哑巴每天帮助唐春花接送两个孩子。可这毕竟是权宜之计，时间长了哑巴就会慢慢地不乐意，其他村民也会悄悄地议论呢。所以啊——现在刘宏声又开始打着官腔，语气也是高屋建瓴，说，一切都要从长计议，一切都要安定团结，一切都要符合常规！

唐春花见不得这么婆婆妈妈，似乎每说一件事，都要首先是重要意义，然后才又是具体步骤，说不定后边还要成立什么领导小组呢。这就忽地站起来说："哑巴早就忙得不接送孩子了，刘书记你自己看看时间，我这就要赶紧过沟呢！"

刘宏声说："少安毋躁，少安毋躁。我要解决的事情，正是接送孩子的事情。"

唐春花说："啊啊，不好意思，不好意思。那你说，那你说。"

刘宏声说，他想在北沟那边的两条公路交叉处，帮助唐春花租下两间门面房，白天唐春花可以做个小本生意，晚上就可以和两个孩子住下来。这样就省去许多麻烦，即使两年后萍萍上了中学，阳泉镇初级中学同样也在沟那边，婆孙三个距离都很近，这就帮助唐春花度过最难的几年了。唐春花一百个高兴地说，还是刘书记想得长远，想得周到。可是唐春花又熬煎那边的门面房不好找。

刘宏声起身走向门前的大踏板摩托车说："走，先过去看看！"

刘宏声带着唐春花去了沟那边，先在那边看房子。他们走到一家修补

129

轮胎的门店前，刘宏声告诉唐春花，听说这个门面房准备出租呢。唐春花立即看出来，其实刘宏声早就在这边巡查过，何况他儿子又是阳泉镇中心小学校长，在每一个村子都有朋友，对每一个镇点的情况都熟悉，也许是儿子给父亲刘宏声提供了信息，或者是他们父子俩已经把租金说定了。所以，唐春花就一切都听从刘宏声的安排说，她一个妇道人家，问啥啥不懂，说啥啥不清，那就一切由刘书记决定。

刘宏声说："这个门面房是里外间，在外边开个小卖部，在里边和孩子住宿，你先说满意不满意？"

唐春花说："满意，一百个满意！"

刘宏声说："就是每月的租金有点贵。"

唐春花说："再贵还能贵到一千元？"

刘宏声说："每月两千元还不包括水电费。"

唐春花这就把眼睛瞪圆了："说到底这儿也是在农村，距离阳泉镇还有四五里，这咋就像老虎吃人啊？"

刘宏声这才抬出儿子说："我儿子已经和人家砍了几次价，本来人家要三千，现在落到两千都说这就是放血呢。"

唐春花这就半天无语了。

刘宏声说："羊毛出在羊身上，你不好意思开口，我就给继先和艳红打电话，一年的租金一次性寄清，包括水电费，每个人分摊一万五，如果有谁不想寄，就由谁把萍萍、山山领过去！割他们几年肉，他们也知道离婚也是会疼的。"

唐春花说："对，每个人要两万，我和萍萍、山山还要吃饭呢！"

刘宏声说："那我就叫房主过来办手续？"

唐春花又犹豫不决说："这……这先得打电话商量好，如果我儿子那个狗东西耍赖皮，这房子砸在我手里可咋办呢？"

刘宏声说："你放心，村委会就是你的坚强后盾！如果黄继先和陈艳红耍赖皮，我就会把法院的人带过去，告他们个遗弃老人和遗弃孩子罪！"

唐春花说："那就赶紧签合同，我谅他们也不敢。"

刘宏声看着门板上的出租电话拨过去，电话声就在公路对面响起来。那儿早就蹲着一个中年男人，那个男人没有接电话，而是笑嘻嘻地走过来说："刘书记，不是看在你儿子刘校长的面子上，两千元我说啥都不租。"

刘宏声递过一支烟说："现在的汽车，爆胎的情况越来越少，你如果还想修补轮胎，就把你修成穷光蛋了。"

那个脸比轮胎黑的男人打开门，里外间都好像经过了清理，除了外间的屋子需要粉刷，里间的屋子还算干净。另外还有一大一小两张床，那男人说这两张床就算送刘校长和刘书记的人情了。谈完合同，唐春花就交付了五百元的定金，虽然心里仍然是忐忑不安，但还是长长松了一口气。不管怎么说，萍萍和山山以后就不用每天大清早起床，下午再匆匆忙忙地往回赶，即就是到了寒冷的冬天，也能热热乎乎吃好三顿饭。

夏天的好处还有昼长夜短，唐春花和刘宏声一起去接黄宝萍和黄宝山，两个小东西听说了这个天大的喜讯，今天下午就都不想回家了。每天翻两次深沟，时间长了谁都厌烦，以后的住处距离学校也就是一畛地，黄宝山从学校过来时，高兴得接连翻了几个跟头。黄宝萍欢快的脚步，也成了一只开屏的小孔雀。

唐春花说："你们先进去看一眼，都觉得好，明天就要收拾一下呢。"

黄宝萍走进屋子说："谁说不好我和谁急！"

黄宝山说："姐，我没说不好呀。我只是觉得屋子里太脏了。"

黄宝萍说："那现在就开始收拾！"

唐春花说:"哎哎,好我的小祖宗,咱们先回家吃饭,有许多事情还要安排一下呢。"

黄宝萍说:"奶奶,你是不是还想变卦?"

唐春花说:"不变,你们说好就不变了!"

黄宝萍说:"这里的饭馆好几家,吃饭倒是个啥事情。让刘书记爷爷把你带回去拿铺盖,我和山山就留在这边打扫屋子了。"

03

黄安安躺在花椒林中,不知把手机翻看了多少次,放学的时间早就过了,可唐春花怎么还没有把两个孩子带回来?大天白日的,路上也不会发生什么事,那是啥事情把他们缠住了?正想着,刘宏声就用摩托带着唐春花上了沟,然后又冲进村里去。哎——这个婆娘家,今天怎么和刘宏声打得火热?他们到底去了什么地方,为什么连两个孩子都不管了?

黄安安一是胡思乱想,二也是害怕两个孩子出了事,这就一个鲤鱼打挺站起来,一阵风地进了村。

唐春花的院子门大开着,黄安安走进大门后,禁不住还是把脚步收住了。一个是村支书,一个是村组长,总不能在一个寡妇家里打起来。再说,如果闹出什么误会,唐春花肯定会骂得他狗血喷头。狗血喷头是小事,说不定唐春花以后也不会再理他,也许就成了一辈子的仇人。黄安安压着心里的火,先站在院子重重地咳嗽了一声。

屋子里没有动静,也不见唐春花应声。

黄安安直接呼叫说:"屋里有人吗?"

唐春花这才满脸汗流地走出屋子说:"我正想找你呢,你倒自己过来了。来了好，这就快帮我收拾东西！"

黄安安冷冷地说："你这是忙得出嫁呀，还是忙得和谁私奔呀？"

唐春花忽然就脸色大变说："这半天不见，你就变成一条疯狗了？如果你还是说疯话，你就给我滚得远远的！"

黄安安再也不敢吱声，暂时也不想揭穿他刚才看见的秘密。现在他又装得像个无事人，走进屋子一看，心里不但更窝火，莫名的伤感也似乎是万箭穿心。她怎么连家都想搬走了？床上已经捆着两个铺盖卷，一个塑料袋子里，还装着碗筷和洗漱用品。黄安安只觉得浑身发软，眼睛不看唐春花，嘴里却在念叨说，走么，都走么，这个村子走干净，也不用再为谁操心了！好不容易当了个组长，这怎么又快和光杆司令差不多了。说着说着，两股子眼泪就哗哗地流淌下来。

唐春花先还是继续忙着收拾东西，看见黄安安的眼泪流下来，这才莫名其妙地说："好端端的，这是哭的哪门子恓惶？"

黄安安抽抽噎噎地说："你……你到底要和刘宏声干啥呢？"

唐春花扑哧一笑说："五十多岁的老男人，这怎么还像个吃屎喝尿的娃娃呢？多亏刘书记心思多，要不然我和两个娃，还不知要苦煎苦熬到啥时候？"

黄安安这才渐渐止住眼泪说："是刘宏声做通了继先和艳花的工作，你又要把娃带到成都去？"

唐春花着急地说："你赶紧帮我把东西往外拿，去成都还需要带这些破东西？"

黄安安说："咋回事？到底咋回事？不明不白的忙我不帮。"

唐春花就自己提着一个铺盖卷往出走着说："哑巴现在靠不上，我也不能总是让哑巴跑腿吧？刘书记这就给我在沟那边找了一间门面房，这不是婆孙三个都轻松，每天都不用跑腿了。萍萍和山山听说后，高兴得今天晚上就让我住过去。这怎么到你这儿，仍然是满脸的不高兴？我都弄不清究竟是哪一点把你伤害了？"

黄安安立即也提着另一个铺盖卷跑出来说："把他的！原来是这么一个好事情，原来是你还在我的身边呢。这么好的事情，我怎么就想不到，我每天除了放羊……哎呀！我的妈啊，我的羊呢？我怎么就把羊都忘了啊？"

唐春花闻声后也大惊说："这可咋办？这可咋办？我还指望你帮我把这些东西送过去，没想到你是来添乱，你快走，你赶紧去把羊找回来！"

黄安安说："你的事情比找羊要紧，我想那两个东西也不会跑，个个都吃得肚儿圆，不为嘴还能跑多远。黄刘村又是四沟里的耳朵窝，一圈圈深沟，它们还能飞出去？"

唐春花还是拿出手机，打通刘宏声的电话说："哎，刘书记，实在过意不去，我本来不想再麻烦你，可是这边又出了点事情，这就还得让你跑一趟了。"

稍许之后，刘宏声骑着摩托车又过来，黄安安没说他的事，先把那几个大包小包捆绑在摩托车的后座上，捆绑了东西，摩托车的后座就无法坐人，唐春花就让刘宏声先走，她自己步行就到了。黄安安这就陪着唐春花又走了一段路。

黄安安说："北沟那边的三岔路口，现在也有一个小超市，刘宏声让你开个小卖部，那还不就连本也亏完了。"

唐春花说："以后的事情以后说，现在你赶紧去找羊。"

黄安安还在磨蹭说："你在那边要长期住，这就要做个万全的准备呢。"

唐春花说："晚上如果没有羊奶喝，你小心崔会平扒了你的皮！你怎么连轻重缓急都分不清了？滚！赶紧找羊去。"

黄安安这才离开道路进了花椒林。

04

把他的！那两个东西怎么还真是不见了？

尽管立夏后，天就黑得迟，但是现在太阳已经落山了，黄安安知道还要给崔会平做晚饭，还要伺候她睡觉，羊找不见，人也跑得不回家，那样就是火上浇油，那样就是乱上加乱，那样就真会引起一场战争呢。黄安安整整出去了一个下午，虽说崔会平吃喝都能自己解决，但那样的寂寞也难受，纸尿裤浇过几泡尿，全身也会不舒服。当黄安安走进大门时，崔会平已经摇着轮椅出来了。

黄安安先是打着哈哈说："把他的。羊吃饱了想睡觉，我怎么也躺在地里睡着了。"

崔会平说："我以为你死在哪里了！"

黄安安说："你除了死，还会不会说别的话？"

崔会平说："啊，那羊呢？"

黄安安说："谁让咱是领导呢，是领导就得乐于助人。现在草多羊奶多，我就让希贤伯先牵回去，郑氏婶的身子越来越差，让郑氏婶也补补身子吧。"

崔会平说："我这样的人没人要，如果有人要，你是不是把我也想转出去？"

黄安安赶紧推着轮椅转了一圈说："那哪敢。走，我给你学着烙油馍。郑氏婶刚才给我传授经验了，油馍关键是烫面，面烫不好，就烙不出那种酥脆的味道。"

崔会平说:"编,你就编!以前我身子好着时,都不知给你说了多少遍,这还用让郑氏婶传授经验吗?"

黄安安说:"我成天围着轮椅转圈圈,还能把啥事情都记着?"

崔会平可以暂且地糊弄过去,如果两只羊还是找不到,明天可咋办呢?黄安安在厨房烙着油馍还在想,伺候崔会平吃完饭再去找。实在不行,就让刘宏声发动群众,让刘全德冲着大喇叭那么一喊,谁还敢把两只羊藏起来?啊啊,大喇叭可千万不能开,那么也会把崔会平这个母老虎惊醒了。如果羊能找到还罢了,如果彻底找不到,那就是丢羊说谎两宗罪,那就是罪上加罪了。何况丢羊的事情和唐春花有关,村民们如果弄清了实情,传出去更是大笑话。那种支书和组长争风吃醋的丑闻,谁听了都会笑掉大牙呢!

黄安安把油馍给崔会平端到桌子上,披着衣服又走出大门。他心想村北的这一片全都找遍了,再找就要去村南边,村南就到刘庄村的领地,他在那边屁都不是,谁还能给他帮忙呢。看来还是要带上哑巴黄利贵,那家伙耳聋嘴巴哑,可是眼睛和鼻子比狐狸还灵验。

黄安安刚刚走进西巷子,就看见哑巴正蹲在门口吃饭。这家伙吃饭从来不凑合,挑起长长的细面条,滋滋溜溜地吸进嘴里,然后又夹起一个荷包蛋,故意在黄安安面前炫耀着。

黄安安这就有点奇怪,早在几十年前,村里人都把饭碗端到村道上,但那大都是一碗苞谷糁稀饭,苞谷糁稀饭上也都是夹放着一层炝菜,或者是一层生萝卜丝。现在回想起来,共同的艰困,谁也不会笑话谁,一边吃饭一边乐呵呵地谝闲传,以便用随时随地的热闹,增添生活的乐趣。可是如果谁家吃的是长长的面条,或者是白生生的麦面蒸馍,就肯定都是悄悄地吃，谁都不敢惹得大家眼红啊。可是今天，别说那样的场景早就消失得无影无踪，就是在孤寂中寻找乐趣，村道上连一个人影都没有，哑巴这是给谁显摆呢？

黄安安比画着问哑巴：你看见我的两只羊了吗？

哑巴看了黄安安一眼，似乎没有明白他的意思，又故意把饭碗中长长的面条挑得高高的。这时候，在哑巴的院子里，已经传出了两只羊的"咩咩"声，黄安安心里一惊又一乐，他实在想不到，连哑巴这样的可怜人，在心里也希图快乐一些，也想制造一个哈哈的笑声。

黄安安知道哑巴不会听见两只羊的叫声，又比画着问哑巴：你看见我的羊没有？

哑巴仍然把头摇成拨浪鼓。

黄安安一下子揪住哑巴的耳朵，一直把哑巴扯到院子时，哑巴才哇啦哇啦地大笑着，甚至还对黄安安比画说，你也有这一天，你也会栽在我的手里了！我就不给你送回去，我就让你着急上火呢！

黄安安问哑巴是在哪儿看见他的羊，哑巴说他从西沟里上来，在沟岸就看见两只羊，为了悄悄把羊牵回来，他还从西边绕了半圈呢。黄安安心里有气，双手还是对哑巴伸出两个大拇指，然后就要把羊拉走，可是哑巴抓着羊绳坚决不丢手。黄安安知道这是要谢礼，把身上的半盒烟塞在哑巴手里时，哑巴这才嘻嘻笑着把抓着羊绳的手松开了。

05

一场虚惊之后，黄安安很快就恢复了他那乐呵呵的本性。唐春花的事情，本来已经让刘宏声抢了风头，那么他就必须再赶到北沟那边去，在具体安置的细节上，以体现黄庄村村民小组黄组长的关怀。

这时候天已经黑下来，当黄安安找到那间门面房时，唐春花还正在和两个孩子里里外外地忙活着，黄宝萍和黄宝山打扫着门前的小院落，唐春花用拖把洗刷着外屋的地面和墙壁。

"停下来！你们都给我停下来！"黄安安踏进门就颐指气使地说。

唐春花以为黄安安的羊还没有找到，也就没有好气地说："你自己把羊丢了，又来我这儿闹腾啥？"

黄安安不提羊的事，只是说他在路上就细细琢磨了，搬过来就要长远打算，凑凑合合就不像个样子嘛。唐春花看出这家伙可能想出了什么新主意，也就让两个孩子赶紧进屋洗洗去休息。唐春花放下手里的拖把说："有啥主意你快说，这都什么时候了。"

黄安安往出走着说："别影响两个孩子睡觉，咱们出去说。"

唐春花几乎是悄悄地耳语说："外边就是大公路，说不准就能遇见谁。"

黄安安还是站在门外说："垒起七星灶，铜壶煮三江，摆开八仙桌，招待十六方。你以后就是阿庆嫂，不怕胡传魁，也不怕刁德一！"

唐春花这才走出门说："羊找到没有？"

黄安安说："连哑巴都学会了故意瞎闹腾，咱也要跟上世事呢。"

唐春花说："萍萍和山山把这儿的事情告诉了继先和艳红，这就把全年的房租都凑齐了。"

黄安安说："女老板！那我以后就叫你唐老板了。"

唐春花说："可是经营小卖部肯定不行。平时的花销，我还好意思再向他们要钱吗？"

黄安安说："三十年河东，三十年河西啊。当初我只想图省心，把承包的土地全都转让给别人了。你当时也在成都伺候孙子和孙女，承包的土地照样也是转给了别人。哈哈，现在呀，我们都成了村里的穷人了。"

唐春花说："娃死了埋娃，再别说娃亲娃白了。当时都签了转让合同，现在想要也要不回来。"

黄安安说："不要！咱们一起在这儿做生意！"

唐春花说："咱们？一起？你别吃了五谷想六谷，做啥生意就能养活两家人？"

黄安安这才端出了心里的长远打算，他说以后唐春花的首先任务，还是要照顾好两个孩子。起得太早，睡得太晚，都会影响孩子的学习和休息。那就由他在家里把凉皮蒸好，然后半清早送到这边来，唐春花把孩子送到学校后，就开始摆起凉皮摊。热天人人都喜欢吃凉皮，做法和调料又都很简单，这样的生意，肯定比小卖部强百倍！唐春花兴奋地说，没问题，肯定没问题！那还可以带上凉粉、饸饹、辣子蒜羊血，这些都不需要动锅灶，每天从镇上把半成品批发过来就行了。

天色已晚，黄安安不敢久留，最后只叮咛唐春花说，所以先不要急忙打扫屋子，里外的地面都要铺瓷砖，墙面和顶棚也不能瞎凑合。凉皮店还要做门头，做灯箱，现在的人都很讲究，味道和环境都非常重要。

小满

肥水不流外人田

01

黄安安那天晚上回到家，心里一激动，就把他和唐春花联合开店的计划告诉给崔会平。崔会平说："哈！以前是暗盖，现在是明铺，这都要开夫妻店了！"黄安安说："你真是长了一张欠抽的嘴！唐春花对你那么好，你怎么还要贬糟她？"崔会平说："自己的男人，整天和别的女人钻在一个屋子里，你说我心里能乐意？"黄安安说："崔会平，你如果翻脸不认人，也就别怪我不客气！"崔会平这才低下声音说："我只是随便说一句，瞧你就猴急的样子。"黄安安说："我以后不但要伺候你，还要半夜起来蒸凉皮，每天还要几趟翻沟送过去，再苦再累我都能忍受，就是忍受不了你这臭脾气！"崔会平说："我不对，我错了，我给你回话行不行？"黄安安沉思片刻说："这每天翻沟送凉皮，这就必须买一辆三轮车吧？"崔会平听出这是要打儿子的主意，当下就一口否定地说，凉皮店才是嘴上的买卖，这就想敲诈儿子万把块，哪有这样的老子，哪有这样不要脸的人？黄安安当下也就打消了那个乞求说，没有车也可以担子挑，只要生意做得好，他们就自己丰衣足食了。

崔会平说："你就做梦吧！也许都赔得卖裤子呢。"

黄安安说："呸！乌鸦嘴！碎碎的小本生意，成本也没有几个钱，到你嘴里，就说得那么邪乎？"

崔会平这就问黄安安和唐春花怎么分成？黄安安说他只保证供应凉皮和凉粉，如果再带上饸饹和辣子蒜羊血，也由他找两家供应商，供应商都会把半成品送到唐春花的摊位上去，这其中他都可以赚一点差价。说到底就是各算各的账，这也不存在分成吧？崔会平说，如果遇上个暴风雨，凉皮和凉粉送不过去怎么办？另外还有饸饹和辣子蒜羊血的质量把关，如果食客吃出事，那样的责任谁负责？这就把黄安安逗笑了，把他的！看来人人都钻进钱眼里了，刚才还说现在只是嘴上的买卖，怎么说着说着就好像已经开始分钱了。睡觉——明天还有好多事情呢！

以后要开始做生意，两只羊又是一个累赘。

第二天早上，黄安安就起了大早，他先是把崔会平抱到轮椅上，然后又给崔会平服下大把的药，昨天烙的油馍在电饼铛上一烤就能吃，剩下的事情他就不管了。在院子来了个顺手牵羊，这也没有和崔会平商量。开弓没有回头箭，黄安安必须消除后顾之忧。

黄安安赶到阳泉镇，先从劳务市场找了两个铺瓷砖的工人，说清了工钱和地址，然后又给唐春花打电话，让她准备正式开工。黄安安又去了畜牧业市场，那两只奶羊早上都没有挤奶，所以不但顺利出售，而且还卖了个好价钱。两千元到手后，黄安安的心就越来越贪，他再到摩托车市场巡视着，突然就发现了一辆带后座的三轮摩托车。那样的后座，架在两个轮子上，实际上就好像拖着一个小沙发。黄安安立即高兴地想，如果再买一个箩筐放在后座上，箩筐里就可以装上凉皮和凉粉。如果和崔会平一起出去转转，舒服的又是崔会平。

把他的！这简直就是想啥来啥，这简直就是天意的安排。尽管是私人出售的二手车，可是他也弄不清这样的摩托车多少钱？黄安安就是黄安安，他这就和出售摩托车的那个男人慢慢地开始周旋了。

黄安安看着车主胳臂上的黑袖套搭讪说："唉，咱们都是命苦人，你也是老人不在了？"

车主说："你怎么就知道我是老人不在了？"

黄安安指着那个黑袖套说："平辈人不用戴孝呢。"

车主这才伤心地说："你也是个细心人。"

黄安安也故意装得很伤心地说："细心不细心不重要，重要的是对老人要尽心。"

车主说："唉，想起来还是觉得惭愧。以前日子过得紧张，我就让老娘在床上瘫了七八年。去年终于攒了些钱，我就买了这辆车，本来想带着老娘到处游玩，可是只去了一次西安城，回来后老娘就彻底病倒了。唉，临咽气，老娘还让我把这辆车推到床边说，我娃好，我娃好，我娃让老娘临死前也逛了一次西安城。"

黄安安说："一样……都一样。"

车主说："你也是老娘瘫痪在床？"

黄安安赶紧退走说："不说了……不说了。你比我好，你最后还是尽了孝，可我……可我连这样的车子也买不起啊！"

车主说："好兄弟，你回来！咱们同是尽孝人，你随便出个价，这辆车你就骑走吧！"

黄安安说："这不敢，这不敢，还是你先开个价吧。"

车主说："我是六千多元新买的，实际上现在还是九成新，你如果带着四千元，那就马上归你了！"

黄安安说："那我也给你说实话，为了让老娘出去散散心，我刚才把两只奶羊都卖了，身上满打满算也就是一千八百元，所以说，我不是不想要，是实在买不起啊！"

车主说："两千六！老哥哥，老娘死了，我也要过日子呢。"

黄安安说："一千八！多一分我都掏不出！"

车主说："两千行不行？"

黄安安说："掏光掏净一千八，我身上都没钱加油了。"

车主说："这是电动车，哪儿还需要加油呢。"

黄安安说："行了行了，同是天下可怜人，你再不要抠抠搯搯了。"

车主僵持了稍许，就非常大度地说："看在咱们同病相怜的份上，你就给老娘尽孝吧！"

02

刘宏声也在沟这边，听说了黄安安的新主意，嘴里连连说好，心里却有了一种失落感。这一举两得的生意，自己昨天怎么就没有想到呢？而且黄安安比自己的速度还要快，民工已经拉来水泥、沙子，手里也铺开了瓷砖的图案，让唐春花挑选。

唐春花说："我啥都不懂，还是让刘书记决定吧。"

刘宏声说："我懂也不敢定下来，抢夺了黄安安黄组长的风头，他还不和我闹个脸红脖子粗。你还是让安安回来决定吧！"

说话间，黄安安已经骑着电动三轮摩托停在了门前，由于还戴着墨镜，刘宏声和唐春花一下子都没有认出他来。

唐春花仍然瞅着远处说:"一天到晚没有个正形,这以后还不把啥事都耽搁了!"

刘宏声说:"不是他这个瞎毛病,以前早就让他当组长了。"

黄安安这才摘下墨镜跳下车说:"当面都这样贬糟我,那背后还不知咋骂呢?"

唐春花和刘宏声都惊讶地瞪圆了眼睛,非常窘迫地看着黄安安。毕竟是鸟枪换大炮,毕竟是有了一辆三轮摩托车,黄安安也憋不住,仍然用眼睛瞥着自己的摩托自言自语说:"卖了两只羊,换了一辆车,把他的!我怎么也成有车一族了?"

刘宏声禁不住走近那辆摩托车,上上下下打量着,唐春花却在那边着急地说,工人还等着进瓷砖,让黄安安赶紧过去把价位和颜色定下来。黄安安这就先进了屋,和唐春花商量着把进瓷砖的事情定下来,然后黄安安又匆匆走出来,他还要显摆他的摩托车呢。

唐春花追出来说:"哎,还有地脚线的颜色,你怎么话没说完就走了?"

黄安安说:"你喜欢啥就选啥,男人都是抓大事,以后小事情别问我!"

刘宏声仍然蹲在摩托边,黄安安已经站在身后边,他也没有回头看。黄安安忽然觉得刘宏声的眼神不对劲,心里立即打鼓地说,他刚才一路骑过来,除了速度有点慢,其他都没有问题。刘宏声问黄安安花了多少钱?黄安安老实地说,一千八。他把羊卖了两千块,这还省下二百呢!刘宏声这就悄声笑了。

黄安安说:"是不是占了大便宜?"

刘宏声说:"除了我,那样的价钱以后对谁再不要说!"

黄安安说:"对,不说,不说。人家刚刚失去了亲人,传出去大家就会骂我是在死人身上占便宜。"

刘宏声这才低吼了一声说:"你给我一千八,像这样的车,我能给你买两辆!"

黄安安刷地红了脸说:"不会吧?那个车主还戴着黑袖套,如果不是真的死了老娘,谁还能说出那样的晦气话?"

刘宏声说:"如果我猜得不错,你也是说,你要孝敬瘫痪的老娘呢?"

黄安安说:"你……你是不是和他就是一伙的,怎么啥都知道?"

刘宏声认真地告诉黄安安,如今这骗子个个是人精,骗术也是花样翻新,甚至已经用上了高科技。你黄安安除了嘴,眼睛一点点都看不清!像这样的老人电动三轮摩托车,档次能分十多种,城里人孝敬父母亲,当然也有很贵的。可那个人把车子推到集镇上卖,他们就是寻找瓷尿哩!你黄安安买的这辆车,新的也不到一千块,何况是二手车,唉,不可惜别的,还真是把那两只奶羊可惜了。

黄安安想哭说:"那你说连骑都要小心呢?"

刘宏声说:"凑合着用吧!只是千万不要上长路,电池肯定是次品,把你撂到半路上,那还不如自行车。"

黄安安说:"报案,报案!狗日的也跑不远,我让派出所把狗日的逮住!"

刘宏声说:"我想你很难找见他,显然是一个惯骗嘛。"

黄安安说:"那咱们不是纵容坏人了?"

刘宏声说:"你以后就多长点脑子吧!"

黄安安思忖片刻说:"求您了刘书记,这件事你知我知,再对任何人都不要说。包括崔会平,那骗子骗了我,我也骗了他,嘴里都是老娘老娘的,这已经把人丢到家了。如果让崔会平再知道,这还不把我骂死了。"

刘宏声说:"赶紧忙活去,把生意做成比啥都重要。"

黄安安让工人连夜赶工期。

虽然唐春花说啥都不给里边的屋子铺瓷砖，但毕竟也要粉刷一下，地面上也要铺上塑胶板，按黄安安的说法，干净不是做给别人看，首先自己心里要舒服。这样，两个孩子又要回到村里住。这几天接送孩子，就不用麻烦任何人，早上唐春花和孩子一起过来，就在这边监工铺瓷砖。下午黄安安过来换班，唐春花领着孩子，又一起回家吃饭休息。

那辆三轮摩托车尽管是上当受骗，可骑着也就方便得多。崔会平不知道摩托车的底细，也以为黄安安占了多大的便宜。尤其是看到摩托车后边还有座椅，每天都是笑眯眯地说，黄安安憨憨了一辈子，这一次还算干了一次人事情。崔会平甚至还要黄安安带着她，也去集镇上开开眼。黄安安说，他现在忙得找不见脚后跟，哪能腾出一点点空闲呢。

这一天，学校已经放了学，唐春花左等右等，也不见黄安安过来接班，唐春花就只得给干活的工人叮咛了几句，就先领着孩子回家了。可是走到北沟底，发现黄安安正在满面汗流地推着摩托车上坡。

唐春花问："这又是怎么了？"

黄安安说："把他的！昨天晚上回去后，把充电的事情都忘了。"

唐春花说："就这你还让我学会骑摩托，如果也扔到半路上，我怕是连哭的力气都没有。"

黄宝萍和黄宝山一边一个跑过来，这才把摩托车推上坡。

03

十多天之后，凉皮店一切都齐备，屋子里一边摆上四张桌子，另一边就是操作台。操作台一边摆放着玻璃柜，另一边摆放着各种调料盆。不过今天玻璃柜和调料盆里都是空的，明天要开张，就必须先把招牌挂起来。

昨天晚上，为起店名的事情，黄安安和唐春花争执了好长时间，唐春花说，只要味道好，有没有店名都没啥。黄安安说，那不行！店名就是个招牌，有招牌才能传开来。现在大家都喜欢旅游，这儿又是从县城进入秦岭的唯一公路，如果有人在这儿吃一碗凉皮，觉得味道实在好，回去又想告诉朋友，没有店名就把人家弄糊涂了。唐春花点头默认后，可是凉皮店叫个什么名字呢？唐春花说，眼看又是小满的节气，那就叫个小满凉皮店吧。黄安安说，他弄啥都想往大里弄，一个小字是不是就把人框住了。另外还有更大的争执，他们计划经营的小吃好几种，凉皮店也显得太单一。两个人实在争执不下，这就把求助电话打给刘宏声。

刘宏声先开了一句玩笑说："一个春花，一个安安，那就叫春安凉皮店吧！"

唐春花夺过黄安安手里的电话说："这事把我们都愁死了，你还有心开玩笑。"

刘宏声说："我肚子里的墨水也不多，这两个字还是刘全德老师想出来的呢。"

黄安安又接过电话说："啊，你和刘老师在一起，那这件事情就全都交给黄刘村的大秀才了！"

刘全德在那边接过电话说："刘书记也不是开玩笑，其实这样的招牌真不错呢。"

黄安安说："不行不行。把春花和安安叫到一起，那闲话就先把我们砸死了。您再想，你往俗处想！"

刘全德随口又说道："那就叫二宝凉皮店，听说你们开店的目的，都是为了宝萍和宝山两个孩子上学方便，我这就通俗到底了。"

黄安安说："好！你这就一锤定音了。哎，还有一事要求你，我们还准备经营凉粉、饸饹……"不等黄安安说完，刘全德就截断说："主营什么就叫什么！比如到处都有烤鸭店，那也不仅仅是吃烤鸭吧？"黄安安最后说，怪不得人常说，听君一席话，胜读十年书，刘老师的话让他和唐春花都开窍了。

放下电话，黄安安就骑着摩托车去了镇上。制作门头灯箱的人，一直等着店名的确定，现在店名想好了，他们就让黄安安坐下来看几种喷绘的效果图。他们在"二宝凉皮店"招牌下边，还用竖体字打上了经营范围：凉粉、饸饹、辣子蒜羊血。

今天，灯箱门头也都挂了起来。虽然还没有正式营业，黄安安却还是坚决出去买几样菜，在店里弄了一桌饭，叫来了刘宏声、刘全德、哑巴黄利贵，再加上制作门头的两个青年和铺地砖的三个民工。

黄安安觉得，一是必须对工人进行答谢，二是也必须热场子，聚人气。

黄宝萍和黄宝山两个孩子从今天开始，就彻底住过来了。没有任何人提醒，两个孩子还是在外边点燃了一长串鞭炮。唐春花问黄安安："是你给他们买鞭炮了？"黄安安摇头说："懂事的孩子不用大人教，他们自己也知道，这么多爷爷奶奶都是为了他们的方便，为了他们忙活呢！"

黄安安今天上午没有敢喝酒，吃完饭他还要去镇上取回唐春花的体检报告和营业执照。顺便又和供应饸饹、供应羊血的两家商贩签个合同。

晚上回到家，黄安安也没有一丝一毫的睡意，当下就准备蒸凉皮，做凉粉。崔会平问黄安安是不是想钱想疯了？大热的天，这么早把凉皮蒸出来，放到明天就不怕馊了？黄安安说，他尽管已经试蒸了好几次，还从网上学习了几种新做法，可是毕竟明天是正式开张，所以就要再试一试，成功的配方写在纸上记下来，失败的配方作废后，做成的成品留给自己吃。

崔会平这才认真地说："那就先把凉粉做出来。"

黄安安说："对，凉粉好弄，也不会放坏的。"

崔会平这就成了技术总监，先让黄安安用红薯淀粉、土豆淀粉、绿豆淀粉做出几盆不同的凉粉，然后又指导黄安安再用不同的面粉，不同的稀稠把一张张凉皮蒸出来，这时候崔会平又变成了品尝师。

后半夜开始正式操作时，崔会平继续发号施令说："去！拿着手电筒，从咱们地里掐一把花椒芽，那东西提神提味呢！"

黄安安说："送货也不是这一次，明天再试还不行？"

崔会平说："你不是说必须一炮打响吗？现在倒怕麻烦了？"

黄安安往出跑去，说："让这货当了指挥官，就不顾我的老命了！"

"二宝凉皮店"很快就在附近出了名，出名的不仅仅是生意好，而是这一个凉皮店有点意思。唐春花单独当女老板，黄安安既是采购员，又是供货人。开始附近开店的那些大大小小的老板们，还以为他们是夫妻店，后来看见黄安安又几次带着一个瘫痪的女人进过店里，这就一下子弄清楚，原来这一男两女并不是一家人，瘫痪的女人显然是老婆，那么姓唐的老板就应该是情人。当然有的人也不相信，如果黄安安养了情人，那他老婆怎么也是喜眉笑眼的。越是这样的胡乱猜测，大家都想亲眼看个究竟，那些附近的男女店主，一时间就纷纷走进"二宝凉皮店"，说是要品尝一口小食品的特色，实际上也是要观察一下黄安安和唐春花的真实关系。

他们一边吃着饭一边和唐春花拉话说："哎，唐老板，你掌柜的太辛苦了。"唐春花忙活着说："他供货，他抽成，各挣各的钱，再辛苦也是他自己的事情！"有人继续询问说："老黄待你的孙子也如亲孙子，老黄也真是不容易。"唐春花说："远亲不如近邻么，我孙子把他也叫爷呢！"有人更加直白地说："你和老黄这样相处，那个瘫痪的女人就不说啥？"

唐春花说:"各人的脸上都长着嘴,想说什么我挡不住。可是现在的世事文明了,用嘴是不会杀人的!"这样的话,软中带硬,那些人面面相觑地互看一眼,自己也觉得寡淡无味了。

唐春花把这些事情说给黄安安,黄安安同样很干脆地说,对,说得好!权当给凉皮店扬名呢。现在这个社会上,奇怪的事情太多太多,像他们这样的,连记者都不想理睬呢。

这边的事情不用操心,要出事还是在黄刘村。

04

这天上午,黄安安刚刚送了凉皮和凉粉返回村,在村头就被希贤伯和郑氏婶堵住了。黄安安问他们有什么事?

希贤伯先还是不好意思,把责任推给老婆说:"你问你婶子。"

黄安安的眼睛又看着郑氏婶,郑氏婶又反骂老汉说:"商量好的事情你不说,一辈子都是榆木疙瘩!"希贤伯吭哧了半天说:"安安啊,你现在可是我们的领导吧?"黄安安最喜欢听这样的话,礼貌地跳下摩托车说:"有啥事情尽管说,我会给你们做主的!"

希贤伯说:"我们两个病秧子,别说住医院,光吃药都快吃不起了。"

黄安安说:"你们两个儿子两个女儿,孙子外孙也好几个,噢,如果是他们都不想赡养你们,我就帮你们打官司!"

郑氏婶说:"不是,不是,他们个个都好着呢。"

黄安安说:"那是谁欺负你们了?"

希贤伯说:"安安你帮我算一算,我家老大是煤矿工,全家早都搬到矿上去了。前些年他还经常寄钱回来,这几年煤炭卖不出去,听说连工资都不能按时发，还咋能问他要钱呢。老二在水泥厂上班，说是工人，实际上他是在山里炸石头，现在保护环境，他们的工厂也已经停产半年多，这就更是没指望了。"

郑氏婶说："两个女婿都是农民，再说他们也有他们的父母亲，安安啊，组长啊，我们还是要找你这个领导啊！"

黄安安说："可你们还有花椒园。当初我的几亩地，就是转让给你们的，以后花椒也有了出路，这也没有什么后顾之忧嘛！"

希贤伯说："安安啊，花椒到年底才能卖出去，可是眼下的急谁救呢？"

黄安安说："上次我帮艳红收购花椒，你们家的收入也是六千多块钱，这才过了多长时间，也不能说穷就穷了？希贤伯，郑氏婶，该满足时就要满足，我把地转让给你们不后悔，可你们也不能见我的碗里飘了点油花花，马上就害了红眼病！"

郑氏婶说："好我的领导呢，那婶子就对你说实话，我那两个儿子现在都在难关上，我和你大伯心里着急啊！想办法多挣一点钱，我们还想着救济两个儿子呢。"

黄安安越发火了说："我一个村民小组长，还能把心操到村子外边去？"

郑氏婶说："我们也能蒸凉皮，听说春花那边的摊子也卖得好，你们两个都发财，就多少匀给我们一点点，每天哪怕蒸二十张，一张就能赚一块多钱，每天赚来的二三十块钱，起码就够我们买药了。"

黄安安说："你们这就太不像话了！在黄庄村，就我和唐春花花椒地最少，你们让我匀一些，那你们会不会把花椒地也给我们退回来？"

希贤伯说："那么我再问你，压饸饹村里谁不会？你为什么还要从别处进货呢？连古人都知道肥水不流外人田，你怎么就胳臂肘子朝外拐？"

这句话就把黄安安问住了。

黄安安这才知道，他们早就想堵着他了，而且连利润和赚头，都已经计算得清清楚楚。凡是地方小吃，成本都很低，特精面粉每公斤也就是两块多钱，一斤面粉蒸五张凉皮，其成本只图两毛多钱，他说好每张二元发给唐春花，唐春花切好装进碗里，再浇上调料卖出去，那就是每碗五元钱。黄安安也事先做过调查，城里每碗都卖到六块八块了，他们就定了个最低的价格。当然所有这些都是毛利润，完全没有计算房租费和人工费。在开张的这几天，单单是凉皮每天就能卖出一百多张，黄安安从中获利一百五十块。因为唐春花那边还是多种经营，每天的营业额都快上千了，所以唐春花又提议说，微信刷卡谁也不会骗了谁，月底结账的纯利润，她还会和黄安安三七开，说什么也不能让黄安安又下苦，再吃亏。把他的！这么快就有人眼红了。希贤伯和郑氏婶说到底也是可怜的老头老太太，更何况他们都是黄组长这个领导的臣民，臣民有困难乞求你，你总不能一口拒绝吧？

　　黄安安说："你们回，你们先回去。"

　　希贤伯突然就挤出了几颗老泪说："安安，你这可是救命呢！"

　　郑氏婶弯弯的身子站不直，这就干脆跪在地上作揖了。

　　黄安安赶紧把郑氏婶扶住说："放心放心，有我吃稠的，就不能让你们喝稀的。"

　　黄安安刚刚把希贤伯和郑氏婶打发走，身上的手机又响起来。

　　电话是刘全德打来的，黄安安问刘全德有什么事。刘全德支吾了一下说，他昨天也去那边的凉皮店看了看，觉得还有许多应该改进的地方。黄安安听说是这事情，就高兴地问刘全德在哪里，接受批评和建议，这就要当面拜见大文豪大秀才！刘全德说他在家里，让黄安安也去认认门。黄安安的心里又开始犯嘀咕，刘全德平时见他都在村委会，今天怎么让他去家里？而刘全德又是刘庄那边的人，那个院子以前黄安安都从来没进去过。可是"二宝凉皮店"刘全德也有起名的功劳，现在也是提出改进意见，黄安安就只得过去"认认门"了。

刘全德家和刘宏声家都住在村子最南边，中间隔着一片槐树林，那还是老支书刘寿山在世时栽植的，在槐花盛开的季节，全村人都去那儿闻花香。刘寿山也会让大家采摘些嫩槐花带回去蒸麦饭。后来刘宏声接任了村支书和村主任，就也在另一边圈了庄基。

黄安安把摩托车停在刘全德大门前，禁不住先观赏了一下那片槐树林，虽然槐花已经渐渐凋谢，可是依然是白花花一片，依然是花香醉人呢。

刘全德从黄安安身后走来说："槐林绵延极目望，簇簇白花绰约中。黄组长也有这个雅兴啊？"

黄安安赶紧回头说："啊啊，我没有，我没有。看见这片槐树林，我刚才只是在心里想，一个老支书，一个新支书，都把黄刘村的好风水占尽了。"

刘全德不由得身子一抖说："鄙人不才，鄙人对不起……噢，对不起这片槐树林了。"

黄安安说："刘老师，有啥话你赶紧说，我回家还要忙活呢。"

刘全德说："进屋，进屋。你嫂子也想见见你。"

黄安安走进院子，刘全德的妻子樊明贞已经从里屋迎出来。关于刘全德和这个女人的那些传说，黄安安已经快忘光了，现在看见樊明贞，黄安安才又在心里想，多亏老支书刘寿山死得早，如果让他活到现在，那么他和唐春花的事情，说不定早就上了批斗会，到现在还能一起做生意吗？他把自己的儿子都能从大学里揪回来，眼睛里也就容不得一颗沙子，肯定就容不下黄安安和唐春花把黄刘村的风气丢失在北沟那边去。说起来樊明贞也算是经过大世面的人了，刘全德患过多年的精神病，至今仍然有一点点神经质，樊明贞能和这样的男人生活下来，同样也是忍受了多少委屈呢。

黄安安说："啊，嫂子，我多少年都没见过你了。"

樊明贞说："都是为娃忙活呢。嫂子前些年也是帮儿子带孩子，后来又去帮女儿带，这就很少在村子里。"

黄安安说："福气啊！"

刘全德不敢让他们把话题扯得太远，"福气"之说已经让刘全德很敏感，再扯下去这样的"福气"，连他都会疼出眼泪来。刘全德说樊明贞已经给黄安安备了几碟小菜，那就快进屋边吃边说吧。黄安安立即觉得这儿也是鸿门宴，要说的事情也和希贤伯郑氏婶差不多。

黄安安坚决不进门地说："刘老师，明贞嫂，有什么事情直接说。"

樊明贞说："嫂子的菜里有毒吗？"

黄安安说："看你说的。我是来听刘老师的改进意见，要请客也该我请客，哪能在你们这儿吃饭呢。"

刘全德这就不得不开口说，他觉得那个凉皮店，还可以更加丰富起来，比如说再带上肉夹馍、五香茶叶蛋、红豆稀饭、小米稀饭，啤酒白酒饮料也要有一些。有吃的没喝的，食客就会弹嫌呢，何况现在的人都讲究，吃着凉皮就想抿一口小酒呢。

黄安安忽然眼前一亮说："高！刘老师实在是高见。"

刘全德说："你嫂子也给你准备了一点酒，那就进屋抿一口。"

黄安安说："别忙别忙。好事是好事，可是那么多东西谁做呢？"

刘全德说："那边到这边就是一条沟，你黄组长还是老路数，包括饸饹，包括辣子蒜羊血，都让村民分头做，我想你都可以把蒸凉皮停下来，每天只需要用摩托车运送，然后就各算各的账，这不但是为你争光，也是给刘宏声书记争了面子呢。"

黄安安沉思片刻说："那不敢，那不敢。饸饹和羊血，都和人家签订了合同，违约赔钱的事情可要我承担。"

刘全德说："那还有其他这些新增添的东西呢？"

黄安安说："哎，唐春花就是一个人，经营的东西实在太多，几天就把她累垮了。"

樊明贞及时插话说："嫂子也可以过去啊！"

黄安安再也不敢说话，只是发愣地看着刘全德和樊明贞夫妻俩。

樊明贞说："嫂子不是惹是非的人，过去也是给唐春花当下手，这怎么还把你吓住了？"

黄安安说："你们怎么也缺钱了？"

樊明贞说："两个孩子要还房贷，你全德哥的退休金还不到三千元，嫂子一直是农民，你说这不想点办法挣点钱，这如果有个大灾小病的，以后的日子可怎么过？"

黄安安说："再说再说，那边唐春花说了算，我不能替她做主啊。"

离开刘全德家，黄安安的头就比斗都大了。

芒种

咸吃萝卜淡操心

01

整个关中道,已经进入搭镰收麦的季节。可是现在,镰刀早就成为稀缺的东西,尤其是黄刘村,甚至都没有麦子可收了。没有麦子收,留守在村子里的人们,许多家又都在屋子里忙活着。

黄安安那天先是被希贤伯和郑氏婶堵在村口,后来刘全德和樊明贞又给他设了鸿门宴,虽然黄安安根本没有进屋,连他们摆出的菜碟都没有看一眼,可是这毕竟是一件事情,给黄安安心里留下了一块病,留下了一块揉不开的死面疙瘩呢!

二宝凉皮店,一块巴掌大的小门面,怎么就把这么多人的眼睛勾住了?希贤伯和郑氏婶求黄安安还能说得过去,谁让他是黄庄这边的村民组长呢。可是你刘全德和樊明贞凭什么加楔子?我黄安安又不是村上的领导,刘庄那边留守在村子的人,算起来也有十多户,如果让刘全德加了楔子,别人是不是又会看样学样呢?那么我黄安安还能顾得过来么。

不管!我就和唐春花两个人合伙干,看谁还能把我掮起来抡两圈?

当天下午，黄安安又去了"二宝凉皮店"。唐春花说："你早上送一次也就够了，这还跑过来干啥呢？"黄安安没有说话，他不想让唐春花提心吊胆，只是站在门外吸着烟，眼睛也一直盯着那个三岔路口。任何人都不会看出来，黄安安这是站岗放哨，生怕还有人来硬的，跑过来故意给凉皮店添麻烦。

唐春花见黄安安没有走，就让黄安安去镇上买两桶香油，再买几袋辣椒面。

黄安安还没有骑上摩托车，隔壁小超市的老板郭石头就挡在黄安安前边说："哎，黄伯，这做生意都要帮衬着，你们怎么总是舍近求远呢？"

黄安安说："这事你问唐老板，我只是个跑腿的。"

郭石头说："我已经多次给她叮咛过，可她就是不从我的店里进货嘛。"

黄安安就站在门口喊："哎，唐老板，能不能在郭老板的店里买油啊？"

唐春花的声音从屋子里传出来说："咱们用的香油都是现磨的，辣椒面也是亲眼看着让他们碾出来，这都要对顾客负责呢。"

黄安安这就对郭石头说："对对，我怎么把这一茬都忘了。香油和辣椒都有好几种，炒制的门道也是个技术活，我过去要亲自把芝麻和辣椒挑选好。嘻嘻，对不住了石头兄弟，超市的东西都是成品，别说你们的价钱高，用起来也不放心啊。"

郭石头说："那么清油和调料，咱们总该立个君子协定吧？"

黄安安说："再说，再说吧。"

郭石头这就有点来气说："好，不说了！人常说好亲不如近邻，萍萍和山山晚上玩手机，用的还是我们那边的Wi-Fi号，孩子过来问密码，我们不能不说吧？噢，你们这边也没有洗手间，顾客和你们上厕所，我们也没有挡过吧？"

唐春花闻声赶紧跑出来说:"好我的石头大侄子,除过香油和辣椒面,以后其他用什么,就都从你们那边进货了。"

郭石头这才一笑说:"就是么。这就是互相帮衬了。"

"二宝凉皮店",现在也成了黄刘村过路人的歇脚处,生意刚开张那几天,每当黄刘村的人进来吃饭,唐春花还总是礼让说:"算了算了,我怎么好意思收你们的钱?"礼让是礼让,通事理的人还是把钱放下了。价钱都写在微信码旁边,打折的事情都没有发生过。可是总有不通事理的人。黄安安从镇上买回香油和辣椒面,就听见屋子里,唐春花和跛子岗正在发生争执。

唐春花说:"哎,你怎么又不想付钱了?"

跛子岗说:"一个村住着,你好意思吗?"

唐春花说:"我这生意还长着呢,你总不能每次都吃白食吧?"

跛子岗说:"下次吧,下次一起清。"

唐春花说:"你个死跛子,啥时候才能改掉你的瞎毛病!"

跛子岗这就似乎抓住了唐春花的把柄,声音一下子变成了破锣,质问唐春花这是骂谁呢。死跛子更是侮辱他的人格!不但要把欠下的饭钱一笔勾销,还要把唐春花告到县残疾人联合会。黄安安这才气急了,一步冲进门,就扯住了跛子岗的衣领子。

跛子岗故意杀猪般地喊:"打人了!打人了!二宝凉皮店的幕后老板打人了!"

黄安安真的重重揎了跛子岗几拳说:"打的就是你这号东西!打的就是你这个王八蛋!"

跛子岗仍然大声喊:"报案啊——报案啊!"

门外也不乏看热闹的人,不知是谁就拨打了110。

阳泉镇派出所很快就来了两个警察，发现跛子岗还是残疾人，这就当场训斥黄安安说，有话说话，怎么就可以动手打人呢？黄安安说，他多次吃饭都不付钱，唐春花数落了他几句，他就说唐春花是骂他呢。跛子岗说他每次都把饭钱清了，空口无凭就是讹人呢。唐春花拿来了她记下的账目，一次一次让跛子岗看，跛子岗又把脸转向一边说，那账单上又没有他的签名，谁能证明就是他欠的。唐春花气得没办法，就也给刘宏声打了电话，让他快过来看看他这个门中的侄子，闹出去都是黄刘村丢人。

刘宏声说他正在镇政府开会，让唐春花把电话交给在场的警察。警察问是谁的电话，唐春花说是黄刘村的支书兼主任。那个警察就不接电话说，黄刘村属于秦丰镇的地盘，那在电话里也不好说。

黄安安问警察，到底还要怎么办？

跛子岗不等警察说话，已经一瘸一拐地走向他的农用三轮车说："警察同志，我想你们也管不下，那就让我去县上告状吧！公安局不行还有残联，我不信就没有个说理的地方了！"

两个警察也害怕连带失职的责任，这就急忙拦住了跛子岗，让黄安安、唐春花和跛子岗一同都去派出所。这时候，一个警察的手机又响了，那个警察接过电话说："噢，原来你们都是一个村的人，这抬头不见低头见，那你们就回去让村里处理吧。"

黄安安问跛子岗："你敢和我回村上，让刘书记评理吗？"

跛子岗说："在我脑子里，永远没有'不敢'两个字！"

黄安安骑上自己的摩托车说："那你也开车往回走！"

跛子岗竟然跳上黄安安摩托的后座上说："我还怕你跑了呢，这样就是押送你。"

跛子岗的赖皮劲，把两个警察都惹笑了。

其实，刘宏声就在北沟底下等着他们，他看见跛子岗竟然坐在黄安安三轮摩托车的后座上，先奇怪地说："你们这已经和好了？"跛子岗可能想不到刘宏声会在这儿出现，慌乱地跳下车，又赶紧回头走去说："我的车上还装着破烂，这就要赶紧进城卖货呢！"黄安安一手揪住跛子岗的脖领说："你刚才还问我赔你多少钱，怎么现在就想溜号了？"跛子岗说："我以为大伯真是在镇政府开会，这就想再诈你几个钱。没想到大伯怎么就在这儿呢。"

刘宏声说："唉，岗娃，你爸你妈临死前把你托付给我，你怎么这样不让我省心呀？"

跛子岗说："没事没事，我是和春花嫂子闹着玩呢。"

黄安安说："闹着玩你叫了派出所？"

跛子岗说："哪儿是我叫来的？我只是那么喊一声，也不知谁就当真了。"

黄安安说："那你还要进城告什么状？"

跛子岗说："挨了几拳的小事情，谁会替我断这样的官司？刚才我也是想跑呢，我也不想给书记大伯丢人呢。"

黄安安看着跛子岗一摇一晃地上了坡，这才回头问刘宏声，来了怎么不过去，害得他都差点进了派出所。刘宏声说，警察连他的电话都不接，他过去照样是丢人现眼。为了赶紧把事情解决，他只得再把电话打给儿子，让儿子动用派出所的关系，先把事情平息下来。

刘宏声也是骑着摩托车赶来的，他们说完话，就各自骑着摩托回到村里。

02

回到村里,刘宏声让黄安安先回家把老婆崔会平安顿好,然后还要在村委会说事呢。今天下午一连串的事情,黄安安已经烦不胜烦,他都不知道明天早上还能不能半夜起来蒸凉皮做凉粉了。黄安安伺候完崔会平,又拖着疲惫的身子来到村委会,就靠在沙发上长吁短叹了。

刘宏声说:"老黄呀,这样下去不行啊!"

黄安安说:"我现在只想美美地睡一觉。"

刘宏声说:"那凉皮店不开了?"

黄安安说:"那怎么行,凉皮店生意好着呢。"

刘宏声说:"刘全德老师几天前就让我找你说一说,可我觉得他提的那个要求,也不是很适合,所以呀,我也不知道如何开口呢。"

黄安安一下子坐了起来,这不是刚刚逃出虎口,马上又落入狼窝了?甩掉了跛子岗,刘全德又托刘宏声来求情,这不是又让他左右为难,这不是又把他推到墙旮旯了?因为黄安安已经和唐春花商量过,唐春花说别的都好说,如果给她的身边再加一个人,那就不知道要闹出多少是是非非。身边来一个樊明贞,工钱开多少?经商也有经商的秘密,你还能管住樊明贞说话的嘴吗?

刘宏声说:"哎,老黄呀,你究竟怎么想,你倒是说句话啊?"

黄安安说:"跛子岗这一场闹腾,我脑子都是乱哄哄的。"

刘宏声说:"一个大男人,你就这么一点点尿性?我还指望你多分担一点呢,想不到你竟然是这种尿包软蛋!"

黄安安似乎听出一种另外的话音,立即坐端坐正说:"跛子岗是个啥东西,我倒怕他了?刘书记你有话尽管说,这些日子忙忙碌碌的,我倒觉得活得很滋润，浑身都有使不完的劲儿！"

刘宏声一笑，让黄安安先看看自己的手机微信。黄安安拿出手机一看，刘宏声竟然给他的微信中刚刚转了两千五百元钱，他不解地问，这是什么钱？刘宏声说，陈艳红把从村里进的花椒卖完了，接下来还要收购新花椒，这就想提前铺个路，说是先打来的这五千元，就是他和黄安安的辛苦费，后边的事情另行付款。黄安安也不客气地说："把他的！那咱们都是二千五，这也和二百五差不多了。"刘宏声又嘱咐黄安安，君子爱财，取之有道，但是这样的事情也不能对外说，村里人心眼都小呢。

黄安安说："这样的事情不用叮咛。哎，你刚才好像还有什么话？"

刘宏声说："你们黄庄那边，原来是黄二明担任村委会副主任，可是自从他去县城开饭店，多少年都没有参加过一次会。不但村民们已经把他忘了，连他自己都不知道在村上还有一个头衔呢。"

黄安安说："啊啊啊，你不说我也想不起来。好像当初就是让他挂个空名，这还是你在大会上提议的，说是黄二明的户籍在村里，那就作为黄庄的代表进班子吧。"

刘宏声说："现在你已经很成熟，我就想让你把他替换了。"

黄安安说："那……那不好吧？黄二明的户籍仍然在村上。"

刘宏声说："前些日子我进城看望八婶，黄二明请我吃饭时，他自己就主动推荐你了。"

黄安安忽然神经兮兮地靠近刘宏声说，当初八叔的死亡时间确实是个谜，凡"逢七"他都悄悄地掐时间，黄大明他们每个"七"都没有回来烧过纸，那么七七四十九日"七"尽了，就必须全家回来圆坟吧？结果还是不见他们的人。那天下午，他就跑到八叔的坟地细心察看，原来坟头早几天就圆过了，他们回来烧纸圆坟，根本就没有进村子来。

刘宏声不接这个话题，起身把电热壶提过来。

黄安安说："刘书记你看怪不怪？"

刘宏声说："老狗记得千年屎！有些事情，你就要故意装糊涂。黄大明他们那样做，说到底也是尊重村里的习俗嘛。"

黄安安憨憨一笑，再也不敢说话了。刘宏声这就重提副主任的话题说，让黄安安出任村委会副主任，同时把治保委员兼起来。黄安安心里高兴，嘴里还是谦虚地说，一切都要靠刘书记传帮带，他哪儿有毛病，就让刘书记随时指出来。刘宏声说，他已经把黄安安的事情向镇党委报备了，同时报备村委会副主任的还有樊明贞，刘庄那边的村民小组长重病缠身，他就想让樊明贞出任那边的村民小组长，也兼着村委会的妇女主任。

刘宏声说到樊明贞，黄安安就在心里骂了声"老狐狸"。看来刘宏声是醉翁之意不在酒，这是给他绾笼头呢。黄安安琢磨了一阵说，作为副主任，他也要照顾全局了。可是唐春花有话在先，坚决不愿意让樊明贞也去凉皮店！说到底唐春花就是个体户，村里也不能硬性添人吧？刘宏声说，他已经和刘全德樊明贞说过了，可以作为供货方，其他事情再别想。黄安安这才轻松下来，他知道最难的就是不能再给凉皮店安插人，至于其他事情，他自己也有了解决的办法。

03

黄安安知道，一切都要快刀斩乱麻。

几天之后，"二宝凉皮店"就扩大了经营范围，唐春花叫来了她的娘家侄女唐仙草当帮手，酒类饮料从郭石头的超市进；腊肉卤肉的制作交给刘全德和樊明贞；凉皮和凉粉分配给希贤伯和郑氏婶等五家人；另外还有打烧饼、压饸饹、熬稀饭，黄安安又都让樊明贞在刘庄那边物色人。这样，得利的事情人人有份，得名的事情也和樊明贞对半分。刘全德和樊明贞都感激不尽，还给黄安安送来了两瓶酒一条烟，作为实际的答谢。

　　黄安安也完全成了甩手掌柜，每天只需要骑着三轮摩托送几次货。唐春花不欠别人的情，也不欠别人的账，黄安安把从各家各户取来的那些食品送过去，唐春花品尝验收后，就立即让黄安安再回去付款，以避免夜长梦多，再闹出什么是非来。

　　唐春花和黄安安也正式签订了合同，月底的纯利润四六分成，黄安安占四她占六，如果有个天灾人祸，亏本的损失当然也是这样的比例。在签订合同之前，黄安安甚至还谦让说，唐春花还要养活唐仙草和两个孙子，他要个三成就行了。唐春花仍然坚持说，纯利润就是把仙草的工钱已经开过，萍萍和山山在店里都是白吃白喝，她这已经占了很多便宜呢。

　　黄安安这就说："咱们两个，谁和谁呀？合同也就是一张纸，心里的事情，什么时候也算不清楚啊。"

　　今天晚上，黄安安和唐春花签完合同回到家，又和儿子一家进行了视频通话。黄安安首先给儿子黄大鹏报喜说："你老爸现在又是升官又是发财……"黄安安才说了半句话，儿子就把他的话打断说："爸呀，你成天跑得不沾家，把我妈给谁扔？"黄安安把手机转向崔会平说："你让你妈自己说。"可是崔会平不接手机说："你整天说是赚钱了赚钱了，可是我至今连一个钱毛都没见！"黄安安说："凉皮店投资了那么多东西，开始都是要把投资先收回来。"崔会平又说："你买了个摩托车，可是我又坐了几次呢？"

　　黄安安害怕崔会平继续唠叨，只得再对手机里的儿子说："哎，大鹏，我接受你妈这样的批评。前些日子，爸也是忙得抽不开身，现在爸除了每天早上运送两三次东西，其他时间都可以陪着你妈了。"

那边的孙子这才格格格地笑着说："爷爷也是个怕老婆，和我爸这边一模一样啊。"儿媳妇在那边捂住了孙子的嘴说："你越说越没大没小了！"崔会平看见孙子的怪模样，这才嘻嘻笑起来。

04

第二天上午，黄安安忙完了给凉皮店送货的事情，就问崔会平想不想进城转一圈。崔会平说："去就去，我这多少年都没有进过县城了。"黄安安说："你的药也快吃完了，这进城还要买药呢。"崔会平说："药有儿子往回寄，就是针管子快完了。"可是到了沟那边，崔会平突然就改变主意说，凉皮店也有他们的少一半，让黄安安把她放在凉皮店，她帮不上忙，也能坐在里屋看一看。

黄安安马上就明白崔会平的意思，她是怕唐春花隐瞒每天的收入，突然就想亲眼看一看，凉皮店的生意到底好不好，是不是都是用微信付钱，如果有人用现钱结账，那么唐春花又该怎么记账呢？

黄安安为难了一下，先把摩托车停在凉皮店外边，就走进去悄悄对唐春花说："有人想来监督你，我可是毫无办法了。"唐春花看着门外轮椅上的崔会平，立即就很会意地说："肚子没冷病，不怕吃西瓜！别说她只是今天坐一次，就是每天过来，我都没有什么害怕的。"黄安安把崔会平推进去，崔会平又变成另一张嘴脸说："春花啊，咱们两个呀，真是前世修来的冤家。这几天不见，我就想得慌，可是这见了，我又害怕和你吵架哩。"唐春花说："你就放心坐你的！我忙起来就团团转，你想吵架都没有机会。"然后又对唐仙草说："你快把你大娘推进去，让你大伯赶紧走，我这儿一个闲人都不留。"

黄安安又突然说:"会平,你如果不进城,那我一个人跑啥呢?"

崔会平摇着轮椅转过身子说:"你不是还要给我买药吗?噢,你去医院再挂一个专家号,问一问我的病为什么越来越重了?"

黄安安说:"你是病人,我怎么能说清?要不还是咱们一起进城看医生。"

唐春花也走来说:"看病多要紧,你们怎么还操心凉皮店的事情呢?"

崔会平看看唐春花又看看黄安安,似乎又起了什么疑心,说:"风湿性关节炎就是慢性病,你们再不要合伙赶我走!"

黄安安在心里又骂了一声"变态狂",就只能自己进城了。

05

没有了崔会平,黄安安也就没有闲转的兴趣。可是既然来了,就确实应该把崔会平的病情再询问一下。黄安安先和儿子通话说,他今天想把崔会平带进县城散散心,可她半路上又不来了。儿子说,那你就随她的意,她精神越放松,病情的痛苦就会轻一些。黄安安说,那还需要不需要再买什么药?儿子说,他买的药都是进口的,县城里还能有什么好药呢。儿子反复叮咛说,进口的药,他妈看不懂,也就不会疑神疑鬼了。让父亲要买就买一些营养药,对于不治之症的病人,其实都是精神作用。黄安安放下电话,就只是买了些针管子和营养品。自从崔会平回来后,黄安安开始还是让村医疗站的医生打针挂吊瓶,后来他自己就都学会了。

黄安安从药具店出来,这就想起了八婶,如果说看望八婶是个幌子,那么拜见黄大明或者黄二明才是黄安安真正的目的。如今我黄安安也是黄刘村的领导班子成员了，可是你黄大明和黄二明，就好像仍然装着不知道。我知道你们心里只有刘宏声刘书记，把别人都不在眼里夹。那我今天就要主动会一会你们，让你们知道我黄安安也是黄刘村的马王爷。以后的黄安安，绝不能再轻视，甚至已经是你们绕不过去的一道坎儿呢。

黄安安骑着摩托车在街道上茫然地行驶着，心里还在胡思乱想，八叔和八婶肯定有着他们的大名，以前还是生产队，还需要喊着名字记工分、分粮食的时候，八叔和八婶的名字也肯定在各种账本上记载着。问题是黄安安在那个时候，还是小小年纪的憨憨娃，许多人的称呼和名字，他就确实对不上号了。

现在，黄安安终于当上了村委会副主任兼村民小组长，可是村子又几乎成了空村，连一个开会讲话的机会都没有，也就实在没有机会弄清八叔和八婶的真实名字了。由他给八叔主事的葬礼，花圈上写的都是"黄老先生千古"。把他的！弄不清就弄不清，弄清了也不能叫，现在想这些还有什么用处呢？

县城虽然不是很大，黄安安却犹如掉进了高楼大厦的海洋。村里人一直把八婶称为"西太后""佘太君"，凡是有势有钱的人，任何家底都是秘密。所以前几次见到八婶，他都没有敢问八婶到底住在哪个儿子那儿。而现在寻找哪一个，也都是大海捞针呢！

其实黄大明黄二明黄三明的手机号黄安安都知道，可是他现在打给谁都觉得心虚。他们如果问他有什么事，这种闲逛的事情又不能说。只有坐在八婶身边，有事没事都可以聊一聊。晚辈见长辈，就是看望，就是问候。而平辈见平辈，一下子就会有戒心。尤其是城里人，本来对农村人就不待见，说不定他们还会编出谎话说，老太太住院了，不方便见人。老太太出外散心了，走得很远很远呢！

黄家三兄弟的电话不能打，黄安安这就又想起跛子岗，脑子里刚刚闪现出跛子岗，他就"刺溜"一声急刹车。千万千万不能招惹那个货，即使他没有和跛子岗打过架，现在如果在县城遇见他，那就肯定又会破费折财了。让跛子岗带一回路，那个东西就会变成牛皮糖，一是甩都甩不脱，二是就会让他请客吃饭了。噢，县城里不是还有黄丙成吗？黄安安知道黄丙成每天都是去劳务市场揽零工，都是一个村的人，黄丙成也许知道八婶的住处。

黄安安这就拨打了黄丙成的手机。电话老半天没人接，后来终于有人接，说话的却是一个女人声。黄安安心想应该是黄丙成的媳妇，就叫了声"大侄媳妇"。

那边的女人说："喂，我都年近八十岁的人了，你找哪儿的大侄媳妇？"

黄安安说："你不是黄丙成的老婆吗？"

那边的女人说："黄丙成是谁？我怎么又成了他老婆？"

黄安安说："这个电话号码就是黄丙成的嘛。"

那边的女人这才呀呀地笑了说，她家的楼顶漏雨，今天请了三个民工修楼顶，现在他们正在往楼顶背沙子背水泥，这就把手机都放在屋子里。黄安安也是没话找话，多问了一句说，现在每个人都是手机不离身，黄丙成就不怕家里有个急事情。

那边的女人就没好气地说："你怕是站着说话不腰疼？这么热的天，他们都穿着短裤和背心，身上有什么地方还能装手机？！"说完就把电话挂了。

黄安安再没有办法了，这就不得不拨通了黄大明的电话。黄大明已经退休多年，赋闲在家的人，起码也不会伤他黄安安的脸。

黄大明说："啊，安安呀！我现在又该叫你黄主任了吧？"

黄安安说："大明哥别笑话我，刘书记这也是赶着鸭子上架呢。"

黄大明说："你在哪里？哪天回去，我又该当面祝贺呢。"

黄安安卖了个关子说："我和崔会平都想八婶了。她老人家还好吧？"

黄大明果真说："老太太最近患了个热感冒，我现在正陪她住在医院里。"

黄安安当即就打消了看望八婶的想法，但还是客套地说，天再热就把八婶送回来，现在村里每家都在做小吃，不管是哪样都很对八婶的胃口。黄大明同样客套地说，感谢黄主任的一片盛情，只是老爷子去世不久，担心老太太一时不习惯，回去又会伤心呢。黄安安说，那他就代表大家向八婶问个好，祝福她老人家早日康复。

06

八婶见不上，黄安安也不能白跑一趟。

黄安安这就想在县城里到处转转。以前城中心有一个大广场，多年前，黄安安和崔会平还没有出外打工时，他们还在中心广场参观过一次汽车展销会。崔会平说，他们啥时候才能买一辆车啊。黄安安说，儿子在深圳给他已经找好了工作，儿子儿媳和他都挣钱，几年后还愁买不下一辆车。崔会平说，怎么把她不算数。她起码过去能做饭，外边的饭多贵呀，省下的就是赚下的。黄安安又揭着崔会平的短处说，深圳那边可是花花世界，如果都过去，就一定要学得老老实实的。崔会平当时就翻了脸说："你妈怎么就生下这样的憨憨货？如果你再这样说，我看这以后的日子都过不成了！"黄安安赶紧忍让说："好好，不说不说。咱们就等着儿子的信吧，一同挣钱买汽车！"黄安安对这样的对话记忆犹新，实在想不到崔会平一过去就真的出了事，那么快就被花花世界迷乱了眼睛，身子也钻进别人的

169

被窝了。

可是昔日的中心广场已经找不见，眼前全是耸入云天的塔吊和正在盖着的一群楼。

黄安安胡思乱想着，身上的手机却突然响起来。电话是刘宏声打来的。

黄安安说："啊，刘书记呀！"

刘宏声说："你人在哪里呀？"

黄安安说："我进城给老婆买药了。"

刘宏声说："买药能用多长时间？没事你就不要在城里乱转了！"

黄安安说："我已经在回去的路上了。"

刘宏声说："你老实说。"

其实刘宏声距离黄安安并不远，只不过县城里人流如蚁，车流如梭，这就会在街道走几个来回也碰不到面。刘宏声让黄安安往北走，经过两个十字路口，那儿就是太和公园，他们就在太和公园东边见面。黄安安把摩托车停在太和公园东门口，但是还没有看见刘宏声。他站在那里又在心里埋怨着，拆迁了中心广场，在这儿又弄出个大公园，把他的！这要浪费多少土地啊！城里人不种麦子不栽花椒树，整天都是给他们自己造美景，造幸福。

刘宏声在后边说："老黄，你进城怎么也不吭一声？"

黄安安回头说："自从我病老婆回来后，我都没有进过城，心里憋屈得发疯呢。"

刘宏声说："你把你老婆留给唐春花，这可把唐春花害惨了。你老婆摇着轮椅出来进去的，就好像她自己才是老板呢。唐春花说这些她都可以忍受，只是你老婆身上的纸尿裤，这大夏天的，顾客都能闻出味儿哩。"

黄安安说："哎呀！我怎么没想到还有这问题。"

刘宏声说："来了你就多转转，你老婆我已经送回去了。"

黄安安说："那死婆娘能听你的话？我知道她是想监督凉皮店的账目呢。"

刘宏声说："还是那个唐仙草小姑娘人乖嘴甜，她哄劝你老婆，心放宽才能身体好，如果自己给自己找劳累，钱再多又有什么意思呢？所以，我正好从那儿过，你老婆就让我把她送回去了。嗨，多亏你当时把樊明贞顶住了，要不然啊，今天这三个女人，弄不好就会吵翻天了。"

黄安安这才自鸣得意地说："如果有樊明贞，别说我老婆今天突然就起了歪歪心，就是樊明贞和唐春花两个女人，也很难尿到一个壶里。"刘宏声正要说什么，唐春花的电话又来了。黄安安接着电话说，刘书记已经批评了他，问唐春花是不是还要兴师问罪呢。唐春花说，她都没空理那些事情，只是让黄安安给凉皮店的里屋再买一台空调，晚上四个人挤在一个屋子里，热得睡不好，白天摆摊都犯迷糊。

黄安安说："马上就办！"

刘宏声说："看来你连闲转的机会都没有了。"

黄安安说："刘书记，那你进城有什么事？"

刘宏声说他还要看看几个老朋友。说者无意，听者有心，这时候黄安安又想起寻找八婶碰了一鼻子灰的事情，就故意试探地提醒刘宏声说，黄庄的人，有的把八婶称作"西太后"，有的把八婶称作"佘太君"，还有人说他们就是黄刘村的大"皇族"，那么一个大家庭，村委会也得经常关心。刘宏声哼哼一笑说，他和黄大明本来就是好兄弟，不需要黄安安指教吧？

黄安安心里激灵了一下想，说不定刘宏声要去看望的就是黄大明。

刘宏声也骑着他的大踏板摩托车，说完话就已经扬长而去。黄安安不好和他同行，当然也是不愿意让刘宏声知道他今天进城的真正目的。现在有了刘宏声的引路，黄大明住在哪里的秘密也就不劳而获了。尤其是黄安安还要弄清楚，你黄大明是不是看人下菜，是不是真正陪老太太住在医院里。

刘宏声骑着摩托车前边走，黄安安骑着三轮摩托车悄悄地跟随着。后来，刘宏声的摩托越骑越快，黄安安的破电动三轮渐渐地就跟不上了。

这时候，黄安安就犯了一根筋，在心里说我还非得要看个究竟呢！他把三轮摩托在路边停下来，立即就拦了一辆出租车。

在城外一个名叫"溪水花园"的新小区，当刘宏声的摩托车刚刚被保安拦住，黄大明就已经迎出来对保安说："我的朋友，我的朋友。"刘宏声也打着哈哈说："你们搬了新地方，这不定导航还真是很难找。"黄大明说："您快请，您快请，老太太都等急了。"

黄安安冷冷地看着他们走进去，鼻孔里呼呼地喘着粗气。

出租车司机问："哎，你不下车吗？"

黄安安没有说话。

出租车司机又问："我问你在哪儿下车呢？"

黄安安这才清醒过来说："走，回，刚才我在哪里上的车，你再把我拉到哪里去。"司机纳闷地说："我以为你是让我追小偷或是骗子呢，刚才都差点闯了红灯。"黄安安说："唉，这人啊，有的永远是座上宾，有的永远当猴子耍！"司机说："可是最后蹬腿咽气时都一样。人生一世，草木一秋，来如风雨，去似微尘。你经常这样想，这就不会生气了。"黄安安惊奇地说："你满肚子的文章，怎么就开出租车了？"司机说："我以前是一个国营大厂的工程师，厂里几次要提拔我当分厂的厂长，由于我一直喜欢技术活，这样就拒绝了领导的好意。可是，我们的厂子很快就宣布破产和倒闭，凡是领导，有的调到别的单位，有的也可以作为留守人员，至于我们呀，也就是一次性买断工龄自谋出路了。"黄安安说："可惜你这个人才了。"司机说："没什么可惜不可惜。如果仍然在厂里，我那点工资都很难供养孩子上学。现在开着自己的出租车，挣的钱起码比上班多很多。"黄安安说："那好啊！哎，想不到在你这儿听了一堂课，我这心里，一下子都平顺多了。"

黄安安骑在摩托车上，心想这就赶紧回家吧。

在十字路口等红灯，当他看见到处的墙上都悬挂着空调外机时，这就自嘲地骂了一句自己说，把他的！你真是咸吃萝卜淡操心！只想着刘宏声和黄大明，把唐春花让买空调的事情都忘了。

夏至

深夜归来
不速客

01

这天深夜，黄刘村来了两个不速之客。那两个不速之客来也匆匆，去也匆匆，甚至村里没有任何人发现。

黄继先是酒店的大厨师，平时连假期都没有，酒店实行的轮休，他自己都不想歇一天。他的女朋友朱微微，早就已经是有孕在身的人，和陈艳红离婚需要钱；养活朱微微需要钱；如果另一个孩子再出生，那还是花钱的无底洞！黄继先知道他身上的担子比山还重，恨不能把自己都变成摇钱树呢！

但是又不能落下忤逆不孝的骂名，何况还有萍萍和山山，手心手背都是肉。陈艳红不管是为生意回来，还是美其名曰看孩子，总是已经占了先。黄继先心想再不回来看看母亲，看看孩子，就实在说不过去了。

这天夜里，黄继先是在酒店下班后，搭乘了一架夜班飞机，然后又从西安飞机场包了一辆往返的出租车。从西安机场到黄刘村，少说也需要三个多小时，黄继先就让司机把导航的终点定到秦丰镇黄刘村，他和朱微微都在车上睡觉了。

出租车到了黄刘村,黄继先拉着朱微微,又迷迷糊糊地去敲门,发现大门上挂着锁,这才清醒过来说:"唉唉,忘了,忘了。这怎么跑到村里来了?"朱微微说:"你本来就是发神经!哪有你这样折腾人的呢?"黄继先忍气吞声地说:"沟那边也是顺路嘛,明天赶上班一定能回到酒店里。"朱微微说:"你妈也真是老糊涂,她怎么不给你说清呢?"黄继先把朱微微又推上车说:"说清了。我妈在那边开饭馆,咱们也早都知道呀。都是我一时糊涂,让师傅就把导航定到了个黄刘村。"朱微微说:"你再给你妈打个电话,别跑到那边又扑空!"黄继先也害怕母亲睡觉了,这就顺从地拿出手机。

唐春花只知道儿子夜里回来,可弄不清几点才能进门。一直等到夜里十二点,不见电话也不见人,这就和孩子一起睡了。她把手机定在静音上,又一直攥在手心里。当手机嗡嗡嗡地震动时,她睁开眼一看,这都凌晨两点多了。

黄继先和朱微微走下出租车时,凉皮店的门已经开着,唐春花迎出来想和儿子说话,忽然发现儿子还领着朱微微,这就又回头无言地走进屋子。在电话里,黄继先只说他要回来看看母亲和孩子,现在朱微微的突然出现,又把唐春花惹得很闹心。

黄继先跟进屋子说:"妈!"

唐春花在喉咙里"嗯"了一声。

朱微微说:"阿姨您好!"

唐春花只是冲着朱微微点了点头。

黄继先说:"萍萍和山山都睡了?"

唐春花说:"饿了你们都快吃点,乡下的饭食都简单。"

黄继先说："妈，这是朱微微，我的女朋友。"

　　唐春花说："我现在开的是凉皮店，进来的都是客人呢。"

　　在一张桌子上，早就摆着一碗凉皮，一盘凉粉，一碗饸饹，一碗苞谷糁和一个肉夹馍。另外还有一盘辣子蒜羊血，一盘卤肉片。黄继先尴尬地对朱微微说："微微，我妈这儿也是花样齐全呢，你喜欢哪样就吃哪样。"朱微微冷冷地站着，似乎什么都不想吃。黄继先悄悄给朱微微使着眼色说："噢，这碗苞谷糁稀饭还热着呢，那你就喝稀饭吧。"朱微微这才坐下来，把那碗稀饭拉到她面前。

　　唐春花看见外边还停着出租车，知道儿子和朱微微一会儿就要走，这就拿起那个肉夹馍，再端起那盘辣子蒜羊血出去了。唐春花叫出了司机说："这么远的路，肚子可不能挨饿呢。"司机连忙伸出两只手说："谢谢阿姨！谢谢阿姨！"唐春花一边看着司机吃饭，一边往屋里瞅，里屋的门慢慢拉开一条缝，萍萍挤出半个身子，轻声叫了声"爸爸"，黄继先叫了声"萍萍"走过去，萍萍忽然发现了朱微微，突然又退进去把门推上了。

　　黄继先推着门说："萍萍，你让爸进去呀，爸爸和你们说几句话，还要赶路呢！"

　　黄宝萍在里边说："我仙草姑姑正睡觉呢。我看你一眼就行了。"

　　黄继先说："那你让山山出来一下。"

　　黄宝山也在里边喊："你走，你走！我不想见你！"

　　唐春花心一酸，把刚刚迈出的腿又收了回来。出租车司机悄声问唐春花："你儿子？"唐春花哽咽地说："不争气的东西！"司机似乎明白过来说："阿姨，我是个跑车的，现在这社会上，奇怪的事情太多了。您老也不要和儿子生气。"唐春花这就继续往门口走，这时候，朱微微已经出了门。

唐春花说："你吃饱了？"

朱微微说："你觉得我还能吃得下去吗？"

唐春花说："谁也不能和饭计较。"

朱微微没有再说话，跑过去就坐进车里了。

唐春花走进屋，黄继先仍然傻乎乎地扶着里屋门。

唐春花说："继先，你就快走吧。"

黄继先这才转过身来说："让我好赖也看山山一眼。"

唐春花说："你都没看什么时候了？娃明天也要上学呢。"

黄继先一步一回头地往外走，抓住唐春花的胳臂，泪眼婆娑地又叫了声"妈"，然后又把一沓钱塞进唐春花手里。唐春花推过钱说，她现在什么都不缺，让黄继先自己过好自己的日子吧。黄继先还是把那沓钱放在桌子上，他知道还要赶飞机，还有遥远的路程呢。这就走到出租车旁，冲唐春花深深鞠了一躬说："妈，那我走了。"朱微微也摇下了车窗说："阿姨，您保重。"

出租车刚刚开上公路，黄宝萍和黄宝山都从屋子跑了出来。他们没有发出呼叫，只是就那样站在公路边，静静地看着出租车越来越远，一直消失在夜幕中。

02

早上起来，黄安安又要骑着三轮摩托车满村转。他刚刚跳下床，崔会平就提醒说："大家可能还没有把东西收拾好，你就不能再躺一会儿吗？"黄安安说："这都老天大亮了，谁还能睡得着。"崔会平看着手机说："老小伙，今天是夏至，夏至就是白天最长的一天。你自己看看，现在才是五点半，你以为大家都像你——爱钱怕死没瞌睡。"

黄安安说："把他的！这怎么又是个节气了。"

崔会平说："冬至饺子夏至面，你今天记着要给我擀面呢。"

黄安安说："嘴馋的人才怕死，你还好意思说我呢。"

既然起来了，黄安安就满屋子找活干，把屋子里里外外打扫干净后，他又把自己脱了个精光，在院子的水龙头下洗了个凉水澡。黄安安一边洗澡，一边看着正在院子充电的摩托车，摩托车的后座上，摞起来的竹箩筐越来越高。后座的两边，还挂着四个铁皮桶。唐春花说她在那边也能熬稀饭，可是黄安安不想增加唐春花的负担，并且找出巧妙的措辞说，还是分配给村民好，让更多的人都挣钱。

黄安安拉着满满当当的一车东西，还是按时按点停在了凉皮店。

唐春花睡眼惺忪地走出门，看见黄安安就苦笑说，萍萍和山山今天可能都要罚站呢，她把两个孩子都叫得晚了些。黄安安说，每天都会用手机定时，这怎么就能把孩子的上学耽搁了？唐春花回头喊着唐仙草快出来卸货，唐仙草也是哈欠连连地走出门。

黄安安看着唐春花和唐仙草都是睡眼蒙眬的样子，说："昨天晚上，你们是遇上劫匪了？"

唐春花说："劫匪我不怕，我只怕害人精！"

黄安安听说了黄继先深夜归来的事情，这就坚决不让唐春花再劳累。

唐春花嘴里说没事没事，可是困乏得连一筐凉皮也抱不进屋子。黄安安把唐春花推进里屋说，把门关紧，赶紧睡觉，让他今天也过一次当老板的瘾吧！唐春花说，她也不是气球吹的，没有那么脆弱。黄安安犟不过唐春花，这就又骑着摩托回到村子里，一家接一家付清当天的货款后，就准备回家等待唐春花的消息。

黄安安还没有进家门，就接到唐仙草的电话说："黄伯伯，还是你守在这边好！"黄安安问唐仙草出了什么事。唐仙草说，她姑姑刚才都分不清酱油和香醋，把几个顾客都气跑了。黄安安再不敢耽搁，这就又去了凉皮店。

唐春花看着黄安安说："这人没睡觉，怎么就真的犯迷糊。"

黄安安说："多亏你还没有把芥末当香油，那么顾客就把店砸了。"

唐春花说："那你行？"

黄安安说："这几个月我伺候崔会平，把自己都练成品尝师了。"

唐春花说："那我就眯瞪一会儿，仙草你就提醒你黄伯。"

唐仙草说："好姑呢，你以为我昨天晚上睡得很安稳？"

唐春花说："继先毕竟是你表哥，从他进店到离开，我都没见你出来过。"

唐仙草说："这事你去问山山，他揪住我的胳臂坚决不让我出声嘛！"

黄安安说："都怪黄继先那个龟孙子，把你们都捣乱得没有睡好觉。那你们就轮换休息，我今天就是凉皮店的大厨了！"

唐春花先在里屋休息，黄安安这就成为凉皮店的调料师。真正地成为执掌调料盆的人，黄安安这才知道其中的辛苦，有顾客提醒辣子多一些，有顾客要求多放些醋，有顾客不喜欢在凉皮里放面筋，有顾客又叮咛着盐轻或盐重。如果说这些黄安安还能应付，可是还有更挑剔的顾客，刚才还说少放些盐，唐仙草把碗端在桌子上，那顾客品尝了一口，又会大声埋怨说，没有这么抠门的吧，少盐没醋怎么吃？黄安安的脑子一下子就乱了，脑子乱了也不能发脾气，他还要点头哈腰地赔笑脸。

调料台里边有一个圆凳子，黄安安刚刚打发了两个顾客，忽然看见门外又有人走进来，他这就要提前站起来，面带笑容地招呼说，您来了！我们这里有凉皮和凉粉，还有饸饹和肉夹馍，哎哎，如果想喝点什么，稀饭好几样，白酒啤酒饮料也都齐全呢！即使那边只坐着一个顾客，也不敢坐在凳子上歇一歇，这是对顾客的起码礼貌呢。

下午三点多，唐春花睡醒出来，这也是难得的空档期，唐仙草趴在桌子上也在打盹了。

唐春花问黄安安说："怎么样？让你也尝尝这个味道了。"

黄安安说："这还不如用铁锨翻地呢！"

唐春花说："你那三轮摩托也不难骑，那咱们以后就换过来？"

黄安安说："别别！我以后就轮换你休息几次吧。"

唐春花说："所以啊，四六开你一点都不吃亏呢。"

黄安安说："四六开是你定下的，你啥时候想改我都同意。"

唐春花说："滚滚滚！咱们还说这话有什么意思。"

黄安安又冲着唐仙草说："瞌睡你就进屋睡，让我再当当小伙计。"

唐春花说："哎，你今天一直在店里忙活着，给崔会平打过电话吗？"

黄安安一拍脑门说："毕咧毕咧，我怎么把她就忘了！"

03

黄安安骑着摩托回到家，跳下车抽下大门的门槛，突然就发现眼前有两只大脚，抬头一看，原来是哑巴黄利贵正从自己的屋子走出来。黄安安把门槛扔到一边，一把就扭住了哑巴的耳朵。

哑巴惊慌失措，哇哇呀呀地叫唤着。

黄安安顾不上比画说："你的胆子也够大的，跑到我家干啥呢？"

哑巴不明白黄安安说的是什么，只顾咧着嘴憨笑着。

黄安安继续高声喊："崔会平，你给我出来！"

崔会平摇着轮椅从里屋出来说:"你吱哇啥呢?"

黄安安说:"你这是和谁说话?"

崔会平说:"哑巴又听不见,我不问你还能问狗呀!"

黄安安说:"哑巴跑到咱屋弄啥呢?"

崔会平说:"你这一整天都弄啥呢?"

黄安安说:"我的两条腿都变成两根棍,还能弄个啥事情。"

哑巴看看这个,又看看那个,弄不明白他们在说什么。黄安安站在门口,摩托车还停在村道上。哑巴这就以为,黄安安要他帮什么忙,又指着摩托车后座上的一摞箩筐哇哇着。黄安安把摩托车推进院子,哑巴赶紧装好门槛,又跑过去抱下摩托车后座上的箩筐。黄安安这才为之一震,连忙挡住哑巴比画着说,车上的箩筐不用卸,明天早上还要满村去装东西呢。哑巴又看着崔会平,崔会平不知什么时候已经从屋里取出了一盒烟,微笑着扔给哑巴后,哑巴就喜滋滋地跑走了。

黄安安拖着僵硬的双腿走向里屋,崔会平手持拐杖又把黄安安挡住了。

黄安安说:"都怪我一时糊涂行不行?你和我都弄不成那个事,哑巴还能怎么样。"

崔会平说:"那你就自己抽自己的嘴,以后再不能放这样的屁!"

黄安安说,哑巴毕竟是个大男人,他突然发现哑巴从他们家出来,一时窝火地问一问也不越外吧?崔会平也继续追问黄安安这一整天都在哪里?黄安安解释说,昨天晚上,黄继先带着一个女人深夜归来,稀里糊涂地进了村,看见大门上挂着锁,又折回去找凉皮店。在凉皮店碰了一鼻子灰,萍萍和山山都不见他,然后还要赶飞机,这就把唐春花和几个孩子折腾的都没有睡好觉。但是凉皮店还要照常营业,他担心唐春花和唐仙草过于乏困,照顾不周把顾客得罪了,这就一直在店里顶班,现在累得都不想动弹了。

崔会平突然就笑得上气不接下气了。

黄安安夺过崔会平手里的那拐杖说:"我真想抽你母婆娘一闷棍,这怎么还笑开了?"

崔会平说:"我……我是笑那个混账货!哈哈哈,半夜三更看母亲,哈哈哈,这怎么还跑进村子了……哈哈哈,还有那个女人,可能把鼻子都气歪了。"

黄安安没有笑,他疲惫得只想睡一觉。扔下拐杖进了屋子,发现饭桌上摆着两碗鸡蛋臊子面,这才惊奇地问崔会平,这是谁做的面条呢?崔会平仍然没好气地说,她早上就提醒过黄安安,冬至饺子夏至面,心里就骂黄安安把啥事都忘了!虽然心里很生气,但是也为黄安安操心,吃不吃面是小事,可不敢出个啥事呀。她打黄安安的电话没人接,这就在村道遇见了哑巴,哑巴也帮她找了半个村,后来就给她比画着说,人在呢,人在呢!有人在沟那边的凉皮店门外,看见黄安安的三轮摩托车了。

崔会平说:"真应该感谢这个可怜人,我觉得他可能任何节气都不知道,就给他比画说今天要吃面条呢。他哇哇地笑着点点头,然后就快速跑回家了。真没想到哑巴以为是我没饭吃,这就给我把两碗面条端来了。"

黄安安一阵感动说:"凉皮店的买卖就是没有哑巴的份儿,我以为他会生气,没想到他对你还这么细心。"

崔会平说:"哑巴送来咱就吃,可千万别惹得他伤心。"

黄安安说:"对,赶紧吃。你看面条都有点坨了。"

黄安安和崔会平吃完饭,还要给哑巴把碗送过去。

哑巴家的门大开着,可是屋子里找不见他的人。黄安安把两个饭碗放在案板上,正要往出走,忽然就听见后院的猪叫声。黄安安来到后院,看见哑巴端着饲料盆,正在和那头小猪闹着玩呢。饲料也就是在切碎的青草里拌上苞谷糁，金灿灿夹杂着绿油油，对小猪也算是一种美食。哑巴挖一勺饲料举在半空，这就把小猪引诱得哼哼叫。哑巴把勺子里的饲料倒进下边的猪食槽，小猪叭叭叭地几口吞掉，又抬头期待地哼哼着。

黄安安站在哑巴身后说："你闲得和猪闹着玩呢？"

哑巴没有听见。

黄安安突然在哑巴的屁股上踢了一脚，哑巴大为受惊，把手中的饲料盆和勺子都扔下去了。饲料盆砸在小猪的头上，小猪也惊吓得跑出老远，吱哇吱哇地嘶鸣着。哑巴一时气急，回身就狠狠地捅了黄安安一拳。黄安安猝不及防，往后踉跄了几步，就一屁股坐在地上。黄安安没有生气，也没有还手，只是故意比画着说，你敢打领导？

哑巴指指圈里的小猪，又在自己的屁股上比画了一阵，意思是说，你自己都这样瞎胡闹，还算个屁领导！黄安安起身走过去，趴在猪圈墙上取出了饲料盆，他把饲料盆递给哑巴，哑巴又似乎原谅地笑了。最后黄安安再把那个长把铁勺取出来，舞动着又要在哑巴头上敲，哑巴连忙把饲料盆顶在头上跑回屋里，黄安安仍然举着铁勺子追了过来。

哑巴跑到前院，投降般地举起双手，顶在头上的饲料盆就如同投降兵的钢盔了。黄安安用勺子在哑巴头上的"钢盔"上敲了几下，这才帮哑巴摘下了饲料盆，过去在水龙头下洗刷着。哑巴现在很高兴，似乎他也盼望着热闹，盼望着闹腾。哑巴先是进屋冲了一壶茶，然后又把一张小桌摆放在院子的桐树阴凉下，黄安安找来了两个凳子，哑巴又进屋端茶壶拿茶杯，一下子都变得彬彬有礼了。

黄安安喝着茶向哑巴比画说，你哑巴的花椒树很多，所以凉皮店加工的东西就没有给你分配。

哑巴摆手说他不在乎，只是觉得大家每天都在家里忙活，他都很少能看到人了。看不见人就心里难受，看不见人就和他的猪娃子玩耍呢。

由于刚才看见了哑巴的小猪，黄安安心里也有了一个帮助哑巴的想法。

黄安安这就给哑巴比画说，凉皮店虽然不像酒店和餐馆，可顾客还会留下剩汤剩饭，如果哑巴不嫌弃，他就让唐春花把那些汤汤水水都倒在一个铁桶里，这就需要哑巴晚上跑一趟路，把那些汤汤水水挑回来喂猪。

哑巴高兴得手舞足蹈，他比画说这就省下了苞谷和精饲料，而且每天还能见到许多人！

临走时，黄安安又感谢哑巴今天给崔会平擀的夏至面。哑巴摆手比画说，不值一提，不值一提！哑巴还告诉黄安安，他现在又是村领导，如果哪天要出去忙事情，就提前给他打个招呼，锅里多添一瓢水，也就有崔会平的饭吃了。

黄安安憋着笑比画说，崔会平还需要端屎端尿呢。

哑巴赶紧就转过身，一只手在后边使劲地摇着，那不行，那不行。那样的忙他不帮。

黄安安把哑巴推到水池边，指点着哑巴头上和身上还沾上了猪饲料。

哑巴嘻嘻笑着让黄安安赶快走，他关起大门就要脱光衣服洗澡呢。

黄安安指着村子比画说，村子里还有几个人，这还羞臊个啥？

哑巴站端站直，又抠着自己的脸比画说，人活脸，树活皮，人活着就要怕羞呢！

04

从哑巴家里出来，黄安安又转悠到村东头去了。

这几天，黄安安总是咽不下那口气，你黄大明人前是人，人后是鬼，嘴里都奉承我是黄主任，心里仍然把我不当人！你巴结刘宏声我不管，可是迟早我要让你知道，黄组长黄副主任也不是好惹的。经过黄二明家的大门时，黄安安不由得就停下了脚步。

自从八叔的百天祭日过去后，黄大明已经从黄安安手里收走了黄二明大门的钥匙，现在黄安安不能进门，不得不把大门推开了一条缝。黄安安看见，黄二明家的院子里，荒草都长成了一人高。前几天那场暴风雨，屋子的一扇窗户也掉落了两块玻璃。撞坏玻璃的原因，也不仅仅是一场风，黄安安仔细观察着，发现那棵高大的核桃树，树枝胡乱地疯长着，一根树枝已经伸向玻璃窗。这就有可能是随着狂风的摇曳，把两块玻璃顶破了。

"你贼眉贼眼地瞅啥哩？！"身后忽然有人说。

黄安安惊慌地从门缝处跳开，却发现周围连一个人影都没有。黄安安霎时已经是一身的鸡皮疙瘩，这是大白天遇到鬼了吗？黄安安瘫软地站在门口想，刚才那声音是男声还是女声？噢，好像是男声。是男声该不是八叔吧？听说离世不久的人，阴魂都不散，八叔从坟地里回来，是想看八婶，还是也想着夏至时节，连一碗面条都没有人给他献在坟地里？噢，又好像是女声。是女声该不是八婶吧？黄安安很快就被自己的这种揣测逗笑了，八婶还活得好好的，活着的人就不会阴魂到处飞，她的声音怎么会传到村里来？

嗨！把他的！这都是自己吓自己。黄安安仍然仔细地分析着，这几天他总是爱做梦，梦见的都是八婶和黄大明。昨天晚上的一场梦，就是梦见他躲在"溪水花园"小区的墙角往里望，身后就突然出现声音说："你贼眉贼眼地瞅啥呢？"那时候他已经惊醒了，不像现在还要回头看，还要寻找声音的出处。嗨！这完全就是一场怪梦的翻版么。

黄安安想起黄八叔，想起那场暴风雨，这就又来到八叔的坟地。

黄安安这么一看，当时就激动地说："黄大明啊黄大明，人在做，天在看，你这个当过局长的老同志，怎么永远就是不进步！那么，明天我就让你进步进步，让你这个老同志知道最起码的一个常识——县官不如现管，黄组长黄副主任比刘支书刘主任更有用！"

八叔的坟墓是新坟，即使不下雨，也会出现塌陷的情况。何况一场暴风雨，把八叔的坟墓已经冲出一个深深的洞。如果没有那天黄大明的冷落和谎言，一个村住着，黄安安也就拉来几车土把洞填平了。可是今天的黄安安，现在就扬长而去说："凭什么呀？我又不是你们家的孝子贤孙，我进城连你们家都不能进，我那天只是想看看八婶，这怎么就犯了你们的忌讳？可是你们的忌讳也挑选人，刘宏声一个电话打给你，你就屁颠屁颠迎出来！"

从八叔的坟地回来，黄安安就做着明天再次进城的准备。这时候，黄安安又觉得八婶还是八婶，还是他的长辈呢。对黄大明可以横眉冷对，对八婶还是要喜眉笑眼。尤其是不能空着手，瞎好也要带着一点见面礼。崔会平听见黄安安在厨房里翻动着坛坛罐罐，又来气说："你翻箱倒柜找啥呢？"黄安安说："我记得还有一罐子绿豆呢。"崔会平问黄安安找绿豆干啥呀？黄安安说他找绿豆送朋友。

崔会平说："凉皮店的小吃那么多，哪个也都比绿豆好。"

黄安安说："夏天常喝绿豆汤，防暑解毒赛仙方！这你就不懂了。"

崔会平说："咱家的绿豆生虫了，我早就喂了鸡！"

黄安安说："把他的！这我又能带啥呢？"

崔会平说："你每天不成一次精，就活不到明天是不是？"

05

  翌日早上，黄安安把各种小吃送到凉皮店，就对唐春花说，君子报仇，十年不晚，他今天还要进一次城，专门去羞臊羞臊黄大明！唐春花说，你有那工夫，睡一觉比什么都好，非得自己和自己过不去。黄安安说，人活着就要活个志气，黄大明对他总是当面一套，背后一套，这长期下去怎么受得了？

  唐春花说："你想干啥我也不拦你，如果你前脚走，我后脚也就把店门关了！"

  黄安安说："崔会平经常用死吓唬我，你现在也用关门吓唬我，我就这么命背吗？"

  唐春花说："现在的生意越来越好，剩下我一个人，你说我还能不能顾得过来？"

  黄安安说："噢，刚才也没看见仙草搬东西，她怎么不见了？"

  唐春花说："我弟弟这几天要给仙草订婚，我当姑的过不去，总不能把仙草也留着？"

  黄安安袖子一挽就开始摆摊，嘴里又开着玩笑说："那今天就是夫妻店！这么美的事情，我还能顾上黄大明？"

  唐春花说："你以后把你的嘴洗干净，气跑了顾客，你就小心着！"

  黄安安自己抽着嘴，再也不说一句话。唐春花递给他一个白罩衫，再递给他一个白帽子，黄安安说，他穿着背心都觉得热，再把白罩衫套在身上，那还不捂出痱子了。唐春花说，等会儿就会开空调，店里比外边凉快得多。黄安安说，他昨天都没有换衣服，今天怎么就越来越麻烦？唐春花说，饮食行业要求严，镇上检查都批评了。再不彻底正规化，下次就要罚款呢。黄安安把一切都收拾停当，就坐那儿想给哑巴发个微信，他知道哑巴不认识字，就琢磨着发个什么图案。唐春花问黄安安发什么愣。黄安安说，整整一天不能回去，这就要操心崔会平那张嘴。唐春花说，村里那么多人都是凉皮店的供货方，黄庄这边有郑氏婶，刘庄那边有樊明贞，不管给谁打电话，还愁没有人管崔会平？黄安安说，哑巴和他说好了的。唐春花说，哑巴能伺候崔会平拉屎撒尿吗？怎么就是猪脑子！

说话间就有顾客向凉皮店走过来。

黄安安说："你也管好你的嘴！"

唐春花赶紧招呼顾客说："您来了？想吃点什么呢？"

小暑

冒名家长来开会

01

唐仙草回家订婚，竟然几天不回，黄安安只得顶在凉皮店里了。

这么几天，最苦最累的又是黄安安。清早起来，黄安安必须先给崔会平服药打针，然后还要给崔会平把一天的饭做好。这就又开始骑着三轮摩托车去各家各户收东西，把东西送到店里后，就不能再回家了。哑巴毕竟是男人，伺候崔会平就有诸多的不便，黄安安只得求助郑氏婶，抽空过去看一看，崔会平有人照顾着，他才能放下心上班。

黄安安如此忙碌着，这就把找黄大明的事情忘记了。

今天早上，黄安安拉着食品的三轮摩托停在店门外，发现唐仙草和唐春花都已经出门迎接了。黄安安这就和唐仙草开着玩笑说："天官赐福，我的大救星回来了！"

唐仙草说："啊，黄伯真的像累瘦了。"

黄安安说："我的活路没有人能代替，每天都忙得脚后跟不挨地，你说黄伯能不瘦吗？而且你姑就像是黄世仁他妈，如果我把一桌子的碗筷收拾迟了些，地面没有及时扫，她都要瞪着眼睛训斥呢。"

唐春花抿嘴一笑说："仙草回来，就把你解放了。"

黄安安说："哎，仙草，订婚也就是摆几桌饭，你怎么这些天才回来？"

唐春花说："年轻人的事情你别问。"

黄安安说："难道这就……和女婿住在一起了？"

唐仙草说："黄伯，你瞧你说的啥话嘛！我甩都甩不掉，还有那心思。"

黄安安说："男娃是干啥的，这怎么就又对不上眼了？"

唐仙草噘着嘴不再说话，只忙着来回搬东西。黄安安悄声问唐春花，仙草到底是咋回事？二十五岁的大姑娘，还能继续耽搁下去？唐春花唉声叹气说，她弟弟和弟媳妇也是急昏了头，怎么就给仙草找了个二流子。听说那男娃长得还是人模狗样的，可就是一张糜面嘴，嘴角还时常叼着烟。仙草和他一见面，他就说得天花乱坠，说是他姨夫在市委办当主任，他表哥也在省城做生意。仙草就被他带到市里见姨夫，在市委门口转了一圈，他又说姨夫去西安开会了。当天晚上，他就想和仙草在宾馆开房呢。亏得仙草长心眼，已经提前给她在市里的高中同学打了电话，同学就过来要把仙草接走。可是那男娃还是跟在仙草身后边，仙草和同学要上出租车，他也拉开了出租车的门。仙草这就发火说："你怎么是这人？咱们现在是什么关系，你就要一直跟着我？"那男娃说："订婚后就是夫妻了，现在这世事，谈朋友都可以开始同居，开个房还能算个啥。"最后还是那个女同学替仙草解围说，她们几个同学多年没见面，听说仙草过来了，都想在一起聚一聚。那男娃又问她们在哪里聚会，难道唐仙草还不能带着男朋友？那同学说，大家都说了，一群女光棍，谁都不准带男的！另外她们还要集体出去旅游几天呢。那男娃说："唐仙草，你等着！你们家把我们家的彩礼都收了，你还能跑到哪里去！"唐仙草在她同学家里住了几天，她们一打听，市委办根本没有一个姓贺的主任。这男娃编谎连姓氏的规律都忘了，他自己叫贺双栓，就把姨夫也说成是姓贺的主任。唐仙草胆战心惊地从市里回来，贺双栓真的还在家里等着她。唐仙草下定决心拒绝说，打死她也不会进贺家门。唐仙草退清了父母收下的彩礼后，贺家又提出，既然是唐家要退婚，那么订婚请客的六桌饭钱和烟酒，也必须由唐家退赔结清。贺双栓甚至还拿出他那辆小车的加油费和过路费，说是不带仙草玩，他也不会开车去市里。为了打消贺家的纠缠，唐仙草的父母亲就把一切都认了。一场婚事成了泡影，倒贴赔出去一万多元。

黄安安说："贺家到底是干啥的？怎么都是死狗烂娃嘛。"

唐春花说："听说早些年在潼关开金矿，金矿倒闭了，后来又在折腾房地产。"

黄安安说："别听这些人胡吹冒撂，他们都是些空壳子，可能连银行都敢骗。"

唐仙草说："黄伯，我真怕那个姓贺的到这儿来纠缠呢。"

黄安安说："你们把钱都贴赔了，他还有什么话要说呢？"

唐仙草说："他们如果讲理，也就没有这一出事了。"

黄安安这就又想起八婶和黄大明，先安慰仙草说："那伯伯马上就进一次城，我和我们村的黄大明先打声招呼，如果需要，就让他们出面帮忙。"

唐仙草说："黄大明是谁？"

黄安安说："你姑知道。黄大明是黄刘村的一个大户人家，三个儿子在社会上，不但底子厚，而且人脉广，都是呼风唤雨的人物呢。"

唐仙草说："也不会那么严重，我想黄伯还是不要声张的好。"

三轮摩托车上的东西卸完毕，唐春花和唐仙草就换上白罩衫，戴着白帽子准备开张迎客了。黄安安进屋给保温杯加满水，这就真想早点进城去。

今天从村里过来时，黄安安还不知道唐仙草已经回到店里了，所以，他把崔会平也安排得很停当。现在既然凉皮店里也可以离开，那就是进城最好的机会。

黄安安刚刚准备出发，黄宝萍和黄宝山就跑回来了。黄安安问他们回来干什么？两个孩子说，下周就要放暑假了，学校今天上午要开家长会。黄安安努努嘴，让他们进去和奶奶说。两个孩子进了门，黄安安突然就哈哈一笑在心里说，把他的！怎么我烧香，就总是找不见庙门呢？这刚刚拿定进城的主意，唐春花就要参加家长会。

唐春花走出屋子问黄安安说："你说家长会谁去开？"

黄安安说："这里还有几个家长呢？"

唐春花说："仙草心里那么烦，如果我离开，我真怕她把芥末当成香油了。"

黄安安说："听你的意思，让我去参加家长会？"

唐春花说："或者你在店里再顶半天，我去参加家长会。"

黄安安说："别别！我宁愿多跑腿，也不想站在那儿招呼客人。"他害怕唐春花再变卦，立即又向屋里说，"萍萍，山山，今天黄爷爷参加你们的家长会！"

黄宝萍和黄宝山跑出屋子，就争抢着要坐在三轮摩托车的后座上。

黄安安说："哎哎，你们把黄爷爷也看成大款了？牙长一点路，走几步就到了，大款老板也不敢把车开到学校门口吧？咱们还敢扎那个势？"

黄宝山嘻嘻笑着说："现在你还是黄主任，黄主任就算是领导呢。"

黄宝萍说："黄爷爷，你的车，我们还没有坐过呢，今天就让我们坐一回。"

唐春花在里边催促说："赶紧跟着你爷爷走，小小年纪，别学着摆谱！"

02

今天开家长会,学生们也不用再上课。萍萍和山山已经把书包放进屋子了。黄安安这就一手牵着一个孩子往前走。

看着身边的两个孩子,黄安安不由得心里又是一阵阵酸楚。他们都正是爹疼娘宠的年纪,这就和爸爸妈妈遥远地分离着。陈艳红那次回来,在村里也就是待了三天,每天对孩子的接送,也就是来去的一条沟。晚上又要忙着谈生意,恐怕都没有给孩子做过一次饭,就更谈不上检查孩子的作业了吧。黄继先那天晚上回来,几乎就是深夜里的幽灵,萍萍也就是在门缝里叫了一声,山山连爸爸的影子都没有看见。

黄安安这样想着,也就暗暗地提醒自己说,这两个可亲可爱的孩子,我也要把他们看成孙子和孙女。高家小学的学生都分散在周围的几个村,其他的家长也都慢慢走过来,黄安安知道不用着急,一边走就一边和两个孩子拉着话。

黄安安说:"哎,萍萍、山山,你们说城里好还是村里好?"

刚才还是跳跳蹦蹦的两个孩子,突然都噘着嘴不说话了。

黄安安就自问自答说:"唉,说到底还是城市里好呀。"

黄宝山突然就生气地说:"你不说话,别人就把你当成哑巴吗?"

黄安安吃惊地说:"这孩子,怎么和爷爷这样说话?爷爷知道你们心里难受,可是每当看见你们,爷爷的心里也憋得慌呀!"

黄宝萍也莫名地哭了起来。

黄宝山见黄安安把姐姐惹哭了,就更加来气地说:"你喜欢城里你咋不搬到城里去?这些话你以后少和我们说!"

黄安安完全想不到随便的一句闲话,竟然惹得两个孩子如此动怒,如此伤心。反省了片刻，很快就悟出了孩子们的心病。他们幼小的心灵，早早地就被家庭的变故揉得稀碎，看见别的孩子都是父母接父母送，可他们却要连累着奶奶。何况哪一个孩子，不思念自己的父亲和母亲？黄安安想明白后，就变了个话题说："甭难过，等你爸把那边的家安顿顺当，还会接你们过去呢。"

黄宝山又是大喊说："你别提他好不好？我才不认那个女人呢！"

黄宝萍也闷声闷气地说："我爸也真是的，都敢把那个坏女人带回来了。"

黄安安说："任何事情都会慢慢变化的，听说你妈的生意还不错，如果她成了大老板，说不定冬天就会把你们带到她身边。"

黄宝萍又噘着嘴说："那么我奶奶怎么办？"

黄安安就一时语塞了。

黄宝山说："我奶奶肯定不会和我们一起住到妈妈身边去，我奶奶虽然也恨我爸爸，但是又不会给我妈妈添麻烦。"

黄宝萍说："山山，别说了，我们和奶奶永远不离开！"

黄安安抽了一口冷气，后悔自己又提到了这样的话题。

黄宝萍突然又安慰黄安安说："黄爷爷，我觉得还是村里好，只要能和奶奶在一起，我们吃苦也愿意。"

黄安安只能服软说："好，不说，不说，都怪爷爷这张臭嘴巴。"

两个孩子也知道黄安安总是管不住自己的嘴，互相看了一眼，就心照不宣地往前边跑了。黄安安不再追赶，只是紧步跟在他们后边。黄安安甚至还看出了两个孩子另一个心思，以前都是奶奶开家长会，今天又换成了黄爷爷，如果有老师和同学问起来，对两个孩子来说，就是又一个解释不清的难题。

快到学校门口时，有许多学生已经纷纷进了校门。

黄安安本以为萍萍和山山看见了小伙伴，心情就会好起来，可是远远地发现，他们又总是躲着别的孩子走。不等黄安安想明白，就有四五个孩子追过去，围住了萍萍和山山说着什么话。黄安安害怕两个孩子受欺侮，就赶忙快步走上前说："干啥呢？你们都想干啥呢？"

一个胆大的男孩也问黄安安："你先说你是谁？"

黄安安说："我是萍萍和山山的爷爷。"

那个男孩说："啊，他们有多少爷爷呀？以前的爷爷是哑巴，今天的爷爷会说话，哎，他们怎么就经常换爷呢？"

周围的学生都笑了起来。

黄安安落了个大红脸，一时间就不知道说啥了。

黄宝萍气愤地说："胡说！我们村上的人很团结，啥事都会互相帮忙呢！"

那个男孩还是不依不饶地喊："爷爷多了也好，也是你奶奶的福气呢！"

那些孩子这才跑进校门里。

黄安安心想，现在的孩子都这么早熟，听起来好像是嬉闹，可是话外之音就有些非常伤人的味道。包括萍萍和山山，刚才就和他拉开了距离，好像提前就预知有一场闹剧。黄安安慢慢走进校门，黄宝山已经跑进自己的教室，黄宝萍说她也要给家长们端茶倒水呢。

黄安安突然又想起一个难题问萍萍说："家长会都是同时开，那么黄爷爷到底参加你们哪一个的家长会？"

黄宝萍想了片刻说："你这么一问，我也不知道了。"

黄安安说："那你奶奶以前是怎么参加的？"

黄宝萍说："我奶奶说，山山是个捣蛋鬼，那她就先去给我们班主任说一声，从山山的教室出来，然后再单独地听我们班主任的意见和吩咐。"

黄安安说："行嘞！那黄爷爷就来个照葫芦画瓢，先去参加山山的家长会。反正爷爷知道，我们的萍萍很优秀，没有家长监督，也会好好学习呢。"

黄宝萍说："那你也要告诉我们班主任一声，要不然就太不礼貌了。"

黄安安这就先去见了黄宝萍的班主任，班主任问唐阿姨为什么没有来。黄安安老实地说，唐阿姨开着凉皮店，今天店里离不开人。班主任又问黄安安是黄宝萍的什么人。黄安安说他和唐阿姨一个村，黄宝萍也把他叫爷爷。班主任这就狠狠地批评黄安安说，简直是胡闹嘛！怎么把孩子的学习看成了游戏？一个忙着做生意，一个是拉来支闲差。老师不说，学生心里会怎么想？黄安安点头哈腰地说，以后注意，以后注意！他会把班主任的批评也告诉唐阿姨，不像话，太不像话了！学生的前途最要紧，怎么就把生意放在前边了！班主任被黄安安逗笑了说："那你赶快进教室，统一听听各位家长的意见，也是互相学习呢。"黄安安说："好女子，啊啊，好老师！你唐阿姨苦啊，儿子和儿媳闹离婚，把两个孩子都丢在村里，大伯这给你说一声，还要参加另一个孩子的家长会。"班主任明白过来说："你是说黄宝萍的弟弟吧？那快去！黄宝萍是个好孩子，听说她弟弟有点淘气。"

黄安安走进黄宝山的教室，家长们都已经坐齐了。班主任正在点名，黄安安刚刚在后排的椅子坐下来，班主任就点到黄宝山的家长了。因为黄安安习惯了叫山山，所以班主任喊了一声，黄安安也没有应声。

班主任又提高声音问："黄宝山的家长没来吗？"

黄安安这才突然想起说："来了！来了！"

班主任说："那你怎么不应声？"

黄安安说："我们都把那个小崽娃子叫山山，你喊黄宝山，叔这一下子就没有回过神嘛。"

班主任打量了片刻说："唐阿姨……"

黄安安不等班主任说完,就把刚才的话又说了一遍,他和唐阿姨一个村,黄宝山也把他叫爷爷。你唐阿姨今天店里离不开人,就让他代替来开家长会。你唐阿姨命苦啊,儿子和儿媳闹离婚,把两个孩子都丢在村里。班主任你不要批评你大叔,也不要批评唐阿姨,你大叔既然能开家长会,就有资格把山山那个崽娃子也管好!班主任,也求你们费心呢,留守的孩子都不容易。那就让我们团结一致,把孩子的学习、生活、温暖全都记在心里!既不能让他们荒废学业,又不能让他们受到歧视……

班主任早就开始摇头,见黄安安仍然停不下话,这就赶紧打断说："好了好了,大叔你快快坐下吧!"

其他家长都一直回头看着黄安安,刚开始还发出窃窃的笑声,后来又都低垂着头,有的人还悄悄擦眼泪。现在,农村的小学都快撤完了,还能在农村的学校上学,学生的情况也基本和萍萍、山山差不多。所以谁也不会笑话谁,连班主任也投来同情的目光。

03

黄安安开完家长会出来,还没有走出学校院子,又接到自己孙子的电话。

孙子说："爷爷,上午好!"

黄安安说："噢,牛牛娃,你怎么自己就打电话了?"

孙子说："我爸和我妈今天都请了假,正在参加家长会呢。"

黄安安又"噢"了一声,这就半天没有说话。为了参加牛牛的家长会,儿子和儿媳竟然同时请了假,可萍萍和山山的家长会,还要找他这个黄爷爷来代替。同样都是孩子，差别咋就这么大？何况这样的事情，还不敢告诉儿子和儿媳。如果让他们知道了，不知还会怎么数落他——你怎么放着安宁不安宁，简直都不顾自己的老脸了！不明不白的黄爷爷，老师和学生会怎么看笑话？

孙子着急地说："爷爷，爷爷，你怎么了？你怎么不说话？"

黄安安赶紧笑着说："爷爷没事，爷爷为你高兴啊。"

孙子说："爷爷，等我奶奶的病好了，你们就一起住过来。那样，你和奶奶也可以参加我的家长会了。"

黄安安说："你个小东西，每次都是专拣爷爷爱听的话说。唉，但愿吧，但愿吧。如果真有那一天，那爷爷就给老天爷烧高香！"

孙子说："让我奶奶和我说话。"

黄安安说："爷爷给你说过多少次，现在爷爷也在外边做生意。"

孙子说："那你让奶奶一个人在家，她有多难受？"

黄安安说："滚你娘的脚！爷爷如果不想办法挣钱，那你在那边还怎么上学呢？"

孙子说："爷爷，我给说了多少次，说话要文明，你怎么总是改不了？"

黄安安说："如果让你小东西也生活在农村，你就不会这样教训爷爷了。啊，牛牛娃，爷爷今天有点难受，牛牛没有事爷爷就挂了。"

孙子说："别别，我爹地和妈咪出来了，让他们和你说话吧。"

黄安安等着儿子说话，在心里又骂了一句说，爹地，妈咪，这怎么连人话都不会说了？像你这样的小东西，爷爷还能指望得上？

黄大鹏在那边接过手机说："爸，最近身体还好吗？"

黄安安说："都好。啥啥都好。"

黄大鹏说："感谢老爸的辛苦，我妈都好像改脾气了。"

黄安安说:"你们给牛牛开个家长会,就去两个人,老爸不辛苦能行吗?"

黄大鹏说:"哈哈,老爸,这你就不要生气了。别的孩子,有的还来了四个人,六个人,学校的操场上都站不下了。说到底都是为了你宝贝孙子,你想想,来一个人,有多寒碜?同学们都会笑话牛牛呢!"

儿媳也冲着话筒说:"爸呀,你那生意怎么样?需要不需要我们赞助呢?"

黄安安本想还要数落儿子,听见儿媳插进话来,立即就很温柔地说:"你们再不要瞎操心,把娃管好,比什么都要紧。我那生意,还能说得过去,以后慢慢就给你们减轻负担了。"

儿子也就借坡下驴地说:"爸,我和蓝兰马上要上班,这就不多说了。"

黄安安放下手机,这就一路走一路嘟囔着,小的是爹地和妈咪,大的是对照和攀比,剩下一个平时从来不打电话的儿媳妇,把寄钱都说成是赞助了。

尽管家长会开得并不累,但是黄安安还是生了一肚子气。先是受到两个班主任的批评和数落,然后儿子那边又给他点了一堆火。黄安安这就觉得,人不累,心累啊!

04

回到凉皮店,黄安安也没有走进去。他看见店里的生意正红火,一是不想让唐春花分心,二是又害怕唐春花刨根问底,萍萍的班主任说了什么?山山又惹了些什么祸?所有这些他都不知道,因为他那几句替唐春花的诉苦发言,已经把两个班主任的嘴全都堵住了。多亏萍萍和山山没在场,那些话如果传给唐春花，唐春花会不会觉得又是丢了她的人？

黄安安把摩托车掉过头，这就准备回家了。

唐春花突然在店里说："萍萍和山山呢？"

黄安安说："放暑假就要大扫除，他们还在学校打扫卫生呢！"

唐春花说："那你先回家休息吧。"

黄安安骑车来到北沟底，半路上又遇见哑巴黄利贵。哑巴在前边走，黄安安在后边就把车慢下来。哑巴手里还牵着一只羊，他不管后边有没有摩托车，只顾把手里的一把青草喂羊吃。这家伙又给谁放羊呢？而且也是奶山羊。黄安安这就加速把车开到前边去，在那个通往黄刘村的三岔路口一边停下了。

哑巴看见黄安安，就兴高采烈地跑了过来。

黄安安比画说，你又给谁放羊呢？

哑巴比画说，这是他买的。

黄安安比画说，你又是羊又是猪，都不怕把你累死了！

哑巴比画说，他把那头猪卖了，然后又买了这只羊。

黄安安比画说，瞎折腾！那你倒是图啥呢？

哑巴比画说，这都是刘全德刘老师的主意，也是刘全德刘老师帮他在集市上把猪卖了又买羊。刘老师告诉他，养猪就要喂饲料，而现在到处都是青草，他下地干活时把羊牵着就行了。养奶羊就可以每天喝羊奶，这不是比养猪强得多吗？

黄安安比画说，刘全德刘老师呢？

哑巴比画说，刘老师骑着自行车，可能早就回家了。

黄安安想，这个刘全德，他的手怎么伸得那么长？你是刘庄人，村委会文书也是兼职的，这就凭什么把手插进黄庄来了？啊，这也可能是刘宏声的主意，不过刘宏声为什么要当无名英雄，把让哑巴感恩戴德的事情转让给刘全德？把他的！这还是自己心眼小，不管是谁的主意，说到底都是对哑巴黄利贵的帮助。帮助了哑巴，也就是为黄庄的村民排忧解难，自己作为副主任兼黄庄的村民小组长，不但应该大力支持，而且也应该诚心感谢呢！

哑巴没有走，他又给黄安安比画说，他还没有坐过黄安安的车，现在就让黄安安把他捎回去。

黄安安弄明白后，禁不住又骂哑巴说，你他妈的不占便宜能死吗？别说车上满满当当，就是没有一摞子箩筐，你也不能坐，你就是把羊抱在怀里，也会给车上留下臊气呢！

其实哑巴是故意和黄安安嬉闹，黄安安动嘴不动手，他就知道黄安安那是骂人呢。哑巴这就赶着羊，离开了道路，从斜坡那边走进了树林。黄安安知道哑巴不会耽搁一点工夫，他还要顺路让羊吃饱，自己也会拔一捆青草带回去。

05

今天早上，黄安安从刘全德家里拉走了一盆腊汁肉，刘全德和樊明贞就想到黄庄这边走一走。刘全德和樊明贞，一直都想请黄安安喝一次酒，黄安安却总是推托没时间。那么他们就想过来看看崔会平，不是一个组，也是一个村，听说那个女人的病情越来越严重，看望一下也是理所当然吧。

刘全德骑着自行车，把樊明贞送到黄安安家里后，还要到镇上再进几个猪头。刘全德和樊明贞一路走，一路上就算着他们的收益账：腊汁肉都是用猪头肉加工的，每天加工十斤肉，买回的生猪头平均价格不到十元

201

钱，然后再把成品肉一次性批发给凉皮店，黄安安就开价二十块钱。即就是剔除了骨头，即就是生肉变成腊汁肉还要耗损一部分重量，那他们每天也能赚个六十多元钱。这六十块钱还是天天赚，这不间断地赚下来，那每月就是毛两千。不出门，不操心，凉皮店那边卖完卖不完，也都不会退回来。这样的买卖，这样的好事，不把领头的黄安安感谢一次，实在是说不过去啊！

刘全德和樊明贞来到黄安安的家门口，这就和哑巴黄利贵遇到一起了。

哑巴知道黄安安每天都很忙，这就想看看崔会平有什么需要他帮忙的事情。现在和刘全德相遇，哑巴立即又动了心思，他知道刘全德经常和猪肉打交道，就让刘全德看看他的那只半大不小的猪娃子能值多少钱。所以，刘全德又去了哑巴家。

在哑巴家里，刘全德真是费了老鼻子的劲，他对哑巴的比比画画，当然没有黄安安那么熟悉，后来在地上画了一头猪和一只羊，然后让哑巴把猪和羊调换过来。猪只是个吃货，而奶羊既不用买饲料，每天两次羊奶还会省下饭钱呢！哑巴高兴得连蹦带跳，当时就把猪娃子抱在怀里，坐着刘全德的自行车去了镇上。

黄安安现在回到家里，樊明贞还没有走，她和崔会平都坐在院子的香椿树底下吃着饭。小桌上是一碗肉臊子，一盘黄瓜丝，一盘炒青辣椒，每个人手里端的臊子面已经快吃完了。看见黄安安开着摩托车要进门，樊明贞还跑过来把门槛拔了下来说："黄主任回来了？"黄安安说："明贞嫂子这是笑话我呢，在村里，黄主任就实在不敢叫！"

崔会平接话说："那你也叫声樊主任，这不就是摆平了？"

三个人这都笑了起来。

黄安安从摩托车上跳下来，眼睛又往屋里瞅。

崔会平说："明贞嫂子你瞧瞧，他每次回来，都要在屋子瞅一遍，这是不是想抓贼呢？"

黄安安说："哎，哑巴说刘老师已经回了村，他怎么没有过来吃饭？"

崔会平说："刘老师来过了，他的车子上还挂着两个猪头。这暑期的天气，一会儿就会招苍蝇，我们说了几句话，他就回去收拾猪头了。"

樊明贞说："安安兄弟也没有吃饭吧？那我就给你进去下面吧。"

黄安安赶紧拦住说："嫂子你就歇一歇，这就真是折杀我了。"

樊明贞说："你全德哥眼睛不好，我怕他把猪头上的毛拔不净，那我这就回去了。"

黄安安把樊明贞送到门口，回到院子又对崔会平说，以前樊明贞一直瘦得和麻秆似的，前边看不见胸，后边看不见屁股，一阵风都能把她吹倒，现在突然就像精神了许多，两个屁股蛋也都鼓起来了。

崔会平说："一个老嫂子，你也敢往她屁股上瞄，这也太不要脸了吧？"

黄安安说："我是想起他们两口以前的事情，这和要脸不要脸没有半毛钱的关系。"

崔会平说："唉，不聊不知道，我和明贞嫂子这么一聊，才知道她的命比谁都要苦。"

黄安安说："她和你聊什么了？"

崔会平说："去，把大门闭上。这话除了你，谁都不能听！"

黄安安嘴里又喊着把他的，啥事还弄得这么神秘？他把大门闭上走过来，崔会平这才悄声说，樊明贞给她诉苦说，自从老支书刘寿山那一年把儿子刘全德从西安揪回来，刘全德和樊明贞就再没有过"那个事"。刘全德成了精神病，和老婆弄不成事也容易理解。可是刘全德好了后，又患上一种奇怪的病，每当看见年轻的女人，禁不住就会射出一裤子。可是晚上和老婆樊明贞睡在一起,他就软塌塌地永远起不来。这事瞒得了别人,瞒不过樊明贞,樊明贞看他每天都要换几次裤子,就要带他去医院治病。让樊明贞痛苦的是,刘全德不但坚决不去,还不许她告诉任何人。樊明贞今天才对崔会平说,这几十年她就是这样过来的,如果没有两个孩子,她恐怕早都跳崖跳井了。公公婆婆在世时她忍着,两个老人一死,樊明贞和刘全德就住在两个屋子了。多亏黄安安,在他们都上了年纪时,加工猪头腊汁肉,竟然成为他们共同的语言了。

黄安安说:"她这些话怎么就对你说了?"

崔会平说:"两个苦命人,啥话不能说。"

黄安安说:"还有呢?"

崔会平说:"当然也是感谢你这个黄组长黄主任,把她家的一潭死水搅活了。"

黄安安想讨崔会平高兴,走过去亲了崔会平一下说:"我可是第一次听见老婆表扬呢!"

崔会平说:"滚!你就见不得一句好话,这就蹬着鼻子上脸了!"

黄安安说:"把他的!你真是变态狂,你也是刘全德!咋就不能亲你的脸了?你的脸上是搽着粉,你的脸上是贴着金子吗?"

崔会平说:"回来你就歇一歇,整天张狂个没完没了,连自己的年纪都忘了。"

大暑

溪水花园的悬念

01

这真应了那么一句名言——酒香不怕巷子深。在远离县城五十多里的这块边角地,"二宝凉皮店",还真是打出了自己的名气。尽管已经是炎热的暑期,店里的客人还是络绎不绝。许多客人吃完还要带一些,黄安安不得不联系了制作食品盒子的商家,让他们设计出"二宝凉皮店"的专用图案,他们这就有了自己简易的包装产品。

这样,唐春花就对黄安安说,看来都该给他换车了,没有一辆面包车,还是他那辆破三轮,大毒的日头,都会把人晒脱一层皮!黄安安说,外边的门面那么小,他已经请示了刘宏声书记,让刘书记和阳泉镇政府通融一下,一是能不能在门外再搭一个露天棚,二是能不能再换一个大点的门面房。唐春花说,好不容易把牌子打响了,现在这个地方可是坚决不能换!再说,露天棚就是临时的,到了冬天可怎么办?黄安安心里着急上火,一下子觉得这生意火了也伤脑筋哩!

刘宏声是晚上过来的,他还带来了哑巴和刘全德。

黄安安说:"嗨,刘书记,我说的事情你是怎么想的,带这么多人,你是想和谁打架呀?"

刘宏声说:"放暑假,萍萍和山山就得经常住在屋子里,你们的眼里只知道钱,两个孩子的暑假可怎么过?"

刘全德说:"你们难道还让萍萍和山山在店里当伙计?"

唐春花说:"咋没想?这不是法妈把法死了——没有法子吗?"

刘宏声说:"让他们暑假住回村里,还是要操心。那就来个彻底解决,在高家村里租一个院子,这就把里屋腾出来,又能摆四张桌子呢!"

唐春花和黄安安相视一愣,都觉得刘宏声的主意很高明。

刘宏声说:"我让高家村的支书已经给唐春花租赁了一个空院子,每个月租金一千块,这点钱对你们不算什么吧?"

唐春花说:"人家一个空院子,一千块能够?"

刘宏声说:"那家人全在南方开饭馆,闲置也是闲置,他们说只要人放心就行。"

黄安安说:"支书出马,一个顶俩!萍萍、山山,快出来给你刘爷爷磕头!"

刘宏声说:"别耍贫嘴!让刘老师和哑巴赶紧把里屋的东西搬过去,你现在就去镇上再买一些桌子和椅子,赶天亮把一切收拾好,这不是就把门面也扩大了?"

黄安安说:"现在是啥时间,还能到哪儿买桌椅?"

刘宏声说:"每个商店的门上都写着他们的联系电话。只要是买东西,他们就跑得比兔子还快!"

哑巴和刘全德把两张大床先抬出来,然后又摆在一起,就那样吭哧吭哧抬进了高家村。唐仙草也要跟过去,刘宏声喊住唐仙草说,让萍萍和山山跟过去就行，他们还不会铺床铺了？他让唐仙草赶紧把里边的屋子打扫好！唐春花着急得手忙脚乱，都不知道自己该干什么了。刘宏声又给唐春花派活说，切几盘肉，买两瓶酒，等把一切收拾好，大家都坐下来庆贺一下。

超市的老板郭石头在那边喊："你们把摊子弄得这么大，让我们还活不活？！"

唐春花说："拿两瓶白酒，一捆啤酒，五包香烟，你如果不帮忙，婶子就和你断交了！"

郭石头说："谁敢惹唐老板，那才是真的不想活了！"

刘宏声说："哎，郭老板，那你就过来搭把手，看里边的灯泡呀插座呀，该换就换，该添就添。你知道现在的顾客什么最重要？"

郭石头说："给手机充电啊！"

唐春花说："还有 Wi-Fi 呢！"

刘宏声说："对！这些都是店里的标配！"

郭石头说："每张餐桌跟前，都必须装上插座。至于春花婶说的 Wi-Fi，也包在我身上，明天再接一个路由器过来。"

唐春花说："石头呀，钱你先记着，婶子现在顾不过来。"

郭石头说："你这话就见外了，以后我也是供货方，一家人不说两家人的话！"

02

"二宝凉皮店"扩大了店面，村里人各种食品的加工量也就跟着要增加。唐春花知道劳累的还是黄安安，这就又提出给黄安安换一辆面包车。黄安安问唐春花，凉皮店已经开了两个半月，到底有多少纯利润？唐春花说，第一个月少一些，第二个月慢慢就增多了。现在这半个月，一下子就往上翻番呢。唐仙草拿出来账目清单，交给黄安安一看，第一个月的利润是五千元，第二个月是八千元，现在这半个月，已经是六千元。当然这还要扣除唐春花预交的房租费，房租金是一年交一次，那就是让唐春花扣除房租后，黄安安就没有什么分成了。

黄安安说："那就再过两个月的紧日子，三轮车又不是不能骑。"

唐春花说："儿子那次回来还留下两千元，我给你凑齐三万元，你就赶紧把车换了吧！"

黄安安说："你从哪里凑齐呢？"

唐春花说："郭石头老板曾经说过，咱们的资金如果倒不开，随时都可以从他那儿取。"

黄安安说："春花你记着，咱们谁的钱都不借！多跑几趟路，脸也晒不黑，可是我如果借了谁的钱，几天几夜都睡不着觉。"

唐春花说："那你就抽空考驾照，面包车迟早是要买的。"

但是这天夜里，黄安安又可怜兮兮地伸出手，让唐春花先给他五千元。唐春花问黄安安，这是分红呢，还是暂借呢？如果是分红，那么在扣除房租和各种器皿折旧后，红还没的分。如果是暂借，那黄安安你就必须打个条子吧。人常说，好朋友，清算账，先说响，后不嚷。黄安安憨憨地一笑说，对，暂借暂借，打条子！

唐仙草以为真要打条子，就认真地取来了纸和笔。唐春花接过笔，先在黄安安头上敲了一下说："你真是山里的核桃——砸着吃的货！我让你把钱全都拿着，你不要，现在可非得要五千。仙草，给你黄伯的手机微信转六千，我才不管他成什么精，干什么用呢。"稍许，黄安安看着手机里的钱到了，这就立即骑上摩托扬长而去。

唐春花和唐仙草关了店门，一起步行回到高家村。

刚刚推开那个院子的大门，萍萍和山山就高兴地扑过来抱住唐春花说："奶奶你真好！奶奶你真好！"

唐春花莫名其妙地说："你们这是说啥呢？奶奶哪一天就不好过？"

黄宝萍说，她和山山都参加了学校的夏令营，后天就要出发去青岛旅游呢。这事奶奶不知道？唐春花仍然发愣地说，她真的一点不知道呀。

唐仙草说："你们是听谁说的？"

黄宝山说："黄爷爷刚才过来说，这都是奶奶安排的。"

唐春花这才醒悟地说："噢，噢，你黄爷爷人呢？"

黄宝萍说："黄爷爷去学校交钱了。"

黄宝山说："黄爷爷还说了，奶奶是老板，奶奶说了算，他只负责把路跑完。"

唐春花久久地愣在原地，眼眶里涌出了感激的泪水。

03

这一天，黄安安终于又进了县城。学校雇的是中巴轿车，黄安安仍然骑着他的三轮摩托，害怕路上赶不上，他就来了个笨鸟先飞。

黄安安提前赶到火车站，给萍萍和山山买好了两袋子小食品，另外还有小雨伞、旅游鞋、护肤霜等等的旅游用品，然后又买了两个儿童走轮箱，把那些东西分成两份装了进去。中巴车在车站广场停下来，萍萍和山山跳下车，看着那些同学都是全副武装的样子，禁不住就流露出羡慕的神色。

黄安安走过来说："萍萍山山，赶紧过来拿东西！"

黄宝萍和黄宝山都高兴地跑过来，脸上这才挂上了得意的笑容。

送走了两个孩子，黄安安的心情也是一阵子轻松。临走时，他给凉皮店已经把第一趟货送了。并且还叮咛刘全德，让他今天对店里操点心，如果店里缺少什么，就随时通知村民们加工出来。刘全德让黄安安放心走，说是他的自行车也可以零星地搬运。

　　黄安安这就又想起了另外一件事，既然今天来到了县城，那就无论如何也要去见见八婶，村里的变化这么大，你们老黄家就似乎成了局外人！黄安安甚至还发狠地想，我黄安安就是记仇呢，我黄安安就是算老账！那次你黄大明睁着眼睛说瞎话，明明你们都搬进了"溪水花园"，可是能把刘宏声请进去，怎么就给我说是你陪着老太太住院呢？

　　黄安安直接来到"溪水花园"小区，他先把三轮摩托车停放在街道的路边，这就琢磨着如何走进小区里。给黄大明打电话通报肯定很愚蠢，但是不和任何人联系询问，他又肯定无法进大门。黄安安实在无奈，这就又想起了黄丙成，一个整天在劳务市场找活的人，就可能各个小区都去过。

　　黄丙成说："哎，安安叔，上次没顾上接你的电话，我怕你都生气了。"

　　黄安安说："叔的心眼没那么小。"

　　黄丙成说："那好那好，有时间你进城，也到我屋里坐一坐，现在村里都被你带得那么好，我还盼你也给我出出主意呢。"

　　黄安安说："你现在在哪里？"

　　黄丙成说："县城东郊刚刚交付了一个新楼盘，这几天我都在这边干活呢。"

　　黄安安说："你说的是不是溪水花园？"

　　黄丙成说："就是就是。你怎么也知道这个地方？"

　　黄安安说："把他的！远在天边，近在眼前，你现在就往大门口走，我们见面再说吧！"

黄丙成一路小跑到了大门口，不是刚才电话相约，黄安安简直都认不出来。黄丙成的年纪和黄安安的儿子差不多，可是看面相，好像就成了半截子老汉。现在，满脸都是白一道黑一道的汗渍，T恤衫和短裤上也被汗水洇成了一片片脏乱的云彩。不过他今天把手机吊在脖子上，再不会像上次那样，让黄安安和那个女主人弄出了误会。经常在城里干活，黄丙成也长心眼了，他告诉保安说，黄安安是他的包工头，包工头过来检查工作，保安只让黄安安登记一下，就放进去了。

"溪水花园"也真是一个大花园，院子里到处都是花草、假山、喷泉和林荫道。黄安安走进来，先问黄丙成在这儿干什么活？黄丙成说，他没有学会什么手艺，能干的都是粗活笨活。有钱人太爱折腾了，这儿的房子都是精装修，许多住户已经搬进来，可是有些人又要把地面和墙壁全砸掉，然后再按他们的意图另外装修。他今天就是给一个户主砸地砸墙呢。黄安安不敢多耽搁，就问黄丙成知道不知道黄大明住在哪一个楼？黄丙成吃惊地说，他已经在这儿干了十天活，怎么就没有见过大明伯和八婆呢？黄安安说，搬来肯定是搬来了，想想用什么办法打听一下。

黄丙成说："你不是有黄大明的电话吗？"

黄安安说："能打电话，我也不问你。"

黄丙成连忙说，好好，他不打听别人的秘密，在物业办就可以查出来。黄丙成这就和黄安安又跑到物业办，物业办都为住户保密，黄丙成说有一个名叫黄大明的住户，也要把卫生间重新装修，他们这就要上去看一下。物业办的人说，每个户主都在这儿登记了联系电话，那你们把他的电话号码对证一下。黄安安掏出手机，说出了黄大明的手机号码，这才知道了黄大明的楼号楼层和房间号。离开物业办，黄安安禁不住就骂了一句说："龟孙子尿！这里住的也都不是皇上吧？怎么就弄得这么神秘！"黄丙成又问还用不用他带路？黄安安让黄丙成忙自己的事情，他自己这就单独去。

黄丙成刚刚转身又回头说："哎，安安叔，进每个单元的门都要按密码，不按密码，你还是进不去。"

黄安安说："这些有钱人，实在是活得太劳累，他们是怕小偷，还是怕刺客？简直是自己把自己关在笼子里。"

黄丙成说每家每户都是刷卡进门，但是在物业那里，还有一个通用密码。那密码外来人不知道，只有像他们这些每天进门的装修工，户主才告知了他们的密码，不过在密码之前还要先按一个符号，输入密码，然后还要再按一个符号，才能打开门。黄安安不耐烦地说，那些东西把他都听糊涂了，让黄丙成带他过去把门打开。他们来到黄大明的楼下，黄丙成正要按密码，黄安安隔着玻璃门，就发现黄大明已经走出电梯了。黄安安给黄丙成使个眼色，两个人又回头向院子走去。

黄大明拉门出来说："喂，你们找谁呢？怎么都是鬼鬼祟祟的！"

黄安安回头尖叫了一声说："啊！大明哥，怎么在这儿遇见你了？"

黄丙成也会意地附和说："大明伯，巧了巧了。咱们的黄组长过来看望我，我就想让他见识见识这个小区的现代化，实在想不到这就遇到一起了。"

黄大明眯着眼睛看了一阵说："巧！这真是巧得我都不敢相信了。"

黄安安这就支开黄丙成说："那丙成你先忙，既然到了大明哥的家门口，我就还要看看八婶呢！啊，大明哥如果有事要出去，那我就改天再来也可以。"

黄丙成已经匆匆离去，黄大明脸上堆着那种外热内冷的笑容，却一时不开口。

黄安安看着黄大明的态度，说话就带着味道了："看来真是不方便，那我就忙别的事吧。咱们村在县城也有不少人，你就是把我看成破领导，在他们那边，我觉得我还值几个钱！"

黄大明这才表示出恭敬说："失敬失敬。安安的嘴真是够损的，我只是觉得，这刚刚搬过来，家里一切都正在收拾，如果你不嫌弃，那我就非常欢迎嘛！"

黄安安这才正经地说："哎，大明哥，我找你还有重要的事情，也不是闲得乱转呢。"

再开门，再上电梯，黄大明就变成十分亲昵，一只手刷门卡，按电梯，另一手始终都搂着黄安安的肩膀。来到家门口，黄大明先刷卡把房门打开，然后又从门外的鞋柜上抽出两双拖鞋，黄大明的拖鞋当然是固定的，而扔给黄安安的拖鞋，就是一次性的纸拖鞋。

黄大明先走进门，突然脚下一滑，闪了个趔趄，他顾不上再和黄安安说话，站稳身子后，就向里屋喊："妈，你总是忘记了自己的年纪，拖地的活儿，也是你干的吗？"

八婶在客厅应声说："光吃不动，离死就快了。"

黄安安听出这是八婶的声音，就站在门外禁不住喊道："八婶说得好，长寿的秘诀其实就是要干活呢！"

八婶提着拖把走过来说："谁来了？这是谁来了？"

黄安安仍然站在门外说："八婶把安安都快忘了。"

八婶愣怔片刻，丢下拖把连忙迎了过来说："哎呀，稀客稀客！大明啊，你怎么只顾自己进门，哪有把客人晾在外边的。快进快进，安安快进来。"

黄安安跨进门说："哎，我嫂夫人呢？佘太君真不应该给他们拖地！"

八婶说："大明媳妇和几个孙子都出去旅游了。哎，安安，不准你再叫佘太君，老婶子几代都是农民，哪儿就成了佘太君？"

黄大明在里屋换了身衣服出来，又泡来一杯茶，黄安安这就坐在沙发上了。

黄安安说:"八婶呀,你看我来什么都没带,是不是太不懂礼行了?"

黄大明接话说:"现在的超市能装下全世界的消费品,哈哈,安安的脾性还没改,这还要送空头人情呢!"

黄安安也刺了一句说:"空头人情也是人情,总比吃闭门羹强得多!"

八婶坐在黄安安身边说:"哎,你们两个就好像顶牛了,谁让谁吃了闭门羹?"

黄大明不想让老太太生气,赶紧说:"妈,黄组长现在又是黄主任,把全村都搞得红红火火的。所以他现在牛得很,咱们以后再回去,说不定人家都不待见呢!"

黄安安觉得黄大明这句话也实在,进城是走进你的地盘,回村是走进我的地盘,谁也不欠谁的账,谁也不借谁的钱,这就谁都不需要低三下四的。刚才那几句顶牛的话一说,黄安安心里都一下子松泛了许多。心里松泛了,就应该让八婶和黄大明都自在一些。黄安安掏出手机靠近八婶,搜出手机里一张照片,把手机递给八婶看。

八婶看着那张照片说:"安安你照的是哪儿呀?这怎么是黑咕隆咚一个坑?"

黄安安说:"你老眼昏花看不清,那就让大明哥看清楚。"

黄大明凑过来看了一阵说:"安安,你这是啥意思?我也看不懂。"

黄安安说:"八婶,大明哥,前些日子那一场暴风雨,把八叔的坟墓冲出一个大窟窿,都是我不好,村子的事情太多,也顾不上给你们报告。"

八婶发火地把手机扔给黄大明说:"我说让你们回去多走走,起码也要和安安常联系,你们也不知道整天忙啥呢?!"

黄大明低着头说:"老二忙他的饭店,老三要上班,这就是我一个人管你呢。"

八婶说:"你知道这叫个啥事情?以前骂人说,你先人的坟里把气跑了!多亏安安过来提醒,要不然,还不知要摆多长时间。"

黄安安又找出另一张照片说:"八婶你再看看,我早就帮你们把那个坑填满填实了。"

黄大明接过手机看了看说:"安安呀,那你就给我打个电话,咋能让你干活呢?"

黄安安说:"不就是拉几车土嘛,我就不想让你们跑来跑去的。"

八婶说:"感谢安安,感谢安安!"

黄大明说:"安安啊,今天你说啥都不能回去,我这就让二明安排饭,也把三明叫过来,咱们几个好兄弟,真该好好坐一坐。"

八婶说:"你现在知道充好人,安安还有病媳妇,会平咋能离开人?"

黄大明说:"我让二明把会平接下来。"

黄安安说:"我村里的事情还多得很。啊,大明哥,二明院子的核桃树,没人管就疯长呢,把窗户的几块玻璃都顶破了。"

八婶又开始训斥黄大明说,以前不是把大门的钥匙留给黄安安了嘛,是谁又把钥匙收回来的?黄安安这么好的一个人,怎么连他也不敢相信?黄大明支吾说,那个院子是老二的,这话就要问二明呢。

八婶说:"那个院子我说了算!你现在就给老二打电话,让他把钥匙还是交给安安一把!"

黄安安说:"八婶,我现在真是顾不上了。你想想,村里组里的事情有多少,我每天都会忙得团团转,具体的一些小事我就不能太操心了。"

黄大明听出这是黄安安拿捏人,再不会拿他们的钥匙了。这就只能给自己找台阶说:"妈,你这就是犯糊涂,安安已经是今非昔比,哪敢劳驾黄主任黄组长替咱们守坟看院子？以后我们要做的事情，也就是经常给黄主任请示汇报，一有时间就要当面听从黄主任黄组长的批评指导呢。"

三个人这才笑起来。

黄安安这才看着这个很大的屋子说："大明哥，你这屋子恐怕都有二百平方米了，如果平时你和嫂子一出外，八婶都会孤独得害怕呀？"

黄大明知道黄安安心里所指，就看着八婶说："你让老太太自己说，我一个退休多年的民政局局长，哪能买得起这么大的屋子。"

八婶也立即会意地说："安安这就把你大明哥冤枉了，现在我们家的大事情，都是老二做主呢。大明和三明，都是顶着当领导的空名头，可是真有个大花销，比如买房买车呀，都是二明背大头。"

黄大明刚才穿的是休闲装，现在却换上运动服，显然是在心里做了准备，如果黄安安坐得太久，就要想办法打发走。现在看时间差不多，就从茶几下再拿出一条烟说："安安，我出去还有事，这就不能陪你坐了。"黄安安知道这就是逐客令，城里人的逐客令也是各种各样，有的是沉默一分钟，让你稍稍看出他的烦躁和冷漠，然后你自己就知道该走了。有的是忽然拿起手机走向阳台，也弄不清是和何人通话说，哎呀哎呀对不起，刚才来了个尊贵的客人，啊，行行！我这马上就过来！这样你就坐不住，尽管你也很"尊贵"，但是不能耽误人家的重要事情。黄大明的逐客令也不是很直接，他说老干局今天组织门球赛，现在的时间已经快到了。

八婶急忙说："大明你这是干啥呢？成心让安安难看是不是？"

黄大明说："我可是领队兼教练，你说我不去能行吗？"然后又对黄安安说："安安也不是外人，不必那样客气吧？"

黄安安已经站起身说："对对对，不客气，我来也就是想八婶了，现在看八婶很精神，那我就放心了！"

黄安安说着已经大步跨出门，在门口，他一边换拖鞋，一边按电梯，等到电梯门打开，还没有换下拖鞋的黄大明就有点发愣。黄安安走进电梯，只叫了声八婶说，拜拜啦八婶！这就和黄大明连招呼都没打。

黄安安走出电梯就独自笑了。他想他这一手也够黄大明受半天，你不是想走吗？那我就来个先出门，而且还要给你一点脸色！

黄大明的电话很快就打下来，黄大明说："呵呵，黄主任真是长脾气了，我已经让二明把饭安排好，并且和三明约定了，等我参加完门球赛，就一起好好喝一次酒，你怎么说走就走了？"黄安安只是说："忙得很忙得很！"说完他又笑出声来，有八婶在，黄大明的话肯定就不是客套。八婶迟早要落叶归根，她要埋在八叔的身边，黄刘村的路就不能断。现在你如果把黄组长黄安安得罪了，迟早都要进行的另一个葬礼，那就有你三兄弟好看的了！

04

黄安安走出"溪水花园"，又打通了黄丙成的手机说，他已经从黄大明的家里出来了，如果黄丙成能离开，他还想去黄丙成的家里看一看。黄丙成说，他从早上过来，都没有歇一歇，让黄安安稍等片刻，他马上就到门口了。

黄丙成跑出来说："安安叔，你带水没有？我真是嗓子冒烟了。"

黄安安说："户主连水都不给你放几瓶？"

黄丙成说："砸墙砸地的事情，户主根本不闪面。满屋都是烟尘雾罩的，谁能待得住？我自己带的两瓶水，早就喝光了。"

黄安安的三轮车旁边，平时都挂着一个玻璃杯，每天早上起来，他总是给杯子里灌满水。上午在路上,他没有喝水的工夫,然后就进了黄大明家,他也不敢拿杯子。现在杯子里的水,正好已经放凉了,他递给黄丙成就让他赶紧喝。

黄丙成却不接杯子说:"算了算了,一会儿就到家,还是到家里再喝吧。"

黄安安说:"我的杯子里是有毒呢?!"

黄丙成说:"那是你的专用杯,我是怕把你的杯子弄脏了。"

黄安安说:"在城里,别的本事你没长,就学了些臭毛病!赶紧喝,你安安叔没有那些穷讲究,臭毛病!"

黄丙成一口气喝光了水说:"黄大明也没有把你送出门?"

黄安安一笑说:"他倒是想送呢,可我不给他那个机会。"

黄丙成说:"安安叔你现在牛得很。"

黄安安说:"你的话就多得很!赶紧骑着你的自行车在前边带路,我没有时间和你啰唆。"

黄丙成的家在县城最早的一个廉租小区,进了那个院子,就是和"溪水花园"两重天的景象了。每个窗户上,都晾晒着被子、衣服和婴儿的尿单子。黄丙成的家在五楼,黄安安跟在黄丙成后边爬上去,就已经是上气不接下气了。屋子里几乎没有下脚的地方,一张架子床上,白天也堆放着乱七八糟的东西。黄安安知道,黄丙成的父亲死得早,他这就还要把母亲带在身边。这样,三十多平方米的小屋子,靠窗的一角就是厨房,剩下的地方,就是一家四口的起居室。晚上黄丙成和媳妇拉地铺,儿子和母亲就睡在架子床上了。

黄安安说:"你妈呢?"

黄丙成说:"她平时缝些鞋垫子,白天就坐在街角卖。"

黄安安说："媳妇呢？"

黄丙成说："她在宾馆当服务员，实际上就是干些刷马桶、打扫房间那些事情。"

黄安安说："娃呢？"

黄丙成说："娃放了暑假，这就送到他外婆家去了。"

黄安安说："那你们待在城里还有啥好处？如果回到村里去，你妈，你媳妇，包括你，都会有事干，可能也不会少挣钱。"

黄丙成发急了说："那不行，那不行！我们好不容易出来了，再回去就会让人笑话呢。另外还有孩子的上学，城里的学校，咋说都比农村的好。"

黄安安说："死要面子活受罪！"

黄丙成憨笑着再不说话，只是忙着给黄安安端来一碗水，再把黄安安的玻璃杯子加满了。两个人就那样干坐着，黄安安要走，黄丙成还要留住说，黄组长终于进了他的门，那他就必须管黄组长一顿饭！黄安安说他连黄大明那边的大餐都不吃，还在他这儿吃什么饭。黄丙成就故意提醒说，领导体贴的都是平民百姓，领导一句话，就是他的指路灯！黄安安现在才知道，黄丙成也是难缠的主，他不想个办法出来，一是黄丙成不会放他走，二是黄丙成还会在心里想，你黄安安厚着脸皮去找八婶和黄大明，也不知在那儿得了多少好处，怎么到平民百姓这儿，一碗水不喝就要走？狗咬穿烂的，巴结有钱的，你这个黄组长黄主任，刚才还虚头巴脑地要看看我们这些下苦的人，这怎么虚晃一枪就走了？

可是黄安安能有什么办法呢？

黄安安只得如实告诉黄丙成，听说黄二明的饭店生意一直很红火，在他那儿说不定就可以给黄丙成的母亲找个什么打零工的活，黄丙成的母亲还不到五十岁，比如刷盘子洗碗的事情，干起来都没有问题。可是他今天和黄大明说得有点不舒服，现在再给黄二明求情，这就觉得太夯口，所以，他只能告诉黄丙成，让黄丙成过些日子再说吧。

黄丙成说："你咋能把黄大明得罪了？"

黄安安说："那不叫得罪，那叫一报还一报。"

黄丙成说："那还能等到啥时候，黄大明还能给你说软话？"

黄安安说："肯定的！他们怕八婶，八婶又怕我。我今天已经给八婶把话亮明了，不管她是西太后还是佘太君，死了还会埋在黄刘村，这一条路断不了，我黄安安永远就是一道鬼门关。你自己想想，这一个讲究多厉害！"

黄丙成说："那是那是，那我就等几天吧。我妈卖鞋垫，有时候几天都卖不出一双，她实际上是等着菜市场散摊，那她就拣些菜叶子。我妈这是从牙缝里分分毛毛地抠钱呢。"

05

黄安安这就想赶紧脱身，黄丙成和黄安安走下楼，在院子又老远看见跛子岗骑着农用三轮车迎面过来。

黄安安问黄丙成，跛子岗在这儿也有廉租房？黄丙成一撇嘴说，他们一直住在同一个院子，但是对于那种人，他平时都是绕道走，就是面对面，也就是哼一声就过去了。可是现在黄安安和黄丙成都躲不过，跛子岗已经把三轮车停在他们面前了。

跛子岗看见黄安安就大声咋呼说："黄主任这是微服私访吧？那就到鄙室再坐坐。"

黄安安说："你就不怕我来是讨账的？"

跛子岗说："欠你们百十元的饭钱，这你就记到死了？"

黄安安说："可你还叫来了派出所，猪尿泡打脸，臊气难闻呢！"

跛子岗说："在城里，这就到了我的地盘，我谅你也不敢再胡来！"

黄丙成悄声说："瞧瞧，他就是这号货。"

跛子岗冲着黄丙成说："喂，这个人是谁呀？怎么同样是狗眼看人低！"

黄丙成不敢吱声，就去墙根推他的自行车。

黄安安说："岗子啊，咱们就不能变个样子吗？你和丙成都是一个村子出来的，也没结什么仇，咋能说不认识？"

跛子岗说："你瞅瞅他那个德性，就好像是我偷过他媳妇！平时见了，从来不和我说话，我都不知道把他怎么了？"

黄丙成推车过来说："安安叔在这里，你现在就是满嘴喷粪，我惹不起还不能躲吗？"

跛子岗说："黄丙成你放心，我也懂得兔子不吃窝边草，绝不会在你媳妇面前胡骚情！"

黄丙成丢下自行车，冲上去就想打跛子岗。

黄安安呵斥说："别动手！你们真是给黄刘村丢人现眼呢。"

黄丙成说："那你就评评这个理，我强忍着都不行，他还是不停地糟蹋人呢。"

黄安安走向跛子岗说："跛子岗，我看你真是活腻了！你刚才说，在城里就是你的地盘，那我就要看一看，有人要收拾我，还是收拾你？"

跛子岗说："我是饭馍吃大的，不是别人吓唬大的。"

黄安安说："你真不怕？"

跛子岗说："我真不怕！"

黄安安说："丙成，那咱们走！刚才咱们从街道过来时，你也看见在街角擦皮鞋配钥匙的那两个残疾女人了吧？只要我一句话，跛子岗都活不过今天晚上。"

跛子岗急忙跳下三轮车说："哎哎哎，安安哥……"

黄安安说："我还是黄刘村负责治保的副主任！"

跛子岗说："那我是小人，你是君子，君子不和小人计较吧。"

黄安安说："你今天惹翻的是黄丙成，那你给丙成道歉吧。"

跛子岗仍然不看黄丙成，只是扶着黄安安的肩膀说，他从来不喜欢说虚话说假话，那他就用实际行动帮黄丙成一把。黄安安问他怎样帮？跛子岗说，他每天都见黄丙成他妈卖鞋垫，捡菜叶，那才是白白糟蹋时间呢。黄丙成每天干活都是在各个住宅小区，小区里的破烂多的是，旧报纸、包装箱，许多人都是白白扔，让黄丙成他妈每天捡破烂交给他，他过完秤当面就把钱付了。

黄安安说："丙成呀，岗子的这个主意真不错，我想你不会反对吧？"

黄丙成跳过来抱住跛子岗说："那我现在就把我妈带到溪水花园去，这样好的事情，我怎么就没有想到呢？溪水花园小区，每天都有人进家具，他们根本就不想再变卖包装箱，有的人还求我帮他们把那些包装箱带下楼，原来这都是把钱扔了啊！"

跛子岗冷冷地说："没有安安哥，你就吃屎去！我这都是看他的面子呢！"

黄安安说："那你们就把电话留了！如果今天旗开得胜，丙成就好好请岗子吃一次饭，喝一次酒。"

黄丙成说："没问题，没问题！岗子叔，咱们加个微信吧。"

跛子岗还是爱理不理。

黄安安说："跛子岗，你又胡屎扎势了？丙成他妈把破烂交给你，你赚的仍然是大头！说到底这也是双赢，你有资格扎势摆谱吗？"

跛子岗这才慢慢腾腾地拿出手机，扫了黄丙成的微信码。

草木轮回

秋

立秋

广场上的揭幕式

01

黄安安那天从县城回到家，八婶就亲自打来了电话。

八婶问黄安安到家没有？黄安安说他从八婶家出来以后，还去民生苑廉租小区看了看黄丙成和刘岗几个村民，他们都是从黄刘村飘出去的树叶，看似都在城里安了家，实际上整天都是在半空中飘来飘去，没有个着落，没有个奔头呢。八婶本来是想对黄安安表示歉意，可是黄安安一下子把话题扯得那么远，八婶就只得跟随着黄安安的话题说，人活着都不容易，每个人都是苦过来的。比如他们家大明，当兵时就是在腾格里大沙漠，听说那是羊都不拉屎的地方，这就累出一身的病，现在他喜欢打门球，也是为了加强锻炼呢。比如他们家二明，过去在农村学木匠，手腕上都落下一道道伤疤。后来进城开饭馆，也是没黑没白地闯荡了好些年。比如他们家三明，说是县委办副主任，实际就是各个领导的小跑腿、小跟班，一句话说不好，就要挨训挨批评。黄安安差点把电话挂了，他本来是想博得八婶的同情心，让八婶给她的几个儿子吹吹风，帮帮村里走出去的下苦人。没想到八婶也是个贼精贼精的老太太，不但不跟着他的话题走，而且同样成了诉苦人。

黄安安赶紧转换了话题说："八婶的身子还硬朗得很，这就是你们全家的福气！"

八婶说："哎，托孩子们的福，身体还可以。"

黄安安说："噢，我想起来了，我妈如果在世，今年已经八十二了。你八婶比我妈还大两岁，也是八十四岁的高寿了吧？不像，实在不像，您哪里就像八十多岁的人呀。"

八婶说："可是谁也不能活得结在世上，说到底也是一个棺材瓢子了。人常说，七十三八十四，阎王找你商量事。今年也是八婶的门槛呢。"

黄安安说："咱们不信那一套，我们村要出百岁寿星呢！"

八婶说："安安呀，今天八婶也对不住你，你一杯茶没喝完，大明给你取出的一条香烟你连看都不看。八婶这一天都在生气，把你大明哥也骂了个鬼吹火！我们的组长来了，我们的村官来了，打门球就那么重要吗？"

黄安安说："两个男人嘛，谁还没有个小脾气。八婶你不要在意，我妈走得早，你在我心里，就是老母亲。"

八婶说："安安，你这么一说，八婶就放心了。别说我已经是八十多岁的老太太，就是其他人，谁也不会就上了保险栓。八婶终年的事情，还要靠你在心呢。"

黄安安说："八婶，我们先不说这些丧气话，你这样说就是操闲心了。"

八婶说："你八叔的葬礼，如果没有你，那就连打墓人都找不到。啊，你还帮你八叔填平了水冲的墓窟窿，这还有多少要操心的事情，八婶心里放不下啊。"

黄安安以为八婶打电话是黄大明指使的，就让八婶把电话交给黄大明。八婶说，她今天确实把黄大明狠狠地数落了一顿，让大明别总是记着老皇历，别以为黄刘村都是刘宏声说了算。现在的黄刘村，你安安兄弟也能拿大事！他把整个村子都带得那么有奔头，你老娘以后的事情也得靠他呢！所以黄大明打门球回来后，就在家里坐不住，他说他马上就找二明三明商量一下，看看能给村里帮什么忙。黄安安说，八婶心里这么清白，他也再不会计较什么了。二明三明都在忙着生意和工作，大明哥相对空闲一些，那就要回来多走走，帮忙不帮忙都是个心意。八婶毕竟年纪大了，儿子们平时多回家，那就是给八婶的灵魂铺路呢！

黄安安放下手机，哑巴就端着一碗羊奶进来了。

哑巴现在是每天都要来一次，他比画说他的羊奶要和崔会平轮着喝，早上他留给自己，下午就送给崔会平。崔会平就坐在院子里，刚才黄安安和八婶通话，反反复复说的都是八婶的后事，这又把崔会平气恼了。

崔会平说："你真是脑子有麻达，连哑巴哥都不如！"

黄安安接过哑巴的羊奶说："这又把你哪根筋撞了？"

崔会平说："听听你刚才说的那些话，这又想把八婶认亲娘了。"

黄安安说："那就是个客套话，就你一个人会当真。"

崔会平说："唉，我今年是五十四，八婶是八十四，这如果死在八婶前头，不知道有多少人看笑话呢。"

黄安安说："你就没事找事吧，那哑巴的羊奶你还喝不喝？"

崔会平仍然想着她的伤心说："唉，我如果死在八婶的前头，那就是白发人送黑发人，这一生就活得太没意思了。"

黄安安猛地把羊奶碗往小桌一放说："你整天就好像吊死鬼寻绳子，这种没名堂的事情，我还真是没工夫陪你啰唆呢！"

崔会平忽然又给哑巴比画说："哑巴哥，人家看我烦，那你过来就把我推走，我过去也把你的奶羊认妈了。"

227

哑巴眨巴着眼没有弄明白。

黄安安又给哑巴比画说:"她,要和你,过日子呢!"

哑巴吓得赶紧跑走了。

崔会平端起碗,就把羊奶泼在黄安安的脸上。黄安安惊慌地跑开后,崔会平又笑得差点从轮椅上栽下来。黄安安扶住崔会平说,这一天三变脸的日子,真是没法过。崔会平不再说日子,只是看着黄安安满脸的羊奶说,白脸奸贼,你用镜子照一照,看看你像不像白脸奸贼了!黄安安说,崔会平就是他前世的冤家,如果换成别的男人,说不定都被崔会平烦死了。崔会平说,烦死了好!那他们就可以一块儿走,到阴间那边,她就会彻底放开黄安安,再也不会烦他了。

黄安安苦笑说:"烦够了你就歇一歇,我还要给哑巴送碗呢。"

崔会平说:"哎,把你的脸洗干净再去,瞎闹一阵子也高兴,可不敢把哑巴吓坏了。"

黄安安走出院子,却发现哑巴藏在墙旮旯,也在捂着嘴偷偷地笑。黄安安悄悄走过去,比画着问哑巴笑啥呢?哑巴伸出两个手的小拇指,把两个小拇指敲打旋转了一下,又把两个小拇指勾在一起了。

黄安安明白,哑巴是说这就是夫妻,看起来都是你顶牛我顶牛,实际上是不打不闹不高兴。黄安安把碗递给哑巴,问他明天还敢不敢送羊奶?哑巴捶捶胸,顿顿足,意思是说他肯定送。黄安安看着哑巴说,唉,清苦的日子热闹过,崔会平这也是自己给自己找乐呢。

离开哑巴,黄安安又给黄丙成打了电话。黄安安告诉黄丙成,他已经把黄大明拿下了,如果黄丙成他妈想去黄二明的饭店打工,那他就马上直接联系黄二明。没想到黄丙成高兴地说,不用了,不用了!黄丙成说跛子岗说话还算数,下午他妈拣了一大堆包装箱,这就挣了五十块钱呢。黄安安帮黄丙成算了算账说，听说饭店的杂工每月的保底工钱是一千八，而且又是在屋子里干活，让黄丙成再掂量掂量。黄丙成说，捡拾破烂自由啊。他妈每天还要接送孙子上学放学，在饭店打工就很难抽出那个空。

黄安安也就放心地想，把他的！多一事不如少一事，这样的电话就不该打。

02

几天过后，刘宏声在村委会开了个会。参加会议的也就是刘宏声、黄安安、樊明贞。本来兼职文书刘全德也应该到场，起码也应该做会议记录。可是现在有了樊明贞，刘全德和刘宏声都觉得不合适。刘全德说是回避一下，实际上也没有离开村委会，他就在外边的广场上来回转悠，以便会议结束后，再把会议记录补写好。

刘宏声说："这些年村子里的人越来越少，支委会和村委会都很长时间不能凑齐了。现在让老黄和樊嫂进入村委会，起码村委会的班子像个班子了。"

黄安安说："那么支委会还有谁呢？"

刘宏声说："你们黄庄是黄二明，刘庄这边是刘道清。"

樊明贞说："刘道清一直在南京陪老婆看孙子，我看他也很难回来了。"

黄安安说："对对，黄二明也一直架个空名，我看你们支委会都快散伙了。"

刘宏声说："老黄你不能说这话。现在联系方式很方便，我经常和他们通电话，有时候还用视频聊一聊。他们不但非常熟悉村里的情况，而且还看到了凉皮店生意红火的视频。那样的交流就是开会，不会影响村里的工作啊。"

那么开村委会还能研究什么事情呢？刘宏声说，先闲聊一下，算算黄刘村平时还有多少户人，然后再对症下药，解决目前存在的问题，提出今后长远的打算。樊明贞掐指算了算，刘庄那边除了她家和刘宏声家，另外还有跛子岗、建强哥、思思爷、黑脸婆，满打满算也不到十户人，而且像跛子岗和建强哥那些人，在城里都有廉租房，好些日子才能在村里见一面。黄安安说，差不多差不多，黄庄这边有他和崔会平夫妻俩，哑巴独自一人住在家，唐春花婆孙三个人，希贤伯和郑氏婶老两口，根娃爸和根娃妈老两口。黄丙成全家四口子，也会偶尔回村转一圈。如果把黄二明全家都算上，那也是人多势众呢。刘宏声说，这就是目前整个农村面临的情况和问题，看起来都是一个一个的空落落的村子，可是一到大年关，村子里也会停放许多大小车辆呢。过去都稀罕吃商品粮，谁转入了城市户口，谁就像彻底改变门风了。后来谁都不在乎这些事情，还有人想把户口再转回农村来。再比如说黄刘村，前几年把土地撂荒都不觉得可惜，发现村里成了花椒村，这就几乎全部把土地栽种了花椒树，每当到采摘花椒的时候，村里又热闹得像赶集。

黄安安说："刘书记，再甭说那些没用的，你就说今后怎么办吧！"

樊明贞说："就是就是，我家的猪头肉还在锅里煮着呢，我们两个都在这儿，再没人回去，我都担心炖煳了！"

刘宏声说："你们两个成了村委会副主任，这还没有开过碰头会呢。那今天就是再把分工明确一下，其他事情就各负其责吧！我，当然是抓全盘了。眼看着就到了立秋的季节，虽然距离采摘花椒还有一段时间，那我就主要操心花椒的采摘，加工，销售事宜。老黄嘛，除了负责凉皮店的多种经营，还要兼顾治安的事情。至于明贞嫂子，当然要兼任妇女委员，老黄平时在外边跑的时候多，村里的事情你明贞嫂子就要再分担一些善后的工作。"

黄安安还想说什么，他的手机就突然响了。电话是黄丙成打来的，黄丙成说，他把跛子岗扭送到城关派出所了！派出所说，这种事情，最好让村里的领导也出面，不然就把矛盾激化了。黄安安问黄丙成发生了啥事情？黄丙成说在电话里不好说。

黄安安说："总不是跛子岗杀人放火吧？有什么事情不好说？"

黄丙成说："你们再不来，我就真的要杀人了！"

黄安安一惊说，他正在村委会开会，黄刘村的大脑系——刘书记也在这儿坐着呢！然后他就把手机递给刘宏声，刘宏声却不接电话，让黄安安先把事情弄清楚。黄安安捂着话筒说，黄丙成都要杀人呢，这么大的事情，必须你一把手过问吧？刘宏声正好推托说，村委会刚刚分了工，治安上的事情先由治安委员出面，然后再看事情的发展提出处理意见。黄安安这就无奈地对黄丙成说，村委会领导很快到，他让黄丙成自己也要压住火。黄安安挂了电话，就坐在那儿呼呼地喘气。

刘宏声说："紧急的事情紧急处理，今天的会议就开到这儿吧。"

黄安安说："又是你们刘庄的跛子岗，你怎么就不出面呢？"

刘宏声说："据我了解，你五天前曾经进过一次县城，先去见了八婶和黄大明，后来又去了民生苑廉租小区，所以我猜想，黄丙成能把电话打给你，这事情和你也有关系。"

黄安安说："我去那也是关心群众，这也不用给你提前汇报吧？"

樊明贞马上给刘宏声帮腔说："刘书记这不是追究责任，是让你先把事情弄清楚嘛。"

黄安安站起来说："我也想把跛子岗杀了，这真是一只老鼠害了一锅汤！"

刘宏声说："说气话没有用。事不宜迟，你赶紧进城吧。"

黄安安说:"那我把凉皮店交给谁?那我把崔会平交给谁?"

刘宏声说:"这事你放心。给凉皮店送货的事情,我让全德哥顶几天。明贞嫂子,先伺候崔会平。"

黄安安从刘宏声面前一把抓走了刘宏声的大踏板摩托车钥匙,然后又把自己的三轮摩托车钥匙扔在桌子上就出了门。

03

黄安安骑着摩托车进了城,先直接去了廉租小区。

按照黄安安的猜想,无非就是跛子岗收购废品时,在过秤上做了手脚,或者是又拖欠了黄丙成他妈的钱,黄丙成这就找跛子岗要账,三言两语不对付,两个人就动了手。所以,黄安安就想先从黄丙成母亲那儿询问清楚,弄清谁是谁非,弄清事情的起因,弄清谁先动的手,弄清到底是谁受了伤,伤势有多重,到派出所那里也就能拿出个处理意见了。

黄安安来到黄丙成家门口,敲了好一阵子的门,屋子里一直无人应声。黄安安想,这不会全家都去派出所吧?刚刚转过身,他忽然就听见屋子里有女人的哭声。

黄安安说:"谁在屋里呀?我是黄安安,你先把门打开啊。"

屋子门这才拉开一条缝,这是黄丙成的母亲。黄丙成的母亲比黄安安要小七八岁,由于她长着一副大脚片,村里的长辈都叫她"大脚娃",平辈们也就把她统称为"孙大脚"或者"大脚片"。时间一久,村里人都习惯了这样的称呼,这就把她的真实名字都忘了。

黄安安说:"孙大脚,这到底是咋回事?"

孙大脚泪眼婆娑地看着黄安安,自己转身站在一旁,把黄安安让进门,然后又把门推上了。屋子里比前次更加脏乱,黄安安绕过地上的锅碗瓢盆,才在那个架子床上坐下来。床头一角,还放着一把带血的剪刀,黄安安这就震惊地问:"你们真是杀人了?"

孙大脚又瘫坐在地上说:"人没死,人没死,丙成正在医院里给他治疗呢。"

黄安安说:"这才刚刚过去了一周,你和跛子岗因为啥事闹得这么厉害?"

孙大脚说:"不是人!不是人!那狗日的真是畜生呢!"

跛子岗真是狗改不了吃屎,开始几天,孙大脚捡破烂,跛子岗就按时按点过去收购,过秤和付钱都没有问题。黄丙成把溪水花园那家活干完,然后就转点到另一个小区。但是母亲孙大脚并没有离开,一是孙大脚和门口的保安都熟悉起来,二是毕竟溪水花园的住户都是有钱人,有钱人进的家具都带包装箱,只要有人亲自上门取,分文不付就拿走了。跛子岗发现黄丙成已经不在母亲身边,就变着花样欺负孙大脚。孙大脚收集的包装箱和旧书报都堆放在院子里,需要几次才能拿完。孙大脚第一次把收集的废品抱出来,跛子岗就说他的时间都是按点掐算的,这背来抱去要耽误他多长的时间?孙大脚知道这样挣钱的生意很难得,也就一直忍气吞声地说:"明天我早早运出来,今天就麻烦你再等等。"跛子岗那一天还和孙大脚开玩笑说:"大脚嫂子一切都好,就是当初娃生少了。如果再多生个儿子,就让小儿子当保安。门口站的是咱的娃,还愁把车开不进去吗?"为了讨得跛子岗高兴,孙大脚也接着玩笑说:"大兄弟说得好!那下辈子咱就放开生!"

这就到了昨天下午,为了不耽误跛子岗的时间,孙大脚早早就把收集的废品捆扎好,又早早地一捆一捆背出来。可是跛子岗又来得晚了些。跛子岗终于来了后，就哭丧着脸对孙大脚说，废品收购站就是他的大老板，对于他们这些收购员，都确定了每天交货的时间。由于他昨天晚了半个多小时，这就要对他罚款二百元呢。孙大脚担惊受怕地说，那可怎么办？要不让跛子岗给她也少付点钱，以后她还要慢慢弥补跛子岗的损失呢。跛子岗倒很大度地说，他绝不能让嫂子吃亏！只是今天把身上带的钱都交了罚款，让孙大脚第二天下午两点钟以后去他家取就行了。孙大脚说，他们每天都见面，还是在这儿见面再给吧。跛子岗说，他从来不赊欠别人的账，还是一笔一笔结清得好。孙大脚说，哪就在乎半天啊？跛子岗说，他的女朋友把钱算得清，只要他出门，就只给他留下收货款。他只能趁她离开后，悄悄把他隐藏的私房钱取出来。

　　孙大脚也不再细想，就信以为真了。

　　儿子黄丙成在外边干活中午不回来，儿媳吃过中午饭也要去宾馆上班。孙大脚和跛子岗都在一个院子里，今天下午两点刚过，孙大脚就去了跛子岗的屋子。跛子岗似乎就在门口等待着，孙大脚一敲门，房门立即就拉开了。孙大脚站在门口说："大兄弟，现在你就把钱拿出来，那我就不进去了。"跛子岗神情诡秘地说："快进来，快进来，我这就给你赶快找！"孙大脚就不得不进屋子了。跛子岗装模作样地翻动着床铺，还和孙大脚搭讪说："你老头死了好几年，你也不找个情人。现在又和儿子全家挤在一个屋子里，你儿子难受得和媳妇弄不成事，你也难受得睡不好觉吧？"孙大脚责怪说："嫂子比你大十多岁，丙成和你年纪都差不多，你瞧瞧你说的啥话嘛！"跛子岗一下子就扑过来，把孙大脚压在身子底下说："嫂子也是个老封建，男人和女人只要喜欢，还管什么年纪呢！"孙大脚不再说话，只是奋力地挣扎着，别看跛子岗双腿残疾，胳臂的劲却大得很。他用头顶着孙大脚的下巴壳，双手就开始脱孙大脚的衣服，就在跛子岗抽她的皮带时，她就用剪刀狠狠地戳在跛子岗的肩膀上。

黄安安说："这把剪刀是哪里来的？"

孙大脚说："那个狗东西，早就瞎名声在外。我从家里过去时，为了提防着他，就在后腰带上插了一把剪刀。"

黄安安说："一堆废品，说多了也就是五六十块钱，你本来就不应该单独去找他。"

孙大脚说："安安哥，这也是缺钱缺怕了，这也是钱迷心窍了。"

黄安安立即起身说："多亏人没死，如果人死了，那你跳进黄河也说不清。第一，是你主动进了跛子岗的屋子；第二，是你自己带的剪刀；第三，跛子岗在溪水花园门外就是挑逗你，而你也是随话答话地接受挑逗。现在这就搅成一锅稀粥了，唉，派出所的门好进难出呀！"

孙大脚说："不在派出所，现在不在派出所。你……你和丙成联系，我也说不清他们在哪里。"

黄安安说："你儿媳知道吗？"

孙大脚说："没有没有，这样的事情，我只是打电话把丙成叫回来，哪能告诉儿媳呢。"

黄安安走出门说："那你还留着那把剪刀干什么？"

孙大脚急忙抓起那把剪刀说："把我的魂都吓飞了，这就把啥事都忘了。"

04

街道上已经是灯火通明，黄安安按照黄丙成在电话里说的路线，找到了那家私人的骨科医院。在医院门口停下摩托车，就先给老婆崔会平打了个电话，不等黄安安把话说完，崔会平就说，明贞嫂子早就进门了。明贞嫂子告诉她，城里发生了一件非常要紧的事，村里就让明贞嫂子这几天夜里陪她了。黄安安说，看来事情没有他想象得那么严重，弄不好今天晚上就可以处理结束了。

黄丙成已经迎出来。

黄安安说："你怎么把人送到这里来了？"

黄丙成说："我妈把我叫回去，我看见我妈整个人都傻了。我问我妈出了什么事？我妈只是说，你赶快去看跛子岗，你赶快去看跛子岗，死了人就得偿命呢！我又跑到跛子岗屋子，那时候跛子岗已经自己包扎了伤口，还正在擦洗着地上的血迹。我这才明白肯定是跛子岗对我妈使了坏，我妈那么大年纪，还能受这样的污辱，我这又把跛子岗暴打了一顿。"

黄安安说："跛子岗伤得很重吗？是不是派出所指定了这个医院，让你先抢救人？"

黄丙成说："我把跛子岗打完要报警，是跛子岗不让报。我看跛子岗瘫在地上，又要拨打120，跛子岗张开手心，亮出攥在手里的车钥匙说，让我开着他的三轮车，随便找一家私人医院就行。我觉得这个医院距离县城偏远一些，就把他送到这里来了。"

黄安安说："那你把我催得这么紧，我以为真的闹出人命了。"

黄丙成说："他现在就像一头死猪躺在床上，这……这必须有人来处理啊。"

黄安安的心里已经有了数，跛子岗弄出这样的糗事，他自己也就不敢让派出所知道。如果派出所定他个强奸未遂罪，少说也要拘留他个一年半载，这还不算孙大脚提出什么索赔，这还不算他的女朋友怎么收拾他。

跛子岗的病房在二楼西顶头，这就是最大的一个病房，而且只住着跛子岗一个病人。黄安安走进来,跛子岗没有睁眼睛,黄安安问跛子岗能说话吗?跛子岗轻轻摇摇头。黄安安又拉着黄丙成退出门问,这怎么还把狗东西弄成高干了,让他一个人独占这么大的病房?黄丙成说,那是医院老板亲自安排的,他还敢提出别的要求?黄安安说,医院老板也是趁火打劫,这就是想美美地宰一刀!黄丙成说,他没有告诉医院老板是打架的事情,黄安安说这样的医院,什么事情看不出来。黄丙成一下子又急哭了,他说那要花多少钱,跛子岗如果赖下去怎么办?

黄安安站在病房门口,故意高声打招呼说:"王所长,辛苦辛苦,真是给你们添麻烦了!"

跛子岗突然就从病床上坐了起来。

黄安安一步跳到病床前说:"我以为你死了,这不是还活着吗?"

跛子岗乞求说:"安安哥,我犯的罪我承担,可是……可是千万不要惊动公安局。"

黄安安说:"那你就说个解决的办法?"

跛子岗说:"大脚嫂子那一剪刀,好像都捅到我的骨头了。这以后如果一条胳臂也不能动,那我后半辈子可怎么生活呢?"

黄安安说:"如果我是孙大脚,就直接捅到你的喉咙眼里去!黄刘村出来的人渣,谁都不会心疼的!"

跛子岗说,他只是一时犯糊涂,最后也没把孙大脚怎么样,这还能一棍子把他打死呀?黄安安说,你跛子岗早有预谋,要不然为什么把孙大脚的钱拖着不给,还非得让孙大脚去屋子取?跛子岗说,那不是,那不是,他的女朋友真的把钱管得紧……

跛子岗提起女朋友,就更加惊慌失措,他说每天到这时候,女朋友就在家把饭做好了。现在他不回去,那么等会儿女朋友就会打电话追问呢。

他和女朋友经常闹矛盾，和她吹了也没啥，可是如果她知道他又想弄别的女人，那就绝不会善罢甘休，肯定要和他拼命呢！黄安安也知道，跛子岗那个女朋友的暴脾气，既是跛子岗最大的软肋，同样也会把事情搞得满城风雨，不可收拾呢。

　　黄安安说："刘岗啊，别人都叫你跛子岗，这样的称呼确实很难听。可是你如果行得端，走得正，谁也不敢看不起你。可是你想想，这些年你做的事情，哪一件能让人瞧得起？"

　　跛子岗说："你以后再教训我行不行？现在可怎么对付我的女朋友？"

　　黄安安思忖片刻说："唉，那我就再给你做一次证明吧。你现在给她打电话，说是村里的领导看望你们，正在饭店吃饭呢。"

　　跛子岗说："骗过今天晚上，那明天怎么办？"

　　黄安安说："等会儿再开些药，你就带回去！不就是肩膀上有一个血窟窿，你的鬼点子不用别人教，编个什么原因先把你的女朋友糊弄过去吧。"

　　跛子岗说："见义勇为？英雄救美？像我这双腿，那也没人相信吧？"

　　黄安安被惹笑了说："你就别糟蹋那些美好的字眼了！"

　　说话间，跛子岗的女朋友就来了电话，女朋友问跛子岗又死在哪儿了？跛子岗说他下午在一个建筑工地捡废品，突然就从脚手架上掉下一根钢筋，这就把他的肩膀扎伤了。女朋友对跛子岗的话不相信，跛子岗这就把手机递给黄安安说："我们村都派黄主任来看我了，那你就听黄主任说。"黄安安不得不接过手机说："刘岗真是受了伤，这以后都要小心呢。多亏只是扎在肩膀上，如果跌落在头顶，那事情就更加严重。"那边的女人好像还要说什么，黄安安就已经把手机交给跛子岗，跛子岗接过手机说："好我的姑奶奶，你不用过来，我和黄主任吃完饭，一会儿就回去了。"

　　黄安安这才把黄丙成叫进门说："你和医院赶快结账，然后再给刘岗买一碗炒面上来。都说好,这就两清了。以后就井水不犯河水了!"

跛子岗说:"他们母子俩差点要了我的命,这……这多少也得拿出两千元的养伤费吧?"

黄丙成冲着跛子岗"呸"了一声说:"你再说这话,那我连医疗费都不出!"

跛子岗说:"安安哥,你说怎么办?这也太便宜他母子俩了。"

黄安安说:"要我说,你赶紧从这儿滚蛋吧!如果让派出所断官司,你自己想想是什么后果?"

跛子岗再也不敢吱声了。

05

下午立了秋,晚上凉飕飕。黄刘村安宁了一些日子,今天晚上又要热闹一场。

在村委会门前的广场上,一台投影电视机已经对准了那面白色的墙壁。村委会的大门两边,两台大显示屏的电脑也已经摆放在桌子上。两台大电脑的显示屏上边,还盖着带金边的红绒布。为了让参加这场热闹的人更多一些,刘全德把那几样设备调试好,就坐在屋子里喝茶去了。

黄刘村的人现在都忙啊,更何况城里还要回来一些人。立秋之后,天就黑得早,等到大家收拾完家里的东西,陆陆续续进场时,广场四角的四个路灯已经全亮了。刘宏声在刘全德和樊明贞的陪同下,这才走出屋子迎接村民。

最先到场的是八婶、黄大明和黄二明。他们实际上早就进村了,只是还要看看自己的院子,也要去八叔的坟地做祭拜。现在他们过来,都是步行着，把开回的车辆也放在自家的门前了。

刘宏声迎上说："八婶啊，这好一阵子都没见你了！"

八婶说："平时也不敢打扰你们呢。"

刘宏声说："您已经是四世同堂，这好像只回来两代人嘛。"

黄大明说："孙子们白天要进补习班，晚上回来还要写暑假作业，我们家的女同胞，老太太也就是代表了。"

黄二明说："那些东西都是小皇帝，和我们也不是同路人。"

刘宏声说："这三明永远是大忙人，晚上也不能回来一次？"

黄二明说："公务缠身，公务缠身。你就不要齐齐点名了。"

八婶四处看着说："安安呢？安安怎么不见面？"

黄安安从那边跑来说："八婶啊，我终于把你又盼回来了。"

八婶说："呵呵，刘书记都站在这儿欢迎我，好你个黄安安，现在都敢给八婶摆架子了！"

黄安安往后一指说："刘书记就是个甩手掌柜的，可我还得去北沟那边跑一趟，必须等到凉皮店关门，他们才能离开呢。"

在黄庄村那边，唐春花、唐仙草、哑巴、希贤伯和郑氏婶、萍萍和山山推着崔会平的轮椅，也都一路走过来了。广场上已经摆放着几排凳子，等黄庄和刘庄的村民们都坐好，刘宏声就开始讲话了。

刘宏声说："八婶和大明他们，前些天就想回来呢。可是大暑天，我哪敢让她老人家劳累又受热。今天立了秋，虽然白天还是有点热，可是你们试试现在，这小风一吹，身上都感到凉飕飕的吧。那我就代表支委会和村委会，以茶代酒，首先祝八婶身体健康啊！"

黄安安心想，这都是他那天拜见八婶，给八婶提醒说，您就是晚年在城里享福，最终还是要回到黄刘村，那么黄刘村的路就不能断，就应该经常回村走一走。所以，黄安安就觉得，这是自己出了暗力，今天八婶真的回来，明面上的功劳又让刘宏声抢走了。

刘宏声以茶代酒和八婶碰杯后，又点出今天晚上热闹的主题说："大家已经看见了，两台电脑大家都懂，可是这一台电视投影机，知道的人就不多。那么这些都是谁捐赠的呢？他就是我们党支部的支部委员黄二明！黄二明人在外，可是心永远系在黄刘村。当然，黄支委黄二明同志，也不仅仅是捐赠东西，比如开凉皮店等等许多点子，同样是他给我们提出的建议！哎，二明，你也说几句？"

黄二明赶紧摇手说："不说，不说，我不说了。"

刘宏声就继续说："那我就把捐助的物品分配一下，两台大电脑，黄庄一台，刘庄一台。当然两边都没有办公的地方，平时还放在村委会，遇到个什么节日，你们就可以把大家叫到一起，用电脑和你们在外工作的儿女们视频，那可就比手机视频强得多！那就如同是面对面，那就如同是他们回来了。至于这台投影机，那就留在村委会，如果你们愿意来，天天就可以看电影呢。哎，让我们对黄二明同志的慷慨解囊，表示最最热烈的感谢！"

大家就哗哗哗地鼓着掌。

刘宏声讲话就好像结束了。

黄大明悄声提醒刘宏声说："二明是黄庄这边出的支委，那现在的村委会，我们还有黄副主任呢。"

八婶也回过头嚷嚷说："安安呢？安安呢？"

黄安安赶紧在后边站起来说："八婶，我在这儿呢！"

八婶说："来！过来，你和你媳妇都过来！就坐在八婶身边说说话。"

黄安安推着崔会平的轮椅走过去，八婶迎过来拉住崔会平的手，黄安安这才觉得心里渐渐热起来。要不然，说不定黄安安又会和刘宏声顶起牛——想当初，你只是想让唐春花开个小卖部，凉皮店和你、和黄二明有一毛钱的关系吗？如果真开了小卖部，先不说唐春花每个月赔多少钱，也不会把全村人都带起来进入加工食品的行当吧？

　　刘宏声似乎也看出八婶和黄大明的良苦用心，心里也明白今天八婶带着两个儿子回了村，包括黄二明捐赠的这几台电器，其实都是黄安安那天走访八婶的结果，这就又高声宣布说："下来请黄副主任和樊副主任为电脑揭幕！"

　　黄安安和樊明贞，一人一个揭开了电脑上蒙着的红绒布。

　　刘全德也打开了投影机，看一部电影的选段，然后就结束了捐赠仪式。

处暑

问君能有
几多愁

01

这几天，崔会平总是坐在院子发呆，白天黄安安忙得看不见，下午回来，崔会平还是呆呆地望着天。黄安安问她看啥呢？崔会平说看天呢！黄安安说，那你看见天上有啥呢？崔会平这就让他滚远滚远快滚远！

黄安安把饭做好端出来，崔会平仍然坐在那儿望着天。黄安安这就领会了说，手机就在你手里，想孙子见面也方便。崔会平猛地把手机摔在地上说，一个个都没良心，这两个月的暑假，他们也不让小牛牛回来一次。黄安安也恼怒地蹲在地上想，以前儿子和儿媳还经常和他们打电话，可是自从他和唐春花开了凉皮店，就不知道把儿子和儿媳哪儿惹恼了，一是打电话越来越少，二是钱也再不打给他们了。

黄安安现在就在心里说，把他的！你们的母亲是这个样子，父亲就不能和一个女人好？这都什么年代了，就兴那么多领导那么多明星有情人，就不兴农民也有个相好的？！何况你们那个唐阿姨，把你妈已经看成了亲姐妹，你唐阿姨以前在村上时，就经常过来给你妈做饭，你妈的屎尿被褥都是她帮着拆洗了呢！世上哪有这样的男女关系，这样的男女关系你们见过吗？可是自从你唐阿姨住到沟那边后，你父亲和她又只是仅仅剩下说话了。说话也不能说那些男女之间的悄悄话，白天两个人都累成了木头人，晚上她还要陪孙子，你父亲也要伺候你母亲。这样的关系，你们有什么生气的？

崔会平又怒吼说："你想啥呢？！"

黄安安一愣说："我看你的手机摔坏没摔坏。"

崔会平说："命要紧！你也想把我饿死吗？"

黄安安这才发现自己手里还端着饭碗，就赶紧递给崔会平说："把他的！心里有事，就把手里的事忘屎了。"

崔会平接过碗低头吃着饭，黄安安就捡起了摔在地上的手机。他看见手机屏幕已经破碎成了蜘蛛网，再打开手机，拨通他自己的手机号，通话还可以，就是再不能用手机视频了。

黄安安说："好么，这下你也看不清大鹏和你小牛牛的脸了。"

崔会平说："旧的不去，新的不来！"

黄安安说："我的妈呀！上个月我刚刚分红三千元，这就又要花给你个败家娘们了。"

崔会平说："黄庄这边不是还有一台电脑吗？你经常放在村委会，就不怕长毛了。"

黄安安说："嗨，不怕贼偷，就怕贼惦记，原来你是动这个心思呢。"

崔会平说："你不要把我看扁了，我也是刚刚想起来。"

黄安安说："可电脑也是集体的，咱家不能占用吧？"

崔会平说："你少给我唱高调！我已经替你想好了，希贤伯和郑氏婶年纪大，那就从他们家先开始，村里才有几户人，轮到咱家就是应该的。"

这还能惹出什么是非了？"

黄安安说："哎呀，还是那句老话说得好，跟着当官的做娘子，跟着杀猪的翻肠子，黄主任夫人胸有全局，高风亮节呀！"

其实，崔会平动的还是鬼心眼，黄安安把电脑抱给希贤伯，希贤伯和郑氏婶都摇手说，他们还会摆弄那个玩意？只要黄安安有那心，他们过几天就跟着崔会平先学学。黄安安又把电脑抱给根娃妈，根娃妈和老伴的眼睛都是白内障，再说他们的儿女都在镇上开商店，晚上就都会回来，别说用电脑视频，平时连电话也不用打。黄安安再把电脑抱给哑巴黄利贵，哑巴也是摇着手，比画说崔会平最需要。黄安安转了一圈回来，这就哈哈地笑着对崔会平说："看来是你自己爱热闹，那以后晚上你就把茶水准备好。"

崔会平说："我麻烦，我喜欢！"

黄安安说："那还用不用给你换手机？"

崔会平说："这个破手机还能通话，先把大鹏和牛牛联系好，然后就在电脑里见面了。"

为了把崔会平彻底安顿好，也为了能让更多的人晚上过来和他们的亲人视频，黄安安把电脑桌搬到院子里，拉出了电线和网线。崔会平兴冲冲打开电脑，可是却突然想起来不会操作。崔会平问黄安安怎么办？黄安安先打电话问刘全德，刘全德说自己要玩电脑很容易，但是和外地电脑视频的操作，他还真的弄不清。黄安安再打电话问唐仙草，唐仙草说她也从来没弄过。

黄安安就自嘲地说："嗨，牛拉火车——不懂科学啊！"

崔会平就直接给儿子黄大鹏打电话，问能不能和孙子小牛牛每天电脑视频？黄大鹏说出的话更气人！黄大鹏说："妈呀，我和媳妇都要上班，牛牛的暑假作业还没有做完。我们连牛牛的手机都收走了，哪有时间玩那

245

些东西。"

黄安安抢过手机说:"大鹏,你听爸说,有人给村里捐赠了个电脑,你就是不让牛牛玩,也要把连接视频的办法说一下,爸还要教给别人呢。"

黄大鹏说:"像我们在外打工的人,谁家也没有那样的电脑。你就省些心把我妈管好,别再想那些没用的东西了!"

黄安安一愣说:"哎,大鹏,你好像这话里有话哩,是你妈给你说什么了?"

黄大鹏说:"那事情还用我妈说,唐阿姨是啥情况,村里人可都看着呢。"

黄安安一时气急,嘴唇都哆嗦得说不出话了。

崔会平抢过手机说:"大鹏!你给我听着,不管村里人说什么,我都会感谢你爸和你唐阿姨!你唐阿姨比你们想象得好得多,如果没有她,我仍然会整天整天坐在屋子里!如果没有她,全村人都不会帮助你爸照顾我!如果没有她,你们每月打的那点生活费,都不够我吃药呢!你……你说话要有点良心啊!"

黄大鹏那边久久无语。

崔会平已经把电话挂了。

黄安安先还是气闷地蹲在地上,听完了崔会平的话,就跳了起来说:"解气!解气解气!崔会平威武!崔会平万岁!"

崔会平说:"可这忙乎了一下午,这些东西你又得搬回去。"

黄安安说:"有你那些话,再苦再累也值得!"

黄安安把电脑和桌子搬了回去,然后又去推摩托车。崔会平问他去哪里?黄安安说,电脑视频看不成,这还得给崔会平换手机。崔会平说,不买了!大鹏那个狗东西,说话那么伤人心,她就也眼不见为净,以后不和他们视频了。黄安安说,这还能断了母子关系?不为儿子和儿媳,小牛牛还是亲孙子。崔会平说，那也不买新手机，换一个屏幕就行了。

02

凉皮店没有节假日和星期天，也没有人来轮换。这样下去，黄安安就真担心把唐春花累垮了。他几次提出再雇一个人替班，可是唐春花总是说，村上找不出一个闲人，如果从镇上找雇工，那每月又得付出三千元。黄安安说，钱是啥？人要紧。唐春花这就退让说，再坚持几个月，给黄安安把面包车买到手，那就再雇一个人。黄安安说，整天就这样硬撑着，迟早都会出事情。

这一天，就不幸被黄安安言中了。

那是崔会平在电话里训斥儿子的第三天下午，黄安安又往凉皮店送了一车货，他把东西卸在凉皮店，就想留下来给唐春花帮忙。可是崔会平又打电话说，让黄安安赶紧把摩托车骑回去，那台电脑闲着也是闲着，她听说学生也可以在电脑上听讲座，那就给萍萍和山山拉过去。小牛牛成天都说进补习班，农村孩子就没有那样的机会。如果萍萍和山山有了电脑，那照样也是补习呢。

黄安安当时还和唐春花开了一句玩笑说："哎呀，前天我喊了声老婆万岁，崔会平就越发像个明白人了。"唐春花这时候就有点困乏地说："萍萍和山山有福气，那就……那就代孩子谢谢他们的会平奶奶了。"

黄安安把电脑拉到唐春花在高家村的出租屋，两个孩子都非常激动，他们正商量着用Wi-Fi好，还是申请一条宽带过来，唐仙草就打来电话说："黄伯你赶紧来！我姑姑倒在地上叫不灵醒了！"黄安安这就和两个孩子都赶到凉皮店。

247

郭石头和唐仙草已经把唐春花平放在地上，黄安安只见唐春花脸色苍白，全身抽搐，汗水已经把外边的白色罩衣湿透了。

萍萍和山山扑过去，抱着唐春花哭喊着奶奶。

郭石头说："萍萍，山山，你们千万不能动，这是医学常识，在医生没有论断前，最好让病人平躺着。"

黄安安说："那怎么才能送到医院呢？"

郭石头说："我让仙草已经打了120，必须叫救护车，也必须去县医院。唐阿姨是突发性晕倒，县医院的设备齐全，全面检查就容易。"

这时候，唐春花又微微睁开眼睛说："别……别去那么远。我也就是累倒了，去镇上的医院让医生瞧瞧就行了。"

黄安安单腿跪在唐春花身边说："春花，你现在一句话都不要说。凉皮店的日子还长着呢，咱也不在乎耽误这几天。"

唐春花说："那……那不行。凉皮店绝不能关门，哪怕是半天。你……你安排，你……你现在就安排好。"

救护车已经呼啸着在门外停下来，医生指挥着把唐春花抬在担架上。这时候唐春花仍然固执地说："店门……不能关，只要有顾客，哪怕是只有一个顾客，店门也必须给顾客开着。店里还有唐仙草，让萍萍也留下来给仙草帮忙。"黄安安知道凉皮店现在就是唐春花的命根子，是唐春花立足黄刘村最大的依靠。如果让凉皮店停歇几天，那一切又得从头来。黄安安这就给郭石头交代说，仙草和萍萍都是女孩子，让郭石头不时地过来照看着。郭石头说他的超市里人多，没有人敢欺负两个女孩子。

黄安安拉着山山跳上救护车说："黄爷爷还要来回取药，那你就陪着奶奶去医院吧。"

在县医院急救室，唐春花又陷入了昏迷。山山在门外哭着说，奶奶刚才已经能说话，现在怎么又睡着了？黄安安把山山搂在怀里说："刚才那是你奶奶对凉皮店丢心不下，她自己把店里的事情安顿好，心一松这就又支撑不住了。"

唐春花初步的检查结果是劳累过度，再加上今天中午顾客比较多，忙得自己都没有吃饭，这就出现了晕眩和虚脱。黄安安把唐春花推进病房挂上吊瓶，这就去办了住院手续。他拿着一大把明天还要检查的单子走进病房时，唐春花已经坐靠在被子上了。

黄安安说："哎，山山呢？"

唐春花说："他下去买牛奶了。"

黄安安说："医生说还要补充水分，那你多喝些温开水。"

唐春花说："没事你就先回去，会平也是离不开人。"

黄安安说："我已经给刘书记打了电话，让他把村里的事情安排好。现在全村人都是依靠凉皮店过日子，如果再出现个差错，那这个乱子就弄大了。"

唐春花说："你瞧瞧，我说去镇上医院看看就行了，你们非得把我送进城里来。这下好，这就把心分得四溜五散的。"

黄宝山提着一袋盒装牛奶跑到床边说："奶奶，奶奶，又来了好些人。"

刘宏声首先走进病房，然后是唐仙草和萍萍推着崔会平，再后边是刘全德和樊明贞。

唐春花惊叫说："凉皮店真不开了吗？你们怎么都跑来了？"

刘宏声呵呵一笑说："这已经是半夜时分，看来我们的唐老板，把时间都忘了。"

黄安安说："她在急救室才苏醒，这还能知道现在是啥时间？"

唐春花又看着崔会平说："那你们让会平跑来干啥？就是包了车，回

249

去也到了后半夜，会平能受得了这样的折腾？"

崔会平说："我今天晚上就不走，怎么你还想撵我呢？"

唐春花说："那行那行。你能陪我说说话，明天也顺带把身体复查一下。"

崔会平说："那你这就是吓我了。床上躺着唐老板，这再来一个崔瘫瘫，那凉皮店真就要关门了。"

樊明贞说："你们住院的钱不用怕，我们都给你们带着呢。"

黄安安说："都走都走，还是我和山山留在这儿。钱也不用留，我已经把押金交过了。"

崔会平说："我们女人能说说话，你留在这儿干什么？"

黄安安说："春花累得只想睡觉，等会儿我也要出去找旅社。另外，明天春花还要楼上楼下地做检查，是你推春花，还是唐春花推你呀？"

刘宏声说："那我们还是一路来，一路走。啊，老黄，黄二明的饭店就带着宾馆，我已经和他通了话，一是你晚上就住在他那边，二是需要什么，他也可以及时送过来。"

03

第三天早上，黄安安又要去医院给唐春花送饭，黄二明说，他让厨房炖了一只甲鱼汤，让黄安安稍等一会儿带过去。黄安安从黄二明饭店那边过来，就发现唐春花和山山已经不在了。黄安安问护士长，护士长说，病人硬闹着要出院，医院也不能硬留着。黄安安说，病人的身体那么虚弱，你们怎么能放她走？护士长说，病人身体没有其他问题，那就是回家静养了。他们已经叮咛了病人，绝对不能再劳累，开的药也要按时服用。

黄安安拨打唐春花的手机，手机一直是关机的状态。回家就回家，为什么还要关了手机呢？而且唐春花还带着山山那个淘气鬼，从医院去汽车站，还有很远的路，千万不能再出别的什么事情了。黄安安这就又给黄二明打电话，请他把他的司机再派过来，他这是要急着追人呢！黄二明让他在医院门外等，司机很快就过来。

黄安安快步跑到医院门口，那个司机已经到了。

这两天，这个司机已经把黄安安接送了好几次，黄安安都没有敢和他多说话。这个司机是个小年轻，看年纪也就是十七八岁的样子。他把周围的头发推得白光白光的，头顶的头发又辫成小辫甩在脑后。他每次看见黄安安，总是板着那张不屑的脸孔，就好像黄安安给他带来了多大的麻烦或晦气。可是现在，黄安安就必须和他说话了。

黄安安说："麻烦你把车开慢点，我还要看看他们是不是步行去的汽车站。"

那小伙说："那就造成后边的拥堵了！"

黄安安说："那就直接去汽车站。"

那小伙说："你到底要到哪里去？"

黄安安说："我是追人呢。黄经理给你没有说？"

那小伙说："他说了，我没听！"

黄安安说："黄二明不是你的老板？"

那小伙说："你只说你自己的事情！"

黄安安说："我想他们可能已经离开了汽车站，那我就自己搭车回去吧。"

那小伙说："你随便！"

黄安安这就是一头雾水，黄二明身边的一个小司机，这怎么比黄二明还要牛气？黄安安拨通黄二明的电话，问这个司机到底是什么人。黄二明哈哈一笑说，他叫黄兴运，小名叫运运，那是他大哥黄大明的大孙子。没上几天学，老爷子和老太太就把他娇惯成了野性子。黄安安想，对呀，黄大明的儿子现在也应该是四十多岁了，听说当初考大学时又报的军校，然后在海边什么地方当了军官。一个可以带兵打仗的人，怎么就养出这样的儿子呢？而且把儿子都扔给爷爷奶奶和老祖宗了。黄安安这就心里有了底，虽然黄兴运和他的父亲都几乎没有回过黄刘村，但是我黄安安毕竟也是爷爷辈的人，最起码黄兴运也不会把他赶下车。黄安安放下手机，黄兴运已经把车开出了城。

黄安安说："运运，我和你二爷说话，你听见了吧？"

黄兴运说："我的耳朵又不聋！"

黄安安说："那你也知道这一条路？"

黄兴运说："这是车辘轳熟悉呢。"

黄安安说："你也应该经常回咱们村看看呢。"

黄兴运说："四沟里有什么好看的？"

黄安安不得不换了话题说："农村人把奶奶叫婆哩。你把八婶是叫奶哩还是叫婆哩？"

黄兴运说："老祖宗。"

黄安安抽了一下自己的嘴，知道自己也弄错了。八婶已经四世同堂，那么八婶就是重孙辈黄兴运的老祖宗。但是他还是在心里想，这孩子也太不懂事，包括你老祖宗都不敢小看我，你爷爷你二爷，为了你老祖宗的终身后事，也不敢和我再较劲，你就敢和我这样说话呀？

黄安安这就故意追问说："你知道你二爷为什么要让你来送我？"

黄兴运说："你厉害。"

黄安安禁不住放声大笑了："我厉害在哪里呀？"

黄兴运说："老祖宗都被你吓怕了。"

黄安安说："人小，话少，心眼多！那你说说，我是怎么吓唬你老祖宗的？"

黄兴运终于憋出一句长句子说："我最看不起你们这些人！谁死了都是一把灰，为什么就非得埋在老先人的坟地里？在你们看来，那就是叶落归根，在我看来，那就是自己把自己弄成孤魂野鬼了！整天为那些破事操心，活得也太没意思了！"

黄安安一个激灵，就把头深深地低下了。

黄兴运这才扭过头说："认输了？"

黄安安仍然不敢说话。

黄兴运反而长篇大论了："安安爷，如果用嘴逗着玩，你确实不是我的对手。当然也包括脑筋急转弯，以及对任何事情的判断。刚才我说了'没意思'，你以为是指责你吗？不，我还是说我祖奶奶，她已经在城里断断续续地住了几十年，一切生活方式都成了城里人，但却永远也改变不了对于死亡的态度。她有时候还称赞那些大领导们想得开，把骨灰都撒到大海里去了。可是一提起她自己，她又立即翻脸说，老头子已经埋在黄刘村，那她就必须跟着老头子走。所以说我祖奶奶首先没意思。当然，这几天，我对你很冷漠，很尖刻，因为'没意思'也肯定包括你！你拿着你那一点少得可怜的权力，就想把它运用到极致，这就同样是很没意思呢！"

黄安安受到这样的刺激，也就不顾后果说："爷爷姓黄名安安，也曾经是嘴巴不饶人！今天都是你把当爷的逼到这个份上了，那爷爷也多说一句话。其实你爷爷你二爷你三爷心里都有空虚的事情呢。想当初，你爷爷黄大明当着民政局的局长，看起来只是一个科级领导，可是听说民政局分管的是退伍军人的安置和其他救助的事情，这就经常有个饭局什么的好处。那时候你二爷还在村里当农民，你爷爷心想，这经常在别人的饭馆里吃饭，还不如让你二爷进城开一家。这就像是屎巴牛滚蛋蛋，把生意越滚越大了。你三爷给县委书记当司机时，当时还是临时工，可是现在已经当了县委办的副主任，你说这中间没有猫腻吗？所以啊，知根知底的都是村里人，村里人不说是善良，可不要把村里人当傻瓜！"

黄兴运摘下墨镜，紧紧地盯着黄安安。

黄安安说："什么意思？"

黄兴运说："你是真的很厉害！"

到了凉皮店，黄安安也没告诉黄兴运，这是黄刘村人开的小饭馆。他只是对黄兴运说，既然你不喜欢黄刘村那个四沟里的土窝窝，那这个姓黄的爷爷也不让你破你的例，在这儿吃点农村的特色食品，就算黄爷爷把你感谢了。

黄安安和黄兴运走进门，唐春花的目光有点异样地打量着黄兴运。

黄安安介绍说："他叫黄兴运，八婶的重孙子，大明哥的孙子。"

黄兴运说："你不提别人能死啊？"

唐仙草手拿抹布从里屋走出来，她没有和黄安安打招呼，只是哭丧着脸看着外屋坐着的一个小伙子。那小伙的头发很油亮，白色的衬衣上还扎着一条红色的领带。黄安安问仙草那是谁？唐仙草含着眼泪又进里屋了。

黄安安很快就明白，唐春花之所以急着回来，原来是凉皮店走进稀客了。

黄安安坐在那个小伙的对面，说："你应该就是贺双栓？"

贺双栓说："正是。"

黄安安说："你和仙草的事情早就说清了，为什么还要来找她？"

贺双栓说："我来这儿吃饭不行吗？"

黄安安说:"可你面前连碗都没有,这恐怕就不是为吃饭吧?"

贺双栓说:"我已经吃过五碗凉皮,现在坐在这儿就是等饿呢。你们店里这么多东西,以后我每天都要齐齐吃一遍。"

不等黄安安再说什么,黄兴运已经从唐春花那边端来一碗凉皮,他示意黄安安离开后,又和贺双栓对面坐着了。贺双栓是油亮油亮的小分头,黄兴运是头顶上一条小辫子;贺双栓是衬衣扎领带,黄兴运是胸前绣着骷髅头形的T恤衫;贺双栓是黑色的西裤,黄兴运是膝盖露肉的牛仔。两个人这样的对照,本身就显得滑稽,贺双栓和黄兴运对视片刻,就起身坐到另一个桌子了,黄兴运端起凉皮又追过去和贺双栓对面坐下。

贺双栓说:"你要干什么?"

黄兴运说:"吃饭!"

贺双栓说:"那你老追着我干什么?"

黄兴运说:"滚蛋!"

贺双栓说:"你凭什么呀?"

黄兴运说:"我姓黄!"

贺双栓说:"我是和唐仙草谈恋爱,这和姓黄有什么关系?"

黄兴运说:"那我就好好告诉你,这个饭店就是整个黄刘村的命根子!谁如果想在这儿捣他妈的蛋,谁就是不想要命了!"

贺双栓仍然虚张声势地说:"你……你吓唬谁呀?"

黄兴运猛然把面前的长条桌一推,贺双栓就被桌子顶翻了。

贺双栓从地上爬起来说:"你敢动手打人呢!"

黄兴运摊开双手说:"我都没有挨着你一根毛,这怎么是动手打人呢?"

贺双栓这就胆怯地退出门说:"唐仙草,我真的喜欢你,你一天不答应,我还会天天过来的。"

黄兴运没有再说话，他只是追到门外边，掏出手机，拍下了贺双栓的车牌号。贺双栓没有再理论，跳进车就把车开走了。黄兴运那碗凉皮根本没有吃，也开着自己的车尾随而去。

黄安安这才长出一口气说："黄刘村后继有人了！"

唐仙草跑出里间说："吓死我了。"

唐春花说："八婶的重孙怎么就是这样一个愣头青？"

黄安安说："不能以貌取人呀，说不定还真是一个人才。"

唐春花说："哪里的人才，能穿那样的衣服，那样的打扮？"

黄安安说，那他也就说不清了。这个世道已经变得很奇怪，他在路上还和黄兴运牛顶牛，实在想不到，遇到贺双栓这样的事情，黄兴运立即又会拔刀相助。这究竟是一笔难写两个黄字，还是黄兴运那小子故意逞能？唐仙草说，现在这年轻人，打扮得越奇怪，越吸引女孩子。唐春花立即警觉地说，是不是把你都吸引了？唐仙草愠怒地说，黄兴运也就是一个小屁孩，她也不敢和那种人来往呢。

黄安安说："哎，说正事，你为什么就要闹着出院了？"

唐春花说："今天早上刚刚开门，贺双栓就已经站在店门口。仙草给我打电话，你说我还敢耽误吗？"

黄安安说："可我打你的电话，你怎么关机了？"

唐春花说："我怕你又啰唆地不让我出院，仙草的事情也不敢给你说。我和山山在医院门口拦了一辆出租车，这就赶紧把手机关了。"

黄安安说："把他的！这怎么就一出事接着一出事了。"

唐春花说："再雇人，你自己找，我还真是要注意身体了。"

他们正说着话，忽然又有两个人走进来。唐春花连忙招呼说，各位想吃什么呢？那两个人里里外外看了一下，发现营业执照和卫生许可证都齐全，就在凳子上坐下了。唐仙草端来一壶茶，给桌子上的茶杯倒着水。一个稍微年长的人问唐仙草，你今年多大了？唐仙草没有好气地说，这儿是饭馆，怎么还搞起人口调查了？

黄安安觉得事有蹊跷，就耐心地坐在他们身边说："仙草只是店里的服务员，你们有什么事情问我吧？"那个年轻人从公文包里掏出了一个笔记本，拔出钢笔就开始做记录。那个稍微年长的人自我介绍说，他们是阳泉镇政府的干部，下午，镇政府接到县劳动行政部门打来的电话，说是有群众举报，这个凉皮店，存在雇用童工的情况，这就委托镇政府先派人调查一下，如果情况属实，再由劳动行政部门进行处理。

黄安安说："我们凉皮店平时也就是两个人，你看这个唐仙草像是童工吗？"

那干部拿出手机，放出了萍萍擦洗桌子的视频说，他们要找的是这个女孩子。

黄安安一下子就笑了说："噢，原来你们是找萍萍呀。"

那干部说："你们能把这个孩子叫来吗？"

唐春花说："同志同志，那孩子是我的亲孙女。前天我突然晕倒住院，一下子实在找不到人守着这个店，这就让我的孙女临时帮了两天忙。"

那干部说："我们必须要见到孩子！"

黄安安说："那你们稍等，我骑车把他们接过来。"

那年轻干部说："你坐我的车，必须我们派人去接。请您理解，这是调查的纪律，被举报人不能和当事者私下接触。"

唐仙草说："姑姑，黄伯，那就让我给他们带路。"

唐仙草就和那个年轻干部去了唐春花在高家村的出租屋。唐春花仍然委屈地给那个稍微年长的干部诉说着她家庭的变故，说着说着，眼泪就伴随着哭声了。一会儿后,那干部就拨通电话说:"小赵,你不要把孩子带来了!萍萍年纪那么小,现在很快就要开学,你就说一切都很好,就让她好好学习吧。"

黄安安送出那干部说:"怎么还有这样的人,这是谁举报的呢?"

那干部说:"安心做你们的生意,其他就不说了。"

唐春花说:"肯定又是那个贺双栓。"

黄安安说:"如今这人,有人仇官,有人仇富,贺双栓只想追仙草,他不可能忌妒这凉皮店吧?"

那年轻干部开着车已经过来了,唐仙草跳下车,一跑过来就气愤地说,她现在就去找贺双栓!唐春花问她还找贺双栓干什么?唐仙草说,都是那狗东西搞的鬼,今天上午贺双栓在店里,几次举着手机悄悄地拍照。举报的事情,除了他还能是谁呢?唐春花说,镇上的领导都同情他们,这就再不要追究了。

04

这又是黄安安难熬的一夜,躺在床上,眼前一会儿晃动着唐春花虚弱的身影,一会儿又看见贺双栓坐在凉皮店耍赖的神情。这就翻来覆去地睡不着觉,这就为唐春花的身体担心,这就为凉皮店的安宁受惊。他把村里的人齐齐数了一遍,也没有想出谁还能去店里顶班。尤其是如果贺双栓明天再来找唐仙草,即使癞蛤蟆不咬人,也会让人恶心,也会把顾客吓跑的。假如唐仙草又被贺双栓气走,那么凉皮店就真的要关门了。黄安安想得头疼,这就又翻身坐起来,一支一支地抽着烟。

崔会平被尿憋醒了,发现床边的火星子,惊问道:"你不睡觉想啥呢?"

黄安安说："愁死了，这真把我愁死了。"

崔会平说："你先把尿盆拿上来，有啥愁事对我说。"

黄安安从炕脚地拿起尿盆，把崔会平端在尿盆上，嘴里又叨叨崔会平真烦人。他说他不在时，崔会平还能让樊明贞嫂子端着尿？明贞嫂子那么大年纪，说什么也端不起呀。崔会平说，如果黄安安不在家，她都会穿上纸尿裤，除了自己的男人，她哪敢麻烦别人呢。黄安安说，为了省下几块钱，别把自己的男人也累得住了院。

崔会平重新躺下后说："好！你侍候了我，现在我就帮你出主意。"

黄安安说："我都想得脑子疼，你还能想个啥主意。"

崔会平说："你说嘛，你不说咋就知道我想不出。"

黄安安只得说了他和唐春花的苦恼。

崔会平想想说，樊明贞和刘全德家里的事情，也就是腊汁猪蹄和猪头肉，下午就能腾出时间，把唐春花换半天。刘全德如果爱面子，不愿意坐在门口当保安，那就让黄安安把他的三轮摩托车转给刘全德，以后都由刘全德负责送货，黄安安就可以一直在凉皮店操心了。黄安安说，这样的事情他已经想过了，刘全德和樊明贞也肯定同意，但是他们的报酬怎么计算？这就好像樊明贞和刘全德都成三老板四老板，店里的经营账目和收入，一是就没有秘密可保，二是就应该四个人分成了，那可是唐春花最不愿意的！

崔会平说："妈呀！商业秘密最重要，那就权当我没说。"

黄安安说："我倒是想起一个办法。"

崔会平说："你不说我也知道，无非是让我不要惜疼钱，你临走时在我身边多放几条纸尿裤，那样你就不用来回为我担心了。"

黄安安说："不是不是，我是说让哑巴先学会骑三轮摩托车，不管是每天送几趟货，每趟都支付他二十块钱。这样就把我解脱出来，照顾你和照顾店都会轻松一些了。"

崔会平说:"唉,我怎么人残脑子也残?好,这样好。"

黄安安说:"要不然还能当二老板?!"

崔会平说:"唐春花也这样争过吗?是不是她从医院跑回来,就是害怕别人抢占了大老板的位子呢?"

黄安安说:"满地里的花椒都已经红了,不管是黄继先重新结婚,还是陈艳红把生意做大,我想唐春花都不会永久留在村子里。现在她只是为了两个孩子,其他名分她还会在乎吗?"

崔会平说:"哎呀,如果我不死,那就是真正的老板娘了。"

黄安安说:"你怎么又说死的话?"

崔会平说:"我的病我知道,你就不要骗我了。"

黄安安说:"我觉得你的精神越来越好了嘛。"

崔会平说:"那是你对我好,全村人也都照顾我,这就把我的心劲提起来了。啊,没事没事,放心放心,有黄老板在,我就还要活下去。睡觉!明天你就开始给哑巴教会摩托车。"

黄安安说:"把他的!你把我越吓越灵醒了!"

白露

浪子回头 金不换

01

这些日子，唐春花还得早起晚睡。

萍萍和山山已经开学了，唐春花早早起来先给全家做早饭。年轻人瞌睡多，唐春花没有把唐仙草叫起来。现在这个院子屋子多，唐仙草住一间，萍萍住一间，唐春花和山山住一间。唐春花从萍萍的窗前过，看见萍萍的屋子已经灯亮了，屋子里还传出读书声。唐春花趴在窗子上说："萍萍比奶奶起得还早。"萍萍仍然念叨说："蒹葭苍苍，白露为霜。所谓伊人，在水一方。"唐春花说："这孩子，奶奶问话也不知道。"萍萍这才说："奶奶，今天又是白露的节气，所以我就背几段描写白露的诗。"唐春花说："那你继续背，奶奶把早饭做好叫你。"

唐春花把早饭做好，萍萍已经揪着山山的耳朵进了厨房。唐春花问，山山又犯什么错误了？萍萍说，叫不醒的癞皮狗！唐春花一笑说，那么这只癞皮狗，以后就交给姐姐收拾！唐春花看着萍萍和山山吃完饭，背着书包出门后，这才过去摇醒唐仙草说："那边一个小赖皮，这边一个懒女子,你啥时候才能嫁得出去呀?"唐仙草揉着惺忪的睡眼说:"姑呀,你少提嫁人好不好!贺双栓把咱们糟蹋得还不够吗?"唐春花说:"世上的小伙也不都是二流子,那个东西你就不要再想了。"唐仙草说:"一朝被蛇咬,十年怕井绳。我这辈子都不想再嫁人了!"唐春花也不敢再提说那些事,让唐仙草赶紧到厨房把早点吃了,说是你黄伯可是急性子,别让他在门外等咱们呀。

唐春花和唐仙草从高家村出来,两个人都冷得哆嗦了一下。唐春花也想起变了的节气说,这白露一过,一天就比一天冷,让仙草回去再加一件衣服。唐仙草不愿意再跑路,说进店后还要穿工作服,还能突然把人冷着了?

唐仙草眼尖,老远就看见哑巴站在凉皮店门口。这就奇怪地对唐春花说,是不是安安伯又出了什么事?怎么就是哑巴过来送货了?唐春花也看清是哑巴,一路小跑过来说:"怎么是你?黄安安呢?黄安安呢?"哑巴不明白她说的啥,只是比画着三轮车的货物,又比画让唐春花快开门。三个人先把车上的东西卸进去,哑巴把那些空箩筐再装到三轮摩托上,这就又骑着三轮摩托过沟了。

唐春花看着远去的哑巴说:"这到底出了什么事,咋就连个电话都不打?"

唐仙草说:"这黄伯伯也真是的,这不是故意吓唬咱们吗?"

说话间,黄安安已经从那个丁字路口拐过来,他就像一个晨跑晨练的人,刚才还是奋力地跑,看见唐春花和唐仙草她们,又开始悠闲地做着扩胸运动。

唐春花迎上说:"你这又是演的哪门子戏呢?"

黄安安说:"这不叫演戏,这叫思想解放运动!"

唐仙草说:"黄伯,这送货就要来回翻沟,你把这事情交给哑巴叔,就不怕再出什么事故吗?"

黄安安已经走进店里,他把昨天下班摞在桌子上的凳子取下来,给每个垃圾筒套上了垃圾袋,给空了的抽纸盒装进抽纸,打开了筷子消毒箱的电源开关。唐仙草看着黄安安娴熟的动作,以为黄安安是要把她撵走呢,这就噘着嘴站在一边不敢说话了。唐春花也揭开了那些调料盒子,一边做着开张的准备,一边问黄安安说,他这是发什么神经呢,刚才就好像是运动员,现在又想当服务员了?黄安安把一切都收拾停当后,才揭开他的谜底说,以后他就把三轮摩托车交给哑巴了。为了把哑巴训练好,他已经带着哑巴在北沟、下坡上坡地行驶了几十个来回。他知道哑巴听不见,后边来汽车也不会躲让,就在他的摩托车后边挂上一张"对不起,请尊重聋哑人"的牌子呢。

唐春花说:"我刚才没有看见挂什么牌子啊。"

黄安安说:"我那臭字你不知道?这就请刘全德刘老师帮我写,可是刘老师说,挂牌子就要制作得好一些,摩托车又不避风雨,木牌纸牌都不行。他说他今天去镇上进肉,就想办法搞个铁牌子。"

唐仙草说:"黄伯,那我现在就离开吗?"

黄安安说:"仙草才是发神经!这儿好不容易多出一个人,你怎么又要走?"

唐仙草说:"你把我的活儿都干了,这不是明摆着的事情嘛。"

黄安安说:"你想得美!黄伯这是闲不住,这以后啊,轮换顶班的,就是黄伯和你姑!"

唐春花说:"憋了这么好几天,你就憋出了这样的主意?"

黄安安说:"崔会平倒是还有主意,我想你肯定不愿意。"

唐春花说："别别，千万不能让崔会平来，她那样的身体，只能添乱呢！"

黄安安说："你让我把话说完嘛！崔会平是说，让刘全德刘老师代替我，让樊明贞嫂子和你轮班呢。"

唐春花说："这样咱们两个都可以歇一歇，崔会平想得挺好呀。"

黄安安说："你想，你再想，你把一切都想清楚！"

唐春花沉思半晌就扑哧笑了。

黄安安说："你想明白了？你知道什么原因了？"

唐春花还是笑着说："哈哈，商人，你现在真成商人了。"

黄安安说："你不是？"

唐春花说："有些话就要往明里说，有些话就要掖着藏着。我的脑子又不笨，你也不用再指教了。"

黄安安又大步跨出门说："你上午，我下午。下午两点，我准时来接班。"

唐春花说："各家各户的货款，还是你过去当面结清。可别让哑巴染手啊！"

黄安安说："明白明白。啊，这不就是一对商人嘛！"

唐春花说："可我们绝不欺骗顾客。"

02

下午两点钟，黄安安准时来到凉皮店，却发现又忘了一件事，店里没有黄安安能穿的白大褂和白帽子。黄安安说，他以前也临时顶过班，不是还有一件白大褂吗？这半天时间就先应付一下吧。唐春花说，那件白大褂太不合身了，穿在黄安安身上实在难看。以后黄安安每天都上班，就必须从镇上买一身新的回来。

黄安安先去了郭石头的超市，郭石头说，他一个小超市，东西哪能那么全。黄安安说，把他的！这怎么就还是没有想周到。好在天已经渐渐转凉，凉食的小吃销售也在渐渐转少，下午不用再送货，黄安安就把他的三轮摩托骑过来了。

黄安安骑着摩托来到镇上，找了几家超市和商店，也没有厨师穿戴的服装和帽子。他询问行人到哪里找。有人就指着远处的一家花圈店说，花圈店都带着寿衣和孝子穿戴的孝帽和孝服，如果黄安安有急用，那里都是些白帽白衣服。黄安安差点没气个半死，好不容易又找到一个缝纫铺，在缝纫铺定做了厨师穿戴的白服饰。

这要过一天才能取，黄安安仍然是空手而归。

黄安安还没有进店门，忽然看见贺双栓又站在门外边。

黄安安说："我正要去县城找你呢，你倒自己送上门了！"

贺双栓说："黄伯……"

黄安安说："黄伯不是你叫的！我告诉你，以后我天天就在这儿站着，你如果敢踏进凉皮店门，就别怪我对你不客气！"

贺双栓说："那我来给你们道歉行不行？都怪我一时糊涂，就把你们举报了。"

黄安安说："那是你一时糊涂吗？你先是敲诈了仙草家那么多钱，后来又跑到这里耍赖皮，这都是一时糊涂，这都要怎么道歉呢？"

贺双栓说："我以前就一直是个糊涂人，我为我以前的所有事情道歉行不行？"

黄安安说："这话你对仙草说，和我就没有关系了。"

唐仙草在里边说："黄伯，你让他滚！滚得越远越好！"

贺双栓苦着脸说："您听听，仙草不让我进门呀。"

黄安安说："哎，今天倒学乖了。你那天赖在店里赶都赶不走，今天就站在门外再不进去了？"

贺双栓说："从今天开始，我保证要听仙草的话。仙草不让我进去，我绝不进去。黄伯，我也不会影响你们的生意。"

黄安安说："那天把你赶出门的黄兴运，他可是把我也叫爷爷呢。我这一个电话，他就会开车又来了。你怎么总是记不住事，一点都不接受教训呢？"

贺双栓说："接受接受，我彻底接受，我就是为接受教训来的呢。"

黄安安说："行！那你想站就站在这里。有一条我可要提前告诉你，影响了我们的生意，那我不只是有黄兴运，派出所也会为我们主持正义的！"

贺双栓点点头，习惯性地想拽拽领带，可是他今天完全换了装束，既没有扎领带，也没有穿白衬衣，上身里边是一件灰色的圆领T恤衫，外边则是一件黑色的皮夹克。那双明光锃亮的尖头皮鞋，也被白色的旅游鞋代替了。

黄安安走进店门，先给唐春花汇报说，厨师的衣帽都需要定做，最快明天才能取回来。唐春花说，那就再买一身保安服，门口以后也不能离人呢！黄安安知道这是说给外边的贺双栓听，只能很无奈地笑了笑。唐仙草把黄安安拉进里屋，让黄安安现在就给黄兴运打电话。黄安安压低声音说，黄兴运也是个小混混，如果在这儿闹出人命，那就把娄子捅大了！唐仙草让黄安安再找八婶，他们都是有权有势的人，总有办法把贺双栓轰走的。黄安安一声长叹说，那天黄兴运已经把他笑臭了，这怎么还敢把八婶他们扯出来。唐仙草这就又发傻发呆地说，看来她在凉皮店真的待不下去了。黄安安慰唐仙草说，贺双栓说他只会站在门外边，门外就是公共场所，没办法赶他走，更不能打他骂他呀。

唐春花在外屋指桑骂槐说:"快收拾东西！该下班还是要下班，该滚蛋还是要滚蛋！"

日近黄昏，凉皮店的客人已经渐渐稀少下来，这就真是应该收拾东西了。唐仙草提起一桶泔水，本来是想自己提出门，看见贺双栓仍然没有走，又把泔水桶放在地上。黄安安只得自己把泔水桶提了出来。

贺双栓连忙上前说:"黄伯，我来吧。"

黄安安说:"你给我走开比什么都好！"

贺双栓还是抢过泔水桶说:"黄伯，这泔水往哪里倒呢？"

自从哑巴把猪换成羊，凉皮店的泔水再也没人要了。现在环境卫生又抓得非常紧，倒在屋后的野地里都要罚款呢。黄安安就指着远处的高家村说，村委会的东边有个垃圾箱，那你就倒掉后赶紧回去。贺双栓说声好嘞，就非常吃力地提着泔水桶跑了过去。大半桶泔水，跑起来就飞溅起来，贺双栓也不管不顾，两条裤腿都溅上许多油点子。

唐仙草这才走出来说:"你怎么就让他干活了？"

黄安安说:"他把咱们举报了，也许就是要以实际行动道歉。不给他找一个机会，说不定明天他还会来。"

唐春花也走出屋子说:"我总觉得哪儿不对劲，那一天贺双栓前脚走，黄兴运马上就开车跟上去。莫不是他们演的苦肉计，原来都是一伙的？"

黄安安说:"这……这不可能吧？"

贺双栓提着空桶又跑回来，唐春花和唐仙草都没有再躲避，反正已经下班了，看他还能怎么闹。贺双栓把空桶仍然放在门外边，看见门口又放了一个垃圾袋，先把垃圾袋装进车的后备厢，又恭恭敬敬地走过来，深深鞠了一躬说:"黄伯，阿姨，仙草，祝你们晚安！"然后就缓缓地把车开走了。

唐仙草惊愣地说："他把废纸袋带走干啥？"

黄安安说："是不是又想找什么证据举报咱们呢？"

唐春花提起那个泔水桶走进屋子说："咱们用的食油和调料都是正经的产品，在哪儿都能经得起检验，这还用害怕他！他如果愿意拿，我们每天都给他留着。"

唐仙草说："姑呀，你还盼望他再来吗？"

黄安安说："你姑说笑呢，这话都不懂？"

唐春花却一边数落着他们发什么愣，一边把屋里的空箩筐往三轮摩托上装。黄安安知道唐春花回去还要给萍萍和山山做饭，就让唐春花和唐仙草赶快走，店里的东西就由他来收拾。唐春花叮咛黄安安把各种电器再检查一遍，就和唐仙草回出租屋了。

03

贺双栓如同埋藏在凉皮店的一颗隐形炸弹，唐春花和唐仙草惴惴不安，黄安安也为凉皮店担心。

第二天早上，黄安安就想赶紧过来，没有他守在店里，他对谁都不放心。所以，哑巴骑着三轮摩托在前边过来，黄安安也照样一路小跑地到了凉皮店。唐春花看见黄安安气喘吁吁的样子，无奈地说，本来还安排好要轮换休息，现在倒好，把三个人都牢牢地捆住了。唐仙草知道这都是由她引起的，委屈得又是眼泪哗哗的。黄安安说，世上的路，就是直一段弯一段，把弯路走完又直了。不怕！贺双栓每天开车几十里，咱们还不用跑路呢。他不来好，来了也权当锻炼咱们的本事呢。

卸完了三轮车上的东西，黄安安就给镇上那家缝纫店打电话，问他们能不能取衣服？缝纫店的人说，昨天夜里就赶制好了。黄安安让哑巴和他先到镇上走一趟，哑巴却是犹豫不决，好像是说，以前没有确定让他再去镇上吧？

黄安安跳上摩托车，自己就赶到镇上先把工作衣取回来。哑巴在女人面前永远不会讨价还价，黄安安从镇上回来后，发现哑巴也在店里忙活着。黄安安穿上工作服，戴上白帽子，问唐春花这样的打扮合格不合格？

唐春花似乎又烦躁地说："缝纫铺做的能不合适？你就赶紧回去吧！"

黄安安说："把他的。贺双栓如果再过来，你们能应付？"

唐春花说："贺双栓也不会来得多早，上午不会有什么事情。"

黄安安喊过唐仙草说："你想想，贺双栓昨天是几点过来的？"

唐仙草仰头想想说："昨天你两点多去的镇上，然后他很快就来了。"

黄安安说："明白了！"

由哑巴骑的三轮摩托车，返回村里时，后座上还要装上空箩筐，黄安安这就没有地方坐。但是黄安安觉得，哑巴再送第二趟货，中间还要相隔三四个小时，所以他就比画着和哑巴说，让他自己把摩托车先骑回去，等哑巴步行过去后，他再把车子交给哑巴。可是哑巴就是那么个死心眼，也给黄安安比画说，他抽出这个空，还要把他的奶羊放一放。唐仙草出来调和说，后座和开车人之间也能站个人，问黄伯为什么来回都要跟着摩托跑？黄安安说，本来就是一辆旧摩托，他一直担心上坡下坡难刹车，如果载重两个人，弄出危险就不得了。

哑巴已经把摩托骑走了。昨天晚上，刘全德就拿来了那个提醒牌，现在，那个写着"对不起，请尊重聋哑人"的提醒牌就挂在摩托车的后座上。唐仙草看着那样的牌子，也由不得笑了说："黄伯还真是不敢站在车中间，出了事，你就得负全责！"

04

黄安安去各家各户付清货款，再回到家里时，发现刘宏声又在他的门前转圈子。

黄安安开玩笑说，黄刘村早就是路不拾遗，而他黄安安家也应该是夜不闭户了。尤其是大白天，他家的大门永远敞开着，刘书记来了，怎么还不敢进院子？刘宏声让黄安安少耍贫嘴，他说是满地的花椒都红了，村民们也会纷纷回来，采摘和晾晒，联系陈艳红收购，这都要通盘考虑呢。黄安安说，那是一把手考虑的问题，凉皮店仍然弄得他焦头烂额，其他事情他不想管，这几天就更没有心思了。

刘宏声说："春花的身体还是不行？"

黄安安说："又出了个么蛾子。"

刘宏声说："咋回事？"

黄安安把唐仙草当初订婚的来龙去脉告诉刘宏声，询问对贺双栓这样的死狗烂娃怎么办？刘宏声早就听烦了，他说黄刘村的事情已经操心不完，唐仙草说到底只是来黄刘村打工的人，他哪还有时间再去过问。黄安安说，现在这社会，到处都是你中有我，我中有你，怎么还能分得那么清。刘宏声说，别在这儿给他上课，他懂得的事情比黄安安多得多！

黄安安赶紧缓和了口气说："哎哎，刘书记，那你帮我分析一下，大明哥的那个孙子黄兴运，会不会又和贺双栓一起联手了？"

刘宏声说："我也听说过那个兔崽子，学不好好上，当兵也不当，虽然把黄大明全家都搞得很头疼，但是也没听说惹出过什么祸。"

黄安安说:"那你的意思,就是再观察观察?"

刘宏声说:"这样的事情别问我!哎,老黄,你也不能再去打扰八婶和大明他们。"

黄安安说,仙草可是个女孩子,如果把仙草也气走,凉皮店可就要关门呢。刘宏声似乎就等着这句话,立即就质问黄安安,樊明贞、刘全德,谁都可以在凉皮店顶半天,为什么黄安安从来没有考虑过他们呢?黄安安这才知道刘宏声找他的真正来意,但是又不能把他和唐春花的心病说出去,这就连忙打着哈哈说,崔会平打电话叫他赶紧回去,端尿拉屎吃饭,哪一样都要他伺候。

刘宏声本来就是受人之托,看见黄安安刻意地打岔和回避,也就无声地离开了。

黄安安已经跑进院子,悄悄回头看着刘宏声离去的背影,又在心里告诫自己,凉皮店即使有再大的困难,再大的危机,以后也不能告诉刘宏声。来自外部的危机容易解决,如果有了窝里斗,那就结下死仇了。

05

下午一点钟,黄安安就提前去了凉皮店。

黄安安问贺双栓来过没有,唐春花说,这半天还算安宁呢。唐仙草却看看时间说,那东西一直很准点,说不定已经在路上呢。黄安安说,贺双栓完全是冲着唐仙草,那么今天就做出改变,唐春花主厨料理的位置不变,他自己就代替仙草当服务员。店里没有了唐仙草,贺双栓还能总是站在外边吗?

唐春花这就打发仙草说:"那么仙草先回去,行不行都要试一试。"

唐仙草说："这本来是为了替换我姑，怎么就让我休息了？"

黄安安说："废话少说！小心贺双栓把你堵在这里了。"

唐仙草这才忧心忡忡地离开了。

下午两点过五分，贺双栓真是按时而来。他今天的穿着打扮一点都没有改变，头发都没有再梳理，似乎一切都要给人留下自然而然的印象。贺双栓先探进头看了看里边，发现店里有顾客，就还是老实地站在门外边。

黄安安出来说："来了？"

贺双栓微笑说："黄伯好。"

黄安安说："仙草已经离开店里了。"

贺双栓说："那就让我进去当你们的服务员。黄伯，别担心，你们不用付工钱。我甚至都不在你们店里吃一碗饭。"

黄安安这就更摸不着头脑说："那你到底想干啥呢？"

贺双栓说："学手艺。当然，也是为了改变仙草的态度。"

黄安安说："学手艺也用不着把我们的垃圾袋子带回去研究吧？"

贺双栓窘迫地笑着说，他昨天带走垃圾袋，就是不想去高家村的垃圾箱再跑一趟。看见他们要关门，跑来跑去也是害怕耽误他们的时间呢。把垃圾袋装进后备厢，还是扔进半路上的垃圾筒里了。这就把黄安安也逗笑了。可是能不能让贺双栓进店里，黄安安可不敢自作主张。他想进去征求唐春花的意见，看见这时候客人多，也就把贺双栓晾在外边不理了。

贺双栓现在确实很奇怪，没有人让他进来，他就一直站在门外。公路那边来了客人，贺双栓就热情地迎过去说，里边请，里边请。有顾客从里边出来，他又会礼貌地送走说，欢迎再来！欢迎再来！黄安安在里边悄悄对唐春花说，这家伙都快变成咱们的保安和门迎了。唐春花还是一撇嘴说，装吧！看他还能装出什么花样呢？

黄安安终于过意不去，拿出一把凳子放在门外边。几个小时一直站着，贺双栓也确实有点累，他不但坐在凳子上，而且还抽出一支烟点燃。黄安安看他那可怜的样子，禁不住就呵呵笑了一声，贺双栓却以为是笑话他抽烟，马上就把烟头掐灭了。

黄安安说："小伙子，像你这样整天吊儿郎当的，这以后可怎么生活呢？"

贺双栓说："黄伯，我确实要开始学手艺，学本事，不敢再像以前那样胡混了。"

黄安安说："像你在这儿一站就是老半天，还不是混日子？"

贺双栓说："我还要取得仙草的原谅，要学本事先做人。"

唐春花在里边喊："进来收拾东西吧！"

店里渐渐消停下来，今天的生意也进入尾声。

黄安安走进去，贺双栓还在那儿愣着，黄安安给贺双栓使了个眼色，贺双栓指指自己说："也叫我？"黄安安没有再说话，贺双栓也就跟进去了。黄安安在前边抹桌子擦凳子，贺双栓就跟在后边把凳子摞在桌子上，然后又拿起拖把里里外外把地拖一遍。

唐春花一直没有和贺双栓说话，但贺双栓一下子长了眼色，唐春花把剩下的凉皮饸饹装进盆子里，贺双栓就加上盖子放进了冰柜。唐春花把几块抹布扔在水池中，贺双栓就挽起袖子再拿起清洁剂。今天倒泔水、扔垃圾，贺双栓也不用别人再提醒，他一只手提着泔水桶，一只手提着垃圾袋，从高家村那边过来后，仍然是深深鞠躬说："黄伯，姑姑，那我就回去了。"然后就开车缓缓离去。

黄安安对唐春花说："听听，昨天是阿姨，今天就叫姑姑了。"

唐春花说："那咱明天就不管他了，看他还能装几天。"

06

唐春花回到出租屋，唐仙草已经和萍萍、山山吃了饭，唐春花一下子栽倒在床上说："哎呀我这老腰啊，都差点走不回来了。"萍萍和山山闻声跑进屋子，就争着抢着要给奶奶捶腰。唐春花又推开两个孩子说，你们赶紧写作业去！山山说他的作业已经写完了。唐春花不相信，让萍萍检查山山的作业。萍萍说，她的作业都没有写完，哪有时间检查别人的作业。山山说，关心照顾奶奶最要紧。唐春花知道山山这是为贪玩找借口，这就赶紧坐起来，回到家也不敢躺下休息一会儿。

唐仙草顾不得询问贺双栓今天来没来，先给唐春花端来一盘饺子说，她待在家里闲得没事，就去镇上买了几斤肉，回来给全家包饺子。大肉拌大葱馅的饺子，好长时间都没有吃过一顿正经饭了。唐春花这才打起精神说，整天就是凉皮稀饭，她都快把饺子的味道忘记了。唐仙草再端来一碗蛋花汤，唐春花又是一口气喝完。

唐春花放下饭碗说："仙草啊，姑姑如果想雇一个保姆，还是要雇像你这样的。"这就把仙草吓得不轻，她接过饭碗问姑姑，这么说贺双栓不但今天又来了，而且以后还要天天来？唐春花立即后悔地说，她在路上一直想，晚上绝不提那个东西，这怎么说着说着又把话题转到那个东西的身上了？

唐仙草说："他今天来是什么样子？"

唐春花说："开始还是老一套，都是你黄伯心太软，后来给他端了个凳子，他就一步一步走进店里了。"

唐仙草说："我黄伯也真是的！明知他是那号货，怎么就能让他蹬着鼻子上脸呢！"

唐春花说："你黄伯爱惹事,那就好好地治治他。明天就还是老样子,上午你在店里,下午让你黄伯顶替你。萍萍和山山,两顿都是热乎饭,我也省得两头操心了。"

唐仙草说："那最劳累的就是姑姑一人了。"

唐春花说："不花钱来了个义务保安,我看他贺双栓还能拖几天!"

唐仙草想,只要不闹事,这样的日子也好玩。她给唐春花打来了洗脚水,又过去陪山山写作业。山山问唐仙草为啥就不上班了。唐仙草说,她身体不舒服,以后每天就歇半天。山山把书本一扔说,奶奶比你累得多,奶奶的身体就舒服吗?

唐仙草就再也不敢说话了。

07

又是第二天下午,黄安安也是提前进店,看见唐仙草仍然像无事人一样,收拾着桌子,招呼着顾客。黄安安这就提醒说,该来的人又要来了,该走的人也赶紧离开。唐仙草不但没有惊慌失措地走出门,而且走进了操作柜台。

唐春花说："仙草你啥意思?"

唐仙草说："从今天开始,你就和黄伯开始轮换,你这儿就是黄伯顶替了!"

唐春花说："那你呢?"

唐仙草说："我年轻,我腿脚利索,当然还是干抹桌子端碟子那些个零碎事。"

唐春花说："你以为那个货今天不来了?"

唐仙草说："他来也好,不来也好,都和我没有关系了。"

黄安安说:"对对对,人都是累倒的,没有吓倒的,这躲来躲去倒是咱们害怕了。"

唐春花还是担心得没有动,唐仙草就把唐春花推出操作台。黄安安也穿好了白大褂,戴上了白色的高顶帽,眼看着唐春花走出店门后,这才走进操作台站定了。

贺双栓还是如期而至,不过,他今天也换了装束,一进门就穿好了白大褂,戴好了白帽子。贺双栓不再是在门外坚守,而是落落大方地进到店里。"黄伯好!仙草好!"贺双栓稍有矜持地和黄安安、唐仙草打过招呼后,就颇有眼色地开始干活,顾客吃完饭离开了,他总是抢先一步撤下留在桌子上的碗盘汤勺和筷子,然后又拿起抹布擦桌子。

每当唐仙草和贺双栓相撞,唐仙草就敏感地退后一步。渐渐地,唐仙草就几乎插不上手了。唐仙草不理睬贺双栓,贺双栓也不主动和唐仙草说话。

这就把唐仙草弄得很尴尬,一副无所适从的样子。唐仙草担心顾客看出笑话,这就经常和贺双栓进行拉锯战,贺双栓收拾里屋的卫生,唐仙草就走到外屋来。贺双栓来到外屋,唐仙草就又到里屋去。

在店里没有顾客的时候,唐仙草就走出店门向远处瞭望。贺双栓也是不和唐仙草凑到一起,他就站在黄安安面前,仔细打量着各种调料盆,似乎还在琢磨着调料的配方。

黄安安知道自己目前还不能当和事佬,彼此都忙着时,他可以不说话,但是现在贺双栓就和他对面站着,他就实在装不过去了。也是黄安安烟瘾犯了,这就掏出一支烟递给贺双栓说:"想不想来一支?"

贺双栓立即摆手说:"黄伯,我今天踏进了店里的门,就决定再不抽烟了。另外我还想劝黄伯,起码在店里,你就千万不能抽烟呢!"

黄安安赶紧把烟盒装进衣兜说:"你这个提醒好。黄伯保证接受你的建议！"

唐仙草终于忍不住，在门外说："你们谁真的犯了瘾，那就在外边抽一支。"

贺双栓非常和气地说："仙草，我真是下决心开始戒烟了。"

黄安安哈哈笑了说："黄伯戒不了，但是在店里坚决不能抽。"

贺双栓说："这会店里没顾客，那您就出去抽一支。"

黄安安说："不了不了。这会有空，那你就给大伯交个底，在这里还要待多少天呢？"

贺双栓说："我真说不准。"

唐仙草冲进门说："那你到底是干啥来了？"

贺双栓说："我昨天已经给黄伯和姑姑说了，我真要学手艺。可是这里边的门道看不会，就必须有人好好教，等我哪天把全部的技术都掌握了，我肯定要离开这里呢。"

唐仙草说："你是也想在什么地方开凉皮店吗？"

贺双栓说："是的。有了自己的店，我也就安静下来了。"

黄安安害怕他们又掐起来，连忙就插科打诨说："小贺啊，那你就可能要给你唐阿姨交拜师费呢。"

贺双栓说："我们老板说了，如果另一家凉皮店开起来，就是这边的连锁店，不但每年都要给总店交纳管理费，而且有些东西也是从这儿进货呢。"

黄安安兴奋地说："啊，原来你是想弄一件大事情。"

唐仙草说："你别听他吹！"

这样的话题说到半截，店里又走进几个顾客，有顾客在场，唐仙草又站在门外边了。黄安安和贺双栓也开始忙活起来。

277

贺双栓送出这一批顾客，又和唐仙草搭讪说："仙草，服务员两个人确实有点多。那么从明天起，咱们两个人也进行轮换，上午是你的班，下午你就可以休息。"

这句话就好像打动了唐仙草，她没有再做任何反击，也落落大方地走进门，提起热水瓶，先给黄安安的杯子添了水，然后又走到贺双栓面前问，你的杯子呢？贺双栓说他的杯子在车里。

唐仙草说："把自己的杯子都放在车里，谁还敢相信这是要坚持学艺呢？"

贺双栓说："我害怕黄伯说我是穷扎势，就不敢把杯子带过来。"

黄安安正好推波助澜说："赶快拿进来，这可都渴了半天了。"

秋分

静夜小院出奇闻

01

贺双栓确实在"二宝凉皮店"坚持下来了。

开始几天,上午是唐春花和唐仙草合伙当班,下午就换成了黄安安和贺双栓。后来,黄安安见贺双栓一闲下来,就站在调料台外边问长问短,这就觉得把贺双栓委屈了。黄安安告诉贺双栓,那么一大堆调料盆,其实都是唐春花提前配好了各种各样的调料,关于配方,只有唐春花一个人知道。他自己仅仅是按照顾客的口味轻重,把调料浇在凉皮,或者饸饹,或者凉粉的碗里。

贺双栓为难地说:"那就只有我和姑姑一起搭班,可是这话我不好说呀。"

黄安安一笑说:"双栓,姑姑你也叫早了。"

贺双栓说:"仙草叫姑呢,我怎么不能叫?"

黄安安说:"刚刚聪明了几天,这又犯糊涂!不错,你和仙草以前确实订过婚,可那不是像一阵风似的吹跑了吗?所以,如果你想重搭台子另敲鼓，一切就都要从头来。先和仙草是同事，接着慢慢交朋友，到最后如果情投意合，那才是改口的事情呢！"

贺双栓说："原来还有这么多讲究。"

黄安安说："要不然，连我都感觉到，你还是有点赖的意思。"

贺双栓说："好！一切都听黄伯的安排。"

这天黄昏下班后，黄安安就变成说客了。他走进唐春花居住的出租屋，先在门缝里朝院子里看，院子里放着一张小圆桌，圆桌上放着六盘子热凉菜，唐春花、唐仙草和萍萍、山山都围着小圆桌，每个人面前还放着一杯饮料。

黄宝山说："奶奶，今天你怎么搞了这么多菜？这几天就好像天天过年哩。"

唐春花说："多吃菜，少说话！"

黄宝萍说："仙草姑姑，你怎么和我奶奶同时休息了？"

唐仙草说："你黄爷爷有办法，村里给店里又派了人。"

在外边偷听的黄安安这就推门进来了。萍萍和山山看见黄安安，同时迎过来说，感谢黄爷爷的英明领导，这几天他们天天吃变饭，每天都像是过年呢。黄安安抚摸着两个孩子的头说，变饭还可以天天吃，只是又要把奶奶和表姑重新分开来。山山问为什么。黄安安说工作需要嘛。萍萍问那是谁下午休息。黄安安说你仙草姑。萍萍和山山立即就把小脸绷紧了。

唐仙草不知其意，只是窘迫地问孩子："我做的饭哪点不好？今天这热菜就是我炒的，你们就这样埋汰表姑啊？"

唐春花说："仙草，快给你黄伯拿筷子，怎么就和娃上计较？"

黄安安说："不坐，我就不扫你们的兴了。"

唐春花说："那你究竟有什么事？"

黄安安说："我来只是告诉你，明天上午，我和仙草合伙上班，明天下午，你……你还是和我合伙上班。"

黄安安说完就转身离去，这就把唐春花和唐仙草都听得云遮雾罩的。唐仙草没有弄明白，唐春花就追出门，把黄安安扯到一边说，这到底咋回事，怎么说变就变了。黄安安直言不讳说，人家小伙是来学手艺，如果唐春花不去教，跟着他黄安安就是浪费时间。唐春花问，这是不是黄安安帮助贺双栓来求情。黄安安说，贺双栓现在确实很老实，一直把店里收拾得干干净净的。那就谁也不要计前嫌，教会他手艺再看他的后续表现吧。

唐春花说："那么贺双栓说的他的老板又是谁？"

黄安安说："不管是真的还是假的，他义务给咱们干活，咱们传授几个配方，这还能吃多大的亏？"

唐春花说："只要把贺双栓和仙草错开，一切都好办。"

黄安安说："那你明天早上就多睡一会儿。瞧瞧你这脸色，这几天都好像年轻了好几岁，脸蛋都是红嘟嘟的。"

唐春花说："骚情话少说！"

黄安安说："真的么，不信你去照照镜子。"

唐春花说："明天早上，你也不要急着过来，等哑巴收完货，你先去把货款付了。我让仙草起来早一点，哑巴和仙草卸货，两个人也够了。刚开门，人不多，别把你赶得气喘吁吁的，唉，咱们都要记得自己的年纪呢。"

02

这是一个秋雨初晴的周末，几天的连阴雨，把公路两边的树木也打落下一地的暗黄色。夕阳西下的霞云，又驱散了多日的寒意。每到下雨天，也是凉皮店生意比较清淡的时候，可是现在，黄安安、唐春花、唐仙草都

281

露出了难得一见的笑容。

今天下午，躲藏在贺双栓身后的人物终于出现了。

黄兴运已经剪掉了一直甩在头顶的小辫子，但是又把头顶的那一片头发剃成心形的图案。黄兴运和贺双栓都没有再开小轿车，而是共同从一辆面包车上走下来。

事先，黄安安、唐春花和唐仙草都知道了黄兴运和贺双栓神秘的约定：再不能整天混日子，也不依靠任何人，就先从小生意上起步，然后再慢慢干成一番事业。他们的认识就是在凉皮店黄兴运用桌子把贺双栓顶翻在地开始，这就不打不相识，由仇人变成朋友了。

那一天，贺双栓开车灰溜溜逃走，黄兴运又开车一路猛追。其实黄兴运知道自己年纪小，害怕贺双栓再搬来救兵找他算账，所以就心想再追一段路，把贺双栓彻底震慑住就行了。没想到贺双栓把车停在路边，跳下车就在路边呕吐起来。

黄兴运也停下车，摇下车窗说："一个大男人，你总不是妊娠反应吧？"贺双栓回头说："吃多了。我是吃多了。"黄兴运觉得十分可笑，这就想弄清个究竟，这就也下了车。一阵交谈，黄兴运就知道了贺双栓那一段非常荒唐的行径。贺双栓说他真是喜欢唐仙草，本来是想用谎言先把生米做成熟饭，没想到唐仙草那么固执，一听说开房，就坚决不去。不但没有把唐仙草睡成，反而一回家，唐仙草就坚决把他们的婚事退了。贺双栓不死心，然后又好不容易打听到唐仙草的下落，又改用死缠烂打法，表示自己绝不放手的决心和诚意。在凉皮店，唐仙草不理他，他就说他是来吃饭的。吃过一碗坐下来，唐仙草又过来赶他走，贺双栓掏出钱往桌子上一扔说，你总不能把食客赶走吧？所以，当黄兴运和黄安安进门时，贺双栓已经吃掉五碗凉皮和三碗稀饭了。加上刚才黄兴运又用桌子顶住了他的肚子，他爬起来就赶紧上车,并不是对黄兴运有多怕,而是肠胃里已经翻江倒海了。

这样,贺双栓和黄兴运就很快心平气和,贺双栓追求自己的爱情,黄兴运也是一时逞能,说到底都是狭路相逢惹出的是非。既然不再记什么仇,那么黄兴运就要补偿贺双栓的损失。黄兴运把贺双栓请到他二爷黄二明的饭店,先给他二爷把车交了。黄二明的车平时都是自己开,因为那两天要接送黄安安,黄二明就觉得不能太低下,这才让黄兴运开了几天车。

黄兴运交过车回来,就把贺双栓带进一个小包间。黄兴运问贺双栓爱吃什么菜。贺双栓却发呆地看着黄兴运半天不说话。黄兴运问他又在想什么。贺双栓说,这是吓死人不偿命啊!他刚才以为黄兴运开着那么豪华的车,不是红道就是黑道,那肯定就是不敢招惹的人啊!却原来这就是一场虚惊,黄兴运也是耍他二爷的威风啊。黄兴运说,狐狸站在老虎的前边,有时候真能吓倒一大片。包括他自己的衣着和头型,同样是为了给自己壮胆。贺双栓见黄兴运如此坦诚,也对黄兴运老实地说,实际上他父亲已经接近破产,之所以还能硬撑着,就是拆了东墙补西墙,实际上所有家当全是贷款,几千万元的贷款,到他孙子那一代也还不完。黄兴运说,那贺双栓开的车,也属于银行的车吧?贺双栓说,他家的东西没有一件属于自己的。两个人说着说着,就说到联合做什么生意,由于他们都是从"二宝凉皮店"刚刚出来,最后就确定开分店。做小吃的生意比较容易,一切的经验和材料都可以在"二宝凉皮店"照搬照抄。黄兴运和贺双栓又进行了分工,由黄兴运负责租赁地方,贺双栓过去学手艺,在凉皮分店开张之前,必须严守开店的秘密。

今天,"二宝凉皮店——贺家镇分店"所有的东西已经全部到位,包括黄兴运开来的那辆面包车上,也喷上了"二宝凉皮店"的广告用语,上边一行大字是"二宝凉皮店",下边一行小字是"吃一碗二宝美食,享一生难忘口福"。在昨天下午，黄兴运和贺双栓终于把这个谜底揭开时，黄安安就问他们为啥要把分店开在贺家镇？黄兴运说，这同样是照葫芦画瓢嘛。城里的门面房租金太贵，那样就加大了成本，如果和"总店"的价格不一样，就显得没有统一性了。再说，贺双栓就是贺家镇人，周围的亲戚朋友多，无论是雇佣服务员，还是照料店里的生意，就都是近水楼台了。

　　唐春花的娘家就在贺家镇的唐堡子村，这两天，唐仙草再也没有休息过，贺双栓一到，他还是叫黄伯，叫唐阿姨，这就把唐春花和唐仙草都搞得很失落。唐仙草就使着性子试探说："哎，贺双栓，你怎么学了本事就把师傅忘了？"贺双栓一愣问此话从何说起呢？唐仙草说："那你把师傅叫啥呢？"贺双栓说："黄伯让我叫阿姨。"唐仙草就气得转身走了。贺双栓终于明白过来说："仙草，我知道你的意思。你的姑就是我的姑，可是黄伯曾经叮咛我，再不敢急性子。农村有一句话怎么说的——馍馍没蒸熟，不能揭锅呢！"唐仙草说："那现在馍馍熟没熟？"贺双栓说："那就看你是一直守在总店里，还是要去分店里？"

　　唐春花一下子着急了说："双栓，那可不敢！你就看在师傅的面子上，把仙草就给我们再留些日子吧！"

　　黄安安也赶紧插话说："好你个贺双栓，刚刚把本事学到手，这就想挖我们的墙角啊？"

　　贺双栓说："说笑话，说笑话。我以后每天都要从这边拉货，还会害怕仙草跑了？"

03

　　今天下午，黄兴运和贺双栓过来，就是商定从明天早上开始，就要从这边拉货了。这就让黄安安又很发愁，黄刘村就那么几户人，就是让他们起早贪黑加班干，也不能供应两家店吧？唐春花提醒黄安安，这也是贺家镇那边才开张，天渐渐变冷，这边的生意也稍微清淡了一些，那就通知村里人，每家每户多加工点，先把这几天熬过去。

唐仙草说："我已经去贺家镇的店里看过了，那儿可是五间大门面，后边还有大院子，以后的所有加工，都可以自己动手干。不就是在院子盘两个大灶，蒸凉皮，压饸饹，很快就都齐全了。"

黄安安说："把他的！咱们弄了一整，以后那边倒像是总店了。"

黄兴运说："两边都是二宝凉皮店，这边永远是咱们的根呀！"

贺双栓把几盒名片递给唐仙草，唐仙草一溜儿摆在桌子上，一盒一盒打开宣读着：董事长黄安安；总经理唐春花；副董事长兼总策划黄兴运；副总经理兼总调度贺双栓；技术总监唐仙草。

黄安安拿起自己的名片说："这就董事上了，还要带上长？"

黄兴运说："必须的！董事不带长，放屁都不响。"

唐春花说："我还能当什么总经理？你们的名堂就多得很。该有的名分不给我，不该有的名分却偏偏要往我的头上戴！"

唐仙草说："贺双栓，咱姑的话里有话呢，你听出味道了吗？"

贺双栓说："那都是黄总安排的，我只负责印出来。"

黄兴运说："必须的！如果让唐奶奶当技术总监，那就把唐奶奶叫小了。再说，仙草以后也会接唐奶奶的班，没有个技术总监的头衔，说不过去啊！"

从明天开始，黄安安那辆三轮摩托车，也要暂时处于半停顿状态。贺双栓早上把面包车开过来，就直接开进黄刘村，把村民们加工好的东西装上车，也就把这个店的东西顺便带过来了。

285

黄安安激动地说："弄出这么大一件事，是不是现在就去镇上摆一桌，无论如何都该庆贺一下吧？"

黄兴运说："我和贺双栓开店的事情，还没告诉我们家里任何人，所以先不要声张出去，出水再看两腿泥吧！"

黄安安说："那你们那边的房租和家具，可也是一大笔花销呢？"

黄兴运说："我自己从小到大的压岁钱，每年都是一万多，这个账你们就算一算吧。"

黄安安说："我们和大少爷不能比啊！"

04

秋天是凉皮店冷清的季节，黄刘村那边却热闹起来了。

村道上，院子里，到处都是晾晒的花椒。哑巴的花椒树最多，自己摘不完，还让黄安安给他从镇上请来了两个临时工。那两个临时工都是女人，晚上睡觉就成了问题。本来哑巴的家里也是两间卧房，可是哑巴总觉得不方便。

哑巴去找黄安安，要黄安安帮他想主意。

黄安安比画说，那两个女人睡一间，你自己睡一间，这怎么就成问题了？

哑巴比画说，那两个女人都要起夜，把他都打扰得睡不好觉。

黄安安比画说，晚上给她们的屋子放一个尿盆，她们就不用出来了。

哑巴站在那儿，直发愣，直摇头，黄安安就不明白他的意思了。

黄安安这就想到哑巴家里看一看，究竟是哪儿出了问题。孙大脚在村里也有花椒地，这几天她和儿子黄丙成也回来摘花椒。孙大脚和哑巴的家是两邻居，黄安安和哑巴走过来，正好就遇见孙大脚挎着笼要下地去。黄安安就先和孙大脚打招呼说："大脚妹子也回来了？"孙大脚没有和黄安安说话，只是看着哑巴窃窃地笑。

黄安安说："你笑啥呢？"

孙大脚说："那哑巴找你干啥呢？"

黄安安说："他家有两间卧室，一间有大炕，一间有大床，现在就是来了两个人，这怎么就住不下了？"

哑巴听不懂黄安安和孙大脚说什么，就先进了自己的院子。

孙大脚这才告诉黄安安，昨天晚上，她正在院子上茅房，突然就听见那边两个女人的说话声。一个女人说："活活一个大男人，睡觉把自己的门还关得那么紧。"另一个女人说："那你是推他的门了？"那个女人说："反正已经出来了，咱们也正好遇上个哑巴，那我就……不玩白不玩。"另一个女人说："你也太不要脸了吧！这就想主动往男人的怀里扑？"那个女人说："你要脸？你不想男人？自己的男人出去打工，这一走就是多半年，他们不知道在外边都睡了多少个女人，咱们就非得活守寡啊？"另一个女人说："那你就过去再试试，看哑巴会不会给你开门。你把哑巴弄高兴，说不定还会给咱们多开工钱呢。"孙大脚说完又捂着嘴笑起来。

黄安安说："后来呢？"

孙大脚说："后来我就不知道了。"

黄安安走进哑巴的院子，那两个女人已经下地了。黄安安比画着问哑巴，你是不是把那两个女人都睡了？哑巴坚决地摇着头，然后就从那个女人临时住宿的屋子里，拿出一个手电筒，再把黄安安领到自己的卧室门外比画说，那个女人使劲推门推不开，这就用手电筒向里边照。那来回闪动的一道亮光，这就把他吓醒了。吓醒了他也不敢开门，一直就没再合眼睛。

黄安安哈哈大笑着比画说，你他妈真是把男人白当了！

哑巴哭丧着比画说，女人就那么好睡？她们肯定是想骗他的钱呢。

黄安安比画说，你他妈真是铁公鸡！就是花个几百元，也就是买个快乐呀。

哑巴不再比画什么，只是要黄安安拿主意。黄安安摘下哑巴门上的布帘子，把哑巴拉进门，从里边把门再关上时，就把布门帘夹在上边的门缝里。哑巴明白，推门敲门他都听不见，里边挂上布门帘，把手电筒的光也就挡住了。

黄安安要离开，哑巴又把他扯住了。黄安安问哑巴还有什么不放心。哑巴比画说，如果他把两个女人惹得很生气，两个女人会不会把院子的花椒偷跑了？

黄安安真想抽哑巴一耳光，平时这家伙也是善良人，可是一旦遇到钱财上的事情，就变得非常顽固可笑了。可是不交代清楚就不能走，黄安安只好又给哑巴比画说，人家有名有姓有身份证，哪就敢偷走你的烂花椒！

从哑巴家出来，黄安安就去了村委会。

刘宏声正在和陈艳红说话，看见黄安安走进来，陈艳红就掏出一支烟递过来了。陈艳红身边，还坐着她的女助理，这两个女人嘴里都叼着支细烟，陈艳红还跷着个二郎腿。陈艳红已经留起了披肩发，而那个女助理的头发，却短得和男人的寸头一样。面对这两个有点玩世不恭的女人，黄安安不由得想起哑巴和那两个农村女人的事情，这就扑哧笑了一声。

刘宏声说："老黄这是从哪儿带来的高兴呢？"

黄安安说："唉，如今这个世事呀，有人把自己往窝囊里活，有人又活得很洒脱。比如说艳红，就越活越年轻时髦了。"

陈艳红说："哎，黄叔，在两个女人面前，千万不要只夸一个。你瞧，章婷的脸色都快变绿了。"

黄安安连忙说:"别别,我是刚才在哑巴家里遇到个笑话,和你的章助理完全没有关系。章助理啊,那才叫个酷,昨天我一见,马上就把我酷毙了!"

那个章助理没有说话,只是抽着嘴角笑了一下。不知她是在陈艳红面前故作矜持,还是觉得和黄安安没有共同的话题,这就把气氛弄得不热不冷的。

刘宏声瞟了黄安安一眼,似乎也在指责他的多嘴多舌呢。

其实,陈艳红这次回来,一切都不用多费心,花椒才刚刚开始采摘,采摘完晒干后,才能装车上路。现在陈艳红要和刘宏声、黄安安再坐坐,完全是一种形式和客套。陈艳红说,本来她是和章婷想一起请刘书记和黄主任吃顿饭,可是这周围都找不到一个比较像样的酒店。刘宏声说,现在是黄刘村最忙碌的季节,许多村民都从外边赶回来,而且有的家庭还请了雇工,村里人多,就容易出事,吃饭的事情就免了吧。

黄安安在心里不愿意离开,平时村里都见不到一个年轻漂亮的女人,好不容易能和陈艳红、章婷在一起,不吃饭聊聊天也是增长了见识。所以,黄安安就没话找话说:"艳红啊,你们的章助理是哪里人啊?"陈艳红说,章婷是四川本地人,说是跟她过来的助理,实际上也就是章婷的自谦,一个收货方派来的代表,称她是质量监督也不过分。

黄安安这就有了主意说:"那我们就到处走走,看看村民们采摘花椒也是很有意思的。"

陈艳红说:"我就是在这儿把姑娘熬成媳妇的,还能有什么新鲜感?"

章婷终于开口说:"陈姐,故地重游,找一下你的少女情结吧。"

黄安安说:"那不对,那艳红肯定找不到。艳红是从外村嫁过来的,后来又……"

刘宏声害怕黄安安又勾起陈艳红的伤心事，立即打断黄安安的话说："那就一起去转转，让小章也看看我们这个四沟里村。"

黄安安知道自己的身份，这就似乎又成了领路人。

刘宏声一边跟着陈艳红，另一边跟着章婷。有时候陈艳红和章婷的一只胳臂还挽住了刘宏声的胳臂，这就把黄安安的心里弄得很痒痒。心痒痒又不敢回头看，时而就那么偷偷瞄一眼，赶紧就目视前方了。

这几天，从外边回来的村里人，大多数都没有开灶做饭，久未住人的屋子，已经落满了厚厚的灰尘，凑凑合合地住几天，除了把床铺草草地打扫一下，就不再去收拾厨房了。这样，黄庄这边的希贤伯和郑氏婶家，刘庄那边的刘全德和樊明贞家，也都变成了村民和雇工的临时餐馆。樊明贞从郑氏婶这边拿过去几箩筐凉皮，然后顺便也捎过来几盆腊汁肉，打烧饼、熬稀饭、压饸饹的其他几户人，也会把他们做好的小吃送到这两家去。在村里转悠时，黄安安就问陈艳红和章婷是不是也进临时餐馆尝一碗。陈艳红说，上午她和章婷从高家村的出租屋过来时，已经在凉皮店吃饱了肚子，在这儿还能尝个什么新鲜？

从村里出来，黄安安又领着他们沿着东沟岸绕圈子，这就看见了哑巴和他的两个雇工女人。由于只有哑巴在那些沟沟坡坡栽种了花椒树，也只有哑巴自己亲自给雇工做饭。哑巴也是本着先远后近的原则，这就想着先把沟沟坡坡的花椒收回来。这时候，哑巴正在从沟岸走下去，一手提着竹篮子，一手端着一盆烩菜。不知道哑巴发现了什么，突然就脚下一滑，手中的篮子和盆子都扔了出去，要不是他抓住了一把蒿草，自己也就要滚进那一堆花椒树林了。

陈艳红惊叫一声说："哑巴伯这是怎么了？"

刘宏声、章婷和黄安安都不知发生了什么事。

那一片花椒树丛中，一个女人着急地提起裤子说："好你个死哑巴，下来也不喊一声！"

另一个女人竟然哈哈大笑说："他能喊也就不是哑巴了。"

那一个提裤子的女人发现沟岸上有人，又赶紧把身子缩下去了。背身对着沟岸的女人，一边把哑巴扶起来，也一边朝上望着说："你们真是四沟里的，怎么都是少见多怪呢？难道没有见过女人尿尿吗？"哑巴羞耻得不知所措，一头也钻进花椒林。可能是那个女人还没有把裤子系好，哑巴又一下子从花椒林跳了出来。

黄安安冲着下边说："你们说话文明一点儿，没看见还有两个美女吗？"

那个女人说："美女还能把下边长成花？只要是女人，脱了裤子都一样！"

刘宏声训斥黄安安说："赶快离开！别让艳红和小章看笑话。"

章婷却不在乎地说："精辟！她的话堪称民间哲学家。"

毕竟，这样的野外戏，对于刘宏声来说，就有点大煞风景，大伤面子，他已经率先扭头向村里走去了。陈艳红也紧紧跟着刘宏声，作为从黄刘村走出去的女人，她甚至都不敢再笑一声。这样，黄安安和章婷就落在后边，章婷仍然是嘻嘻哈哈地说，两个女人，一个男人，这他们晚上可怎么睡觉呢？黄安安说，哑巴受苦了，哑巴受苦了。章婷说，黄主任这话是什么意思？看起来他们都是老实人，难道还会发生女人强暴男人的事情？黄安安刚刚想说昨天晚上发生在哑巴家的可笑事，刘宏声就回头一吼说："老黄，章婷还是姑娘家，你都忘了你是啥年纪！"

章婷还是自言自语说，哪里都一样，凡是留守在偏僻农村的女人们，都会在精神和肉体上苦苦挣扎。章婷甚至追出几步，又挽住刘宏声的胳臂说，她不想口口声声再叫刘书记，现在，她突然只想把刘宏声称为刘伯伯。

章婷说:"刘伯伯,我是喜欢旅游的人,也经常去一些偏远的农村。所以对刚才的事情已经见怪不怪了。我希望刘伯伯就开明一些,温情一些,尤其是在这个大忙的季节,不管是村上回来的人,还是从各处请来的雇工,都要对他们体贴一些,让他们自由自在地生活吧!"

刘宏声呵呵笑了笑说,他一直很开明,对有些事情也能理解。如果章婷不相信,也可以问问黄主任,黄主任就是他刘宏声开明和理解的受益者。黄安安不明其意地说,这怎么把他又扯进来了?

陈艳红悄悄给黄安安使着眼色说:"你能和我婆婆合伙做生意,并且把萍萍和山山都照顾得那么好,这在黄刘村来说,不就是开明和理解的举措吗?"黄安安在心里吸了一口冷气,就再也不敢刨根问底了。

哑巴气呼呼地从沟底跑上来,手里又提着竹篮和菜盆,可是竹篮和菜盆都是空的,看样子他又得回去重新做饭呢。

黄安安拦住哑巴比画说,希贤伯的临时餐馆里什么饭都有,何必再受那么多麻烦?

哑巴比画说,一盆大烩菜,一篮白馒头,他锅里都是现成的,比临时餐馆的东西都能节省十几块钱呢!

陈艳红也对哑巴比画说:"你自己浪费的时间都是钱啊!"

哑巴恐慌地连连摆着手,陈艳红和章婷都不知道哑巴说的什么话。

黄安安一边比画一边骂哑巴说:"摘一斤旺花椒,付出的工钱就是两块钱。你他妈如果自己也动手摘,每天节省的钱,可能就是五顿饭!"

哑巴比画说,他的饭都是晚上就做好,白天只需要给两个雇工送过去。

黄安安告诉哑巴说,这每天送三次饭,同样耽误的都是时间。

哑巴仍然比画说,他早上和雇工一起出去。也就把全天的饭捂在篮子和盆子里了。只是今天上午,他要找黄安安反映晚上睡觉的情况,这才第一次给两个雇工送饭了。

黄安安忍无可忍地说:"滚滚滚!像你这样混账的东西,以后雇工都难找!"

章婷明白了他们的意思后,也愤愤地说:"怒其不争,哀其不幸啊!"

他们快进村子时,刘宏声又想起一件事情说,靠天吃饭的时代已经过去了。现在也不能靠太阳晒花椒,他想应该按照花椒的亩数或者产量的多少自筹资金,购回几台烘干机。不然如果来个天阴下雨,出现了霉变,耽误了时间,对每个人都是一笔损失。陈艳红说,自筹资金的办法不好,任何从农民身上掏钱的事情都不要做。先由她出资购回两台烘干机,然后根据自觉自愿的原则,谁家愿意用烘干机,就根据市场价按斤收钱。

刘宏声和黄安安都赞成这个办法好。

05

陈艳红和章婷从西安过来时,就租了一辆车。现在,她们开车离开村委会,黄安安也坐进车。陈艳红对黄安安说,她们这就开车进城去,烘干机必须在明天就买回来。黄安安说,那就让陈艳红把他捎到凉皮店,他还要看看那边的生意哩。可是车子从黄安安的门前经过时,崔会平已经坐着轮椅堵在车前边了。

陈艳红摇下车窗说:"婶子好!你这是等谁呢?"

崔会平说:"我只问黄安安死没死?没死就让他滚出来!"

黄安安推开车门说:"你不是中午要睡觉吗?这怎么又出来骂人呢?"

崔会平说:"你想我能睡得着?"

黄安安说:"这……这谁惹你生气了?"

崔会平说:"那么我问你,咱们的花椒啥时候收?你就想让花椒烂在地里沤肥吗?"

黄安安说:"咱们就是那一点,这还用你操心了?"

崔会平说:"羞先人!这真是把先人羞死了!本来就没脸到人前去,你还有脸满村跑?"

陈艳红也赶紧下车安慰说:"婶子,咱们两家,以后就不要指靠花椒地了。花椒每年才收一次,凉皮店天天都在开,这你还操心什么呢?"

崔会平说:"哪怕是地里的一苗谷,是庄稼就得收回来!"

陈艳红说:"婶子说得好!这个周末,我把萍萍和山山都带过来,你就在地头观战吧。"

黄安安这才得到解脱。

车子开到那边的凉皮店,黄安安下了车,陈艳红和章婷直接就进城了。

黄安安走进店里,发现店里也不见唐仙草的人,问唐春花仙草是不是给萍萍和山山做饭去了。唐春花说,自从贺家镇的凉皮店开业后,仙草好像把魂都丢了。今天早上贺双栓开车过来时,唐仙草就也跟过去了。黄安安说,如今这年轻人,怎么都是这样子?唐仙草就是要离开,也得等过这一个时节吧?唐春花说,这也怪不得仙草哩,秋忙时节,店里也没有多少生意,与其让她坐在那儿想心思,还不如把她赶走呢。黄安安说,这几天,村里的东西都供不上从外边回来的村民和雇工吃,他都担心凉皮店早早就卖空了。唐春花说,原来呀,贺双栓和黄兴运把这边的东西往那边拉,现在呀,每天又是从那边往这边送货了。

黄安安说:"把他的!这怎么就把世事颠倒过来了?"

唐春花说:"哎,年轻人如果发起疯,你长着翅膀都追不上。还不等咱们往仔细想,他们已经在那边的院子盘起几口大锅了。"

黄安安说："他们这是想搞叛变吧？"

唐春花说："仙草说，让咱们尽管放宽心，合同的条款都是偏向咱们的。"

黄安安说："你还能净听仙草的？我甚至怀疑，仙草一开始就是卧底！"

唐春花说："我也想通了，年轻人爱折腾，你就让他们折腾去。像咱们这样年纪的人，想折腾都没有那个劲头了。"

黄安安说："我有劲，我有劲。如果你不信，我现在就可以把你背起来跑三圈。"

唐春花说："别耍人来疯。等你把村里收花椒的事情忙完，就赶紧给你把面包车买回来。摩托车顶风漏雨的，我看了都替你难受。"

黄安安忽然跑出去说："摩托哩？我的三轮摩托呢？这几天来回都是坐艳红的车，我这就把我的三轮摩托放在哪里了？"

唐春花故意掏出手机说："让我给会平打电话问问，看看在不在你家院子里。"

黄安安立即又是嬉皮笑脸地说："你是哪壶不开提哪壶，刚才她为摘花椒的事情还发了脾气呢。"

唐春花说："那你也赶紧回去，多陪陪会平比什么都要紧。"

黄安安说："关门，下班，你也回去给萍萍和山山做饭吧。"

唐春花说："这才是半下午，怎么就能关门呢？"

黄安安说："嗨，自从高家镇凉皮店开了门，受可怜的又是萍萍和山山了。"

唐春花说："哎，这几天可是撒了欢了。艳红给他们买了一大堆东西，他们一见那些洋玩意，都盼着不吃我的饭呢。"

凉皮店实在没有什么事可干，黄安安就没有理由再逗留下去。他一步一步地下了沟，心头就掠过一丝不祥的悲凉来。唐仙草在这边已经心不在

295

焉，说不定过几天就会彻底离开。陈艳红的生意越来越大，不用说迟早也会把萍萍和山山带出去。如果是那样，唐春花即使不离开，那又该如何生活下去呢？

寒露

出游偶遇 蹊跷事

01

陈艳红最终也没有把烘干机拉回来。

她还没有找到烘干机的销售处，章婷就提出异议说，必须首先进行市场调查和分析，烘干机少则数千元多则十几万，小型机都是对药材和少量食品的烘干焙干处理，对于黄刘村村民的大量花椒，就很难产生经济效应了。如果购买中型机，虽然可以慢慢收回投资，那么在今年使用结束，又该在何处放置呢？待到来年再使用，就已经生锈成一堆废铁了。如果购买大型机，那么就需要修建固定的厂房，根本就不应该在考虑之列。陈艳红没有面见刘宏声，只是在电话里告知说，刘书记的建议很好，可是目前看有点不切实际，实行起来困难诸多。

此事也就不了了之了。

可是村民比谁都着急，尤其是那些急于外出继续打工的人家，他们仍然是土法上马，砍来柴火把炕烧热，担心土炕影响了成色，还纷纷把热炕打扫干净。实际上村里的土炕已经很少，更多的人家是点燃了蜂窝煤炉子，然后把屋子适当封闭，用屋子的热度把花椒烘干。

刘宏声又找来黄安安说："陈艳红一向办事利索，这次怎么把我的话就直接顶回来？"

黄安安说："我们经常见毛头小伙，可是从未见毛头姑娘。别看章婷打扮得男不男女不女，确实是一个不好惹的角色呢。"

刘宏声说："我打听过小型烘干机的价格，每台也不过两三千元，如果买回四五台，起码也比热炕和火炉子强得多吧？"

黄安安说："这就是无商不奸的道理。她们不但想收回成本，而且想用烘干机继续赚钱，一想到烘干机用完就要封存，封存又有那么多麻烦，这就一分钱都不想花了。"

刘宏声说："说到底也有村民自己的问题，你想想上次陈艳红来收花椒，差点都要去县政府上访闹事，谁想起来都觉得后怕啊。"

黄安安说："可是现在大家已经尝到了甜头，烘干机还能闹出什么事？"

刘宏声说："谁先谁后？谁多谁少？烘干机的收费如何确定？这些事情，哪一样都会惹出纠纷，哪一样都难得意见统一呢。"

黄安安说："把他的！这就把危机转嫁给咱们了。"

刘宏声说："现在陈艳红就是抱的不哭的娃，你们把花椒晒干了，我就按等级收购走。你们把花椒放烂了，和我也没有一毛钱的关系。你们拖的时间太长，耽误的都是你们的工夫，她和章婷游山玩水，慢慢等待就行了。何况她们还有另外的生意，不会在乎你这么一个四沟里的黄刘村吧？"

黄安安说："嗨，皇上不急太监急。咱们俩又不是太监，那就该干啥干啥吧！"

刘宏声说："那不行。如果出了别的事，那咱们俩还是脱不了干系。你是分管治安的副主任，这几天可要格外在心，村里还留下一些雇工，那些个蜂窝煤炉子也容易煤气中毒呢。别说闹出人命，就是把一个人送进医院，那样的花销，那样的影响谁都受不了！"

黄安安哈哈一笑说："刘书记，你又把我当瓜厎哄。我不瓜，心里明得和镜儿似的。一到关键时候，你就把什么分工抬出来，就好像我永远是一个替你挡子弹的憨憨货。我还是把黄庄这边的事情管好，至于刘庄那边的治安，你就别当甩手掌柜了！"

刘宏声嘻嘻笑了一声，嘴里嘟囔着"这个货"，就向刘庄那边走去了。

02

老天爷这些日子一直阴沉着脸，可是也没有落下一滴雨。

黄安安和刘宏声分开后，也在黄庄这边排门齐家地走。那些从城里回来的人，安全意识都很强，屋子里有蜂窝煤炉子烘烤花椒，他们就住在另外的屋子里。黄安安这就只为哑巴这个花椒大户担心，那家伙一直睡在盘有火炕的屋子里，又把支着大床的屋子让两个女雇工住，也不知他现在在家里如何安顿。

黄安安从自己门前经过时，崔会平又在院子把他喊住了。崔会平问他又在村道里晃荡啥呢。黄安安说人命关天的事情不敢疏忽。崔会平又骂他眼睛瞎了，眼眶子还在吧？

黄安安这就抬头看去，这些日子，老天爷一直阴沉着脸，虽然没有落下一滴雨，但是阴沉的天气就不能晒花椒。现在，阴沉的云层正在渐渐散开，躲藏了多日的太阳，也悄悄从云层中露出了脑袋。黄安安这就让崔会平骂明白了，上个周末，陈艳红真的把萍萍和山山带过来，再加上章婷和黄安安五个人，半个上午就把黄安安家的花椒摘了回来。摘回来就赶上连

299

阴天，崔会平看见太阳露脸，就急着要把那点少得可怜的花椒晾晒出来。

黄安安把自己的花椒晾晒在院子里，这才去检查哑巴家的安全。

哑巴家的大门挂着锁。黄安安知道，哑巴种植在沟坡上的花椒已经采摘完，现在就集中采摘承包地里的了。但是哑巴的承包地有好几处，今天又不知在哪块地里。黄安安从哑巴的门前过来，又和孙大脚碰了个照面。

黄安安说："你怎么还没有进城呢？"

孙大脚说："那也得把花椒卖了吧。"

黄安安说："你家的花椒也不多，还能摘到这个时候？"

孙大脚说："哑巴又把我留住了。"

说着话，孙大脚就打开了大门，为了弄清哑巴和那两个雇工女人怎样相处，尤其是哑巴家里是不是也生了蜂窝煤炉子，黄安安就跟着孙大脚进了院子。孙大脚着急地打开门，也是看见天上出了太阳，走进院子，她仍然顾不得和黄安安说话，先是铺开了院墙角的四张芦席，然后又从屋里提出几个蛇皮袋子，把袋子里的花椒倒在芦席上均匀地摊开，这才拉来两个凳子和黄安安一同坐下了。

说到孙大脚和哑巴这两个邻居，就得从他们的父辈那一代讲起。

在五十年代，这两个院子曾经是一个院子。孙大脚丈夫的公公黄光如被划为地主成分后，哑巴的父亲黄二狗就把黄光如四分之一的院子分掉了。哑巴的父亲黄二狗一直在黄光如家扛长工，也是多年的老光棍，分到了这个院子后，才娶了个逃荒乞讨过来的女人。尽管两家人只隔着一堵墙，却把阶级界线划分得非常清楚。他们抬头不见低头见，但是平时都不敢说话。那时候，黄刘村还非常落后，整个村子都很难看到一个戴着眼镜的人。即使有几个人近视得很厉害，哪怕被大家戏称为"活瞎子"，也从来都没有过配置眼镜的奢望。

当然戴过眼镜的人，并不都是近视眼，比如黄光如就曾经戴过几年"黑坨坨"。所谓的"黑砣砣"，就是黄二狗那样叫。后来他们都知道正式的名称叫墨镜或者太阳镜。墨镜与眼睛的好坏无关，不过说到底对眼睛也有好处。问题是黄刘村的人不那么看，他们就纷纷议论黄光如那是扎尿势，故意还想摆财东人的臭架子！黄光如是村上唯一的地主分子，他的扎势这还能容忍？其实黄光如的墨镜也不是经常戴，大都是独自在地里走，或者去镇上赶集时，才把那副墨镜悄悄掏出来，架在他那张白胖的脸上了。村上人议论都是小事，年过六十岁的人了，过去的家当已经成了空壳子，悄悄地戴个黑眼镜，也就给他那一点点自由吧。可是黄二狗却不想惯黄光如的臭毛病，那是个大热天，黄光如从他的院子走出来，习惯性地把墨镜掏出来，还没有在脸上架，就被哑巴的父亲黄二狗逮了个正着。

黄二狗说："你又想扎尿势！"

黄光如开始还想抵赖说："没有，我没有啊。"

黄二狗抢过那副墨镜，然后又把村道两边的人都喊出来，当场揭发了黄光如"扎尿势"的罪行，在大家"砸了！砸了！"的吆喝声中，黄二狗就发狠斗气地对准一个石刻的拴马桩，一下子就把那副墨镜摔得粉碎了。

那些年，黄刘村很少有大事情，可是国际上却很快出了大事情，美国对越南开始侵略，公社要组织大游行，由于黄二狗在黄光如家里当长工时候的耳濡目染，多少还认得几个字，村上就派黄二狗带着一群青壮劳力，参加公社的游行队伍。临出村时，黄二狗就号召大家把那些发下来的口号先练一练，接着他就一路喊去："美帝必胜！越南必败……"当时黄光如正在打扫村道，他一直听出黄二狗带领喊出的口号不对劲，最后还是把黄二狗喊住说："二狗，你过来，伯和你说句话。"黄二狗正在兴头上，走过来就没有好气地说："你给谁当伯呢？如果不老实，我们回来也会收拾你！"黄光如悄声说："小伙子，你恐怕喊错了，我是害怕你到公社惹出大祸呢。"黄二狗这才收住了脾气问："口号都是发下来的，哪儿就能错？"黄光如说："那你再试试。"黄二狗仍然习惯地又喊了一句说："美帝必胜！越南必败！"黄光如知道自己绝不敢把那句口号再重复一遍，只是苦笑着看着黄二狗。现在黄二狗已经知道自己犯下天大的错误，这才瞪大眼睛说："好……好怕呢，多亏你，如果不是你发现，我们今天从公社可能都回不来了。"为了尽快把刚才的错误改过来，黄二狗又带领大家继续高声喊："美帝必败！越南必胜！"他还把另外那些口号连接起来喊：打倒美帝国主义！一切反动派都是纸老虎！正是那些年黄二狗的疯癫相，妻子有孕在身他也四处逛，妻子生病时可能吃错了药，生下的孩子就是哑巴了。

在以后的日子里，黄二狗再没有训斥过黄光如。黄光如终于病倒时，完全是黄二狗跑前跑后地前去侍候。黄二狗还为黄光如打了坟墓，张罗着大家把黄光如埋了。村里人大惑不解，悄悄询问黄二狗有什么短柄落在黄光如手里了。黄二狗对那年带头喊口号的事情只字不提，只是装得非常痛惜地说："都是我把一件最值钱的东西摔碎了。"黄二狗有声有色地告诉村里人说，黄光如曾经悄悄告诉他，那副墨镜是黄光如家祖传的宝贝，货真价实的天然水晶石头镜，连黄光如自己都不知道已经传了几辈人，说起来就应该是老古董呢。老古董就应该很值钱，黄二狗就按自己的想法断定说，起码能换五头牛，或者可以给生产队开一个养猪场。

这样的话传出去，村里人又心疼了好些年，黄二狗又成了黄刘村的败家子。黄二狗也早早离开人世，那些曾经的愣头小伙们，才不无后怕地揭开谜底说，不是黄光如，黄二狗说不定都会进监狱，他们如果也在公社的街道上破着嗓子喊，不进监狱也肯定要进学习班。

黄安安这一代人渐渐懂事时，那样的故事仍然流传着。黄安安曾经问过当时也是毛头小伙的刘宏声，那副"黑坨坨"眼镜到底能值多少钱？刘宏声也是打着哈哈说，想起来也值不了几个钱，那都是黄二狗为了报恩，才故意把自己说成是败家子。

孙大脚的丈夫黄和平，是黄光如的小老婆所生。解放后，实行一夫一妻制，黄光如就把小老婆留下来。当小老婆也终于怀上孩子时，黄光如就突然病倒了。小老婆害怕孩子上世也会受连累，这就挺着大肚子离开了黄刘村，在她娘家住了多年。村里人当时还在猜疑，黄光如一个六十多岁的老头子，又是病病歪歪的身子，怎么能让小老婆怀上孩子呢？这就对黄二狗产生了另外的怀疑。说是孙大脚的丈夫黄和平，弄不好就是黄二狗的种。孙大脚的婆婆带着黄和平重新回到黄刘村那一年已经取消了阶级成分，再加上黄二狗也早早离世，就没有人再追究孙大脚丈夫的来历了。

现在那边只剩下哑巴黄利贵，这边的孙大脚和儿子一家平时全都住在城里，村里人的议论早已经止息，也就彻底没有什么精神的羁绊和感情的纠结了。

黄安安在这个院子坐着，不禁就想起一句话——时间就是杀猪刀！昔日的黄光如，在这儿住着一个深宅大院，屋子里也接纳着大妻小妾，那样的光景没有过几年，前后的院子就都分成了四等份。黄光如也没有留下几个儿女，大老婆只生下两个女儿，解放后大老婆必须离开黄光如，她同时也带着两个女儿远走高飞了。小老婆终于生下了一个儿子黄和平，但是儿子黄和平的身世又不明不白。好在现在这两个院子真和平，黄和平的媳妇孙大脚，也和那边的哑巴哥哥和平相处着。

黄安安问孙大脚，哑巴怎么就把她留下来了。孙大脚告诉黄安安，哑巴的屋子里到处都摊满了花椒，一边的屋子盘着土炕，而土炕每天都要烧热保暖的；一边的屋子支着大床，这几天床上床下都铺满了花椒，屋子里还要放进火炉，整个屋子就都不能住人了。

黄安安一下子明白过来，这是哑巴又和孙大脚搞了合作，让那两个雇工女人晚上住在孙大脚这边来，孙大脚也会得到报偿的。

对于这些事情，黄安安也不想多问，但是孙大脚和哑巴一样都是小心人，好像害怕黄安安生疑，这就把黄安安带进屋子，以便让黄安安看得清楚。孙大脚家里也是两间卧室房，逢年过节如果全家都回来，儿子和儿媳住一间，孙大脚就和孙子住另一间。

孙大脚指着自己平时的居室说："黄主任你看看，那床上都是哑巴抱过来的被褥呢。"

黄安安说："这我信。可是我弄不清哑巴晚上睡在哪儿呢？"

孙大脚说："我也弄不清，大概是在院子或屋子的过道胡凑合吧。"

黄安安说："你说哑巴的屋子也生着炉子，我最担心的是煤气中毒。"

孙大脚说："那东西的鼻子比狗都灵，应该没事吧。"

黄安安还是不放心，他让孙大脚下午把哑巴叫回来，他看清楚还要给刘书记汇报呢。孙大脚说，她还包着哑巴和那两个女人的饭，每天帮哑巴晾晒花椒，哑巴家的钥匙也都给她留下了。黄安安和孙大脚走进哑巴的院子，整个院子都铺着彩条布，彩条布上晾晒着花椒，中间的走道只有巴掌宽，不管谁需要走进屋子，都必须当起模特儿——来回两次走猫步。屋里屋外，都看不到一处晚上可以睡觉的地方，黄安安不由得就担心地想，这家伙，晚上总不会把自己吊在大树上吧？黄安安问孙大脚在哪边做饭，孙大脚说，在她那边。

黄安安说："看来哑巴给你的工钱也不少，要不然你可能早就回城了。"

孙大脚说："一是我的花椒也要晾晒，二是毕竟是邻居。所以啊，他说他给我每天开八十元，这就把我留下了。当然每个人的饭钱是另外算，这就每天也挣不少呢。"

黄安安说:"哎,你在城里还捡破烂吗?"

孙大脚说:"捡呀。那样的日子很自由,有时候也能卖个五六十块钱。"

黄安安说:"没有跛子岗,你把破烂交到哪里呢?"

孙大脚说:"凡是各个小区门外,收破烂的车子多得很,不需要再求那个狗东西!"

黄安安说:"跛子岗没有找你再闹事吧?"

孙大脚说:"没见过。你想他还有脸见我吗?"

黄安安和孙大脚从哑巴院子出来,在孙大脚家门口,黄安安又询问哑巴今天在哪块地里摘花椒,孙大脚说是在村西那一片,黄安安说他无论如何都要去看看。孙大脚说哑巴和那两个女人的饭,每顿都要她送到地里去,她这就要做中午饭了。

黄安安刚刚走到哑巴的地头,老远就看见一辆架子车。那辆架子车的车辕顶着一棵花椒树,还用绳子把车辕和树枝捆绑在一起。架子车的车厢上边,又用树枝搭起了一个半圆形的棚子。黄安安立即看出来,这就像以前农民看瓜守夜的茅草棚,哑巴这几天就睡在地里了。哑巴也看见黄安安走过来,在老远就哇啦哇啦比画说,你快走,你快走!我没有工夫和你说话呢!

黄安安开口骂道:"你就不怕晚上把你狗东西冻死了?"

那两个女人都正在忙着摘花椒,听见黄安安的骂声,这才解气地笑了起来。

黄安安走近说:"我们村五百年才出这么一个货,让你们见笑了。"

一个女人说:"世上都难找!"

黄安安故意说:"那你们还干啥呢?如果是我,早都跑了。"

另一个女人说:"人倒是好人。每天的工钱每天结。"

黄安安说:"饭菜还行吧?"

一个女人说:"每天都让大脚嫂子变花样。"

黄安安说:"那你们就吃好睡好啥都不要想,把钱挣到手,在哪儿都可以找快活!"

两个女人互相做了个鬼脸,吐吐舌头,就再也不敢和黄安安搭腔了。

03

陈艳红和章婷没有购买烘干机,却在黄刘村消失了许多日子。她们重新在黄刘村出现时,已经过了寒露的节气。椒民千般苦,收购很容易。她们过秤付款再把花椒装上车,也就是用了两天的时间。虽然刘宏声一直号称自己是决策者,但是只有陈艳红知道,最上心最辛苦的是黄副主任黄安安。

为了感谢黄安安的辛劳,陈艳红就悄悄对黄安安说,这次回来她们带着车,出去转转也方便。何况章婷好像这些日子玩上了瘾,提出再进秦岭里边看看。黄安安明白陈艳红的意思,只是顾虑重重地说,唐春花凉皮店里离不开,萍萍和山山都在上学,他自己家有病老婆,就是想出去玩一天,也都没有那个福气了。

陈艳红说:"我婆婆以前出去得多,萍萍和山山以后有的是机会。所以,你就和我们出去散散心吧。"

黄安安说:"你会平婶子那脾气,我平时忙着她还能理解,可是和你们出去玩,她还不和我闹翻天了。"

陈艳红说:"那就把崔会平婶子也拉上,也应该感谢忍辱负重的贤内助。"

黄安安说："把他的！那货差点把我没骂死，这怎么又成贤内助了！"

陈艳红实在是动了感情，她说一个瘫痪的女人，半年多只能在一个院子里活动，谁都能理解她内心的痛苦和孤独。章婷第一次来黄刘村，她知道了崔会平阿姨的情况，背后几次都流出眼泪。其实这样的想法，也是章婷先提出来，主要就是要带着会平婶子呀！

黄安安这才答应了。

为了不引起村里人的忌妒，避免不必要的麻烦事，陈艳红让黄安安先用自己的三轮摩托车，把崔会平带到那边的凉皮店，然后在那边就一同上路了。

由于崔会平事先也不知道，当黄安安的三轮摩托车在凉皮店门外停下时，她还问黄安安又成什么精。唐春花心里明白，就故意和崔会平开玩笑说："你好长日子都没有过来了，今天我就把店里的账目给你说一说，不然像你那个小心眼，还以为我骗了你们多少钱。"崔会平一下子就火了："好你个唐春花，你这是血口喷人呢！自从开了这个店，我儿子都不再给我们打钱了。我要骂也是骂他们，啥时候又说过怀疑的话了？"这时候陈艳红租赁的那辆车，已经从高家村那边开过来，唐春花忍住笑又指着那边说："今天还有两个证人，那就当面锣对面鼓给你把账算清吧。"

崔会平一把掐住黄安安的脖子说："是不是你戳弄的是非？呸！你把男人当成狗了！"

黄安安嘻嘻笑了说："你们两个女人斗嘴玩，我招谁惹谁了？"

陈艳红走下车，当即就抱着崔会平让她先下了三轮摩托车。

崔会平说："干啥？艳红你这是要干啥嘛！"

章婷把她开的车倒过来，黄安安也过来搭了手，一起把崔会平往车里抬。

崔会平说："艳红，你们这是让我到哪里去啊？"

陈艳红说:"会平婶,我们都知道你心里有多苦,平时的日子有多难熬,今天有我们在,咱们就一同出去散散心。我们也不到热闹的地方去,就一同走进大自然,坐在秦岭里的小河边,你就好好享受一次生活吧。"

崔会平突然就热泪长流,哽咽得啥话都说不出来了。

唐春花说:"会平,出去就不要流眼泪,让每一个人都高高兴兴的!"

崔会平这才憋出一句话说:"这都是让你刚才气的,出去再看我怎么收拾你!"

唐春花说:"我不去,凉皮店不能关门呀。"

崔会平说:"那不行!你比我苦得多,这怎么能把你留下呢?"

唐春花说:"以后吧,以后有机会我再陪你玩。"

黄安安把崔会平在后座上扶正坐好关上车门,陈艳红和黄安安也都上了车。章婷开动车子已经驶向公路,崔会平仍然趴着车窗,一直回头看着远处的唐春花,似乎唐春花不去,又是她心中最大的歉疚。

04

深秋季节的秦岭北麓,漫山遍野都流动着时代的色彩。涧中的溪水,山坡的树木,还有那高耸入云的巅峰,都会让人眼花缭乱。崔会平没有发出惊叹和呼喊,黄安安的眼睛也早就发直了。他们的眼角都挂着泪水,既是感动陈艳红的安排,也是感动还有如此美好的天地。崔会平几次把车窗摇下来,章婷又在前边按下了车窗的按键说,外边风太大,山里天太凉,崔阿姨千万不能感冒了。

崔会平已经变成了孩子,一会儿点头说谢谢,一会儿又禁不住把车窗按下来。

黄安安只得提醒说:"你看,你怎么又不听话了?"

崔会平赶紧把车窗按上去说:"啊,对不起,对不起。我听话,我听话。"

陈艳红说:"会平婶不要着急,遇到最好的观景处,我们就停下让你好好看。"

崔会平还是孩子气地说:"啊,我知道,我听话。"

车子在几处观景台停下来,崔会平又不愿意走下车。陈艳红说,有他们三个人一起搀扶着,走下车才能看得远。崔会平说,她已经给她们添了这么大的麻烦,怎么还能再添麻烦呢?黄安安走过去替崔会平拉开车门说,让陈艳红和章婷去远处照相,由他在车旁陪护着崔会平就行了。

崔会平在黄安安胳臂上掐了一把说:"我也要照相,我也要照相!我还要把相片让儿子、让孙子看呢!"

陈艳红哈哈一笑说:"行行,别闹别闹。我们就给你照许多张。"

黄安安说:"艳红,章婷,你们就别管了,我也会给你婶子照相的。"

崔会平说:"你得是嫌我丑?你得是嫌我是瘫子?都不想和我合影了?"

黄安安说:"哎哟,在家里我是出气筒,出来咋还是出气筒?"

陈艳红已经走过来,她和黄安安一起把崔会平架出车,选一个背景让黄安安和崔会平站好,要过崔会平的手机,然后自己就跑开去,把崔会平的手机交给章婷。章婷就转着圈子举起手机,在一处又一处拍下黄安安和崔会平的合影照。

05

黄安安一行人返回时，章婷又把车驶进了阳泉镇。陈艳红问章婷还有什么事？章婷说北方的集镇她也想看看。黄安安和崔会平坐在后座上，正在给儿子那边发照片，就也不管陈艳红和章婷说什么话。这样，车子就漫无目的地在街道上转悠着。

陈艳红突然看着前边说："哎，那是不是哑巴叔？"

黄安安一惊抬头说："没错。这家伙怎么也在镇上呢。"

前边正在行走的哑巴，双手提着几大包东西，他行走的方向不是返回黄刘村，而是匆匆忙忙向东走去。黄安安和崔会平这就觉得好生奇怪，哑巴的父亲黄二狗，生前就是一个孤儿。后来娶了个逃荒的女人，在阳泉镇这一片，哑巴还能有什么亲戚呢？那家伙不能和外人交往，那肯定也没有什么朋友。

陈艳红说："章婷，把车开到前边去，问问哑巴叔到底要干什么呢？"

章婷说："每个人都有自己的隐私，你们有必要惊动他吗？"

黄安安说："小章呀，哑巴是一个特殊的人，我只是担心他惹出别的事。"

陈艳红说："那就悄悄跟着他，必须弄清他和什么人接触呢。"

章婷开着车，就一直远远地尾随着哑巴。阳泉镇东边有一个敬老院，哑巴来到敬老院门口，门口的保安似乎和哑巴已经很熟悉，看见哑巴走过来，微笑着在哑巴的肩膀上拍了拍，就放哑巴进去了。陈艳红问黄安安，哑巴叔在敬老院是不是有什么朋友。黄安安说他也是第一次发现哑巴往敬老院里来，至于哑巴要看望什么人，他就实在弄不清了。章婷猜测说，哑巴也是残疾人，一个无依无靠的单身汉，就会也想着自己的晚年吧。这是提前和敬老院的领导拉好关系，过几年他自己就住进来了。章婷的话就把崔会平逗笑了，崔会平告诉章婷说，哑巴也是儿女双全，哑巴的老婆也健在，以后住不住敬老院，就不是哑巴说了算。

章婷同样好奇地说："那你们进去看一看，我和崔阿姨在车上等吧。"

黄安安说："现在不能进去。那家伙自尊心强得很，如果看见我们发现了他的秘密，拼命的事情都能干出来。"

陈艳红说："这样吧，我们先到街道的饭馆吃点东西，等哑巴叔离开了，我们再进去。"

阳泉镇只有两条街道，两条街道又交叉成一个十字。他们把车在路边停下来，就在那个十字路口找了个小饭馆。黄安安知道，哑巴是一只铁公鸡，绝不会在外边的饭馆吃饭，就不用担心他也突然走进来。陈艳红点了一盘软麻花，再点了四碗胡辣汤，这就细嚼慢咽地消磨时间。黄安安吃着这两样食品，一时间把等待哑巴的事情都忘了。他还给陈艳红说，回去把这两样东西也给凉皮店带一份，如果唐春花也觉得好，就要再增加些花样呢！崔会平坐在窗口，眼睛却一直盯着外边，这就突然喊了一句说，哑巴已经朝西边去了！

黄安安一下子站起来说："把他的。我怎么差点把正事忘了。"

黄安安让她们三人仍然坐在饭馆等待，由他去敬老院问问情况。陈艳红说，既然都觉得好奇，那就一起过去吧。崔会平把哑巴的踪迹提醒后，却又接过黄安安的话题说，可别把带麻花和胡辣汤忘了！

陈艳红又被逗笑了说："嗨，你们两口子，什么事都不想耽搁呢！"

车子开到敬老院门外的停车场，崔会平就不想下车了。黄安安让她在车上眯一会儿，自己就先去和保安交涉。保安问他们要找什么人？黄安安说哑巴找谁他们就找谁。保安说，哑巴看他干爸干妈呢，你们和他有什么关系。陈艳红说，黄安安是哑巴的村主任，今天也顺便看看那两个老人。

保安说，哑巴刚刚走，你们又过来，这怎么就不和哑巴一块来。黄安安顺口就编了个谎言说，他刚才在镇政府开了个会，这就迟到了一会儿。保安的盘问，实际上仅仅是一种例行手续，这就让他们去二号楼105房间了。

黄安安他们走进那间屋子，发现那两个老人都已经是白发苍苍，男的坐在轮椅上，女的也离不开手中的拐杖。陈艳红再次介绍了黄安安的身份，两个老人就没有了戒备之心。既然他们和哑巴都是一个村子的人，而且黄安安还是村委会副主任，那个男的就很快说清了他们和哑巴的关系。

那个男的说他叫齐铁夫，和老伴以前都是二郎山林场的职工。有一年，童年的哑巴来二郎山林场砍柴，当时，齐铁夫正好巡逻过来，哑巴以为齐铁夫要抓他，就惊慌地从山坡上滚下来。不是齐铁夫飞身跑过去把哑巴拦住，哑巴就会落入悬崖了。那时候，哑巴还是一个十三四岁的孩子，这一滚，头上和两条胳臂上，都划开了几道血口子，再加上受惊，小哑巴就昏迷过去了。齐铁夫把哑巴背进林场的屋子，他老伴就赶紧给哑巴上药包扎。等哑巴苏醒后，他们就询问哑巴是哪里人。哑巴一阵子比画，他们这才弄清这孩子原来是哑巴。遇上哑巴这么一个可怜的孩子，齐铁夫和老伴都伤心落泪了。齐铁夫让哑巴吃了饭，他老伴也给哑巴把划破的衣服缝好了。哑巴临走时，齐铁夫又把他们家的柴给哑巴捆了一捆，他们还比画着告诉哑巴，以后家里缺柴火，就到他们家背一捆。小哑巴激动地跪倒在地，给他们磕了三个头才离开。

在以后的岁月里，哑巴每年都要去看看齐铁夫。哑巴把他们当干爸当干妈，说起来都是林场几个职工的玩笑话。齐铁夫的老伴一生未生育，每当哑巴过来时，大家就冲着哑巴说，又来看你干爸干妈了。这样的话哑巴不明白，但是时间长了，有人就给哑巴比画说，想不想把老齐两口子认成干爸和干妈？哑巴不但连连点头，还当着大家的面又给他们磕了头。齐铁夫和老伴退休后，原来还是住在林场，这几年林场开发成旅游景点，他们这就住进敬老院了。

齐铁夫说："黄主任，你来了好，那你们就帮我好好劝劝哑巴，他那边也是一大家子人，怎么就能为了我们又回村子了？"

黄安安恍然大悟地说："我们都以为，他是不愿意在他儿女那边吃闲饭，原来是回来给你们尽孝呢！"

齐铁夫的老伴说："哑巴太实诚，这孩子太实诚了。我和老齐都有退休金，可他，你们看，刚才把我们过冬的棉衣都买了好几身。"

陈艳红和章婷也想给两个老人留点钱，可是他们说啥都不要。从敬老院出来，黄安安还是长吁短叹，好你一个哑巴哥，你把全村人都瞒了这些年！陈艳红和黄安安商量说，回去后能不能把这个谜底揭开？章婷还是那句话——每个人都有自己的隐私，你们有必要惊动哑巴吗？齐铁夫对哑巴有救命之恩，哑巴对齐铁夫有报恩之情，所以，任何的揭穿，任何的拆散，都是另一种意义的伤害和残忍！最后他们就一致商定，还是把这样的秘密，让哑巴留存在自己心里吧。

霜降

两个孩子又走了

01

进入十月，天是一天比一天冷起来，凉皮店的生意也就进入了淡季。

这一天早上，黄安安骑着三轮摩托车从村里过来，唐春花已经在凉皮店门外等候着了。

黄安安说："我给你说过多少次，车上就这么一点东西，不用你插手，你咋还是这么早就过来了？"

唐春花说："哎，我来是问问你，如果让你一个人撑两天，你能顶得下来吗？"

黄安安说："你……你要干什么？"

唐春花说："今天是周末，萍萍和山山也不上学，刚才艳红才对我说，她也要拉上我，一起去看看壶口瀑布。"

黄安安说："啊，艳红和章婷还没走？"

唐春花说："那章婷是个玩性子，说是玩不够她们就不回去。"

黄安安说："那你走，那你走。"

唐春花说:"本来我还想带着会平,只是车里坐不下啊。"

黄安安说:"别管她。那天艳红带她玩回来,她激动得几天都睡不着觉,嘴里不停地念叨着,说是她这就不枉活了一世人。在秦岭边边住了几十年,竟然连秦岭里边都没进去过。这一次让她开了眼了,把那么美的景色都看了。"

唐春花说:"那你在这儿守一天,会平可怎么办?"

黄安安说:"你就放心地走吧。我现在就把她拉过来。"

说话间,陈艳红他们的车已经从高家村开出来了,萍萍还摇下车窗和黄安安打招呼说:"让黄爷爷辛苦了!"黄安安看不见小山山,就走过去朝里边看,原来这个小东西,在车里边藏着呢。黄安安揪住山山的耳朵说:"你个崽娃子,看见黄爷爷都不叫了。"山山这才淘气地说:"我们都走了,我怕黄爷爷难受呢。"黄安安说:"你还能玩得不回来了?黄爷爷就那么小心眼。"

送走了那一家子,黄安安又过去接崔会平。崔会平先还是死活不过来,又说是害怕顾客们笑话呢。黄安安劝她说,这是唐春花发出的号令,萍萍和山山在景区还要和这边视频呢,如果发现你崔会平不在店里,唐春花和两个孩子玩得都不开心了。崔会平这才不敢使性子了,黄安安把崔会平抱在后座上,然后又把折叠起来的轮椅挂在车后边。

黄安安骑上摩托车到了凉皮店,却发现唐春花他们又在门外等候着。

黄安安说:"你们演的是哪出戏,这怎么又折回来了?"

唐春花拿出一把钥匙说:"这不是想起钥匙了嘛。这两天,你和会平就住在这边吧,省得再两边瞎折腾。"

黄安安接过钥匙说:"崔会平,你瞅瞅,你如果再死犟死犟地不过来,还让人家等到啥时候?"

春花在会平的脸上轻轻拧了一把说："你如果再闹腾，我可不饶你！"

崔会平说："萍萍和山山呢，过来让奶奶亲一口。"

陈艳红领着萍萍和山山走过来，两个孩子轮番和崔会平亲过后，这才又开始上路了。

02

这两天，黄安安和崔会平的日子过得很滋润，崔会平在屋子待烦了，自己就摇着轮椅到了店里。店里如果客人多，她又摇着轮椅悄悄离开了。有时候，黄安安如果闲下来，就和崔会平一起坐在店门外，看着南来北往的行人和汽车。唐春花租住的那个院子还有太阳能洗澡间，晚上他们住进去，也就能洗个鸳鸯浴了。

崔会平说："人称你是个能棍棍，怎么这样的事情你就想不到？"

黄安安说："以前咱是穷烂杆，这几个月挣了些钱，可就忙得没时间嘛。"

崔会平说："又吹，又吹。今天晚上不洗澡，你以前就真的想到了？"

黄安安说："人常说，宁惹十三能，别惹崔会平。你就是一个打破砂锅问到底的货！"

崔会平说："哪里的人常说？看我不撕烂他的嘴！"

黄安安说："纯是本人的创造发明，那我自己就打嘴吧？"

崔会平说："哎，我记得春花还说过给你要买面包车，这怎么净耍嘴皮子了？"

黄安安说："没有驾照怎么开？我哪有时间学驾驶考驾照呀？"

崔会平说："那就等我死了吧。只要我不死，你小伙还真是没时间。"

黄安安说："呸呸呸！这怎么又是满嘴胡拌呢？"

这一天早上，崔会平就可以继续睡懒觉。黄安安先过村上把东西拉到凉皮店，然后再把各样事情准备好，趁着早上的顾客少，这才又过来伺候崔会平。实际上，这样的滋润只有两天一晚上，第二天黄昏关了门，崔会平就催着让黄安安把她带回家。

黄安安说："我还想给他们一家把晚饭做好，你这么急是啥意思？"

崔会平说："他们带着萍萍和山山两个小馋猫，还能想着吃你的饭吗？"

黄安安说："那也得把钥匙交到春花的手里。"

崔会平说："店门的钥匙你们都有，放在店里不就行了。"

黄安安说："我就想不通，你为什么就不敢见他们了？"

崔会平说："趁天亮，先往回走，在路上我再给细细说。"

在路上，崔会平说的一番话，就让黄安安觉得还是女人家心细，还是崔会平做得对。崔会平说，唐春花把每一人都装在心里，说是只出去两天，那就在今天晚上肯定回来。而萍萍和山山又是贪玩的孩子，回来就肯定很晚了。如果唐春花进了门，看见天色已晚，咋说都不会让黄安安和崔会平离开的。一下子多出两个人，可让唐春花如何安排睡觉呢？

黄安安骑着车腾不出手，他就让崔会平打电话告诉唐春花，钥匙已经留在店里了。唐春花果然在电话里就是一阵数落，好不容易安宁两天，这怎么就又回村里了？仙草以前住的屋子，艳红和章婷就能凑合一夜，她和萍萍、山山挤在一张大床上，难道就没有黄安安和崔会平住的地方了？唐春花还告诉崔会平，他们已经进了县城，艳红和章婷正准备去餐馆买几盘现成菜，好好在院子摆一桌，他们这咋就提前跑回去了？

03

黄安安想不到，唐春花也想不到，陈艳红这一次久留不走，实际上是要把萍萍和山山带走了。所以，崔会平和两个孩子前一天的亲吻，也成了冥冥之中的诀别。

陈艳红在县城买到的几盘菜也真是带回了唐春花的出租屋。他们开始还喝了红酒，两瓶红酒喝完，萍萍和山山就有点晕晕乎乎了。唐春花说，萍萍和山山疯跑了两天，就让他们早早睡吧。陈艳红把山山搂在怀里说，她和章婷这次出来的时间也长了，既然黄叔和会平婶都不在，那她压在心里的话就不得不说了。

唐春花说："萍萍和山山明天还要上学，让他们睡觉后再说吧。"

陈艳红说："妈，我就是要说他们的事情，让他们听听也好。"

唐春花一下子就着急了，紧紧地盯着陈艳红说："你这是要把萍萍和山山带走啊？"

陈艳红说："妈，还有你，你就和我们一起过去吧。"

唐春花顾不得想自己，只是担心孩子说："就不能等到寒假吗？两个娃可正在上学呢。"

章婷说："艳红姐在那边屋子很大，也把学校联系好了。"

唐春花知道迟早都有这一天，但还是放心不下，一把就搂过萍萍说："萍萍，你是咋想的？你给奶奶说实话。"

黄宝萍说："只要不离开奶奶，我哪边都行。"

唐春花又问山山说："山山，你是咋想的？"

黄宝山说："我也听奶奶的。"

章婷首先是愠怒了，她可能知道山山最难缠，就冲着山山说："山山，现在城里孩子学到的知识，都可以把你们甩过一条街，时间耽误不起啊！阿姨就实话告诉你和萍萍，为什么我和你妈停留这么多天，就是你妈下不了这样的决心。前天我和你妈已经回到西安，我就替你妈下了决心说，必须快刀斩乱麻！必须把两个孩子带到成都去！那边的学校，也是我替你妈联系的。"

唐春花当然知道这其中的道理，就强忍心里的疼痛说："也好……也好。有你妈……管着你们，奶奶也省心了。"

黄宝萍说："奶奶，你不管我们了？"

唐春花说："管嘛，咋能不管呢。你们永远是奶奶的心肝宝贝，奶奶咋能不管呢。"

黄宝萍说："那你永远不离开我们？"

唐春花说："不离开，不离开。你们随时随地都在奶奶的心里装着呢！"

黄宝山说："奶奶说话要算数！"

唐春花说："你个小淘气，这都敢教训奶奶了。"

陈艳红刚才留着萍萍和山山，好像仅仅是为了例行一种形式：两个孩子都懂事了，就不能对他们有所隐瞒。你们奶奶为你们操尽了心，受尽了苦，现在妈妈要把你们带离农村，也必须征求你们奶奶的意见。妈妈和你章婷阿姨这就是和你奶奶当面商量了，你奶奶也已经同意了。至于最后出现了另外的结果，就没有妈妈的责任，就不是妈妈对你们的奶奶太狠心。陈艳红看出，唐春花还有别的话，这就让萍萍和山山先去睡觉了。当陈艳红拉着两个孩子向卧室走去时，他们仍然一步一回头地看着唐春花，似乎他们一离开，奶奶突然就消失了。

唐春花在心里流着眼泪说："睡觉，赶紧睡觉去。"

黄宝山问陈艳红说："妈妈，那我是不是还和奶奶睡？"

陈艳红说:"奶奶跑累了,让奶奶一个人好好休息。今天晚上,我陪儿子睡。"

黄宝萍说:"妈妈,那我呢?你是不是让我陪奶奶?"

陈艳红说:"你章婷阿姨对你非常喜欢,那你就和章婷阿姨住一个屋子吧。"

黄宝萍和黄宝山这就都站着不动了。

陈艳红说:"你们这是又想啥呢?"

黄宝萍说:"我要陪奶奶!"

黄宝山说:"我也要陪奶奶!"

唐春花赶紧跑过去说:"你们两个小东西,怎么连奶奶都不相信?奶奶又没长翅膀,你们还怕奶奶半夜飞跑了?乖,听话!"

黄宝萍和黄宝山这才跟着陈艳红走过去。在陈艳红哄劝两个孩子睡觉的时候,唐春花和章婷仍然聊着天。章婷问唐春花,和她的儿子黄继先是不是经常联系着。唐春花说,有一搭没一搭,她都好像没有那个儿子了。章婷说,这是目前存在的普遍问题,由于在生活观念上存在许多矛盾和冲突,老人就很难和下一代人相通相融了。唐春花又问章婷说,陈艳红年纪也不轻了,也不要永远等着黄继先那个狗东西!章婷笑了说,这都什么年代了,谁还会在一棵歪脖子树上吊死呢!唐春花这就久久不语,呆呆地望着苍茫的夜空。

陈艳红看着两个孩子都睡着后,再走过来说:"妈,你是不是有什么心思?"

唐春花说:"艳红,你对妈好妈知道,可是妈不能跟你过去啊。"

陈艳红说:"这又是为什么?"

唐春花说:"你自己想想,我和你毕竟是婆媳关系,如果你和继先办了手续，连婆媳关系也就到头了。你说你把我带过去，再和你们住在一起，妈这心里……不是个滋味啊。"

陈艳红说："如果你觉得和我们住在一起不方便，那我就给你单独买一套房子。"

唐春花说："不了，不了！有你这句话，妈就一直把你当女儿看，以后就把你当女儿了。"

陈艳红说："那把你一个人留下来，我怎么能忍心？！"

唐春花说："我现在有自己的店，凉皮店还能给那么多人带来好处，我实心也不想离开黄刘村。"

陈艳红说："妈，我真心实意地感谢你，真心实意地感谢黄刘村！以前，我一旦想起这个村子，马上就和黄继先联系在一起。可是我现在想通了，没有黄刘村，我就不会和您结下这一段母女缘；没有黄刘村，我也不会突然想起漫山遍野的花椒林，我陈艳红能有今天，黄刘村首先是我的感恩之地！"

唐春花说："那你和继先把离婚手续办了吗？如果需要什么证明，我明天就给刘书记和你黄叔说说。"

陈艳红说："还是我找黄继先协议吧！妈就不用操那份心了。"

唐春花说："那你们休息，那你们都睡觉吧。"

陈艳红说："妈，这边的学校，我已经打过招呼了。"

章婷说："阿姨，艳红姐，刚才你们在萍萍和山山面前，只是把话说了一半。所以，我现在又为你们担心，如果明天早上出发，萍萍和山山知道奶奶又不去了，他们又会哭闹着不走怎么办？"

唐春花一惊说："那你们现在……就这样把睡梦中的孩子抱上车吗？！"

陈艳红说:"妈,你先休息吧。我会让他们再睡一会儿,只是……临走时,就不给您再打招呼了。"

唐春花说:"妈明白,你们这也是为萍萍和山山。"

陈艳红和章婷都害怕把两个孩子惊醒,这就蹑手蹑脚地走进两个屋子了,陈艳红顺手还关掉了院子的灯。

唐春花突然就觉得全身瘫软,颤颤巍巍地站起来,一步一停地走进自己的屋子。那扇卧室的门,也变得是那样的沉重,好不容易把门合上,她也没有再打开屋子的灯。她刚刚摸索到床边,又一下子扑到了窗口。院子里开始时还是一团漆黑,慢慢地就有了星光之下的朦胧亮色。唐春花不知道在窗口趴了多长时间,院子里出现轻微的响动,她才又一次睁大了眼睛。陈艳红步履轻盈地从屋子出来,手里还提着两个包袱,她没有打开院子的灯,拉开大门,把手中的包袱装进车的后备厢,又踮着脚尖回到屋子里。一会儿后,章婷抱着依然沉睡的萍萍,陈艳红抱着依然沉睡的山山,就一前一后走出院子。她们把萍萍和山山放进车,陈艳红过来拉上门,唐春花就什么也看不见了。

听见车子悠悠地远去,唐春花这才冲出屋子。

唐春花靠在大门上,就再也没有一点力气了。

04

早上,黄安安骑着三轮摩托过来,一路上还哼唱着谁也听不清字眼的秦腔戏,他心里高兴啊!这些日子,陈艳红把花椒收完,全村人都是眉开眼笑;病瘫瘫的老婆崔会平,还第一次进山看了秦岭;然后陈艳红又让唐春花和两个孩子散了心,这一连串的好事情,许多年都没有遇到啊!

黄安安把三轮摩托车停在凉皮店门外，也没有看见唐春花。黄安安一边搬东西，一边还在心里说，好你个唐老板，你也学会了睡懒觉，你也会把每天准时开门的事情忘记了？！黄安安搬完东西，又把开门营业的东西收拾好，发现唐春花仍然不见影子，这就在心里着急了。好你个唐春花，你就是要送陈艳红，这也得给店里打个电话吧？今天究竟是你轮班，还是你跑累了要休息一天，这都得互相叮咛一下，这怎么就一声不吭了？黄安安拨通了唐春花的手机，手机一直无人接听。出事了！黄安安顾不上关店门，骑着摩托车就过去了。

唐春花依然靠在大门上，整个就成了木头人。

黄安安跳下车，摇着唐春花的胳臂说："你说话，你说话，这究竟出什么事了？"

唐春花一声号啕说："走了！娃走了！我的两个宝贝都走了！"

黄安安把唐春花扶进院子说："这么好的陈艳红，怎么能做出这样的缺德事！她是把萍萍和山山硬生生地抢走了？"

唐春花说："没有，没有，艳红好着呢。是我……是我舍不得，这是把我的肉割走了，这是把我的心掏走了。"

黄安安说："我现在才看出来，陈艳红就是黄鼠狼给鸡拜年，早就没安好心了。"

唐春花说："走，店门不能关。不想了，不想了。"

黄安安说："你好像一夜都没有睡觉，这还怎么去上班？"

唐春花说："没事。我哪怕坐在店里，也就把心分开了。"

黄安安把唐春花扶坐在摩托车的后座上，刚刚来到凉皮店门外，身上的手机就响了。黄安安问对方是谁，手机里就传来萍萍和山山哭喊的声音，萍萍说，奶奶怎么不接电话？奶奶是不是出事了？山山抢过萍萍的手机说，黄爷爷，你赶紧过去看看我奶奶，如果奶奶不说话，那我们就不走了！

唐春花赶紧接过电话说："山山乖，萍萍乖，奶奶没事。刚才是奶奶急着上班，把手机忘在屋子了。"

黄宝萍这才止住哭泣说："奶奶，你不是说好和我们一起走吗？"

唐春花说："奶奶会来的，奶奶会来的。"

黄宝山说："奶奶，你如果敢骗我，那我就偷偷跑回来看你！"

唐春花说："奶奶不骗你，奶奶不骗你。"

最后，陈艳红才拿过手机说："妈，对不起。你千万不要责怪我，你瞧瞧你这两个小宝贝，如果天亮以后走，那就真的走不成了。"

唐春花放下电话，就步履蹒跚地走进店里。她看见黄安安把一切都收拾停当，这就要回去取手机。黄安安说，今天就由他顶到底，如果唐春花不放心，好好地睡一觉，把身体恢复一下再过来也行。唐春花说，那边还有崔会平，她不早早过来谁回去伺候呢？黄安安说，崔会平会安顿好，让唐春花无论如何要睡一觉。

05

唐春花还是中午之后就过来了。黄安安看出她的眼泡都有些肿胀，就知道她根本没有入睡。黄安安知道唐春花的脾气，她这是又为崔会平操心呢。可是这时候正是顾客的高峰期，黄安安又不敢当时离开，这就给崔会平打电话，问她起床没起床，崔会平仍然是惯常的那句话说，一天两天还死不了！黄安安只得走到外边说，陈艳红把两个孩子半夜三更带走了，害得唐春花一夜没睡，走一步路都踉跄，凉皮店这里，他实在不敢放心地走呀。

崔会平语塞了好一会儿，才告诉黄安安，她自己已经爬到轮椅上了，冷馒头也不会吃死人！崔会平还叮咛黄安安，店里不关门，让黄安安一步都不能离开！如果唐春花有个三长两短，她就剥了黄安安的皮！平时崔会平这样骂，黄安安也会还一句嘴，可是现在他听起来很舒服，就把崔会平的原话传给唐春花，自己也就留在店里了。

黄安安晚上回到家，问崔会平是先吃一碗热乎饭，还是先给她擦洗身子呢？崔会平只骂陈艳红说，这怎么又是一个没良心的东西呢！黄安安说，其实把两个孩子带走也好，孩子的学习更要紧。

崔会平这就摸着自己的脸说，看来她永远是个扫帚星，那天萍萍和山山已经坐上车，她为什么还要把两个孩子喊下来，为什么非得和两个孩子亲一次？这就好，这么一亲呀，也许她就永远见不上萍萍和山山了！

黄安安不敢再接崔会平的话，甚至还有一种不祥的预感，萍萍和山山这一走，别说是重病缠身的崔会平，就是他自己，可能也很难见到两个孩子了。黄安安知道崔会平的干净比吃饭还要紧，先给崔会平取下了纸尿裤，然后再给她把身子擦洗干净，刚刚把崔会平抱到轮椅上，唐春花就进门了。

崔会平冲着唐春花说："累死你都不亏，这又跑过来干啥呀？"

唐春花说："我现在就是自由自在的单身汉，除了你个母老虎，谁都不用我操心！"

黄安安说："萍萍和山山已经和你通话了吧？"

唐春花说："你们都是一对二货！我手里的东西你们不管，还专找伤心处下刀子。"

唐春花的手里提着饭盒，黄安安就赶紧接过去，他打开饭盒看去，上层是两个烧饼，底层是海参烧鱿鱼。黄安安不用问，也知道这是昨天晚上陈艳红从县城买回来的其中一样菜。也不是唐春花把剩菜提过来，而是那样的一桌饭，谁都没有心情吃。

唐春花却说:"不用看!这是我昨天专门给崔会平买来的,那一桌剩菜,我好意思让崔会平吃吗?"

崔会平接过饭盒,就又开始流眼泪。

黄安安说:"那你刚才让我捎过来不就行了,我这就得把你再送过去呢。"

唐春花说:"我这边是没有家吗?现在就剩下我一个人,住在那么大的空院子,想起来都睡不着觉。"

黄安安说:"那明天我和会平也住过去,房子的合同你都租到年底了。"

崔会平立即又是火脾气说:"要去你去!这一个男人两个女人,外村人看见不笑话?"

黄安安就赶紧抽着自己的嘴说:"好好好,权当我没说,权当我没说!"

唐春花往出走去说:"你们吵架你们吵,我这就回家睡觉了。"

黄安安说:"明天早上你多睡一会儿,还是我上午在那边顶着。"

唐春花又折过身,嘴里说她都像是得了健忘症,手里就从衣兜里掏出两张存折,她说每张存折里都是一万五千元,除过平时两家人临时支取的花销,这就是这几个月的分成。黄安安说,合同上不是四六分成吗?怎么两张存折都弄成一样了?唐春花说,她在店里的时间长,可是黄安安操心多,艳红和继先又都经常给孩子打钱,她还要那么多钱干啥啊。黄安安说,那他就随便拿一张了。唐春花说,由于银行是实名制,存折上都是她的名字,可是她把给黄安安存折的密码,写的就是崔会平的生日。黄安安当即就把那张存折交给崔会平说,今天晚上抱着存折睡,保证就一觉到天亮了。

崔会平说:"滚!你把我说成死猪了?"

唐春花说:"说不定还高兴得睡不着呢。"

崔会平看着唐春花出了门,这才平心静气地说,她知道黄安安和唐春花都太苦太煎熬，以前有两个孩子，让唐春花揪心裂肺，现在两个孩子走了，又把唐春花的心撕成了碎片片。而黄安安对她崔会平，也是比以前还要好得多，本来是靠儿子每月打钱来养活，现在自己就能养活自己了。崔会平说，黄安安的肩膀上，一边挂着她崔会平，一边又挂着唐春花，包括脊背上，还挂着全村那么多事情那么多人。跟上这样的男人，她还有什么不满足？她现在就是死了，也就把眼闭得紧紧的。

黄安安说："那你以后不骂人了？"

崔会平说："黄安安，你就给我听好了，哪天我突然不骂你，那就是我快蹬腿闭眼了！"

黄安安说："那就骂！那你就每天不停地骂！"

06

早上起来，黄安安又要去全村收集东西，他骑着三轮摩托车从唐春花门前经过，发现大门上已经挂了锁，这就在心里责怪说，真是不要命的人呀，这么早过去干什么？你就是不想睡个懒觉，那也得等我过来一起走，跑得这么快，就不怕鸡把眼窝鹐了？

黄安安来到凉皮店，唐春花已经把店门打开了。除了唐春花，唐仙草和贺双栓也在店里忙活着。黄安安这才知道，昨天晚上，唐春花根本没有在村里住，萍萍和山山担心奶奶夜里孤独，还给唐仙草打了电话，说那边就剩下奶奶一个人了，让表姑唐仙草一定要赶过去。贺双栓和唐仙草开车赶过来，发现唐春花不在租赁的院子，打电话和唐春花联系后，就又把唐春花拉过去了。

黄安安悄悄问唐春花："仙草和双栓这就住在一起了？"

唐春花说："他们已经把证领了，这你也想管？"

黄安安说："把他的！我是为他们高兴呢，问一声都不行？"

贺双栓说："黄伯，如果我和仙草办酒席，我们也想邀请你呢！"

黄安安说："那肯定没有我的份儿。这一不沾亲，二不带故，没有个名头啊。"

唐仙草说："那就以二宝凉皮店食品有限公司的名义，盛情邀请董事长当证婚人。"

黄安安说："那就没说的！黄伯这几天就开始练练嘴皮子，证婚人还要讲几句话呢！"

贺双栓说："唯一的遗憾，就是两个小花童不在了。"

唐春花知道贺双栓说的是萍萍和山山，不禁又勾起她内心的伤感，一个愣怔，就站在那儿久久地出神。唐仙草走过去，双手搂住了唐春花的肩膀，岔开话题说，贺家镇的凉皮店，现在她哥她嫂子已经熟练了店里的活路，以后她和贺双栓，就一起在这边替换黄伯和姑姑，让他们都安心地休息一下。唐春花这才渐渐缓过神说，也不知萍萍和山山今天是不是就进了学校。

黄安安说："再不要操闲心！艳红现在是有钱人，弄不好萍萍和山山进的都是贵族学校。"

唐春花说："对！不想了，不想了。哎，仙草，你爸你妈都好吗？他们也不过来看看我。"

唐仙草说："他们每天都在那边的店里蒸凉皮，压饸饹，也是忙得抽不开身嘛。"

黄安安说："哎，仙草，如果我和你姑都去参加你们的婚礼，那这边就要关门呢。"

贺双栓说："黄兴运还要再开几个分店，已经在那边培训操作工，到时候挑几个人过来顶一天，还能把啥事耽搁了？"

黄安安说："唉，我们真不能和年轻人比了。"

唐仙草端来一个盆子，盆子里用温水泡着晶莹剔透的红柿子。唐仙草让黄安安和唐春花赶紧吃几个柿子，然后就各自回家休息。黄安安拿出一个柿子说，喜糖没有见，这吃柿子又是什么讲究呢？唐仙草说，今天是霜降，她妈说霜降就要吃红柿子。吃了红柿子，整个冬天都不会嘴唇干裂了。

唐春花说："那就给你会平婶子也带几个，让她的嘴唇滋润着，她就不会骂人了。"

冬

草木轮回

立冬

热闹之后有悬心

01

贺双栓和唐仙草的婚礼在重阳节举行。

二〇一七年的重阳节，公历是十月二十八日，农历是九月初九，此日又逢星期六，这就应了发发发、顺顺顺和长长久久的黄道吉日。其实，按照黄兴运他们后来的说法，这都是为了尊重老辈人们的心理习惯，除了把婚礼时间的确定权交给贺家和唐家的老人外，其他一切事情，都不再向陈旧的观念妥协。

那天上午，黄安安和唐春花对婚礼的仪式一概不知，黄兴运也没有把黄刘村的人请到贺家镇那边的现场上去。黄兴运只是在前一天下午赶过来说，凡是黄刘村给凉皮店供货的人家，第二天都是婚礼的嘉宾。所以，这一天早上各家把加工的食品拉过来后，就都在凉皮店门外集合了。

现在的"二宝凉皮店"灯箱牌匾上，已经加上了"总店"的字样，门前还撑着一个铁架子，架子上蒙着白布，白布顶端，是一张贺双栓和唐仙草的婚纱照。婚纱照下边，用金色的字体喷上了"结婚大吉，免费酬宾"

的大字。

今天守在店里的是六个青年男女，都穿着制式服装，忙来忙去，这就晃动成了一片片流动的白云。黄安安、唐春花、崔会平、哑巴、刘全德、樊明贞等等一大群人，也都在凉皮店门外等候着。由于过路的人都看到了免费酬宾的招牌，店里就呼啦啦涌满了人，有的人还端着饭碗出来，凉皮店门前就更加热闹了。

刘宏声也匆匆赶来说："老黄啊，兴运这帮孩子到底想弄啥？"

黄安安说："仙草和双栓结婚嘛，这你都看不出来？"

刘宏声说："这我知道。可是你觉得我参加合适吗？"

唐春花说："当初没有你建议开的小卖部，也就没有后来的凉皮店，咋说也有你的功劳呢！"

崔会平说："刘书记，依我看，这帮毛头小伙子，也就是趁机热闹一下。"

说话间，婚礼的长龙车队就开过来了。贺双栓和唐仙草都穿着婚礼服，并肩站在一辆敞篷的皮卡车上，贺双栓和唐仙草身后和两边，又都是一群青年男女，又都是凉皮店统一的制式服装。

崔会平这就冲着唐春花叨叨说："你弟弟你弟媳也不管，这怎么到处都是凉皮店的打扮？把结婚都弄成开店了！"

唐春花一笑说："我弟弟我弟媳可能都没有过来，谁敢和这帮小子对着干？"

黄兴运自己倒把自己打扮得很时髦，原来理成心形的头顶，今天好像是戴着假发，那假发上好像喷着发胶，再加上他那一身西装革履，既像是婚礼主持人，又像是年轻的老板。

黄兴运从车上走下来，就指挥着给黄刘村的嘉宾们每个人的胸前插一朵鲜花，再斜肩套上了红佩带。佩带上前后都绣着"二宝凉皮店"的字样。

然后，那些小青年又在皮卡车和后面车队的每辆车两边，都拉上了宣传的横幅，有的横幅上写的是"二宝凉皮店"，有的横幅上写的是"吃一碗二宝美食，享一生难忘口福"。把一切摆弄停当，黄兴运才走到了人群一侧主持说："请新郎新娘就位！"贺双栓和唐仙草被搡下车。

黄兴运说："前景千般好，不忘挖井人！新郎新娘向二宝凉皮店的开创者黄先生、唐女士三鞠躬！"

贺双栓和唐仙草向黄安安和唐春花三鞠躬。

黄兴运说："总店均功臣，致敬黄刘村！新郎新娘向全体黄刘村的创业者三鞠躬！"

贺双栓和唐仙草向整个黄刘村的人三鞠躬。

黄兴运说："在家靠父母，出门靠朋友！新郎新娘向南来的北往的、现在在场的全体朋友们三鞠躬！"

贺双栓和唐仙草向全场所有人深深三鞠躬。

黄兴运说："现在出发！开往第二现场！"

黄安安现在才看清，除过新郎新娘乘坐的皮卡车，后边跟随过来的车辆，许多车里都没有人。黄兴运宣布出发的口令后，那些小年轻们就把黄刘村的人一个个领上车。一路上，谁也猜不透那个谜，第二现场又在哪里呢？

车队先在县城转了一圈，然后又转了高家镇附近的几个村。车队进了贺家镇，只是又领来几辆车，车队也还没有停下来。最后，好像是黄兴运掐着中午的时间，十二点车队就驶向唐峪水库的大堤上。大堤上铺着一条红地毯，摆放着一排子花篮，一排子盆景，在大堤的正中间，搭建着一个简易的平台。大堤南边的东西两侧，都有通往两个村子的公路，黄兴运已经事先安排好，载着黄刘村人的车辆就驶进西侧的那条公路，载着贺家镇人的车辆，就驶进东侧的那条公路。两边的宾客走下车后，就面对大堤形成了"八"字形的两条队列。他们的目光都会自然而然地向大堤上看去，也会随着倒影看进水里，水里和堤面的景致交相辉映，婚礼的场面就分外壮观了。

在黄兴运的主持下，贺双栓从大堤的东边走来，一直走到大堤的最西边，在那儿把唐仙草迎接过来，最后两个人就在大堤正中那个平台站定了。

黄兴运主持说："今天是个好日子，这儿更是个好地方！那就让天地，让山川，让河流，让每一个到场的亲朋好友，共同见证贺双栓先生、唐仙草女士的婚礼吧！"

堤面那个平台的背景上，突然就显出两份投影放大了的结婚证，结婚证也映在了水面上。

黄兴运说："高天彩云，天地同欢！让我们共同祝愿他们，情比天高，情深似海吧！"

全场鞭炮齐鸣，掌声雷动。

黄刘村那一边，唐春花和崔会平都悄悄望着黄安安。

黄安安似乎还想着什么心思，眼睛一直盯着堤面那边。

唐春花说："毕咧毕咧，这就没有证婚人的事情了。"

刘宏声说："谁想当证婚人？老黄吗？"

黄安安终于清醒过来说："把他的！我又被这些碎尿们耍了。准备了几天的好词儿，这全都用不上了嘛！"

刘宏声说："咋就用不上，晚上念给崔会平听！"

崔会平说："酸！我一听都倒胃口。"

刘宏声说："咋个就酸了？老黄，你就念给咱们听。"

黄安安说："不不不，出丑出丑呢。"

唐春花说："你肚子的那点墨水，可能就没想着要上台。"

崔会平念念有词地说:"仙草是个好娃娃,双栓也是个好娃娃,祝愿你们早生娃,娃娃长大成人后,也都是好娃娃!"

唐春花和刘宏声都笑得捂着肚子了。

黄安安红着脸,在崔会平头上弹了一指头说:"你个臭婆娘,我就给你学了一次,这就记得那么清!"

02

简单的婚礼结束后,车队又从另外的几个村子转到县城,吃饭还是黄二明的那个饭店。黄二明听说刘宏声和黄安安都在这儿,就给黄刘村的人换了个包间,还亲自过来给大家敬了一圈酒。刘宏声问黄大明和八婶近来可好。黄二明说,很快就到了寒衣节,老太太和大哥也都该回去给老爷子烧寒衣,现在就不便过来看望大家了。

黄二明说完就想离开,黄安安说,他们老黄家又出人才了,这第四代人不得了啊!黄二明说,整个就是瞎折腾,他和大哥都管不了。唐春花和崔会平都不说话,似乎还在回想那个大堤上的情景。黄二明离开后,黄兴运又领着贺双栓和唐仙草过来敬酒。

黄安安这就对唐仙草说:"今天最丢面子的就是黄伯了。说好的董事长当证婚人,怎么就不吭不喘地把黄伯晾到干滩去了?"

贺双栓和唐仙草不敢发话,说是他们还要过那边敬酒,就赶紧离开了。

黄兴运说:"大家都是二宝凉皮店的人,一切就要以企业的发展为目标!"

黄安安说:"我是说笑呢。这样好,这样凉皮店就在全县出大名了。"

刘宏声说:"文化搭台,经济唱戏。今天的事情也是一个道理。"

黄兴运说:"对了。这就是我的主要目的。"

黄安安说:"我无所谓,就怕双方家长心里不美气。"

黄兴运说:"我们从贺家镇出发时,他们已经讲过话了,然后就要把主要的时间都让给企业的宣传和发展!"

全桌的人都是大眼瞪小眼,对黄兴运的话无法应答。

黄兴运举起杯子说:"来,为二宝凉皮店尽快走向辉煌,再干一杯!"

03

自从那场婚礼之后,凉皮店的生意就火得一塌糊涂。有的人是直接看到了那天婚礼的宣传队伍,有的人是看到了网络和互相转发的微信朋友圈。这就一传十、十传百地让几个"二宝凉皮店"都红火起来了。

可是黄安安和唐春花几乎不用再去店里,这边所谓的"总店"已经被贺双栓和唐仙草接管了。那个在高家村租赁的院子,唐仙草已经提前和主人续约,续约金也由唐仙草交了。只是唐春花以前住的那间屋子,现在还给唐春花留着。另外的那两间屋子,一间由贺双栓和唐仙草居住,一间作为随时前来换班的职工临时居住。

唐仙草告诉黄安安和唐春花,不管是收款机还是微信扫码,都没有人可以作弊,公司将会很快拿出一个新的分配方案,黄安安和唐春花的收入不会受影响,以后他们就可以放心地休息了。唐仙草是唐春花的侄女,贺双栓是唐春花的侄女婿,所以唐春花自己说不出什么意见,先对唐仙草说,让她和黄安安商量一下,再给他们回话吧。

在路上,黄安安仍然骑着他的三轮摩托车,唐春花坐在后座上。以后的摩托车后座,已经不需要再摆那么多箩筐了。黄刘村加工好的食品也由店里直接派车拉回店里。所以,黄安安不知是顿感失落,还是真的彻底放下心,他也不和唐春花说话,嘴里又在哼哼唧唧地唱着谁也听不懂的秦腔戏。

唐春花终于憋不住说:"你烦不烦?咋就一句话都不说?"

黄安安说:"管他娘嫁给谁!反正我是真轻松了。"

唐春花说:"还有好多事情呢,你还是要思量思量。"

黄安安说:"别想,别思量!仙草又不是外人,欺骗咱们的事情,她做不出来。"

唐春花说:"我听那意思,咱们俩以后就仅仅成了一个股东,你就是想操心店里的事,以后都没有机会了。"

黄安安说:"股东好啊!人嘛,该知足就要知足呢。想当初,咱们就只是为了萍萍和山山上学方便,为了你不用每天劳累。没想到后来还真是挣了钱。钱嘛,挣多少是个够?谁也不能枕着钱睡觉吧?股东好!不管是每月能分多少钱,我们睡觉就夜夜安宁了。"

黄安安把"安宁"的话刚刚说完,就看见村口站着一群人。希贤伯领着黄庄这边的七八个人,樊明贞领着刘庄那边的七八个人,虽然刘全德站在远处,但显然他就是幕后煽动和指挥者。黄安安停下摩托车,唐春花也从后座上跳下来。

黄安安说:"你们这又想闹啥事呢?"

樊明贞说:"没人闹,只是请你们到村委会把以后的事情说一说。"

黄安安说:"没人闹,这就把我们堵在村口了?"

樊明贞说:"这不是大家心里急嘛。"

到了村委会,刘全德就变成村委会的半个主人,他开了会议室的门,又提来早就烧好的一壶水,满脸笑容地给黄安安和唐春花递来两杯茶,又坐在一边摊开笔记本。

黄安安被刘全德的样子惹笑了，说："哎，刘老师，这儿没有刘书记，我也没有召开什么会，你怎么把笔记本都摊开了？"

刘全德说："当事人，我也是当事人。等到大家议论结束，咱们也该拟订出一个集体合同呢。"

黄安安说："合同？咱们要和谁签合同？"

唐春花说："安安，你这不是明知故问吗？凉皮店现在是那个样子，大家肯定都不放心。我觉得，还是刘老师说得对，无论如何把一切事情，都要写在纸上，再找个公证的单位。"

大家齐声说："对对对！"

黄安安说："把他的！黄兴运他们还翻天了？黄刘村都是打天下的人，他们难道就敢把咱们一脚蹬了？"

樊明贞说："他们把一场婚礼都闹得惊天动地的，啥事不敢干？！"

黄安安说："可是黄刘村距离凉皮总店这么近，他们还能每天从贺家镇运过来？"

樊明贞说："我们听说贺双栓和唐仙草，把春花租赁的那个院子都续约了。如果他们把贺家镇的操作方式照搬过来，也在那边的院子盘起制作食品的炉灶，迟早我们就和他们没有关系了。"

黄安安说："哎呀，有点道理。这还真的要防一手。"

唐春花说："刘老师、明贞嫂子，你们不要觉得我和仙草是亲戚，就要顾忌我，该怎么签，就怎么签，绝不能让这帮小子把咱们耍了！"

黄安安说："让刘老师先写个东西出来，然后咱们再集体摁个手指印。实际上仙草和双栓都是皮影影，这两个皮影人都是黄兴运在后边操纵呢！"

刘全德说："大家说，一个人的想法，容易把什么事情遗漏了。"

黄安安说："这也是村里的大事情，刘书记怎么就不过来？"

刘全德说："听说跛子岗又闹惹什么事，刘书记就进城了。"

黄安安说："那个狗东西，迟早都要进监狱。"

唐春花说："我在这儿和大家一起商量，你先回家看看会平吧。"

04

黄安安回到家，崔会平还在被窝里呼呼地睡着觉。这些日子，崔会平的病情似乎不大好，她总喊着疼得受不了，黄安安问她哪儿疼，崔会平一会儿指指腿，一会儿又指指腰，黄安安就知道她的癌细胞又在转移了。黄安安打电话问儿子黄大鹏怎么办。黄大鹏说，当初他把母亲送回来，医生就说可能熬不过五个月。现在已经九个月过去，他前些天又问医生，医生说，这本来就是奇迹了。黄安安说："你妈是个要强的人，说不定是她把病吓跑了。"黄大鹏说："不完全是。主要还是爸爸忍让得好，再加上村里人都在关心她，照顾她，这就把她的心性改变了。"黄安安说："我以前对你妈真的很有气，现在终于和和顺顺的，就没有办法让她再多活几年吗？"黄大鹏说："科学毕竟是科学，如果她继续疼痛下去，也只能加大用药量了。"黄安安只得加大了用药量，崔会平用过药，就会出现昏睡的状态。

黄安安仍然不敢把实情说出来，他把崔会平摇醒说："这刚刚进入冬天的季节，你怎么又变成懒婆娘了？"崔会平仍然昏昏沉沉地说："我没事，也许是前些日子太张狂太兴奋，这就让身子骨受累了。"黄安安问她想吃什么饭。崔会平说，她想吃了睡醒再说，让黄安安该忙什么先忙什么吧。黄安安早上去凉皮店时，已经伺候了崔会平拉屎撒尿的事情，现在再摸摸她的身子，身子也都干爽着，这就觉得没有什么事，又想出门去村委会听听他们商量的最后结果。

黄安安走在村道上，又遇见了孙大脚。

黄安安惊奇地问孙大脚怎么又回来了。孙大脚说，一到冬天，城里搞装修搞施工的人就很少，她儿子黄丙成都很难揽到什么活路，这就不能让两个人都闲着啊。黄安安说，捡破烂也不分冬天夏天吧？孙大脚说，捡破烂能挣几个钱？黄安安说，那孙大脚不是还要看管孙子嘛。孙大脚说，现在她儿子也在捡破烂，一家人有两个捡破烂，这就是自己和自己抢生意。儿子捡破烂很自由，既能接送孩子上学放学，也能给孩子和媳妇做饭了。

黄安安说："你到底回来是啥意思？"

孙大脚说："咱们的凉皮店那么红火，就不能给我分点什么活路吗？"

黄安安说："那就赶紧走！合同上没有你的名字，还真不好办呢。"

黄安安把孙大脚带到村委会，大家听完黄安安的解释，孙大脚就受到大家一致的冷漠和蔑视。有人说，就是和黄兴运他们签合同，黄兴运也不会提高以前的供应数额，那就是一个萝卜一个坑，多一个萝卜，就没有多余的坑了。有人说，黄刘村在外边打工的人多的是，如果都像孙大脚一样，这山看见那山高，纷纷杀回来分一杯羹，那就会打得头破血流了。

黄安安自己也后悔地说："把他的！都是我把事情看简单了。还以为是以前那样，一切都由我说了算，这怎么就把商量合同的事情忘记了！"

唐春花说："反正和黄兴运的合同还没到双方签订的时候，不管是凉皮，不管是凉粉，看看孙大脚能做什么东西，多出个几十斤，也不是大事情。"

樊明贞说："关键是添一个新名字。我们都干了几个月，黄刘村供货人的产品和姓名，早就在店里的账本上存着呢。现在再增加新的一户，这就变成咱们弄虚作假了。"

孙大脚说："我也不要什么名分，每天做好拿到谁家去，按分量分钱就行了。"

郑氏婶说："面粉不一样，软硬不一样，成色不一样，谁敢乱掺和？"

黄安安和唐春花都非常无奈，就劝孙大脚先回家。孙大脚离开后，樊明贞就让黄安安看看刘全德已经拟好的合同书，黄安安说，刚才唐春花就在这儿一块商量的，他就不看了。

黄安安走出村委会，看着孙大脚非常无助的背影，立即就掏出手机打给黄兴运。黄兴运说，黄安安的董事长即就是挂名的，他们也会永远非常尊重。黄安安说，那是不是各个方面都要赶紧签个合同书呢？

黄兴运说："必须的！法制社会，契约精神非常重要！"

黄安安说："那黄刘村这一块，合同由谁拟订呢？"

黄兴运说："你现在还是董事长，我们怎么敢越位呢？"

黄安安说："你没有什么具体要求？"

黄兴运说："总店那边都供不上货了，我们也不能舍近求远。你让那边的爷爷奶奶们加把油，争取把产量翻一番，如果从贺家镇往那边送，车钱油钱都会加大成本呢！"

黄安安返回村委会，重新把黄兴运的话叙述了一遍，郑氏婶这就去叫孙大脚，刘全德又忙着修改合同了。

05

刘宏声今天进了县城，确实是跛子岗摊上大事了。遇到这样的事情，刘宏声开始还是想让黄安安去处理，可是黄安安去了沟那边的凉皮店，跛子岗又是他本家的侄子，一而再，再而三地把跛子岗的糗事推给黄安安，那就实在说不过去了。

跛子岗那次对孙大脚强奸未遂后，也变得老实了一些日子。为了避免和黄丙成、孙大脚在院子相遇，跛子岗就不再开着农用三轮车收破烂了。跛子岗的改行也是他的女朋友建议的：在车上架一个烤炉子，每天早出晚归卖烤红薯，这就不用满城里跑，挣钱肯定也比收破烂多。跛子岗在制作烤炉时，这就结识了个体户焊接工周五魁。周五魁长着满脸的络腮胡子，跛子岗看不出他的年龄，在心里也就有点胆怯，这就一口一个"周哥"地叫着。周五魁问跛子岗多大了？跛子岗说他三十七，周五魁一拍跛子岗的肩膀说，那你就是哥！一下子把称呼倒过来，跛子岗就以为周五魁还算老实人。

周五魁听说跛子岗要卖烤红薯，不但不收他的加工费，还要和跛子岗交朋友。跛子岗不知周五魁的底细，当时还客气了一句说，朋友是朋友，加工费是加工费，当哥的也不能占弟弟的便宜。周五魁说，既然是朋友，就不能太见外，百十块钱的加工费，就算弟弟送给岗哥的见面礼！跛子岗当时也没在意，顺嘴答应着也就过去了。

烤红薯炉加工好，跛子岗就去拉炉子。这一天，周五魁真是坚决不收加工费，还喊出他店里的两个小兄弟，把烤红薯炉抬到跛子岗的农用三轮车上，再细心地用铁丝固定结实。跛子岗这就又欠了周五魁的大人情，说是过几天就请周五魁和弟兄们喝酒。周五魁看出机会已到，就提了一个要求说，跛子岗也不方便到处找红薯，那红薯的原料就由他供应吧。跛子岗心想，全城那么多菜市场，哪个菜市场买不到红薯呢？周五魁见跛子岗有点犹豫，就说他的家里也在种红薯，让跛子岗先进一批试一试，不行再从别处购买。跛子岗这就放心了。周五魁送来的那些红薯，个顶个都是好红薯，不但卖相好，味道也拉来许多回头客。周五魁接连送了两次，然后又提出签合同，跛子岗觉得，现在都是朋友了，就不能伤朋友的面子，这就爽快地把合同签了。

可是让跛子岗没有想到的是，合同上再没有说红薯的质量，也没提到红薯以后的价格，但是又非常确切地写着，跛子岗除了必须从周五魁的手里进红薯，再不能从任何地方进。如果跛子岗失言，那周五魁就有权收回烤红薯炉！这就过了四五天，周五魁首先把生红薯的价格涨了。跛子岗着急了说，你把原材料涨得这么多，那我怎么赚钱呢？周五魁说，物价都在涨着么，原材料涨多少，你就跟着涨多少。跛子岗说，吃烤红薯的都有许多老顾客，这平白无故地涨了价，回头客也就不来了。周五魁说，那我不管，一切都要按合同办事，走到什么地方，都会让合同说话呢。跛子岗说，合同上就没写价格的事情，你让合同怎么说话？周五魁说，你是一个大老粗，我也是一个粗老大，碰上两个二百五，那就一切还是讲交情。跛子岗说，那就重新签合同。周五魁说，可以。但是我必须把最重要的一条说在前头，价格就还是现在这价格，另外还要补上一条，如果市场上出现涨价，就必须跟上市场的行情。跛子岗忍气吞声地签了合同，可是几天过去，周五魁送来的红薯又不是原来的样子了。

跛子岗这才知道遇上了一个难缠的角色，质问周五魁，这样的生意还怎么做？周五魁说，跛子岗起早贪黑的太辛苦，那就让跛子岗把车子和烤炉都交给他，他手下的弟兄好几个，不用学也都会烤红薯。跛子岗还在虚张声势说，他和女朋友都是残疾人，全都受法律的保护，如果周五魁再这样欺负他，他就找残联告状了。周五魁说，他这是关怀残疾人，告状还能告得赢？跛子岗说，他都没有生活的来源了，怎么还是关怀他。周五魁说，让跛子岗放心，每个月都会定时发给他生活费。跛子岗问每个月的生活费是多少。周五魁说那要先看卖红薯的月收入，先让他们试卖一个月，然后再签一个分成的合同。跛子岗再也不敢相信周五魁，推延说让他考虑几天吧。

可是从那一天开始，跛子岗的烤红薯就很难卖了。烤炉前刚刚走来几个顾客，就会有一个小伙匆匆跑来，手里拿着一个同样的红薯说，这红薯已经变质了，苦得简直不能吃！跛子岗说那红薯不是从他这儿买的，但是谁也不听跛子岗解释，顾客们放下手中的烤红薯，纷纷逃离是非之地。跛子岗又换了个地方，那个小伙仍然是故伎重演，跛子岗就彻底没有退路了。跛子岗枯坐街头整整想了一天，后来就决定再去收破烂，周五魁打来电话说，岗子哥呀，怎么找不到你的人了？跛子岗说，此处不留爷，自有留爷处，他跛子岗也是走南闯北的人，不会在一棵树上吊死呢！周五魁说，那跛子岗还欠着他制作烤炉的加工费；他那儿还为跛子岗存放着三千斤生红薯；如果跛子岗想改行，许多手续都必须结清呢。

跛子岗实在走投无路，心里就燃起愤怒的烈火。他先把自己的农用三轮车和烤炉都交给周五魁，目的是先把周五魁稳住。一个深夜，周五魁的焊接店就燃起冲天的大火，周五魁和老婆都烧成重伤，相邻的几个店铺也都损失惨重。警察们经过一天的侦破，这就把跛子岗锁定为重点嫌疑人。

开始跛子岗还是矢口否认，说他一个残疾人夜里根本不会出去。警察问焊接店里的农用三轮车是不是归跛子岗所有。跛子岗说那是周五魁敲诈勒索的。警察说，这起码就是犯罪动机。跛子岗说，他确实对周五魁很愤恨，但是像周五魁那帮小混混，结下的仇人可能也不止他一个人。

刘宏声来到城关派出所时，跛子岗已经被拘留了。警察们弄清了刘宏声的身份，就给刘宏声播放了街道上的监控录像。

那几天，每当夜深人静，周五魁焊接店门前，都会有一个人骑着电动共享单车驶过来。那个人戴着连衣帽，前前后后转一圈又走了，这就足以说明他是为踩点而来。

最后那一次监控录像，共享单车的后座上还放着一个塑料桶，那个人先把共享单车放在电线杆旁，取下了塑料桶，很快就在一条小巷消失了。当焊接店的火光从后边的屋子烧起时，那个人就再也没有从小巷出来。

人有千虑，必有一失，跛子岗完全没有想到，匆忙中也没有骑走共享单车，消防车和警察们赶到时，把那辆共享单车也推走了。为了充分证明是跛子岗，警察们还提取了民生苑小区的监控录像，这时候跛子岗再没有戴起连衣帽，似乎再不用遮掩了。他骑的另一辆共享单车，放在小区的院子里，很快也被警察推走了。

两辆共享单车，都留下了跛子岗的个人信息，跛子岗就只能供认不讳了。

警察问刘宏声，刘岗家里还有什么人。刘宏声说，这个孩子太可怜，自小就落下残疾，父母也走得早，除了他这个本家伯，再没有一个亲人了。警察说，这是周五魁家人提出的要求，他们现在还惦记着医疗费呢。

刘宏声说，刘岗早就离开了村子，现在每个村子都有许多在外打工的人，就是出了什么事情，村子的领导也管不过来嘛。警察说，这确实是一个非常普遍的问题。刘宏声本来一切都不想再过问，他知道跛子岗一直不争气，如果拔出萝卜带出泥，那他又不知道该如何处理。警察觉得这个案子，首先还是由周五魁的敲诈勒索引起的，而且还需要对周五魁进行深入调查，弄清有没有黑恶势力的嫌疑，所以就不想为难刘宏声，只是向刘宏声提出一个要求说，天已经越来越冷了，刘岗从拘留到判刑还有一个过程，刘宏声作为村领导，最起码有一点人道关怀，让他给跛子岗送一身棉衣和拘留期间的生活用品进去吧。

刘宏声说："这没有问题。"

警察把刘宏声带到看守所，跛子岗见到刘宏声，耷拉的眼睛立即就睁得很大，似乎看到了希望，似乎看到了救星。

刘宏声说："刘岗啊，这一次你就栽重了，谁也不能救你出去了。"

跛子岗竟然大不咧咧地说："大伯，没事，我这也是正当防卫吧！"

刘宏声说："哪有纵火防卫呢？"

跛子岗说："明着来，我打不过狗日的啊。"

刘宏声说："你还伤及了无辜，不但烧伤了周五魁的媳妇和娃，两个邻居房屋的损失你也必须赔！"

跛子岗说："他狗日的先欺负我，我就要让他狗日的认得，马王爷都是三只眼，让他狗日的牢记一辈子！"

刘宏声觉得实在无话可说，就把带来的东西递了过去，站起身就想赶快离开。可是跛子岗还在后边说，让村里帮助他和周五魁打官司。如果这场官司打赢了，他还要出去结婚呢！跛子岗说这也是他从中吸取的教训，心里没有一个固定的女人，整天就脚踩几只船，就喜欢在外边瞎胡混，就容易上当受骗呢。

刘宏声回头说："一切都晚了！"

跛子岗说："不晚不晚，我真要重新做人呢。"

警察见跛子岗这么啰唆这么可笑，就故意吓唬说："如果你还有欺负女人的问题，这还要一同调查呢。"

跛子岗这才不敢吱声了。

06

往年的黄刘村，过了立冬的季节，全村人就似乎都进入了冬眠状态。可是今年的黄刘村，又似乎延续着什么节日，到处都是喜气洋洋，到处都能看到，窗户中蒸腾出白色的气流，村道上发出热情的问候声。有了孙大脚的加盟，又有几户人回村效仿，黄安安把他董事长的特权使用完毕后，自己倒好像开始蛰伏了。

崔会平的身体越来越不好，精神也开始出现问题，一会儿滔滔不绝地和黄安安说话，一会儿又低下头打瞌睡。崔会平的话语现在很平和，总是回忆起她小时候的事情，说是她小时候就很调皮，由于是家里的独生女儿，全家人都会惯着她，她就连男孩子都不怕。崔会平说，她和黄安安结婚，其实是她自己的主意，当初在煤矿上认识时，她就看出黄安安是个憨脾气，虽然脑子也不笨，但是做什么事情都总是让着别人，所以她才让她的母亲和黄安安的母亲去提亲。

黄安安说："你觉得我憨，那为啥还要跟我结婚？"

崔会平说："憨人就不会欺负我，而我又好收拾你呀！"

黄安安说："把他的！我还以为你只想从黄土高原走出来。"

崔会平说："当然我也知道你是独生子，以后就没有人分家当。"

黄安安不想再揭崔会平的短处，不想再惹崔会平生气，仍然像往常一样嬉笑说："把他的！那我就是先娶了个狐狸精，后来又把狐狸精娇惯成母老虎了！"

崔会平说："那你下辈子还敢要我吗？"

黄安安说："咱们先把这辈子过完吧。谁提前离开谁就太无情无义了！"

崔会平说："你老实说，你是不是还在记恨我？"

黄安安说："以前的事情再不要说，你永远还是我老婆。"

崔会平本来还想纠缠个没完没了，只是已经困乏了，就又倒头睡觉了。

黄安安把崔会平的异常状况说给唐春花，唐春花也过来看了几次。每当唐春花进来，崔会平又是很正常的样子说，黄刘村以前怎么把两个人物埋没了？接着还会开着黄安安和唐春花的玩笑说，一个挂名的董事长，一个挂名的总经理，聪明一世糊涂一时，都让几个小屁孩耍了！唐春花说，如果还像以前那么忙，谁还能陪你个歪婆娘说话呀？崔会平又好像是自问自答说，都是五十多岁的年纪了，歇下来才是享清福。唐春花让崔会平好好睡一觉，整天唠唠叨叨的也不嫌累。崔会平马上就低下头说，好，眯一会儿，眯一会儿，你们就赶紧商量事情吧。唐春花离开后，崔会平又睁开眼睛说，唉，老天爷有时候也犯糊涂，怎么到处都是乱点鸳鸯谱。黄安安问她这话是什么意思？崔会平说，她说什么了？她啥话都没说。

07

在黄庄这边，现在只有三个悠闲的人，除了黄安安，哑巴黄利贵也是经常不见面，这黄安安知道，哑巴的心是操在他的干爸干妈身上，所以就经常悄悄地牵着他的奶羊去了敬老院。这就似乎与世无争，这就似乎村里的事情和他都没有关系了。再就是唐春花，不用再在凉皮店忙碌，这就如同一只快乐的老喜鹊，前天飞到了贺家镇，看望她的弟弟和弟媳妇；昨天又飞到凉皮店，指导自己的侄女和侄女婿；今天再飞回村里来，排门齐家地转一圈，为凉皮店把好质量关。

虽然黄安安也算三大悠闲人之一，但他却必须陪着崔会平，也就凡事不过问了。

那一天，刘宏声从县城回来后，还打电话让黄安安去村委会见个面。

黄安安说，有事就在电话里说，他现在要当五好丈夫呢！刘宏声知道黄安安不是能在家里坐得住的人，就不放心地过来了。刘宏声先在院子里说了跛子岗的事，黄安安说，他现在啥事都听不进去。

刘宏声询问黄安安烦啥呢。黄安安悄声说，他觉得崔会平好像不对劲。

当刘宏声走进屋子时，崔会平坐在轮椅上真的睡着了。

刘宏声说："我觉得还是去医院检查一下好。"

黄安安说："我根本就不敢提医院，一提医院她就发脾气。"

刘宏声说："那也许只是季节的变化，不管是入冬还是入夏，人的情绪都容易波动吧？"

不等黄安安再说话，崔会平已经摇着轮椅出了屋子说："你们在外边嘀咕啥呢？"

黄安安说："你看这是谁来了？"

崔会平说："刘书记你瞧瞧，黄安安这几天就好像把我当娃哄呢。"

刘宏声说："会平，你如果心烦，过几天咱们再出去转一转。"

崔会平说："不转了。这一年，我把没享的福都享了。"

刘宏声说："这都是老黄的功劳啊。"

崔会平说："还有你刘书记，你是红花，我们家老黄和唐春花，他们再能，也都是衬托红花的绿叶子。"

刘宏声和黄安安都哈哈地笑了。

小雪

临终之前的嘱托

01

农历十月初一，在历书上称为"寒衣节"，可是在黄刘村人的嘴里，它被说得既具体又实在。黄刘村人从来不说寒衣节，都把这一天的事情，说成是"烧棉裤袄"——该给先人烧棉裤袄了！早些年，点燃在坟头的棉裤袄，实际上也不像个棉裤袄，那样的制作过程，都有点简单化和象征化。妇女们早上起来，在黄色的火纸里铺垫上棉花，然后就折叠成四个宽窄不等的长方条，稍宽的一条就是棉袄身，稍窄的三条就是棉袄的袖子和棉裤的裤腿。所谓的棉袄，其实就是把裹着棉花的火纸条压成英文大写字母"T"字形。所谓的棉裤，其实就是把裹着棉花的火纸条压成英文大写字母"A"字形。这样的民俗发展到现在，和冥币的制作一样，早就转移到民间的制作小工厂，完全做成了有模有样的小棉袄和小棉裤了，而且褥子和被子也一应俱全，在农村的大小商店都可以买到。

崔会平今天早上的表现更加异常，天不亮，她就把黄安安喊起来，让黄安安为她擦洗更衣。黄安安已经适应了崔会平的啰唆和突发奇想，几乎是任崔会平摆布了。他为崔会平净身更衣吃过早点，崔会平就让黄安安取出了家里存着的陈年火纸，新鲜的棉花很难找到，崔会平就撕开了身下的褥子，从褥子里掏出一点棉套子，又非常耐心地把棉花套撕成薄薄的棉絮状。然后，崔会平就按传统的办法折叠着"棉裤棉袄"了。

黄安安说："会平这是都烧给谁呀，怎么就折叠这么多？"

崔会平说："你爷爷你奶奶，你父亲你母亲，我爷爷我奶奶，我父亲我母亲。"

黄安安说："啊，我媳妇今天还要回娘家了？"

崔会平说："要回去。咋能不回呢。"

黄安安不愿意多问，先赶紧跑到院子去。这些日子，他的三轮摩托车都几乎没有动过窝，如果崔会平要跑长路，就要给车子充电呢。黄安安从院子再进屋，崔会平已经把折叠好的"棉裤棉袄"分成了两堆，连同两沓子火纸装进两个袋子里。

黄安安说："会平说先从哪里烧？"

崔会平说："先从你们黄家啊！嫁出去的女，泼出去的水，我死了还是要埋在老黄家的坟地里，这就是给自己买路呢。"

黄安安说："我骑摩托带着你，还是替你推轮椅？"

崔会平说："在村里还是少张狂，你就帮我推轮椅吧。"

黄安安说："天色还早，咱们再等等吧？"

崔会平说："烧完还要跑远路，不敢耽搁了。"

黄安安把自己那件宽大的羽绒服披在崔会平身上，这就推着轮椅出了门。村道上还是麻麻亮，入冬后的清晨，确实已经很冷了，黄安安自己都禁不住打了个寒战。他悄悄看看崔会平的脸，崔会平只是把羽绒服往身上裹了裹，丝毫没有退缩的表情。黄安安缓缓地出了村子，走向自己家族的坟地。

崔会平让黄安安把她扶下轮椅，然后就跪在地上烧着由自己亲手做成的"棉裤棉袄"。崔会平一边烧一边嘴里不停地念叨着，尽管黄安安不敢用心听，但现在已经确切地知道，崔会平快走了！这个和他相处了三十多年的女人，刚进门时，黄安安曾经喊过她媳妇，那时候，崔会平喊他都是"喂喂喂"，不叫他名字，农村人也不叫老公和先生。后来有了儿子黄大鹏，黄安安又把崔会平喊成"娃他妈"，崔会平也改称他是"娃他爸"了。只有儿子离开后，他们的称呼才变得非常自由，除了那些玩笑的对骂，都开始黄安安、崔会平的直呼其名了。

崔会平烧完"棉裤棉袄"后，就跪在地上放声大哭了。

黄安安紧紧地抱着她的肩膀说："会平，不哭不哭，烧棉裤棉袄不用哭。"

崔会平又对着坟头说："公公婆婆，儿媳不好！儿媳什么都不好！儿媳这就过来给你们赎罪了，你们都不要埋怨儿媳呀！"

黄安安连忙抱起崔会平说："父亲母亲，你儿媳好着呢，好着呢……"

崔会平还要说什么，黄安安已经把她抱到轮椅上，然后就快速地推回村子里。

崔会平的娘家在黄土高原深处的崔家沟，距离黄刘村三百多里路。

黄安安知道崔会平已经不会跑那么远的路，因为她嘴里念叨的都几乎是梦境中的呓语了，但还是骑着三轮摩托车把崔会平带着。走到北沟底下时，崔会平忽然又清醒过来说，不去了，那么远的路还能跑得到？也不能让她的黄安安受累呀！黄安安仍然是很温顺地把摩托车停在那个丁字路口，等待着崔会平再发话。崔会平说，她也不下车子了，让黄安安就在丁字路口，给她娘家那边的先人们把"棉裤棉袄"烧了。黄安安蹲在地上把崔会平递过的那些东西点燃，崔会平坐在车子上，就好像疲劳得再也不想说话了。

黄安安知道，崔家沟太远太远了，再说崔会平家里已经没有什么人。黄安安烧完"棉裤棉袄"上了车，崔会平的眼睛里这才涌出了几滴泪水。

黄安安说："会平，你如果真的想回老家看一看，那我就包一辆出租车带你去？"

崔会平说："不了。我们村在山沟沟，多少年我都没有回去过，也不知那个村子搬走没搬走。"

黄安安说："只要你高兴，跑多远的路我都不在乎。"

崔会平说："回，安安。咱们就回咱们的家，我不能让你再受苦受累了。"

黄安安说："我刚才已经给那边的父亲母亲许了愿，你就放心吧。"

崔会平说："那我怎么没有听见？"

黄安安说："祷告都是在心里悄悄说，说出声，路过的鬼魂就把棉裤棉袄拾走了。"

崔会平说："那你现在说，你对我父母亲说的什么话？"

黄安安说："我说，这是会平亲手给你们做的棉裤棉袄，你们就把自己穿得暖暖和和的。如果你们觉得冷清，就经常过来转一转。会平现在啥都不缺，你们需要什么，就给会平托个梦，会平每天都想念你们呢！"

崔会平说："说得好。过几天，我再和他们当面说吧。"

黄安安心里咯噔了一下。

02

上午时分，村子里又是人来人往。外边的人都纷纷赶回来，不管是送寒衣，还是黄刘村人嘴里念叨的"烧棉裤袄"，都是后人不敢怠慢的节日。

八婶今天非常兴奋，她没有再带黄大明和黄二明，而是把她的重孙子黄兴运带回来了。从城里出发前，黄兴运就开车过来说："祖奶奶，今天我就带你回村吧。"八婶说："好你个崽娃子，我以为今生都看不到你回黄刘村，今天的太阳是从西边出来了？"黄兴运说："以前是我不想听你们念老古经，可是现在啊，黄刘村就是我们的发祥地，你说我不前去敬仰一下说得过去吗？"八婶说："那你把你二爷的几个孙子都叫上，让村里人也看看，祖奶奶的福气有多大。"黄兴运说："他们都是小屁孩，为这事也不能不上学吧？"黄大明和妻子看见孙子这么出息，就拿出买好的那些"寒衣"说，给先人们烧寒衣，一边烧一边还要念叨呢。不等爷爷和奶奶把念叨的话教给黄兴运，黄兴运已经烦躁了说，祖奶奶就在他车上，在路上还不能教嘛！黄大明和妻子害怕黄兴运反悔，就赶紧送八婶进了电梯。

　　黄兴运和八婶从坟地里回来，发现刘宏声已经在村头迎接了。

　　八婶说："你的消息咋就这么快，怎么就知道我回来了？"

　　刘宏声说："你还没出城，大明把电话就打过来了。"

　　八婶说："他这是不放心我，还是不放心运运呢？"

　　黄兴运说："这和放心不放心没有关系，显摆是我爷爷的老毛病！"

　　刘宏声知道黄兴运也是老黄家的小少爷小祖宗，尤其现在还是黄刘村的财神爷，不敢怠慢，也不敢指责，赶快就客套地说，今天啊，黄兴运确实也是最受欢迎的人，村里人听说他回来，早就在村委会等候着，不能说给大家讲几句话，起码和大家见见面，也是给大家带来的定心丸。

　　黄兴运说："刘书记，你好像也是官话套话了？"

　　八婶说："运运，你这是什么话？怎么和你刘爷爷说话呢？"

　　刘宏声说："没事没事，我最喜欢年轻人的性格，直来直去，不绕弯子。那就先去村委会，坐一坐，喝口水，和大家聊一聊总行吧？"

　　村委会那里确实已经站了许多人，看见黄兴运和八婶走过来，刘全德和樊明贞还带头鼓起掌。

黄兴运不禁又火了说:"停下!停下!别人不明白,你们难道也不明白吗?二宝凉皮店,能一步步发展起来,黄刘村就是发祥地。包括我自己,都是从二宝凉皮店开始做生意。这怎么到头来,我竟然变成了座上宾,我怎么就成了最受欢迎的人?"

孙大脚说:"有你参与后,生意也就越做越大了。不然的话,像我这样待在城里过穷日子的人,哪里还敢回来呢?"

那些新加入的人也迎合说:"是啊是啊,是这个理儿。"

希贤伯说:"唐春花的孙女叫宝萍,孙子叫宝山,二宝凉皮店就是由这样的二宝起的名,如今宝萍和宝山都走了,这名字恐怕都要改改呢。"

黄兴运说:"黄刘村可能已经有几百年的历史了,几百年前的先人早就不见影子了,这是不是也要把姓黄姓刘改一改呢?"

大家就不敢再说话了。

黄兴运说:"哎,黄爷爷和唐奶奶怎么都不在这里啊?"

郑氏婶说:"一个在家里伺候老婆,一个成天都不见人了。"

黄兴运说:"噢,怪不得你们对我这么热情,看来你们是有点担心了。"

希贤伯说:"可不是嘛。如果黄安安让媳妇的病缠住了,唐春花也在为她的两个孙子分心,我们担心这样下去,你也会把黄刘村这个加工点撤掉了。"

黄兴运说:"你们都散了吧。公司的事情有公司研究,你们就不用操什么心了。"

樊明贞说:"你不去我们家看一看?"

黄兴运说:"当然要去。哎,每家每户我都要去,我最担心的是卫生问题,如果有谁家卫生不达标,第一是停业整改,第二就是取消资格了!"

那些人一下子就慌乱了，也不和黄兴运再打招呼，纷纷就紧紧张张地跑回家了。

刘宏声喊着刘全德说："刘老师，我这里还要留下人招呼呢，你怎么也要走？"

刘全德仍然不回头地说："家里要收拾，家里要收拾！明贞一个人顾不过来，我必须赶紧搭把手呢。"

刘宏声又对黄兴运说："你瞧瞧你的威气有多大，这就像老鼠见着猫了。"

黄兴运说："没有人会害怕我，他们是操心能不能继续挣到钱。当然，这也是企业管理必要的威严感，尤其是经营食品的行业，容不得丝毫的疏忽大意呢。"

刘宏声一边点着头，一边把黄兴运让进屋子，黄兴运走进刘宏声的办公室，早就坐在里边的八婶就开始数落黄兴运说，回到村子里，面对的都是爷爷奶奶们，有的人还和她一样，同样都是祖爷祖奶辈，黄兴运说话就不能没大没小的。如果把他们得罪了，老黄家以后可怎么见人？别人也会说他们家门风不好呢。

黄兴运根本不理睬八婶，只和刘宏声说："黄刘村还真是一块风水宝地，可以开发的事情太多了。"

八婶嘻嘻一笑又插话说："现在你知道是风水宝地，那你从小到大，为什么就一直不回来？如果没有凉皮店，就不知道猴年马月才能回来看一次。"

黄兴运说："祖奶奶，我这是和刘书记谈工作，谈开发，你如果觉得坐在这儿烦，那你就出去转转吧。"

八婶无奈地冲刘宏声笑笑，就真的站起来说："那我就去看看安安媳妇。啊，运运，你等会儿也过来看看。听说你崔奶奶几天都没有出门，也不知能不能挺过这个冬天了。"

黄兴运说："病人就需要找医生，我看了也没有用。"

八婶说："你还是这么不懂事，刚才你还说，都是你安安爷爷首先把凉皮店开起来的，这就又不管他的忧愁了。"

黄兴运说："祖奶奶，和你们老人说话真费劲，你先走，我会有安排的！"

八婶离开后，刘宏声就问黄兴运，你想起什么开发项目了？黄兴运先出去打了个电话，然后就把刘宏声喊出门说，他真的要到各家各户检查一下，让刘宏声一块儿陪他走走。在路上，黄兴运就和刘宏声说，黄刘村的地形地貌如此独特，南靠秦岭，四面环沟，真是天设地造的世外桃源呢。不管是花椒树顶出绿叶，还是成熟后的红彤彤一片，稍加宣传，就会引来旅游的客人。如果再在一圈沟岸上，栽种上各种各样的观赏花木，那就是名副其实的桃花岛。而且，黄刘村还留下王莽追刘秀的传说，这样的神秘色彩也很诱惑人。刘宏声说，以前那些沟沟坡坡，本来就长满槐树、柿子树，每到春暖花开的季节，就会来许多游客。黄兴运说，就地取材的花木当然更好，问题是必须形成规模，形成一眼难忘的视觉冲击力。刘宏声说，自从引进了花椒树，村民们就再也不想别的事情，包括他们自己都抱着得过且过、见好就收的态度了。黄兴运说，那也不会破坏现有的经济植物，也不需要多大的投资，如果提前规划好，每年每季栽种一片，四五年过去，那样的景观就渐渐形成了。刘宏声说，那可能和村民们又会产生纠纷和矛盾，游客们也不会都自觉，有人会采摘花椒芽，有人会采摘嫩花椒，还会钻进花椒林中照相，发生损坏树木的事情。

黄兴运说："游客增多，就会把饮食业和服务业带动起来，那样的收入肯定比忙碌几天,全年等待的花椒产业多得多。"

刘宏声说:"饮食业问题好解决,可是没有个休息住宿的地方,还是把旅客留不住。说到底还是缺乏大投资啊。"

黄兴运说:"现在村里的空房子空院子太多了,先因陋就简搞起来,总有一天会形成规模的。哎,刘书记,我这个想法也是商业机密,咱们今天先是议一议,你先替我保守秘密啊。"

刘宏声说:"那就看你们这一代人了。刘爷爷现在啊,只能保证管住自己的嘴不透露出去。"

黄兴运说:"刘书记,我们在谈工作时,你就不能爷爷奶奶的,那样容易感情用事,凡是感情用事的事情,其教训就太多太多了!"

刘宏声笑了说:"对对,农村的辈分,有时候真是坏事情。比如,如果没有刚才我们的一席话,我还是把你看成是毛孩子、小孙子。爷爷和孙子谈的任何话,都会像一阵风就从耳朵梢刮跑了。"

黄兴运说:"那就一言为定!我过几天就实地考察,慢慢地弄出一个总体规划!"

刘宏声说:"哈哈,长江后浪推前浪,看来我们就快被你们拍在沙滩上了。"

03

早上黄安安把崔会平从北沟底拉回来,崔会平的话就越来越少,她让黄安安把她抱到床上后,就再也不想起来了。

黄安安说:"你想不想和儿子孙子说说话?"

崔会平说:"今天是星期几?"

黄安安说:"星期六。"

崔会平说:"那我的小牛牛就没有上学。没上学,大鹏和蓝兰兴许就带他出去玩了。那就……那就让小东西好好玩一玩。"

黄安安说:"他奶奶都病成这个样子,玩耍就那么要紧?"

崔会平说:"甭惹娃,甭惹娃。娃活得也不容易啊。每天上学啊,作业啊,好不容易休息一天,好不容易出去玩玩,咱就别和娃捣乱了。"

黄安安说:"你……你要把他们娇惯到啥时候?"

崔会平说:"我没事,啥时候让他们回来……我知道。"

八婶走进屋,黄安安把八婶带到床边。崔会平看见八婶,就要挣扎地坐起来。八婶把崔会平按住说,这怎么就不送医院呢?崔会平使劲地摇着头说,她的病身子她知道,还去医院干啥呢?八婶悄声对黄安安说,今天没有把大明二明都带回来,如果他们都回来,就可以到黄安安家里坐一坐,热热闹闹地说说话,兴许崔会平就会打起精神了。黄安安说,大家都那么忙,麻烦谁他都过意不去。八婶和黄安安正说着话,两个医护人员就抬着担架走进来。刘宏声、刘全德和樊明贞几个妇女也都在担架后边跟着。

黄安安惊叫说:"谁呀?这是谁把医生叫来了?"

黄兴运拨开人群说:"生病就要去医院,这是起码的常识。怎么就给病人不看病呢?"

黄安安说:"你崔奶奶她不愿意去啊!"

黄兴运说:"你还能全听病人的!抬走,一切都要按检查结果说话!"

崔会平已经无力挣扎,无力反抗,一群人把她抬出大门时,村道上又来了许多人。崔会平这才又睁开了眼睛,从被子里伸出不时抖动的双手,就那样在担架两边轻轻摇晃着,似乎是和大家打招呼,又似乎是和大家告别。

黄安安知道崔会平的病再不能隐瞒下去,就把黄兴运拉到一边说:"她的病早就到了癌症晚期，现在你崔奶奶自己可能也知道了，我求你就别折腾了，就让她在村里咽气吧。"

黄兴运一惊说："那我们也得让医生说话，让崔奶奶看出大家对她共同的关心。"

黄安安说："这样也好。这样我就可以提前告诉儿子，让他们心里都有个准备。"

04

检查的结果，崔会平确实已经到了弥留之际，癌细胞扩散得到处都是，几个器官也出现了严重的衰竭，继续做任何治疗都很难再创造奇迹了。

黄安安拿着检查结果回到病房里，唐春花也坐在崔会平身边。

黄安安先问候唐春花说："这几天都不见你的人，你这是从哪里过来的呢？"

唐春花说："会平打电话你不知道？"

黄安安说："我不知道呀！她自己给你打电话了？"

崔会平突然就喘着粗气说："我……我快走了。我走了也……也不能饶了她。"

唐春花搂住崔会平说："那你还想怎么骂？还想怎么处治我呢？"

黄安安说："春花，你别听她说傻话。"

崔会平说："春花，你瞧……瞧瞧，我还没有走，他就开始护着你了。"

黄安安也坐在崔会平另一边说："医生说，你这次发病已经有好些日子了。可你一直瞒着我，这不是傻子是啥啊？你自己说你傻不傻？！"

崔会平努力地笑了一声说："我知道……我知道我的整个身子都成了

豆腐渣，豆腐渣还……还能再揉成白面馍馍吗？"

唐春花用自己的脸紧紧贴着崔会平的脸说："会平，你真傻，你真傻，这是你自己把自己的病耽搁了。"

崔会平说："安安，春花，当初儿子把我送回来，我就知道自己的病不好。如果真是风湿性关节炎，儿子和儿媳他们好意思让我离开吗？后来我觉得越来越疼痛，就悄悄地在手机上查，所以，我早就知道自己患上的是绝症了。"

黄安安说："会平，对不起。原谅我一直瞒着你呀。"

崔会平说："我知道你是一片好心。如果不瞒我，那我很早就见阎王爷了。"

唐春花已经痛苦难言，崔会平拉过唐春花的手，又从那边把黄安安的手拉到她怀里，这就把三只手叠放在一起了。唐春花一惊，下意识地把手抽开，又移下来抓住崔会平的胳臂。黄安安也慌乱地把手抽开，然后就打开一盒牛奶喂着崔会平。

崔会平推开奶盒说："你们……你们又不是小青年和小姑娘，还害羞个啥呢。"

黄安安和唐春花都无言以对。他们没有羞涩，没有窘迫，也想不出什么语言再劝说，就那样直愣愣地坐在崔会平的病床两边，就好像变成了两个孩子，倾听着一个即将远行的老人叮嘱和托付。

崔会平断断续续地说："春花，以前的……事情就不说了。人嘛，还能……还能把心里的疙瘩记到死。现在，我就是要走的人了，这心里再没有一点点疙瘩。临走只给你们留下一句话，我走了，你们就在一起好好地过日子吧！"

黄安安和唐春花没有吃惊，没有后退，只是同时都哭出声来。

崔会平说："别管任何人说什么，我也会给儿子儿媳说清楚！"

黄安安哽哽咽咽地说："会平，你不会走。我，还有春花，都会好好地伺候你，你这是才享了几天福啊！"

唐春花也泣不成声地说："安安说得对，我们都要好好地活着，这些日子呀，三个老东西，坐在一起也是一台戏。少你一个人，这个戏也就唱不热闹了。"

崔会平说："我……热闹够了，以后……以后的戏啊，你们就代替我继续演……让全村人都热热闹闹的,让两家的孩子啊，都不要再为我伤心。"

唐春花附在崔会平耳边说："会平，你就把心里的苦忘了吧，该让孩子们回来了。"

崔会平说："不苦！我还要告诉小牛牛，都是他唐奶奶，让我度过了这一段最开心的日子。"

黄安安说："会平，你就放心地歇歇吧。"

崔会平说："答应我。你们……答应我！这样的话，我已经憋了好长好长时间，你们……你们不答应，我走得也不安宁啊！"

黄安安和唐春花面面相觑，崔会平也目不转睛地看着他们，黄安安这就把他的右手又伸到崔会平的胸口上，唐春花也慢慢把右手伸过来，崔会平用双手按着他们的手，这就长长地松了一口气。

崔会平说："安安，回！咱们赶紧回到村里去，大家可都在等着我的消息呢。"

05

回到家里，黄安安就拨通了儿子黄大鹏的电话。他告诉儿子说："你妈的情况很不好，你们就赶快回来吧。"儿子当时还在工地上，这就说："家里是不是又需要钱了？"黄安安说："我们什么都不需要，你妈只盼着要见牛牛娃呢！"儿子说："现在又不是假期，三个人都请假，那就有许多麻烦事。"黄安安忍着气没有骂出声，只是把话筒捂在崔会平的耳朵上，崔会平就用非常微弱的声音说："鹏儿……快……快回来吧。带着媳妇和……和牛牛娃……"崔会平已经不能说出一句完整的话了，但是就这半句话，才让儿子声音颤抖地喊了一句说："妈，妈，我很快回来，我们全家都很快回来！"

村里人，仍然是各自忙碌着各自的事情，只是在黄安安的院子里，已经是人来人往，匆匆地把崔会平看一眼，又回去操持着家里的活路。

刘宏声告诉黄安安说，黄兴运留下话，崔会平的后事由他安排，让黄安安其他事情都不用操心了。唐春花这几天再没有离开，她叫来哑巴烧水倒茶招呼人，她请来风水先生，这就和黄安安先去了黄安安家的坟地，为崔会平选好坟地后，又叫来了挖掘机，就把崔会平的坟墓挖好了。

黄安安说："是不是该穿老衣了？"

唐春花说："等大鹏媳妇回来。"

黄安安说："我看会平都挺不住了。"

唐春花说："见不到孙子，会平就咽不下那口气。"

黄安安说："会平一生爱干净，我们再给她好好洗最后一次澡吧。"

唐春花说："对。那你赶快烧一锅水。"

黄大鹏一家三口是第二天早上赶回来的。崔会平临终前，最后一次睁开眼睛，那种无限期盼的目光，只是快速地从黄大鹏和儿媳妇蓝兰脸上掠过，然后就紧紧盯着她的孙子小牛牛了。小牛牛在那边上学时已经起上了什么新的名字，可是崔会平蠕动的嘴唇，仍然是喊着"牛牛，牛牛……牛牛娃"的乳名。小牛牛平时在手机视频上总是那么顽皮,可现在看见面色苍白、奄奄一息的奶奶,一下子就是那么陌生,竟然就胆怯地藏在母亲蓝兰身后了。

唐春花和蓝兰把小牛牛轻轻推到崔会平身边,崔会平也无力伸手拥抱。

黄安安走过去说:"牛牛,亲亲你奶奶,亲亲你奶奶呀!"

小牛牛这才噘起自己的小嘴,轻轻在崔会平的脸上亲吻着,崔会平的脸上,一下子就露出幸福的笑容。尽管崔会平的气息越来越微弱,可是那样的笑容,却再也没有消退。当崔会平咽下最后一口气,平静地闭上眼睛时,黄安安才把小牛牛拉走,让儿媳妇蓝兰帮助唐春花给崔会平穿寿衣。穿寿衣的事情不能让小孩子看,黄安安把小牛牛抱到门外边,小牛牛又搂着黄安安的脖子说:"爷爷,奶奶是不是睡着了?"

黄安安一阵心酸,两股子眼泪就哗哗流下来。

06

造化弄人,当初黄安安给八叔办葬礼,一切都想着老规矩,老讲究。可是这一次崔会平的葬礼,一切都由黄兴运和黄大鹏他们策划安排。院子里已经搭好了灵堂,刘宏声首先前来吊唁,然后又是村里人陆陆续续地上香鞠躬。

那天从县医院回来时,黄兴运就在黄安安和崔会平的手机里下载了许多照片。现在,他和贺双栓几个小青年,已经把那些放大洗印的照片挂出来。灵堂里,是崔会平那次在秦岭深处游玩时的单身照,五彩缤纷的背景,微风吹拂的头发,脸上也是幸福的笑容。院子的墙上和树上,门外村道两边的墙上和树上,也都是崔会平生前的各种照片,有的是和黄安安的夫妻合影，有的是五口之家的全家福……

黄兴运知道崔会平年轻时曾经是戏迷，这就没有播放任何哀乐，他告知刘全德，仍然用村委会的大喇叭，播放的都是崔会平生前喜欢的秦腔戏和眉户戏。当八婶和黄大明、黄二明他们都回来吊唁时，就纷纷摇头责怪说，这怎么把悲事弄成喜事了？！

黄兴运说："崔奶奶本来就是个爱热闹的人，为什么要弄得哭哭啼啼送她上路呢？"

黄安安说："年轻人想得对，看着崔会平从姑娘到临终的照片，我都觉得她是活着呢。"

崔会平的灵柩三天后出殡，这一天正好是"小雪"的节气。

在前一天晚上，黄安安才把黄兴运拉到一边商量说，一切事情都办得好，他也打心眼里感到满意。只是有一件事情，他想还是要按老规矩，崔会平生病这么长时间，儿子和儿媳也没有回来看望母亲，这一次回来又是匆匆一别。那么送葬时还是要组成孝子队伍，让小牛牛抱着奶奶的遗像，走在孝子队伍的最前头。让儿子黄大鹏，必须给母亲顶着纸盆在村头摔碎，让儿媳蓝兰一直扶着婆婆的棺材尾。

黄兴运说："这没有问题啊！谁也不能免除送葬的队伍。"

黄安安说："可是咱们也没有请乐儿班子，没有个吹吹打打不成体统吧？"

黄兴运说："这好办。我很快联系一个鼓乐班子，最后就回到传统里。"

07

三天之后，黄安安的院子里，又归于清冷和平静。冬天的树叶已经枯萎，枯萎的树叶就一片一片在空中飘着，飘落到地上，就发出喳喳的声响。尽管那样的声音非常轻微，可是在黄安安心里，却像是一颗颗无踪无影的雪粒，全身都是一阵阵寒冷了。黄安安独自坐在院子里，不时地抚摸着崔会平留下的轮椅。

黄大鹏走出屋子说："爸呀，我说把我妈的轮椅一同埋在坟地里，就是不想让你见景生情，可你为什么还要留着呢？"

黄安安说："你妈到了那边，还能让她再坐轮椅吗？留着吧，留着也是爸个念想，爸每天看一眼，就好像你妈还在身边呢。"

黄大鹏说："蓝兰刚才让我和你商量，问你什么时候也跟我们住过去？"

黄安安说："蓝兰呢？有什么话就不能一起说。"

黄大鹏说："她正在和那边的老师打电话，让老师把学生的作业发过来，牛牛耽误了几天课，可是作业还要完成呢。"

黄安安说："那就让牛牛出来！"

黄大鹏走进屋子，先把儿子领出来，孙子小牛牛这就一头扑进黄安安的怀里了。稍许之后，蓝兰也提着儿子的书包走出屋子，她没有和黄安安说话，只是把书包放在小桌上，然后才冲着牛牛说，大人和爷爷说说话，你自己赶快写作业。

黄安安知道，蓝兰这是故意让他看，孩子的学习多么要紧，那他们就不能继续在家里待下去了。黄安安只能推开孙子说，屋子里灯光亮，写作业也暖和。孙子说，那他今天晚上就要和爷爷睡，这句话才让蓝兰下了台阶，让黄安安心里也顿觉暖和了一些。

院子里，就又剩下黄安安和儿子两个人，黄大鹏好像有话憋着，但是又不好开口说出来，只是拉过了母亲曾经坐过的轮椅，有一下没一下地抚摸着。

黄安安说："大鹏呀，要不你们明天就走吧！"

黄大鹏说："不不，爸，我无论如何也得把我妈的头七纸烧了。"

黄安安说："唉，人死如灯灭，我们也就不图那么个讲究了。你看你媳妇那个样子，爸知道你为难，你就别让爸也为难了。"

黄大鹏说："要不我让蓝兰先把孩子带走，这样我就能多陪你几天了。"

黄安安说："不陪了，不陪了。爸还有爸的生意呢。不耽误，都不要耽误了。"

黄大鹏说："爸，那我就恭敬不如从命，明天早上就赶最早的一趟火车了。"

黄安安说："行，你现在就从网上订票吧。"

大雪

寒夜围炉
说风流

01

为了让儿子和儿媳都不背上无情无义的坏名声，除了唐春花之外，黄安安也没有把儿子一家三口已经离开村子的事情，再没有告诉任何人。在崔会平"头七"之前的那三天，黄安安自己也是闭门不出了。好在已经进入寒冷的冬季，村里人一是走动很少，二是每家都忙乎着加工食品的活路，这就把一桩家丑糊弄过去了。

崔会平的"头七"纸，是黄安安一个人悄悄在坟地烧了的。

对于亡故之人的任何祭奠，都应该是晚辈的事情。可是黄安安就有黄大鹏一个儿子，另外就连一个本家的侄子侄女也没有。所以，黄安安来到坟头也不能下跪，他就蹲在坟地边，一边烧纸一边絮叨着：会平呀，你就把一切都想开吧。孩子们确实都要忙活自己的事情，小牛牛的学习也耽搁不起啊。以前这也是你的心愿，儿子要奔自己的前程，孙子长大后也必须有出息，他们夫妻间和和美美比什么都重要。这以后的日子啊，还是老头子来陪你！谁烧的钱不是钱，有老头子过来给你烧钱，还能陪你说说话，你就不要和他们计较了。你在那边啊，一定要改改你的坏脾气，在世时老头子会让着你，护着你，在那边你就不能由着自己的性子了！不过也不要受委屈，人走到哪儿，都是欺软怕硬呢！

黄安安就那样非常简单地给崔会平过了"头七"后，这才出来在村子走动。偶尔遇见个村里人，不等人家询问，黄安安都会主动地说，孩子们已经把心尽了，能陪着母亲的亡灵守过"头七"，就不能再耽搁他们的前途了。孩子们有个固定的工作，多么地不容易，咋说都不能把工作丢了吧？村里人弄不清虚实，其实谁也不想弄得那么清。守孝不守孝都是你们家里的事情，和他们有什么关系呢？

02

今天，已经到了崔会平的"三七"，"三七"又是一个重要的祭奠日，黄安安这就又去了一趟坟地，为妻子烧了"三七"纸。

黄安安从坟地回来，唐春花已经在大门外等着了。

黄安安说："大门开着，你怎么就站在村道上？"

唐春花说："我怕崔会平又骂我。"

黄安安说："那天在医院里，当面锣对面鼓，崔会平不是把啥话都交代了吗？"

唐春花说："这么快就搬到一起，我可不敢破了这个规矩。"

黄安安说："那我就去你那边住，这死人还能把活人管住了？"

唐春花说："那也得等到把'七七'过完，要不崔会平真会骂我们哩。"

黄安安说："把他的！死人的讲究比活人还要多。"

唐春花这才一笑说，黄兴运很快要过来，她现在过来是为了迎接黄兴运。黄安安问黄兴运要说什么事？唐春花说她也不知道。两个人走进院子里，唐春花看着那个轮椅说，她刚才已经进了大门，看见崔会平留下的轮椅，就吓得又赶紧出去了。黄安安说，唐春花以前没有这么胆小，怎么现在连轮椅都害怕？唐春花说，轮椅就像一个哨兵，黄安安总是把轮椅放在院子里，这显然就是要挡住别的女人呢。

黄安安这就有点后悔，后悔他当初没有听儿子的话，如果把轮椅让崔会平带走，唐春花也就没有这么多的顾忌了。

黄兴运进来时，却似乎对这把轮椅视而不见，甚至一屁股坐在轮椅上，让黄安安和唐春花都找凳子坐下来，有许多事情需要尽快商量一下。黄安安说，那就都坐进屋子里，外边多冷呀！黄兴运说，在院子就是现场办公，他又有几个想法了。

黄安安和唐春花这就拿出凳子端来了茶，一同坐在院子里。

黄兴运说："黄刘村是凉皮店的发祥地，现在却拖了整个公司的后腿。"

黄安安和唐春花都吃惊地张大了嘴。黄兴运继续说，在贺家镇那边，后边的院子就是食品加工厂，每天早上，把车开进院子里，就把东西拉走送到各个店里去。可是在黄刘村，这就要把车子开着转一圈，这家一箩筐，那家一罐子，有时候派过来的司机不熟悉路，就会把哪一家遗忘了。这样长期下去，也就不是个事情啊！

黄安安说："你啥意思？千万不敢把这边的供应点取消了！"

黄兴运说："你不觉得这样下去确实太复杂了吗？"

黄安安说："再复杂也不能取消啊！别说我和你唐奶奶会背上骂名，你们家以后都不敢走进黄刘村了。"

唐春花说："你别急，兴运可能是想出别的办法了。"

黄兴运说："办法只有一条，那就是让各家各户集中把货交到这儿来！

按时按点，开车不等人！"

唐春花说："你说就在这里，就在你安安爷的院子里？"

黄兴运说："不行吗？我只是选择一个集中交货的地方，减少过于分散的环节。"

唐春花说："安安你觉得行不行？会平今天才刚刚过'三七'，我是怕院子里太嘈杂，会影响崔会平的安息。如果不行，那就在我那边集中收货吧。"

黄兴运说："唐奶奶那边我已经看过了，那边的村道很狭窄，面包车来回掉头都不容易。再说距离村口也远，车开过去也浪费时间！"

黄安安思忖片刻说："行！兴运一直是新思想，我们也不管那些讲究了。"

黄兴运说："那我们就必须打破常规。比如崔奶奶以前坐的这把轮椅，比如你移进屋子的供桌和遗像，作为集中的收购点，再继续放着都不合适。你们不能再用老脑筋考虑问题，不能让死人压活人啊！"

唐春花说："你崔奶奶刚刚走，把一切都取消了，村里人怕是要指脊背呢。"

黄兴运说："那你就问问村里人，是生意要紧，还是要继续记住死人呢？"

唐春花就沉默不语了。

黄兴运又对黄安安说："为了照顾你们的老观念，我已经是算过崔奶奶的'三七'过后才来的。所以，这样的计划再也不能耽搁了。我尽快找几个民工，首先把你家前边的围墙拆掉，然后再安装上玻璃橱窗，交货人站在橱窗外边，收货人站在橱窗里，等到把东西全收齐，车过来就一次拉走了。收购点就要像个收购点的样子，如果还是在村道上交货，那就弄成走街串巷的小商贩了。"

黄安安说："我们全都听你的。"

唐春花说："兴运，我们真是都老了，跟不上这个世事了。虽然你早就已经全部管事，但也没有一个明确的说法，我和黄安安，还是诚心诚意的那句话，把我们都换了吧。"

黄兴运拿出一份打印好的材料，分别递给唐春花和黄安安，还不等他们仔细看，黄兴运拔腿就要走。黄安安喊住黄兴运说，不管材料上说了啥，他都会相信黄兴运的安排。就是要动院子的墙，他也不会有意见。这就把院子大门钥匙给黄兴运留一把，如果他哪天出去散散心，就不会耽误工程的进度了。黄兴运接过黄安安交过的大门钥匙，就急匆匆地离开了。

黄兴运留下的那份材料，除了前一个月的明细账，再就是公司董事会的股份方案。黄安安和唐春花都成为公司的顾问，他们在公司占的股份，共同是百分之五。黄安安先看完了这一份方案，就对唐春花说，看来他们又被那个小少爷耍了，怎么两个人加起来都不到百分之十呢？唐春花让黄安安也看看明细账，黄兴运现在说的公司，就不是只沟那边总店一家，上个月那四家分店都开张不久，总计的纯利润已经是五万元，五万元的百分之五，那他们每个人就能分两千五百元。以后啥心都不操，这么些钱还少吗？而且随着利润的增加，每个月还会往上升。

黄安安说："把他的！这怎么就没算这样的账？满足，那就满足得很！"

唐春花说："以前总说要给你买一辆面包车，到头来都是用嘴逗你呢。"

黄安安说："明天我就报驾校，再买就买小轿车。"

唐春花说："那我和你一起学，如果出去，就能和你换着开。"

黄安安抱起唐春花转了一圈说："嗨！想起来都美，那我们就经常是浪漫旅游了！"

唐春花指着那个轮椅说："你看，崔会平坐在那儿笑话呢。"

黄安安放下唐春花，然后又推着轮椅往出走去。

唐春花说："你这是要把轮椅推到哪里啊？"

黄安安说："还是黄兴运说得对，一切都要物尽其用。我知道哑巴他干妈也是拄着拐杖的人了，让哑巴送到敬老院，说不定就能派上用场了。"

唐春花说："哎，黄兴运留下的这份材料，是不是还要咱们签字摁个指印送过去？"

黄安安说："那你就过去问吧。如果要签字摁指印，你都是我的全权代表。"

唐春花说："兴运那样的硬脾气，他能让我代替你？"

黄安安说："来，那我先把字签了。"

唐春花把那些材料摊在凳子上，黄安安一张一张写下了自己的名字。再要摁指印时，家里就没有印色泥。黄安安想了想，就从屋里找来一根针，在自己的手指上挑破一个针眼儿，然后就蘸着自己的血按下了一个个的红指印。

唐春花害疼似的咧了咧嘴说："多邪门的事情你都能想得出。"

黄安安伸着那个带血的指头说："来，你也按一个。"

唐春花又笑了说："咱们这也是滴血认亲呢？"

黄安安说："不对，这样的事情叫歃血为盟！"

唐春花写下自己的名字，也蘸着黄安安手指上的血珠按了指印，就拿着那些材料出门了。

黄安安说："等一会儿我骑摩托车送你过去吧？"

唐春花说："现在闲得没有事，走几步路也是活动活动身子呢。"

03

黄安安推着轮椅去了哑巴家，哑巴正在院子挤羊奶，黄安安见哑巴把羊奶直接挤在一个不锈钢饭盒里，就知道他这是要给他干爸干妈把羊奶送到镇上去。哑巴看见黄安安推着轮椅进来，就不明其意地瞪圆了眼睛。

黄安安向哑巴比画说，你干妈是不是也需要个轮椅呢？

哑巴向黄安安比画说，他干爸和干妈有一个轮椅就行了。

黄安安继续比画说，那就赠送给敬老院，敬老院总有需要坐轮椅的人。

哑巴这才点点头。黄安安放下轮椅就要走，哑巴又跳过来把黄安安拦住比画说，他提一筒羊奶轻里轻松的，如果推着轮椅就跑不快，让黄安安把三轮摩托车借他用一用，不然他就不要轮椅了！黄安安把摩托车钥匙扔给哑巴说，把他的！这事情也想威胁我？

黄安安从哑巴家出来，黄丙成开着农用三轮车就迎面过来了。

黄丙成把车停下说："黄主任今天闲了？"

黄安安说："这好像都换成新车了？"

黄丙成说："现在的荞麦不好找，这一车荞麦面还是从陕北拉回来的。"

黄安安说："那是那是。如果总是雇用别人的车，那就把豆腐搅成肉钱了。"

孙大脚从城里回来后，就揽下了给各个凉皮店供应荞面饸饹的货源。黄安安曾经给孙大脚建议过，那种木质的饸饹床子，需要用力气，那就可以和哑巴合伙搞。可是孙大脚说，不管和谁合伙干，以后都不好分钱呢。她儿子也是个自由人，赶天亮前开车回来，压完饸饹后，又可以进城找零工。后来，黄丙成不但给母亲买回一台电动饸饹机，现在又购买了一辆新的农用三轮车。

黄安安碰上了黄丙成拉回的这车荞麦面，那就得动手帮忙把车卸了。卸完车上的面，黄丙成就忙着给黄安安取香烟，泡茶水，孙大脚也热情地帮黄安安把身上的面粉清扫干净。黄安安坐下喝着茶，孙大脚就叨叨儿子说，黄主任要操多少心，怎么还能让他卸车呢？黄丙成说，他拦了几次，也拦不住，像黄主任这样的好领导，在哪儿都很难找了。黄安安这就不好意思，他说只是搬了几袋子面，不值得这样客气啊！

孙大脚这就认真地说："黄主任，我多少次都想感谢你，以前有会平嫂子在，我知道你就离不开。现在你成了自由人，我就必须请你吃顿饭吧？要不就定在今天晚上吧，让丙成好好陪你喝一次酒。"

黄安安说："多大个事，你就不要记在心里了。"

黄丙成说："黄伯，我妈说得对！都是你让我们的日子慢慢好起来，这就无论如何也得请你吃一次饭，喝一次酒啊。"

黄安安说："你城里还有媳妇和孩子，这不是让你分心吗？"

黄丙成说："那你就把刘书记也叫来，我现在就去镇上把酒把菜买回来。"

黄安安说："这怎么好意思？"

孙大脚说："定了定了！会平嫂子已经过了'三七'，这也是给你宽心呢！啊，还有春花嫂子，都一起叫来热闹热闹。"

黄安安这才应下说："那行吧。不过必须简单点，有个意思就行了。"

黄安安从孙大脚家里出来，先给刘宏声打了电话，刘宏声说，黄安安终于成了自由身，他也想着哪天约黄安安喝一回酒，既然有人提前相约，那他就先借花献佛了。黄安安再给唐春花打电话，唐春花却坚决拒绝，让黄安安还是要注意影响，他们两三个男人在一起喝酒没有什么，她可不能参加那样的聚会。崔会平毕竟刚刚离开，如果她和黄安安马上就是杯酒言

377

欢，出双入对，别说村里人怎么看，她自己都觉得对不住崔会平！黄安安本来还想再约几个人，经唐春花那么一说，这就被提醒了，喝酒的人真是不能多，不能让大家议论说，儿子儿媳不等"三七"就走了，黄安安自己也开始花天酒地，这家人真是没有一点讲究了。

04

晚上，黄安安是和刘宏声一起过来的。

刘宏声知道只有他们两个人，这就有点扫兴地说，那还能喝出个什么意思呢？黄安安没有提唐春花，只说是孙大脚要感谢领导的关怀，没有必要请那么多人吧？

他们进了孙大脚的屋子，桌子上也确实只摆了四盘菜，除了猪头肉和炒鸡蛋还算是两盘像样的菜，另外的一盘土豆丝和一盘凉调饸饹就实在是凑合的。黄安安这就在心里说，孙大脚和黄丙成看来也真是把穷日子过惯了，可能都不知道什么是请客呢。

刘宏声说："丙成也不陪我们？"

孙大脚说："城里还有媳妇娃，他就不敢陪你们了。"

黄安安突然又想起隔壁的哑巴说："哑巴也能喝几杯，那你把哑巴也叫来。"

孙大脚看了刘宏声一眼说："他不能说话不能划拳，叫来也是个木桩桩。"

刘宏声说："你们毕竟是邻居，平时都能互相帮忙，这冷落了邻居不好吧？"

孙大脚说："刘书记这是说笑话，我一个妇道人家，哑巴又是单身男人,这就不能让别人说闲话呢!"

刘宏声和黄安安对视了一下,这都无声地笑了笑。看来孙大脚平时真是没有上过酒席,只是参加过农村的婚事和葬礼,就是那样的婚事和葬礼,也都是好多年前的经历了。孙大脚从热水锅里把烫好的铁皮酒壶提出来,酒壶上也只放着一个小酒盅。她先从酒壶里倒出一杯酒,然后又放下酒壶,用双手举给刘宏声说:"刘书记,你先请。"

刘宏声一口喝干说:"谢谢大脚了。"

孙大脚接过酒杯在棉袄袖子上擦了擦,这就又开始给黄安安倒酒了。

黄安安赶紧说:"你家里再有茶碗吗?"

孙大脚指着那两个倒满茶水的玻璃杯说:"这不是都给你们倒着茶水了,你怎么还要茶碗干啥呢?"

刘宏声哈哈一笑说:"黄主任嫌我已经把酒杯喝脏了,你就随便取两个小碗,我们两个就不用酒杯了。"

孙大脚窘迫地"哎呀"了一声,连忙说她这是第一次请别人吃饭,不知道现在把喝酒的讲究都变了。孙大脚从橱柜里翻腾出两个稍微小的碗,又放在热水锅里洗着说,就是那个酒壶和酒盅,她也是寻找了半天呢。他们家平时没有人喝酒,后来住在城里,这几年她都没有参加过村里的红白喜事了。孙大脚把洗好的两个小碗拿过来,黄安安就提起酒瓶把两个小碗倒满了。

孙大脚说:"丙成给我还教了好半天,那我现在就弄不清怎么给你们敬酒了。"

黄安安端起酒碗和刘宏声端起的酒碗碰了一下,这就每人都喝了一大口。

孙大脚说:"失笑了,我让你们失笑了。"

刘宏声说："你如果想作陪,那你就用那个酒盅喝。"

孙大脚说："我不敢,我不敢,女人家怎么能喝酒呢。"

黄安安说："孙大脚,你在城里这几年真是白住了。看样学样你也能明白好些事情吧?"

孙大脚说："那我就试试。"

刘宏声说："就是么。黄刘村现在全村都是生意人,你以后要和大家长期相处,什么都不会,什么都不懂,大家把你就当外人了。"

孙大脚拿过那个酒壶,给自己倒了一酒盅,也学着他们的样子举起酒盅说,那她这就先喝为敬了。黄安安这就奇怪地问孙大脚,她怎么也知道先喝为敬呢?孙大脚被呛得咳嗽了几声,然后又用衣袖擦着自己的嘴唇说,她在城里捡破烂时,也经常看见工地上的民工围成一圈用大碗喝酒,那样的话就是从民工嘴里听到的。

刘宏声也是个贪酒的人,喝完一碗又倒一碗,自己喝一口,每次还要孙大脚陪一盅,就这样喝着喝着,刘宏声和孙大脚的话都多起来。

刘宏声说："大脚呀,你爸你妈当时咋想的,怎么就叫你孙大脚呢?"

孙大脚说："这你要问安安哥,我的名字叫孙秀侠,因为从小没文化,又生了个大脚片,这边的男人就那样糟蹋我呢。"

黄安安说："哎呀,你不这样说,我把你的真名字都忘了。"

孙大脚说："忘了就忘了,叫啥都一样。"

刘宏声说："现在把孙大脚都叫顺口了,那以后也就不改了。"

孙大脚说："你们是领导,我听领导的。"

刘宏声说："啊,你刚才说这边的男人都糟蹋你,是不是你安安哥也占过你的便宜呢?"

孙大脚说："安安哥哪能看上我?人家的会平嫂子多漂亮,听说这几年，外边还有春花嫂子呢。"

黄安安说:"这大脚怎么什么都知道,平时是故意装着老实疙瘩吧?!"

孙大脚说:"哑巴不说话,心里都有数。啥事情还能瞒住我?"

刘宏声说:"那你能看出我现在想啥呢?"

孙大脚说:"你在看酒瓶子,心里想着酒还有多少。唉,我儿子也是个啬皮,喝完这一瓶就没有了。"

黄安安说:"大脚这就说错了,刘书记是看你呢。"

孙大脚说:"看我?刘书记还能看上我?"

刘宏声说:"黄主任这是开玩笑。不过呀,现在村里的女人们,像你这么年轻,像你这么身子骨利索的还真是难找了。"

孙大脚说:"我已经四十八岁了,这还能算是年轻人?"

刘宏声说:"现在黄刘村的女人里,你就是年轻人。"

孙大脚说:"哎呀,有刘书记这句话,我这心里都滋润得很!"

刘宏声说:"那就留个电话吧,村子里以后有个跑腿的事,我就找你大脚片!"

孙大脚赶紧拿来手机说,刘书记这么看得起她,那她以后就一定在村里好好干。刘宏声在手机里存入了孙大脚的手机号,然后又拨给孙大脚,两个人就把各自的手机号码都存上了。刘宏声看见黄安安在一旁偷偷笑,还煞有介事地说,黄主任也要存着孙大脚的电话吧?她可是你们黄庄的基本群众,平时要多多关心呢!孙大脚说,没有黄主任,她还会在城里捡破烂,黄主任的电话她早都记着了。

05

　　离开孙大脚家，刘宏声和黄安安还相跟着走了一段路。刘宏声问黄安安喝得尽兴不尽兴。黄安安和刘宏声开玩笑说，醉翁之意不在酒，不管他尽兴不尽兴，刘书记可能已经有点陶醉了。刘宏声哈哈一笑，这就把话题引向黄安安了。刘宏声说，现在这个年代啊，一切都不能墨守成规，比如黄安安和唐春花，该领证就领证，想住在一起就住在一起，个人的事情，已经没有人干涉了！黄安安也哈哈一笑说，那就各自回家，各自寻找自己的自由吧。

　　黄安安和刘宏声刚分手，就给唐春花打电话，他询问唐春花在哪儿。唐春花说，唐仙草和贺双栓把她留在那边了，现在和几个孩子打会儿牌。黄安安问他们玩什么牌。唐春花说，跑得快。黄安安说，那他也快快地跑过来，四个人玩起来才热闹。

　　唐春花警告黄安安说，崔会平刚刚过"三七"，他黄安安就不要到处跑，你自己觉得没有啥，别人就觉得晦气呢！黄安安说，他还想着今天晚上去唐春花家里当上门女婿，看样子啥事都弄不成了。唐春花说，赶紧回去好好睡觉，喝几杯酒就又不知东西南北了！

　　黄安安放下电话回到院子里，天上就飘起了干渣渣的小雪粒，他不禁就冷得打了个寒战，嘴里又开始叨叨着，把他的！我现在是鳏夫，你早就是寡妇，这怎么还是和我藏猫猫，你还想把这鳏寡孤独的日子过到啥时候？黄刘村早就把许多规矩打破了，就你还记着什么晦气不晦气？嗨！你个婆娘家，这都是故意吓唬我呢！

　　黄安安走进屋里拉亮灯，整个屋子也如同冰窖，他把电褥子插上插座，冷得也不想脱衣服，就那样和衣躺在被窝里了。

一阵手机的铃声又把黄安安惊醒了。

黄安安迷迷糊糊地拿起手机说："你是不是打牌赢钱了？怎么这时候还打电话呢？"

刘宏声却在电话里说："老黄呀，你这是和谁说话呢？"

黄安安这才惊慌地坐起来说："出啥事了刘书记，这都啥时候了？！"

刘宏声说："今天的酒喝得不尽兴，那你就过来继续喝。"

黄安安知道刘宏声还在村委会，被子一掀就跑过去了。他走进刘宏声的办公室，屋子里放着两个低温炉，把屋子烘得很暖和。黄安安在沙发上一躺说，早知有这么暖和的地方，他刚才都不回去了。

刘宏声却是笑得直不起腰了。

黄安安说："你是遇上啥喜事？这么晚还要把我叫过来。"

刘宏声终于忍住笑，又开始拨着电话说，让他先给家里的"纪检委"请个假，然后再给黄安安细细说。刘宏声拨通了老伴的电话，老伴就在那边数落说，问刘宏声在哪里鬼混呢，都把自己的年纪忘了！刘宏声说，黄安安这几天心里难受，都是一个班子的人，他不操心不行啊。然后就把手机交给黄安安，黄安安知道刘宏声的意图，立即就打着哭腔说，刘书记这是关心下属，今天晚上都在和他谈心呢。黄安安放下电话，刘宏声又开始笑起来。

黄安安说："酒呢？菜呢？这你就不能耍弄我！"

刘宏声告诉黄安安，他已经给刘全德打了电话，一会儿三个人好好喝。黄安安看看墙上的挂钟，现在已是晚上十二点，这才又打起精神了。刘宏声同样先用唐春花做挡箭牌，问黄安安需要不需要给唐春花也请个假。黄安安告诉刘宏声，唐春花还是老脑筋，这几天总是躲着他，现在还在那边和几个孩子打牌呢。

刘宏声说："唉，人以群分，物以类聚，这话你不信都不行。"

黄安安说："你就别卖关子了，有什么事就赶紧说。"

刘宏声说："哎，你觉得孙大脚是不是老实得啥啥都不知道？"

黄安安说："人不长尾巴，比猴子还难认。"

刘宏声说："那你觉得哑巴呢？"

黄安安说："你这到底想说啥呀？"

刘宏声说，刚才他们在孙大脚家里喝完酒，他就对孙大脚和哑巴的关系很怀疑，所以就想试一试孙大脚到底是不是一个老实疙瘩。他在村道和黄安安分手后，又在村委会坐了一会儿，觉得村里都安静了，这就又去了孙大脚家。"结果你知道怎么样？"刘宏声说，"孙大脚把大门都关了。"

黄安安说："想干啥你就说想干啥，你别用试一试骗我吧？"刘宏声让黄安安别插话，说好戏还在后头呢。刘宏声说，现在整个黄刘村，几乎就是一个不夜城，给凉皮店供应东西的那些人家，都是晚上就开始干活。孙大脚给凉皮店供应饸饹，也必须提前把面和好饧着吧？黑灯瞎火的早早睡觉，这就说不过去啊！

黄安安说："孙大脚也喝了几盅酒，别是晕乎过去了吧？"

刘宏声说："我也是有这样的担心，这就悄悄先走到远处拨通了孙大脚的电话。结果孙大脚的电话没人接，她家的大门却拉开了一条缝。哑巴也从那边蹑手蹑脚地走过来。他们两个走进孙大脚的屋子，当下就把大门关了。隔了一会儿，屋子里的灯又全亮了，孙大脚又出来拉开了大门。"

黄安安也扑哧笑了说："嗨，送上门的女人哑巴不敢弄，这怎么就敢对孙大脚下手呢？"

刘宏声说："看样子他们好上的时间已经很长了，他们把时间都定得那么准。"

黄安安说："那肯定就是摘花椒的时候，那时候他们就搞联合了。"

刘宏声说："那这事你也没有给我说，如果说了，我也就不用试验了。"

黄安安说："那么后来呢？"

刘宏声说："孙大脚后来的大门已经半开着，我悄悄走进院子里，看见哑巴双手塞进大盆里，孙大脚用瓢给大盆里加水。这就把我笑得不行，也赶紧把你叫来了。"

黄安安说："如果没有哑巴，那孙大脚是不是就成了你的菜？"

刘宏声说："不会不会。我如果想干风流事，这也不会给你说。咱们喝酒时，你提出也把哑巴叫过来，可是孙大脚还是那样的一本正经。当时我就想，他们两个孤男寡女的，又是长期的两隔壁，如果老死不得往来，那就真是不食人间烟火的圣人了。"

黄安安仍然哼哼地笑着。

刘宏声说："你还笑啥呢？"

黄安安不想继续刨根问底，不想把刘宏声的真实意图揭穿，赶紧转移了话题说："我笑你把我又骗了！菜呢？酒呢？我们总不能就这样干说话？"

刘宏声办公室的酒是现成的,他们说着话,刘全德就端来了一盘子卤肉，还有一盘子油炸花生米走进门。有刘全德在，刘宏声和黄安安都不再提说哑巴和孙大脚的风流事。黄安安让刘全德坐下来也喝几杯，刘全德说他家的锅里还煮着肉，赶天亮就要交出去，这就不敢在这里磨蹭了。刘宏声问刘全德，外边的雪还在下着吗？刘全德说，没有啊！他一路上过来，都没有看见下了雪。

黄安安说："几颗干渣渣雪，早就被一阵风吹跑了！"

385

冬至

浪漫之旅的伤感

01

唐春花确实是一直躲着黄安安。

他们在一个村子生活了几十年，这几年偷偷地好过几次，大家再议论，也都是只可意会不可言传的事情。用黄安安的话说，男人和女人那种事情，说起来就像是一个没把儿流星，大家都能看见流星在天上飞来飞去，可是流星没把儿，你永远又都抓不住。尤其是现在这个世事，就更没有人感到稀奇古怪了。

唐春花也不是计较这些，和黄安安一起做生意，她都不怕别人说闲话。我们把你们都带起来过日子，看你们好意思还能说三道四呢？而且她和崔会平也成了好姐妹，崔会平临终前，又留下了那样的叮嘱，这就更是没有了心里的绊葛。

可是现在不一样，崔会平刚刚离开大家，他们就急急忙忙住到一起，这样大家就会说，都是一把年纪的人，怎么就一点点都没有个讲究，简直是不顾鼻子不顾脸嘛！别人还会怀疑说，以前你唐春花对崔会平那么好，看来全是虚情假意，不知道在心里如何诅咒崔会平，盼着崔会平赶快把路让开呢！尤其是崔会平在医院留下的嘱托，甚至让唐春花非常内疚，崔会平临死还要促成你们的好事，你唐春花和黄安安咋说都应该记着那份情。崔会平的那份情咋个记着呢？这就是在心里默默地祈祷，总该让亡故的人走进天堂的大门吧？

这些日子，唐春花再没有踏进黄刘村。她今天在沟那边的凉皮店，明天又去了贺家镇。黄安安理解唐春花的心思，就只能在电话里开玩笑说，把他的！你怎么也变成没把儿流星了？由于唐春花那句狠话——别带着晦气到处跑！所以黄安安也不敢到处去找唐春花了。

这就到了冬至这一天，唐春花在贺家镇那边，正和那边的职工们吃饺子，儿子黄继先就打来电话说，他和陈艳红的离婚书早都办完了，朱微微现在又整天闹，人家一个大姑娘，就必须补办一个婚礼吧？而且他和朱微微的孩子，也已经过了满月，唐春花还没有见过这个孙子，不管是母子情，还是婆孙情，唐春花说什么都不能缺席啊！

唐春花开始还是愤愤地说："孩子已经满月了，那还有必要再举办婚礼吗？"

黄继先说："妈，你要理解我的难处，朱微微娘家来了一群人，我敢得罪他们吗？"

唐春花说："那你们就办你们的，我去不去都没有意思。"

黄继先说："那你也应该过来看看孩子，孩子同样是你的亲孙子吧？"

唐春花这就无话可说，就问他们的婚礼是哪一天。儿子说，已经确定在后天了。唐春花又埋怨儿子这是催命，给你妈也来突然袭击。儿子仍然是那句话，一切都是人家做主，他真是没有办法啊！

02

唐春花放下电话也没有告诉黄安安，就直接去了火车站。

黄安安这些日子也不着急，他觉得还是唐春花说得对，不管是把崔会平的"七七"过完，还是再等到百天忌日，那确实都要给自己留面子，多些规矩和讲究，一切也就弄得圆满了。

唐春花那天从贺家镇走时，黄安安其实也在县城里。

前些天，黄兴运派来的民工已经在黄安安的院子施工了。前面的院墙，早已经放倒，院子里也堆满了沙子和水泥。黄兴运还要求连夜施工，黄安安就觉得夜里都不能睡个安宁觉。唐春花不能找，又没有地方去，黄安安今天就在县城里报了个驾校。驾校说，新学员都要排队等通知，首先就发了个"科目一"的资料，让黄安安先进行理论学习。

黄安安想，与其让唐春花东奔西跑，还不如一起进驾校。进驾校就离开了村子，然后在旅社包一个房间，两个人在县城出双入对，就不怕村里人说个啥话了。

黄安安拨通唐春花的手机说："哎，春花呀，你猜我在哪里呢？"

唐春花说："我现在又是热锅上的蚂蚁，你还让我猜啥呢？"

黄安安马上也着急地说："我现在刚刚出了驾校，有什么事情都别着急。"

唐春花说："啊，我现在就在火车站，我儿子那个货又让我过去呢。"

黄安安着急地说："你已经进站上车了吗？"

唐春花说："刚刚买好票，现在正在排队准备进站呢。"

黄安安再没有说话，放下手机就赶紧拦了辆出租车。

黄安安赶到火车站，去成都的那辆列车检票已经接近结束。他要往进冲，检票员一把拉住说，请出示车票！他急中生智地举起自己的手机说，啊啊，我老婆把手机忘在家里了，没有手机她就寸步难行，我得把手机送给她呀。检票员看着这个中年男人已经快哭了，这才放行说，恐怕你进去都找不到人了。黄安安疯跑进去说，那我就在车上补票后慢慢找，这无论如何也得把手机交给她。

黄安安跑进去，站台上的旅客正在纷纷上车。黄安安没有看到唐春花的身影，也就随便走进了一个就近的车厢。他们乘坐的是绿皮车，车上到处都是人挤人，过道和车厢的连接处，也都被大包小包塞满了。

列车开动后，黄安安才拨打着唐春花的手机。可能是唐春花的周围太嘈杂，黄安安拨通了几次都无人接听。过了一阵子，列车员催促旅客们把行李收拾好，车厢里才渐渐安静下来。黄安安知道现在也不用着急，就站在过道等待着。

唐春花看到手机的未接电话，又把电话打过来说："喂，安安，既然你已经报了驾校，那就赶紧把开车学会吧。"黄安安说，他现在也在火车上，问唐春花在哪个车厢。唐春花不敢相信，让黄安安不要和她开玩笑，她心里现在烦得很。

黄安安说："难道你都听不见这火车开动的声音吗？我就在十二号车厢呢！"

唐春花说："唉，你又是瞎胡闹，这还是给我添乱哩。"

黄安安说："乱马总要从桥上过，咱们见面就安宁了。"

唐春花说："我也没有买到有座位的票，现在就站在过道里，你往前边走，在五号车厢就看见我了。"

黄安安和唐春花见面后，唐春花又数落黄安安是一根筋，她说她这一次过去，又不会在那边长期住，这疯疯张张追到火车上干啥啊？黄安安还是嬉皮笑脸地说，恋爱嘛，追求嘛，这样也是浪漫和潇洒，让他们也体验一下年轻人谈恋爱的感觉。

唐春花站在车厢门口，望着车窗外的树木、田野和沟壑，哗哗地向后流动着，连身子都没有转过来，似乎心里又压着一块沉重的石头，眼睛都不敢和黄安安对接了。黄安安一只手搭在唐春花的肩膀上，轻轻把唐春花转过来，唐春花的泪水已经模糊了眼睛。

黄安安掏出纸巾为唐春花擦着眼泪说："多大个事，就能把你愁成这个样子了？"

唐春花说："那个朱微微，生下孩子才一个月，现在就和继先闹活着还要举行正式的婚礼。你说他们办完婚礼，是不是又要给孩子过满月，我也不知道那边的风俗，弄不清他们会怎么折腾呢！"

黄安安说："你儿子给你都没有说清楚？"

唐春花说："你以后别儿子儿子的，那个不争气的东西，我都懒得和他多说话！"

黄安安紧紧揽住唐春花的肩膀说："这不是有我在你身边嘛！现在啥都不要想，你就稳稳地把心放在肚子里，过去之后再随机应变吧。"

列车员忽然走来说："喂，都把车票拿出来！"

黄安安连忙说："啊啊，她有她有，我补我补。"

唐春花说："你就补到下一站再回去吧，你跟过去也是生气呢。"

黄安安跟着列车员走了说："春花，你记住，别说这样的烦心事，以后就是天塌了，也有我给你顶着呢！"

唐春花说："花钱受累的，你这是何苦啊？"

黄安安补票回来，就挽着唐春花的胳膊往另外一个车厢走。唐春花问黄安安是不是找到座位了。黄安安说，他问列车长最好的票是什么。列车长说，当然是软卧啊。他就让列车长给他补办两张软卧票。列车长说，软卧票全都卖完了，就是硬卧票，也只有到半夜才能腾出一张床。他这就把那张硬卧票预定了。

唐春花松下心说："还是有你在身边好，不然我就这样站到底了。"

黄安安说："现在咱们先去餐车，在那儿就宽松了。"

唐春花说："在餐车人家不赶吗？"

黄安安说："咱们先吃饭，餐车到晚上的座位也卖钱，我也已经订了两张。"

唐春花说："你不是说有一张硬卧票，那不是订重了？"

黄安安说："前半夜怎么办？前半夜坐在餐车也舒服。"

唐春花说："你怎么也是大手大脚了？"

黄安安说："自己的幸福自己找，别人谁都靠不住！"

他们来到餐车门口，现在正是吃饭的时间，餐车都看不到有两个人的座位，黄安安先走进去，买来了两瓶粒粒橙，再买了两份报纸。黄安安把报纸往门口的走道上一铺，两个人就共同坐下去，唐春花接过了黄安安手中的饮料，黄安安把自己的肩膀伸过去，唐春花依偎在黄安安的肩膀上，脸上就终于变得安详了。

03

列车在夜色中驶进了秦岭，这时候黄安安和唐春花已经坐在餐车里了。即将在餐车度过长夜的旅客，有的已经昏昏欲睡，有的也静静地玩着手机。黄安安和唐春花面对面坐在一张桌子上，唐春花也似乎要睡着了。

黄安安说："你瞌睡了？"

唐春花说："没有。我是想着卧铺呢。"

黄安安说："我也没有尝过卧铺的味道，不知能不能两个人睡。"

唐春花说："你想得美。那么窄的一张小床，还能挤上两个人？"

黄安安说："我想就要想美事，以后咱们再出来，必须先把软卧买到手！"

唐春花说："行！回来咱就坐飞机。"

黄安安沉默了片刻，忽然又站起身，他走到吧台询问服务员晚上还有没有炒菜供应。服务员说，晚上旅客都要进入休息时间，餐车的厨师也马上都要下班了。黄安安说，能凑四盘没有卖完的凉菜也行。服务员走进去看了看，只端出两个凉菜说，就剩下这两样洋葱木耳和凉拌黄瓜了。黄安安说，那再切一盘火腿肠和四个卤鸡蛋，外带一瓶酒和两个酒杯。服务员把这些东西端过来。

唐春花惊愕地说："你这是又想弄啥呀？"

黄安安说："四盘菜就是事事如意，咋说都要弄出个讲究吧？"

唐春花说："我还是不明白。"

黄安安说："你先端上一杯酒就知道了。"

唐春花端起一杯酒，看看四周的旅客说："你可别让人家笑话了。"

黄安安也端起自己的酒杯说："那我就小声告诉你，春花，我就在这里向你正式求婚了！"

唐春花说："那你以后还想把事情闹得多大呢？"

黄安安说："来，咱们先喝一杯再说吧！"

唐春花端着酒杯一动不动。

黄安安也一直把酒杯举在半空中。

唐春花仍然是不好意思地抿嘴笑着。

黄安安说："你必须说一声我愿意，你不说话我就不放杯子了！"

唐春花几乎是在喉咙里说："我愿意。"

黄安安说："你说的啥，我没有听见嘛！"

唐春花说："那你把耳朵伸过来。"

黄安安说："悄悄话留给以后说，现在我只想听见我愿意。"

唐春花就自己走过来，附在黄安安耳边说："我愿意！"

黄安安转过头就在唐春花脸上吻了一下。

唐春花赶紧就坐回对面了。

两个人碰杯把酒喝完。

唐春花又给两个杯子倒满了酒说："来，老东西，这杯酒就是老婆子敬你的！"

黄安安非常兴奋地说："好！老东西，老婆子，有你这句话我就能喝醉！"

唐春花说："还应该叫你老不正经的。"

他们就那样一边喝着酒，一边说着悄悄话，然后就都趴在桌子上睡着了。

天亮了，服务员把他们叫醒说，餐车马上要开始卖早餐，餐车里的旅客都要退出去。黄安安和唐春花走出餐车，唐春花这才突然想起那边还留着一个卧铺呢。

黄安安说："把他的！这太高兴也会误事呢。"

唐春花说："都是你那瓶酒惹的祸。"

黄安安说："走，咱们都在卧铺上轮换着躺一会儿，把浪漫之旅进行到底！"

唐春花说："很快就要到站了，咱们就不要再跑了。"

黄安安说："听老婆的，那我们就准备吃早点吧。"

车到成都站，黄安安牵着唐春花的手往出站口走着。唐春花说，她也不知道要在成都住几天，让黄安安玩两天先自己回去吧。黄安安说，黄继先的屋子可能也没有地方住，让唐春花到了儿子家里，就赶紧给他发个微信，他就在黄继先家附近宾馆包间房子，唐春花晚上就可以出来，和他住在一起了。

唐春花说，他和黄安安的这种关系，还是千万不能让儿子和朱微微发现了。黄安安问唐春花这又是担心啥，自己守寡好几年，难道就不能寻找晚年的幸福吗？唐春花说，朱微微就是大家嘴里说的第三者，为此就搞得全家鸡犬不宁。如果很快就知道她新任的婆婆来成都都要带着一个男人，这就把话柄给朱微微留下了。黄安安说，就兴他们年轻人自由恋爱，怎么他和唐春花就还要前怕狼后怕虎呢。唐春花说，世上的事情啊，有时候还真是说不清，让黄安安体谅一下她的难处吧。

黄安安说："那我在这边真就见不上你了？"

唐春花说："你先找地方住下来，有时间我就联系你。"

黄安安说："好，但愿我们能一起回去。"

快到出站口时，唐春花就突然惊叫一声说："你……你赶紧……赶紧往后退！"

黄安安下意识地一步跳开说："你发现谁了？"

唐春花端端直直地继续走着说："我看见我儿子就在外边等着呢！"

黄安安又掉头向后走去，他想他先不能出站了。

唐春花再没有回头看一眼，甚至是跑着走向出站口。

04

唐春花见到儿子黄继先,仍然是不冷不热地绷着脸。黄继先也似乎是一脸的倦容,看见母亲也没带什么行李,叫了声"妈",就回头向出租车的乘车处走着。

唐春花说:"你也是另娶人,这还要闹出多大的排场?"

黄继先说:"都是朱微微硬要搞,我能有什么办法呢。"

唐春花说:"她把娃都生在床上了,自己就不知道光彩不光彩?"

黄继先说:"妈,在城里,这样的事情多着哩。"

唐春花说:"啊,那你平时能见到萍萍和山山吗?"

黄继先说:"妈,我把肠子都悔青了,这些事情你再不要问!"

唐春花和儿子上了出租车,一路上都没有再说话。在黄继先租赁房子的楼底下,唐春花突然想起她身上也没有多少现金。马上就要见小孙子,也要带个红包吧。黄继先和母亲也不客气,把唐春花领到银行门口,又提醒母亲说,明天在他和朱微微的婚礼上,也要带一个大红包。朱微微当众叫一声妈,那样的仪式也要给朱微微改口费。

唐春花说:"儿子养活母亲,是天经地义的事情,你现在还要你妈掏腰包。"

黄继先这才和母亲开了一句玩笑说:"我妈早都当老板了,那就让儿子再当一次啃老族。"

唐春花说:"朱微微就是餐厅的服务员,她家也是农村的,我不知道你们啃老还要啃到啥时候?"

黄继先说:"这不是朱微微休产假没有工资嘛,以后她上了班,我们的日子就会慢慢宽松了。"

唐春花说："唉，你把好日子硬硬耽搁了。"

黄继先说："妈，你就赶紧取钱吧，朱微微的娘家人还在屋子等着你呢。"

唐春花再不敢问黄继先取多少钱，更不敢把银行卡交给黄继先。她心里想着黄刘村那边的讲究，给新上世的孙子发红包，最多也就是五百元，儿子把她叫老板，这就是变相的敲诈呢。那她就在儿子这里大方一次，给孙子发个两千元，给朱微微明天发个九千九百九十九。唐春花从柜员机出来后，又直接去了储蓄窗口，她让里边的人给她拿出两个红色的现金袋，再兑换些零钱，当时就把取出的钱装进去了。黄继先看着母亲走过来，咧咧嘴还想说什么，可能是心里觉得理亏，就把想说的话卡在喉咙了。

黄继先现在居住的还是一栋老式楼，唐春花爬上五层的楼梯后，就已经累得双腿发麻了。两居室的屋子里，现在已经坐满了人。黄继先把母亲介绍给朱微微的父母和亲戚，他们都表现得非常热情。朱微微的母亲也和唐春花开着玩笑说，听说亲家母还是个老板呢，他们这是攀上高枝了。唐春花听出这句话的味道，回答就很警惕地说，她一个农村女人，啥时候也不能当老板。现在已经把那个小小的凉皮店盘给了别人，她一生都想过个安宁清贫的日子呢。这就有点话不投机，那些人纷纷就退到了座位上，再有人问候也就只是个寒暄了。

朱微微抱出了孩子说："奶奶来了，奶奶来了。"

唐春花抱过孩子，在孩子的小脸上亲了一下，就把那个小红包塞进孩子的怀里。不管唐春花对自己的儿子有多么生气，现在抱着这个刚刚满月的小孙子，从心里就生出无限的疼爱。她见客厅人太多，就抱着孩子走进里屋，可是朱微微很快又把孩子接过去说，里屋的床上还睡着她的两个外甥女，让唐春花就在客厅和大家说说话。朱微微的父亲把唐春花让到那个单人沙发上,唐春花就连忙推辞说,她过来是给儿子娶媳妇,他们就都是贵客了。这世上都是主人给客人让座,怎么能让客人站着呢!这就把朱微微的父亲又按回沙发上。

唐春花已经看出来,儿子黄继先把她叫过来,其实也仅仅是走一个过场,或者还是想得到一笔赞助费。走过场,主要是让两家的亲家们见个面;赞助费,看来母亲已经把她的钱包捂紧了。黄继先看出母亲已经有点烦,再说屋子里也确实没有母亲的立足之地。这就把母亲叫出门说,他在明天举行婚礼的酒店已经订下几个房间,如果母亲觉得劳累,现在就过去先休息。

唐春花说:"我这么急着走,人家就说我不懂礼数了。"

黄继先说:"明天还有见面的机会,我想他们也不会说什么。"

唐春花说:"那你就不要管我了。你搬到这个新地方,我就在周围先转一转吧。"

黄继先说:"你坐了那么长时间的火车,就不累?"

唐春花是在心里想着黄安安,听见儿子这么安排,明确的谢绝就会让儿子产生怀疑。唐春花稍微又思索了一下,这就想起陈艳红和萍萍、山山了。陈艳红的名字不能在儿子面前再提,唐春花只对儿子说,手心手背都是肉,这边的孩子她已经看过了,那就还要见见萍萍和山山呢。黄继先知道母亲要去陈艳红那边,就又半天不说话了。

唐春花说:"咋了,萍萍和山山不能见?"

黄继先说:"妈呀,你当时为什么要让陈艳红把萍萍、山山带走呢?他们都是黄家的孩子,你这是让他们永远和我记下仇了。"

唐春花说:"要知今日,何必当初。恐怕连我以后都很难见上两个宝贝了。"

黄继先说:"那你就试着和陈艳红联系,可是千万别说我举行婚礼的事情！她现在都是富婆了，我不想让她幸灾乐祸呢！"

唐春花也不想把这样的话题拉得太长，走进门再和朱微微的娘家人打了个招呼，就匆匆忙忙地下楼了。唐春花问跟下楼的黄继先，陈艳红现在住在成都市的哪一块。黄继先说他和陈艳红从来不联系，萍萍和山山也没有和他再通过电话，就实在弄不清他们住在哪里了。唐春花说，那她就自己先联系，让黄继先回去招呼客人吧。

黄继先上楼后，唐春花就沿着街道慢慢走，她在心里思量着，这也不能到处说谎吧？这就拨通了陈艳红的电话说，她想萍萍和山山了，让两个小东西和奶奶说几句话。

陈艳红说："妈，你来成都了？"

唐春花支吾说："没……没，妈是实在想两个宝贝了。"

陈艳红哈哈一笑说："妈，你儿子明天举行结婚大典，你不可能还待在家里！"

唐春花说："你……你是怎样知道的？"

陈艳红说："黄继先酒店的老板，也是我的供货方，已经成为生意上的朋友，这样的事情还能瞒住我。"

唐春花说："妈让艳红笑话了。"

陈艳红说："妈，那我就这样安排吧。今天是周五，萍萍和山山都在学校里。他们的学校是封闭式学校，平时根本出不来。你先在你儿子那边住一夜，明天晚上，你就住到我这边。后天还是平安夜，我和章婷带你好好玩一玩。"

唐春花放下电话，这就觉得一身轻松。儿子知道她去陈艳红那边了，陈艳红知道她要在儿子身边住一晚，这就给她和黄安安留下了一个晚上的自由空间。唐春花当即又拨打着黄安安的电话。

黄安安听说唐春花把一切矛盾都处理好，就说唐春花在成都熟悉，让唐春花说出一个会合的地方，然后两个人就在那儿见面。唐春花想了半天说，她知道成都有一个宽窄巷，虽然她也没有去过，但是那个地方出租车司机都熟悉，在那儿还能看看成都市的名小吃，黄安安也就不枉此行了。

05

晚上，黄安安和唐春花在宽窄巷转了一圈后，就找了一家宾馆住下来。黄安安在卫生间洗完澡出来，唐春花又坐在床边接电话。唐春花接完电话，又似乎心情不好，目光盯着窗外出神发愣着。

黄安安说："咋就又开始发愁了？"

唐春花说："我前世不知作了什么孽，怎么就生下这么个儿子呢？"

黄安安说："他又说啥了？能用钱打发的事情，别让人窝气！"

唐春花说："那个不争气的东西说，朱微微的娘家人都在笑话我。一个做生意的女老板，远远地过来看孙子，塞给孙子的红包才装了两千元。他们还说我只有黄继先一个独生子，也不知道把钱给谁留着呢？"

黄安安说："听起来这就像你儿子自己说的话，别人谁会想得那么多？"

唐春花说："那东西遇上这样的女子娃，最后也没有好果子吃！"

黄安安说："走一步先看一步，你想那么多，把头发愁白都没有用。"

黄安安说着，就已经拿过自己的手机，他给唐春花的手机上转过去一万元，然后才对唐春花说，这一次过来就是渡难关，有他在唐春花身边，还有啥难关扛不过去呢？黄安安让唐春花明天再给孙子包个一万元，就说昨天是见面礼，今天这才是给孙子满月的压岁钱。总之是不管找个什么理由，这两天都要大大方方，高高兴兴！不看僧面看佛面，还是要盼着黄继先以后的日子能顺顺当当过下去，再不敢又和朱微微闹得撕破了脸。

唐春花长叹一声说："唉，睡觉。今天晚上就咱们俩，都不许再说别的事情了！"

黄安安抱起唐春花说："以后还是咱们俩，后半辈子都不离开了！"

唐春花说："把手机都关掉，天塌下来都不管了！"

这一夜，黄安安和唐春花都完全忘记了外边的世界，当黄安安进入时，唐春花就肆意地喊着说：好安安！好安安！黄安安也是接着喊：春花，嫁给我！嫁给我！唐春花说，我愿意！我愿意！平静下来后，唐春花又钻进黄安安的怀里嘤嘤地哭，黄安安揩着唐春花的泪水说，熬到头了，我们的苦日子熬到头了。唐春花也在黄安安怀里说，有那样的混账儿子，她都不知道什么时候是个头。

黄安安猛地把唐春花搂紧说："你说你应该怎样受罚呢？"

唐春花说："我哪儿又犯错了？"

黄安安说："今天晚上就咱们俩，都不许再说别的事情。这话刚才是谁说的？"

唐春花学着黄安安平时的习惯用语说："把他的！那你就罚我给你点一支烟吧。"

黄安安说："别动！我们就这样紧紧地抱着，这就是最好的惩罚呢！"

唐春花又调皮地说："把他的！你把我也惯成孩子了。"

黄安安一点一点抚摸着唐春花的全身说："春花，你现在全身都是肉嘟嘟的，该大的地方都大起来了。这和以前就不能比，这难道不是咱们的幸福吗？"

唐春花也一遍一遍亲吻着黄安安的额头说："可你都有了白头发，我让你受了多少苦啊！"

黄安安说："高兴时别说受苦的话，要不然我还要惩罚你！"

唐春花说："你想咋罚就咋罚，我以后就是你的人了！"

早上起来，唐春花和黄安安又共同洗了个澡。从浴室出来，唐春花让黄安安就继续在这个宾馆休息，等她把儿子的婚礼参加完毕，就直接找黄安安一起吃饭。黄安安说，婚礼之后还有宴席，唐春花一时也离不开。唐春花说，她就说她还要赶火车，不能把黄安安一个人丢在这儿呀。黄安安说，唐春花过去还不知道有啥事情，他让唐春花也不要着急，现在都有电话联系，他也不会着急的。

06

唐春花知道黄继先和朱微微也不会把孩子抱到婚礼现场去，那么临走前，她就想再把孙子看一眼。唐春花来到儿子的楼下时，院子里已经停着一排子婚礼车，唐春花这就在心里发笑说，婚礼车都是先从新娘的娘家接媳妇，把媳妇接到婆家来，然后才一同开到酒店。如今他们就这样转来转去，实在就是瞎折腾！可是现在唐春花也不管那些了，她把自己已经看成了局外人。唐春花再次走进儿子的租赁屋，屋子里更加是一片混乱，朱微微已经穿上婚纱，黄继先也是西装革履，一群青年男女正在和他们嬉闹着。黄继先和朱微微看见唐春花，都是吃了一惊。

唐春花不管不顾地说："上午你们都要忙，那就让我留下来抱娃吧？"

黄继先似乎有点担心地说："妈，朱微微的妹妹以后就给我们当保姆，你如果留下来，这样的屋子也住不下啊。"

唐春花说："昨天我给娃发的是见面礼，今天我还要给娃发满月压岁钱呢。"

朱微微这才把眉头舒展开，亲切地揽着唐春花的肩膀。朱微微把唐春花带进屋子里，唐春花从朱微微的妹妹怀里把小孙子抱过来，嘴里祝福着让小宝贝长命百岁，就再次留下一个大红包。朱微微拿过孩子的红包，在孩子的脸上摇晃着说，感谢奶奶，感谢奶奶啊！

唐春花从屋子出来说："继先，你说我还有必要再去婚礼现场吗？"

黄继先说："妈，您是什么意思啊？"

唐春花说："我攒下的钱，这就都留给你们了。这就要回去把那个小店办好，其实你们这里，有我没我都一样，那还让我耽搁什么工夫呢。"

黄继先说："我们娘儿俩还没有好好说说话，就这么让你匆匆离开，您是让儿子落下忤逆不孝的骂名啊？"

唐春花说："孝顺不孝顺，还是记在心里好。你知道，妈也知道就行了！"

黄继先一时间就噎住了。

唐春花再把那个"改口费"的红包塞给朱微微说，作为婆婆，她这就是把心尽到了。至于在婚礼现场如何宣布，那都是一个过程和形式。朱微微又是连连地"谢谢妈，谢谢妈"，还和唐春花来了一个深情的拥抱。唐春花向门口走去，黄继先张开胳膊也想和母亲来一个拥抱，唐春花再没有回头，步履踉跄地下楼了。

唐春花不想把这样的伤感再带给黄安安，就沿着街道慢慢地走着。中午十二点刚过一会儿，黄安安却把电话打过来了。唐春花说，她已经从婚礼现场出来了，稍等一会儿就到宾馆的楼下了。

黄安安说："你在那里你别动，我和艳红过来接你。"

唐春花一惊说："你胡说啥呢？艳红怎么就找到你的宾馆了？"

陈艳红在那边接过电话说："妈，说起来也是个大笑话，见面后我再告诉你。"

唐春花这就站着不再走动，她用微信给陈艳红发了个位置，陈艳红就把唐春花接到车上了。陈艳红这才告诉唐春花，原来是黄安安上午闲得没事干，就围着那个宾馆到处照相，照完相还发到了微信朋友圈。陈艳红早就加了黄安安的微信，这就悄悄在那个宾馆把黄安安逮住了。

唐春花也笑了说：“老黄呀，你这又成了土老帽，自己就把自己暴露了。”

黄安安说："把他的！我怎么会想到这些呢。"

小寒

遮遮掩掩
度蜜月

01

陈艳红把黄安安和唐春花带到都江堰，走马观花地转了一圈。陈艳红问他们还想不想再去青城山。黄安安用眼色征求唐春花的意见，唐春花的心还纠缠在儿子那边，但是又不能让陈艳红看出她的心烦，这就仍然带着笑脸对陈艳红说，天色不早了，还是先回去接萍萍山山吧！陈艳红说他们出来一趟不容易，哪怕不进去，也要把青城山远远看一眼。

唐春花说："不了不了，艳红你现在是忙人，再不能耽误你的时间了。"

陈艳红说："黄叔你说呢？"

黄安安说："我听你妈的。"

陈艳红嘻嘻一笑说："你们这样的感情让我眼红了。哎，黄叔，你也不能过于妻管严啊！"

唐春花脸红了说："看艳红说的，我和你黄叔，说到底也就是个老来的伴。"

黄安安说："她一个人出来我不放心，这就是跟着当保镖哩。"

陈艳红说："当保镖你没有跟我妈去黄继先的婚礼现场？那儿才是最危险的地方。"

黄安安说："黄继先和朱微微再混账，他们也不敢把你妈怎么样，黄叔就不敢过去蹚浑水了。"

唐春花说："他黄叔，你也是哪壶不开提哪壶。艳红啊，你也不要再逗你黄叔了，他这一高兴，嘴就没有个把门的了。"

陈艳红说："不说不笑不热闹，我一直很喜欢黄叔的性格。"

唐春花说："艳红，咱们回去吧。妈的耳朵里，都好像听见萍萍和山山的笑声了。"

陈艳红掐着时间赶到萍萍和山山的学校，黄安安和唐春花走下车，眼前都是他们不认识的豪华车。黄安安悄声对唐春花说，当初因为孩子们离开，都快把唐春花气傻了，现在瞧瞧这阵势，她还会不会再生气。唐春花剜了黄安安一眼说，她刚才说啥黄安安又忘记了。黄安安说，抽嘴抽嘴，这怎么又是哪壶不开提哪壶了。

陈艳红把萍萍和山山从学校里边领出来，故意没有告诉奶奶和黄爷爷到来的消息，一手牵着一个，把萍萍和山山带入人群中，然后才突然把萍萍推给唐春花，把山山推给黄安安。萍萍和山山都猝不及防，还以为是两个陌生人。正当萍萍和山山要仰起小脸看清楚时，唐春花和黄安安已经把他们高高地抱起来举在空中了。萍萍连连在唐春花的脸上亲吻着，只是高兴得说不出话。山山只喊了声"黄爷爷"，这也是把身子往唐春花那边扑。

黄安安只得把山山举过去说："艳红你瞧瞧，黄爷爷给他们也参加过家长会，现在爷爷就仅仅是个爷爷了。"

陈艳红说："啊，黄叔，你这是吃我妈的醋了？"

黄安安说："那不敢，那不敢。"

405

陈艳红说："都上车吧。在车上你和萍萍、山山再慢慢理论吧。"

黄宝萍从唐春花的怀里溜下来，给黄安安行了一个少先队的队礼说，黄爷爷好！黄安安又拉住萍萍的小手往车前走去说，萍萍和山山的新校服一穿，他和他们的奶奶刚才都没有认出来。唐春花问山山是不是还是很淘气？山山说，NO！NO！NO！萍萍让山山好好和奶奶说话，山山才又正经地说，不了，不了，不了！唐春花和黄安安都会心地笑了。

黄安安说："艳红，你怎么把山山都变成小小的外国佬了？"

陈艳红说："那是学校的要求，我可顾不上教他们。"

在车上，萍萍和山山都和唐春花坐在后边，萍萍这才问奶奶和黄爷爷怎么就一同来成都了。唐春花不敢说出实情，只是说奶奶和黄爷爷现在都有了空闲的时间，这就过来看看两个小宝贝。黄安安坐在前边也补充说，他们也代表黄刘村的一群爷爷奶奶们，感谢陈艳红陈老板对黄刘村的支持和帮助。在孩子们面前，陈艳红就表现得非常庄重，没有把唐春花过来的真实原因说出来。

陈艳红把车直接开到一家餐馆，章婷和几个男男女女都已经在餐厅门口迎接了。陈艳红首先和那些男女们一一拥抱，说着唐春花和黄安安都听不明白的洋名词。可是黄安安和唐春花也能看出来，他们那也是打情骂俏。

围着餐桌坐下来后，陈艳红又把黄安安介绍给朋友说："这位是我们家乡的村委会黄主任，每年都可以为我们公司提供很多的花椒货源呢！"

黄安安现在就变成真正的乡下佬，局促地涨红着脸说："不敢不敢，你们才是我们的财神爷。"

陈艳红再介绍唐春花说："这位是萍萍和山山的奶奶，我终生都会敬重的好妈妈！"

唐春花同样也是慌乱地说："我艳红好，我艳红好。我也会终生把艳红当女儿看待。"

刚才安排座位时，陈艳红已经把唐春花和黄安安分开了。她让唐春花坐了上座，唐春花的左边就是陈艳红。在唐春花的右边，是一个四十多岁的男子，萍萍和山山就分别坐在陈艳红和那个中年男子的身旁了。黄安安的座位就挨着山山。尽管陈艳红没有把那个中年男子介绍给唐春花和黄安安，可是他们都在心里明白，就凭着这样分配的座位，那男子就和陈艳红的关系不一般。不是老板，就是男朋友，或者是二者互相兼顾着。

桌子上摆着白酒和红酒，陈艳红提议端起酒杯时，黄安安就一口把面前的白酒喝完了。唐春花似乎一直在担心着什么，总是悄悄地瞄黄安安一眼。黄安安这就有点不知所措，当那个中年男子又提议端起酒杯时，黄安安就只是抿了一小口。陈艳红知道黄安安能喝酒，但是今天也不相劝，也不点破了。当章婷走过去要给黄安安连敬三杯时，陈艳红甚至立即阻拦说，黄主任晚上还要再看看成都的夜景，让黄主任少喝几杯就行了。

吃完饭，唐春花和黄安安都没有再说话，一切都等待着陈艳红的安排。

陈艳红说："妈，那你就住在我家吧，让萍萍和山山陪你说说话。"

唐春花说："这样好，这样好。"

陈艳红说："黄叔你坐章婷的车，她给你安排的酒店也不远。"

黄安安说："多谢多谢，给艳红添麻烦了。"

02

第二天上午，黄安安和唐春花才共同到了火车站。给他们送行的是陈艳红、章婷、萍萍和山山。这一次，唐春花就没有和萍萍、山山再是那样的难舍难分，唐春花分别抱了萍萍和山山说，好好学习，听妈妈的话。萍萍和山山也都平静地说，祝奶奶和黄爷爷一路顺风！

黄安安知道这就是世事的变故。他没有也和萍萍、山山吻别，也没有再逗山山玩一玩，只是摸摸他们的头，就提前向检票口走去。

本来，陈艳红还曾经说过，要唐春花和黄安安再住一晚上，和孩子们一起度过平安夜。可是陈艳红后来又想到，萍萍和山山的学校，不但只休小礼拜，而且平安夜就要正常回学校。这样，黄安安和唐春花就要提前离开。他们也不让陈艳红购买飞机票，说是乘坐经过他们县城的绿皮火车，就不用在飞机场再转车。陈艳红觉得过意不去，最后就订了两张软卧火车票。

现在，黄安安和唐春花面对面坐在软卧包厢里，就不像过来时那样心潮澎湃了。

黄安安说："你昨天晚上睡好了吗？"

唐春花说："萍萍和山山，各人都有各人的房间。我和他们玩了一会儿，他们就去写作业了。"

黄安安说："那你就和艳红住在一个屋子里？"

唐春花说："我都没有把艳红的屋子走完，也弄不清是几室几厅。萍萍和山山离开后，我就没有再出门，后来听见屋子里又进来几个人，他们在哪个屋子打麻将呢。"

黄安安说："人和人不能比呀！我实在想不到，艳红竟然这么有出息。"

唐春花说："唉，继先把好媳妇丢失了。"

黄安安说："其实这也是人逼人。如果不是你儿子把艳红欺负到那个份儿上，艳红就肯定还是一个普通的女人。"

唐春花说："是这个理儿呢。如果细细地说起来，我们也应该感谢那个不争气的东西呢。如果他没有和艳红闹离婚，我就不会把萍萍和山山带回来。我们的身边没有萍萍和山山，还能想起开凉皮店？如果不开凉皮店，全村人也不会这样活腾起来吧？"

黄安安说："照你这么说，黄继先还成大功臣了？"

唐春花哈哈一笑说："他把咱们身上的钱掏空不算啥，可是他以后的日子又该咋过啊？"

黄安安说："可怜之人必有可恨之处，可恨之人必有可悲之苦。继先还年轻，但愿他能明白这个道理，自己也把自己逼成一个有出息的人。"

唐春花说："还好大鹏和蓝兰都没有敲诈你，这要不然啊，咱们就被五马分尸了。"

黄安安说："他们敢！我永远不惯他们的瞎毛病！他们如果向我要钱，我就让他们回来给他妈把'三七'纸再从头烧完。继先对你是忤逆不孝，大鹏对会平是无情无义，说到底都是一路子货，都是不成器的东西啊！"

唐春花说："哎，说正事。你说咱们还领证不领证？"

黄安安说："领嘛！咋能不领呢？我已经向你求了婚，这就要名正言顺地过日子！"

唐春花说："唉，我想还是别领了。咱们都是一把年纪的人，也不在乎那一张纸。只要咱们都好好的，也就不枉这一生了。"

黄安安说："不行不行，那样就没有个名分了。"

唐春花说："有时候，名分也是个累赘呢。比如说，黄继先和朱微微知道你成了他们的后爸，那又会变着法子敲诈你。另外还有你家大鹏和蓝兰，如果知道你又和我正式结婚，肯定也会说出许许多多难听话，甚至都会把崔会平从坟墓里拿出来说事情。安安呀，凡是没良心的东西，每个人都是一肚子坏水，你说咱们惹那个麻烦干啥呀？！"

黄安安这就一时无话了。

唐春花又给黄安安前后左右举着例子说，如果这一次黄安安和她是以夫妻的名义过来，那就要给黄继先和朱微微的孩子发两个大红包。他们的婚礼也无法逃脱，朱微微把黄安安"爸爸，爸爸"那么一叫，黄安安就也得交出"改口费"。心里觉得疼，脸上还必须笑出甜丝丝的。黄大鹏的儿子小牛牛上中学考大学，也会一次次把电话打过来，然后他们老两口，干什么都是双份的支出！

黄安安说："把他的！这想起来还真是可怕呢。"

唐春花说："就这还不包括逢年过节，你说你能不能撑得住，受得了？"

黄安安说："还真是。这后婚的麻烦事太多了！"

唐春花说："如果他们是亲爹亲娘，那一切都是捆成一捆儿。可是不管是后爸还是后妈，他们就永远把咱们看成两个人，好像这就是他们心里的短把儿镢头了，每天都想举在你的头上抡一抡。"

黄安安忽地坐起来说："不说了。走，吃饭！"

唐春花依然躺在卧铺上说："哎，安安，如果不是艳红给咱们买了软卧火车票，我想咱们又会挤在车厢里。现在你手机里还有几个钢镚儿，你这是还想进餐车吃饭吗？"

黄安安只得嘻嘻一笑说："那我就给咱泡方便面！"

黄安安泡来了两盒方便面，软卧包厢在绵阳车站又上来两个旅客。黄安安就把唐春花喊出来，让唐春花也坐在过道窗口的折叠凳子上。

唐春花接过泡面说："里边就不能吃饭吗？"

黄安安用自己的泡面和唐春花的泡面一碰说："过来时，我是用酒杯求婚。那现在就是用泡面求爱了。我们好不容易在一起，谁都不能夺走我们爱的权利了！"

这就把唐春花惹笑了说："愿意，愿意，我愿意。只要心里好，吃什么都是爱！"

这一个长长的夜晚，黄安安和唐春花都睡得很踏实。黄安安睡上铺，唐春花睡下铺，他们就没有机会再说话了。只是在临睡前，唐春花对面那个年轻人，又让他们的心里甜蜜了一下。那个年轻人说："大伯，你上去下来不方便，那你就和你老伴都睡下铺吧。"不等黄安安说话，唐春花就抢先说："你大伯睡觉打呼噜，我才不和他睡对面呢！"

黄安安这才又补了一句说："年轻的夫妻老来的伴，我们现在就像是两个老伙计。"

03

黄安安和唐春花回到县城后，都没有再提去驾校的事情。有钱嘴头子硬，没钱嘴头子软，他们已经把两万多块钱扔在黄继先家里了。考驾照之后就是买汽车，猴年马月的希望，现在他们都不再着急了。

黄安安和唐春花搭乘班车回到沟那边的凉皮店时，贺双栓和唐仙草正在打烊关门。黄安安询问店里还有没有吃的东西。唐仙草就笑了说，黄伯和姑姑究竟谁是大啬皮。共同去成都玩了一圈，怎么就饿着肚子回来了。

黄安安知道这都是微信圈暴露的秘密，不想和他们再解释，但还是硬着头皮说，他和唐春花这几天把豪华大餐吃腻了，只想吃一碗凉皮解解馋。贺双栓又把店门打开，让黄安安在冰柜里自己挑选。唐春花根本没进门，她只是冲着里边说，她的胃里受不得凉，就过去让唐仙草煮挂面了。

黄安安听见后心一沉，知道唐春花回到家，这又是变着法子躲他呢。当然黄安安也没往心里去，他们在火车上讨论了一路，都要明白世事的应变，都要观察别人的眼色。黄安安也在心里想，那就再慢慢熬着吧，让时间把世俗的唾沫星子消磨掉。

黄安安吃完凉皮从店里出来，扭头就向沟那边的方向走去。

贺双栓急忙喊："黄伯你这是去哪里呀？"

黄安安说："咋啦？你如果可怜黄伯，就陪黄伯过去住一晚上吧。"

贺双栓说："你家里冰锅冷灶的，谁能受得了！"

黄安安说："可是你瞅瞅你姑那个眉眼，黄伯也不能住在你们这边吧？"

贺双栓说："大少爷有话，你那边的院墙已经拆掉，大门也已经更换了。你就是过去，也不能进门，你不想住在这边都不行了。"

黄安安说："哪里又冒出个大少爷？"

贺双栓说："大少爷就是黄兴运，我们把黄兴运都叫大少爷。你就跟我快走吧，他的话对谁都管用。"

黄安安和贺双栓一同回到高家村那个出租的院子，厨房里还在亮着灯，黄安安隔窗往里一看，唐春花正在吃着一碗葱花面，唐仙草也正在刷洗锅。

贺双栓从后边悄悄把黄安安拉走说，都先不要惊动她们。黄安安不知道贺双栓想搞什么恶作剧，也就跟着贺双栓去了他和唐仙草住的屋子。

唐春花吃完饭从厨房出来，唐仙草问唐春花，姑姑是想早早地休息，还是等贺双栓回来再玩几圈"跑得快"。唐春花说，她先进屋给陈艳红打个电话，回到家就要报个平安呢。唐仙草这就在院子说，等贺双栓回来，再去喊她一起玩几把。唐春花掏出手机就走进自己住的屋子了。

唐仙草走进这边的屋子，在门口拉亮灯，忽然发现贺双栓和黄安安都站在屋子里。唐仙草吃惊地刚刚要喊出声，贺双栓就跳过来把她的嘴捂住了。

贺双栓低声说："咱们先不要惊动姑姑，等会儿再给她来个猛不防。"

唐仙草也嘻嘻一笑说："咱姑也真是的，她和黄伯都出去转了一大圈，怎么回来又要装得像个没事人似的。"

黄安安说："我和你姑都是在农村长大的，她怕别人说闲话，其实我也不好意思让她和我一块儿回到村里去。"

贺双栓说："这边又不是黄刘村，我和仙草又都是青年人，比你们想得开。"

唐仙草说："就是。你们的感情那么好，以后就不要再多心了。"

贺双栓先走出屋子看了看，然后就招手让黄安安和唐仙草都出来。他们三个人悄悄来到唐春花的屋子门外，唐仙草一把推开门，贺双栓就把黄安安推进屋子了。

唐春花惊讶地说："你……你怎么没有回去呢？"

黄安安说："这事你问贺双栓。"

唐春花说："双栓呀，这平白无故的，你把你黄伯又带过来干啥呢？"

贺双栓说："姑姑，这也是黄兴运董事长下达的命令，他说黄伯的院子和屋子，以后都有另外的用处。黄兴运早就留下话，一旦你们从成都回来，就必须把你们留在这边呢！"

唐春花说："仙草，那你把那间空着的屋子收拾一下，让你黄伯也早早休息。"

唐仙草说："黄伯，你自己说话呀？"

黄安安说："你们先把扑克取过来，我和你姑的事情，你们就别管了。"

唐仙草过那边的屋子取扑克，黄安安和贺双栓把平时放在院子的方桌也抬进屋子里。四个人都坐定后，唐春花说那还是玩"跑得快"。黄安安说，四个人就应该玩"打对家"。唐春花说那她就和唐仙草是一家子，贺双栓和唐仙草都摇着唐春花的胳臂撒娇说，哪有这样心硬的姑姑，怎么能把他们小两口拆开呢。

唐春花这才和黄安安开玩笑说，就凭他那样的榆木疙瘩，那我们两个

413

恐怕会输到底了。

黄安安说："你才是榆木疙瘩呢！我村里的屋里就像个冰窖，就这你都想赶我走？"

唐春花说："那我说让仙草煮热汤面，你为啥不跟我过来？"

黄安安说："啊呀，女人的心思真是埋得深，那我怎么能听出来？"

贺双栓和唐仙草一边揭着牌，一边就合唱着逗乐儿。

唐仙草唱道：女孩的心思，男孩你别猜，

贺双栓唱道：别猜，别猜！

唐仙草唱道：你猜来猜去，也猜不明白。

贺双栓唱道：不明白！

他们就那样笑着闹着打着牌，玩到夜里十点钟，唐仙草就故意连连打哈欠，贺双栓立即意会了说，他和唐仙草明天还要早起上班，姑姑和黄伯也都累了，那都早点休息吧。唐仙草嘴里嘟囔着困死了困死了，就先出了门，贺双栓也道声晚安跟了出去。

屋子里这就只留下了黄安安和唐春花了。

黄安安说："有空调的屋子真暖和。"

唐春花说："隔壁的屋子也有空调。"

黄安安说："行，那我就住那边的屋子了。"

唐春花说："你这话是说给谁听呢？"

黄安安说："年轻人一到晚上就猴急了，可是咱们呀，还是要装一装。不能和他们比，也不能向他们学习啊。"

唐春花就只是嘻嘻地笑着。

黄安安说着就走了出去，拉亮院子的灯，再把厨房的门打开，他先用电热壶烧了水，然后又在院子的水池边洗脸刷牙。电热壶的水开了，黄安安又端着一盆热腾腾的洗脚水走进唐春花的屋子说:"没有老头子在,看谁还会像这样侍候你?"

唐春花说:"那你呢?谁给你端洗脚水?"

黄安安说:"奴才不用主子操心。"他取过唐春花的刷牙杯子又走了出去。黄安安就那样在院子走来走去,看见贺双栓和唐仙草的屋子熄了灯,最后他还在院子的太阳能卫生间洗了澡,这才拉灭院子的灯,在黑暗中走进唐春花的屋子。

唐春花说:"这是啥季节?洗完澡过来也不披棉衣,就不怕张狂得感冒了?"

黄安安一把拉开被子说:"被窝里暖和得很呢!"

04

村子里没有什么事,黄安安和唐春花这几天都没有过去。凉皮店有贺双栓和唐仙草,他们也很少去店里。这一天,黄兴运从贺家镇那边过来,询问黄安安在哪里。贺双栓说,黄伯和姑姑好像是度蜜月,这几天什么心都不操了。黄兴运说,打电话让他们过来吧,那边的收购站也要完工了。

当黄安安来到黄刘村自己的家门外时,就被院子的情景惊呆了。前边的院墙和大门,现在已经全都变了样,一半是玻璃大橱窗,一半是可以驶进汽车的电动推拉门,黄安安掏出大门的钥匙,都不知道在哪儿才能把新装的推拉门打开。

黄安安说:"兴运呀,你黄爷爷现在都好像是无家可归了!"

黄兴运说:"你也只是看了院子,现在还要和你商量屋子的事情呢。"

黄安安说:"那你让我以后在哪里住?"

黄兴运说:"现在你和唐奶奶继续在那边度蜜月,度完蜜月,唐奶奶家里你们怎么就不能住呢?"

黄安安说:"把他的!大少爷把安安爷弄成上门女婿了。"

黄兴运没有和黄安安继续开玩笑,他拿出手中的遥控器一摁,那个推拉门就徐徐打开了。黄安安跟随在黄兴运后边,一下子自己都好像成了外来的人。以前那样的土院子,现在也变成了水泥地。黄兴运让黄安安把屋子的门打开,然后又说出他的新设想,整个村子都是他们食品加工的集散地,那就把原材料的中间利润也不能再让给别人。以后直接从面粉厂进面粉,从淀粉厂进淀粉,包括荞麦肉类的东西,都要和商家挂上钩。

这样,黄安安的整个屋子就作为仓库,一是把村民们出外采购的时间节约下来,二是从源头上也能保证质量了。在屋子过道的一角,黄安安还一直放着一张长条桌,长条桌上放着崔会平的遗像,遗像前还放着一个小香炉。村里人把这叫供桌,亡故的人没有过周年,就要把这张供桌一直留着呢。

黄安安面对遗像说:"会平呀,以后你就别回来了!这个家已经不是咱的家,都要给公司赚钱呢。"

黄兴运说:"安安爷这是说给我听吗?"

黄安安说:"没有没有,我非常同意你的安排。"

黄兴运说:"那你再告诉崔奶奶,公司包下这整个院子,每个月付给房主租金两千元,你问问崔奶奶同意不同意?"

黄安安终于笑了说:"我不是已经代她同意了嘛。"

黄兴运说:"前边是成品收购,后边是原料批发,这里就需要每天守着两个人,那你就推荐两个合适人选吧?"

黄安安脱口而出说:"那当然就是我和唐春花了!"

黄兴运说："让公司的两个老顾问，干这样的差事不合适吧？"

黄安安说："合适合适！不然我们闲着也难受。"

黄兴运说："那你就和唐奶奶商量一下，上班的工资如何确定？"

黄安安说："我们不是都有股份嘛，这怎么又提工资了？"

黄兴运说："股份，房租，工资，这都是各算各的账，绝不能往一块儿乱捏啊。"

从黄安安院子出来，唐春花也从她家那边过来了。

黄兴运又和唐春花开着玩笑说："唐奶呀，你们一旦走出村子，就好像是度蜜月。这怎么一踏进黄刘村的土地，马上就又是扭扭捏捏了？"

唐春花四周观望了一下说："村里人的讲究多，都要提防个万一呢。"

黄安安把黄兴运长远的设想说给唐春花，问唐春花怎么办。唐春花非常高兴地说，那她就是和黄安安在一起上班呢，看别人还能说个啥？黄兴运说，一切都不要顾忌别人的感觉！他首先让会计把黄安安整个院子的租金预付半年，村里的食品收购站很快就要正式运行，那样黄安安和唐春花都要起得早，如果再住在沟那边，来来去去就不方便。黄兴运这就给黄安安和唐春花提出建议说，让他们把唐春花在村里的屋子也收拾一下，起码必须装上空调，在这严寒的大冬天，绝不能让人受冷啊！黄安安和唐春花感动得说不出话，只是低着头跟随着黄兴运慢慢走。

黄兴运领着他们来到村东头，这里就是黄二明和黄三明留下的院子。

黄安安说："兴运呀，你二爷和你三爷的院子也长期空着，你怎么就没想到改造成收购站和批发仓库呢？"

黄兴运说："这儿是村东头，你还是让我舍近求远吗？"

黄安安说："那你又让我们看啥呢？"

黄兴运说："我真是喜欢黄刘村了，以后还要在黄刘村搞开发，这就想把公司的总部搬到村里来。到那时候,黄刘村就彻底热闹了!所以呀,我二爷和三爷的院子打通后,就是现成的公司总部吧!"

大寒

雪落大地 又迎春

01

黄刘村食品收购批发站正式运营时，已经快到"大寒"的节气。

那几天真是最冷的时候，村里的加工户已经接到黄安安的电话通知，凡是加工好的面食食品，都必须把保温的东西赶制出来，千万不能在送过来的路上冻成了冰疙瘩。虽然食客中也不乏寻求刺激的人，照样有人想吃凉皮，照样有人想吃凉粉和凉饸饹，但是把冻成冰疙瘩的那些东西再化开，弄不好就断成了碎渣渣，也没有那个新鲜的味道了。黄安安在电话里又强调说，可不能用现成的被子和褥子盖，如果被发现，那你们自己就端回去，自己的臊腥味道自己吃！加工户们这就赶制出雪白的棉布罩，大清早起来，村道上就会出现一道白色的风景线。

其实，黄安安和唐春花说是在这边上班，每天忙碌的时间也就是那么一会儿。加工户按时按点把东西交过来，那边过来的车又把收齐的东西拉走后，他们也就没有什么事情了。后边屋子的原料仓库，也不是天天都有人买东西，即使有人突然想买个什么东西，一个电话就可以赶到。

如此这样，黄安安和唐春花就似乎仍然延续着他们轻松愉快的蜜月期。

在开始那几天，唐春花为了掩人耳目，当着众人的面，把收齐的东西装上面包车后，唐春花自己也坐上车去了沟那边的凉皮店。

黄安安白天要守着批发的仓库，每当夜幕降临时，就骑上他的三轮摩托车，回到高家村的出租院子里。一是在那边还是比村里自由，二是他们四个人玩扑克牌都玩上瘾了。可是第二天再过来，就必然是雾明搭早的。

也就是进入"大寒"那一天，唐春花从摩托车后座上跳下来，双腿都冻得麻木得站立不稳了。

黄安安扶住唐春花说："咱们再不要装模作样了，把你冻出个三长两短，那才是真正让人笑话哩。"

唐春花说："行，不装就不装了。从今天开始，咱们就住在这边不过去了。"

黄安安说："那你现在就回去，我一个人也顾得过来。记得先把空调打开，把屋子烘得热热的。"

唐春花说："住在这边就要做饭呢，可是这边连一根葱都没有。"

黄安安说："你就回去收拾锅灶吧，买菜的事情就交给我了。"

唐春花这就匆匆地跑回家了。

黄安安收完村民们交来的东西，就骑摩托车从镇上买回了许多蔬菜和一大堆调料。黄安安直接把买回的东西送给唐春花，唐春花也把家里的锅碗瓢盆都齐齐洗刷了一遍。唐春花在床上也铺好了新床单、新被子，枕头也并排摆放着两个。

黄安安往床上一躺说："这就像个过日子的样子了。"

唐春花说："公司的会计把你的房租预付款打了吗？"

黄安安说："早几天就打到账上了，不然哪有钱装上这么好的大空调？"

唐春花说："那我们在这边的工资可怎么给黄兴运回话呢？"

黄安安说："黄兴运对我们是高姿态，那我们就来个低调处理。一切由公司研究，到最后也不会吃亏的。"

唐春花说："那你就过去守在站里，咱们也必须坚守岗位吧。"

黄安安说："好！中午你给咱做一锅烩面片，冬天吃烩面最舒服。"

唐春花说："保温杯在门口的桌子上放着呢，我给你把茶都泡好了。"

黄安安提着保温杯走出门，哑巴就在门口等候着。黄安安比画着问哑巴到这里干什么？哑巴看一下唐春花的院子，又把目光落在黄安安的脸上，嘴里就嘻嘻笑开了。

黄安安往哑巴家方向那边一指，又比画着孙大脚的大脚板，还有哑巴和孙大脚一个人倒水一个人揉面的动作和神情，这才把哑巴震慑住了。

哑巴的面孔绷了稍许，就抓住黄安安那辆三轮摩托车的车头做出要骑走的样子。

黄安安放声一笑比画说，你他妈想借我的摩托车，这还想找我和唐春花的茬儿了呢！

哑巴现在就完全变成了巴结的神色，指天指地比画说，天这么冷，他对干爸干妈不放心。

黄安安总是为哑巴的那份孝心而感动，挥挥手就让哑巴把他的摩托车骑走了。

02

这天晚上，黄安安和唐春花才真正像过着新婚宴尔的日子。中午的烩面片还有半锅，唐春花不用再做饭，这就又搞了几个小菜，黄安安打开一瓶酒，两个人对饮了几杯，然后就洗脸刷牙钻进一个被窝了。

为了免除任何人的打扰，他们在行房前都关了手机。办完了那个事，他们就不知不觉地睡着了。也不知过了多长时间，一阵阵的敲门声，就首先把唐春花惊醒了。黄安安可能是酒喝得多，在唐春花身上又使了大力气，唐春花摇了好几下，黄安安才睁开了眼睛。

黄安安说："你又想干啥？"

唐春花说："你听，好像有人敲门呢。"

黄安安说："不会不会，是不是你的耳朵出了问题。"

外边的敲门声更猛烈地传进屋子里。

唐春花说："现在你听清了吧？"

黄安安说："把他的！世事都变成啥了，还会有人捉奸吗？"

唐春花说："你赶紧出去看看吧，别是村里出了什么大事情。"

黄安安穿好衣服，先拉开里屋的门，院子里已经是厚厚一层雪。黄安安回头对唐春花说，春花，下雪了！唐春花也应了一声说，啊！那是好事情。黄安安就踩着积雪向大门走去。黄安安打开大门，只见一个人头上包着厚厚的头巾，双手也紧紧裹着棉衣，一下子都认不清是男是女了。

黄安安受惊地说："你是谁？"

孙大脚瑟瑟发抖地说："我……我孙大脚……"

黄安安这才镇静下来说："啊，出什么事了？"

孙大脚说："哑巴……哑巴他不见了。"

黄安安说："我知道他下午要去敬老院看他的干爸和干妈，怎么就不见了？"

唐春花也已经走了出来，她把孙大脚拉进屋子里，又给孙大脚递来一杯热水。孙大脚喝完热水暖和了一些，说话也就顺溜了。

孙大脚说，人命关天的事情，她现在也不怕黄安安和唐春花笑话她。每天晚上十点钟过后，哑巴都会过她那边来，当然主要是帮她干活。哑巴是个实诚人，从来没有让她失望过。可是刚才她左等右等不见哑巴过来，走过去一看，哑巴的大门上仍然挂着锁。她这就为哑巴担心呢。敬老院也没地方住，哑巴又能在哪里？她这就想打黄安安的电话报告，黄安安的手机关机了。她又打电话给刘宏声，刘宏声说，他知道黄主任和唐春花今天晚上已经住在村里了。让她先找黄主任，如果真的需要他帮助，那就让黄主任和他联系。

黄安安说："春花，取我的大衣。哑巴骑着摩托车，别是在北沟出什么事了。"

唐春花说："那你赶紧走，我换一身厚棉衣，在你后边也过来。"

黄安安跑出村子，眼前就全是白茫茫的世界。他一边奔跑一边就给刘宏声打着电话，让刘宏声赶紧和他在阳泉镇中心小学当校长的儿子联系，去阳泉镇敬老院问清楚，一是弄清哑巴是不是还在敬老院，二是如果哑巴离开了，那也要弄清是啥时候离开的。

刘宏声让黄安安先在北沟两边的道路上寻找，他随后也就过来了。

黄安安正下坡，脚下一滑，就顺着铺满积雪的道路溜了下去。黄安安抓住路边石稳住身子，这时候刘宏声就把电话回过来了。刘宏声说，他儿子和敬老院联系了，那个齐铁夫老人说，哑巴陪他们坐到晚上八点钟，他就催促哑巴快回家。当时外边已经下起大雪，齐铁夫让哑巴在路上小心点，哑巴还给他们夫妻俩比画说，他骑着三轮摩托车，一会儿就到家了。

唐春花和孙大脚也来到沟岸上，发现黄安安趴在雪地上，连忙问黄安安怎么了？黄安安说，他没事，刚才只是滑了一跤。黄安安爬起来，让唐春花也给贺双栓和唐仙草打个电话，他分析哑巴很可能是在沟那边骑着摩托下坡时出的事，让贺双栓和唐仙草也过来在那边寻找。

黄安安、唐春花、孙大脚和对面过来的贺双栓、唐仙草会合后，都没有发现哑巴的踪迹。

刘宏声也已经来到沟那边，看见这边半坡上的一堆人影，就高声地喊着询问说，人找到了吗？黄安安说没有。这边的公路，一边是土崖，一边就是纵深的沟壑，唐春花又判断说，弄不好哑巴是连人带车滑进沟底下去了。

黄安安说："春花，为了赶时间抢救人，你是不是先打电话把120叫过来？"

唐春花说："在没有找到人之前，给120没法说呀。"

贺双栓说："黄伯，姑姑，我们赶紧到沟底找！仙草，你赶紧打电话让黄兴运开车赶过来。"

唐仙草留下来等待黄兴运，其他人都向沟底跑去。

刘宏声已经提前从沟底的公路上跳下去，顺着那条沟壑一路寻找，当他们看见哑巴时，哑巴早就不省人事了。那辆三轮摩托车，好像是在半坡就和哑巴分离开，现在摩托车已经远远地栽在水潭里，哑巴就像是从沟崖上翻滚下来。在翻滚的跌碰中，哑巴下意识中还想抓住坡崖上的枣刺，双手现在都是血肉模糊了。

黄安安在哑巴的鼻子上试了试，还能感觉到微弱的呼吸。

贺双栓蹲下身子说："来，赶快先把人背到公路上！"

黄安安和刘宏声抬起哑巴时，哑巴的喉咙里又哼了一声。

刘宏声说："慢点，哑巴的两条腿都好像摔断了。"

哑巴被抬到公路上，唐春花跟在后边就拨打了120。黄兴运开的车是提前到的，为了赶时间把哑巴送进医院，刘宏声提出先让黄兴运把哑巴拉走，然后在半道再把哑巴转到救护车上。黄安安和刘宏声陪护着哑巴进县城，其他人都留下了。

03

哑巴是后半夜苏醒过来的，当他睁开眼睛时，似乎连黄安安也不认识，目光也是发痴发愣的样子。

医生们经过多项检查，哑巴除了双腿粉碎性骨折之外，还被摔成了脑震荡。脑震荡需要慢慢治疗，双腿骨折就必须尽快做手术。医生问刘宏声和黄安安谁是家属。刘宏声说，哑巴的家里人都在外地，关于手术和治疗的一切花销，他和黄安安主任都可以先行交押金。哑巴这就被推进手术室了。

黄安安给哑巴交了押金过来，刘宏声也把哑巴的住院病床安顿好了。

黄安安说："刘书记，什么时候通知哑巴的家属呢？"

刘宏声说："你有哑巴家人的电话吗？"

黄安安说："以前有过，自从哑巴也学会用手机视频，我就把他家人的电话删除了。"

刘宏声看着病床上哑巴换下来的一堆衣服，让黄安安看看哑巴的手机还能不能用。

黄安安掏出了哑巴的手机，发现另一个衣兜里也是鼓鼓囊囊的，他问刘宏声是不是当着两个人的面把哑巴的东西都看看，以免得家属回来怀疑什么。

刘宏声也多了个心眼说，那就通知派出所，包括哑巴自己造成的车祸，都一同记录在案吧。派出所的警察过来后，这才在摄像机镜头下检查了哑巴的衣兜。哑巴那个鼓鼓囊囊的衣兜还别着两个扣针，派出所的警察取下扣针，把衣兜里的东西拿出来。衣兜里装的是许多照片，有哑巴夫妇的合照，有哑巴全家的合照，还有哑巴和他干爸干妈的照片，另外就是两万元存折和几张寄给儿子的汇款单存根。

警察说："一个聋哑人，他这么多钱是从哪儿来的？"

黄安安说："哑巴是个勤快人，他栽种的花椒树最多，所有钱的来路都没有问题。"

刘宏声带着另外的警察勘察了哑巴摔下沟壑的现场，还把黄安安那个三轮摩托车拉了回来。从现场的取证看，完全是下雪路滑，哑巴摔下沟壑的地方又是一个急转弯，哑巴一路滑行下来，在那儿就刹不住车了。警察说，多亏是快到沟底了，如果是从最上边的公路边摔下去，哑巴肯定就没命了。一切都取证结束，警察就要离开了。

刘宏声说："喂，警察同志，是不是你们通知家属比较好一些？"

警察已经走出门说："这不是什么案子呀，那么我们就不能继续插手了。"

刘宏声再看着黄安安说："那你就打电话，哑巴的家属不回来，后边的事情就不好说。"

哑巴的手机装在棉衣里边的衣兜里，也没造成什么损坏。

黄安安找出哑巴儿子黄锐锐的电话号码打过去，黄锐锐听说哑巴父亲受了重伤，首先就表示怀疑说，他父亲是个聋哑人，为什么那么晚还要跑出去？

黄安安说，哑巴在敬老院有个干爸和干妈，这些天气候寒冷后，他每天都要过去陪两个老人。黄锐锐在电话那边半天不吱声，又质疑他父亲骑的谁的摩托车，说是也许是摩托车刹车不好，那么摩托车的车主就应该承担责任了！

黄安安不耐烦地说："你们那边先回来人！哪怕是打官司，也必须当面对质吧？"

04

唐春花在村里收完加工的食品，就过去找到孙大脚，她想让孙大脚和她一块进城，看看哑巴究竟怎么样了。还有黄安安和刘宏声如何安排，这都要坐在一起商量呢。孙大脚却慌乱地说，她也只是报个信儿，现在已经找到人，那就和她没有什么关系了。

唐春花说："哑巴每天晚上给你帮忙，你现在怎么连看望一次的情分都没有？"

孙大脚扑通跪倒说："春花嫂，求求你，求求你，你就把我饶了吧。"

唐春花把孙大脚拉起说："你又没犯什么罪，这话是从何说起呢？"

孙大脚说："我一个女人家，咋能去看一个大男人？"

唐春花说："我不同样是女人嘛，我能去你就不能去？"

孙大脚说："这不一样呀春花嫂，我和哑巴是两邻居，这……这传出去说不清啊！"

一时间，唐春花心里就是想哭又想笑，黄安安早就告诉唐春花说，哑巴和孙大脚可能在收花椒的时候就好上了，后来孙大脚也从城里回到村子里，一是想用压饸饹挣钱；二是也看上了隔壁哑巴这个不用出工钱的好劳力；如果还有第三呀，那就是孙大脚用自己的身子顶工钱。唐春花走出孙大脚的院子还在想，平时看起来实在是两个老实疙瘩，这怎么都会相互利用呢？哑巴不知道什么时候才能站起来，孙大脚这就急急忙忙地解脱自己，这就要把自己洗刷得一干二净了！唐春花走在村道上，黄丙成开着农用三轮车也赶回来了。

唐春花停下脚步说："丙成也回来了？"

黄丙成也冷冷地说："我妈胆子小，你们都不要吓唬她！"

唐春花说:"没有人吓唬你妈啊。"

黄丙成说:"那你找我妈干啥呢?"

唐春花说:"行,行,我以后不来就是了。"

唐春花说完就匆匆离开了。现在她对孙大脚和黄丙成,又觉得完全可以理解和同情。哑巴的家人回来后,不知道还会怎么闹,如果知道了哑巴每天晚上给孙大脚义务打工的事情,这就真是把孙大脚卷进去了。每个人都有自保的天性,孙大脚担惊受怕没有什么错。可是孙大脚这么快就把儿子黄丙成叫回来,又让唐春花感到困惑和不解。孙大脚和哑巴的秘密,黄丙成看样子也知道,那就是母子俩合伙利用哑巴了。唐春花还联想到她自己昨天晚上彻夜未眠,实际上也是为黄安安担心,你好心好意把摩托车借给哑巴骑,不出事都没人表扬你,可是现在哑巴出了事,这就弄不清别人有多少说法了!

唐春花现在铁心要进城,也是觉得黄安安太劳累,她觉得她就是站在黄安安身边,那也是黄安安的精神支柱。可是凉皮店的生意也不能停,唐春花先去了沟那边,她把村里收购批发站的钥匙留给唐仙草说,如果有人在那边要买东西,那就让贺双栓辛苦一下,她都说不清今天能不能赶回来。

唐仙草劝姑姑别操那么多心,医院有黄伯和刘书记就行了。

但是唐春花还是执意进城了。

哑巴已经从手术室出来,他的双腿都打上石膏和钢板。

唐春花走进病房,哑巴昏昏沉沉地睡着了,身边也不见刘宏声和黄安安。唐春花打电话问黄安安在哪里。黄安安说刘宏声找黄二明派了车,他现在就在去飞机场的路上呢。唐春花又问刘宏声在哪里。黄安安说,刘宏声也是累得眼睛都睁不开了,现在可能在黄二明的酒店睡觉了。唐春花在心里说,每个人都知道累,就你黄安安是个铁打的人呀?黄安安见唐春花半天不说话，又问唐春花在哪里。

唐春花说："哑巴身边没有人，那我就在这里守着吧。"

黄安安说："这么冷的天，你怎么也跑进城了？"

唐春花说："你一天一夜都没睡觉，你说我能放心得下？"

黄安安说："哑巴现在有护士照料，你就赶紧回去吧！"

唐春花说："你少说话！那就在车上迷糊一阵子吧。"

05

哑巴的家属只回来了一个人，就是哑巴的儿子黄锐锐。黄安安领着黄锐锐走进病房，黄锐锐看见父亲是那个样子，没有哭没有喊，立即就发狠地退出病房说："谁把摩托车借给我父亲，那么谁就要承担一切责任。"刘宏声劝黄锐锐冷静下来，怎么能一见面就闹事呢。黄锐锐好像已经下定了死缠烂打的决心，黄安安要和他好好说话，他站在门外都不进来。黄安安真是气晕了，再加上一直没有休息，一屁股坐在地上，几乎都要昏过去了。

唐春花出来说："你黄叔好心把摩托车借给你父亲骑，这究竟错在哪儿了？"

黄锐锐说："他难道不知道我父亲是聋哑人吗？这就比如说，他明知道前边是大坑，偏偏要把我父亲往大坑里边推。"

唐春花说："你黄叔要害你父亲，总有个什么目的吧？"

黄锐锐说："我父亲种植了那么多花椒地，肯定会有人眼红呢。你和我黄叔以前把承包地都转给了别人，包括我父亲也承租了好多亩，如果我父亲不在了，你们不就是轻轻松松就可以拿回去了吗？"

唐春花也被气得哆嗦着说："刘书记，你……你听听，这简直是一条疯狗了！"

刘宏声走出屋子说："黄锐锐，你年纪轻轻的，怎么连一句人话都不会说了？"

黄锐锐说："我父亲都快没命了，你还让我怎么冷静，怎么讲理呢？"

刘宏声说："那行，你父亲的后续治疗，完全由村里负责。你如果想回去，现在就可以马上走！不过呀，如果你小伙再回来，那就是法院的传票了！"

黄锐锐说："谁都不要吓唬我！我回来就是要打官司，现在我先回家里看一看，你们就等着打官司吧！"

黄锐锐说完就走出医院。

黄安安要把黄锐锐追回来，刘宏声说，黄锐锐现在回村里，也是寻找哑巴留下的存折和其他什么证据，可是他可能想不到，他父亲把最值钱的东西，永远都带在身上不分离。值钱的存折都由派出所暂时保管，主动权就由他和黄安安掌握着。那就让黄锐锐折腾去，等他折腾累了，他自己就会主动认错呢。

黄安安这才说："对，那个混蛋货，说到底还是为了敲诈钱，不想为哑巴掏医疗费。"

然后，他们就商量医院里的轮换问题。唐春花说，黄安安这一天一夜都没有合眼，刘宏声还有村上的事情，那就让她先在这里顶一天，实在不行，从凉皮店再把唐仙草换过来。刘宏声说，还可以临时雇请两个女人，牛毛出在牛身上，等到黄锐锐明白过来，所有的花销都由他自己掏腰包。对于这种人，绝不能再留一点情面！

把医院的事情商量好，唐春花又为孙大脚担心。孙大脚和哑巴是邻居，如果黄锐锐再找孙大脚询问，会不会就把那个可怜的女人吓坏了？如果黄锐锐再从孙大脚家里看出个什么蛛丝马迹，又会闹得村里不得安宁了。唐春花没有把她的这种担心告诉黄安安和刘宏声，只是自己出去给孙大脚打了个电话，告诉孙大脚黄锐锐回村上去了，让孙大脚和儿子赶紧出去躲一躲，最好的办法就是不要和黄锐锐见面。

孙大脚在那边说："春花嫂子是好人！春花嫂子是好人！"

刘宏声、黄安安和唐春花吃饭回来，病房里已经站着许多人。齐铁夫坐在轮椅上，用热毛巾为哑巴洗着脸，齐铁夫的老伴也在为哑巴喂饭。齐铁夫看见黄安安他们进来，立即就老泪纵横地说，多亏哑巴的好领导好村民，如果不是他们相救，哑巴就会冻死了。

黄安安说："齐大伯，你和大婶的身体都不好，过来看一眼就回去休息吧。"

齐铁夫说："我知道哑巴的儿子还和你们闹事呢。不怕，你们都不要怕，这世上不能让好人吃亏啊！"

刘宏声说："谢谢您老的理解，我们也真的不害怕！"

齐铁夫说："刚才我已经和医院商量了，哑巴也不用长期住院，可是伤筋动骨一百天，哑巴到哪儿也不能动弹呢。所以啊，我就把哑巴带回去，他就是我们的亲儿子，就由他老爸老妈照顾了。"

刘宏声说："哑巴是我们村上的人，他儿子也回来了，咋说也不能把这么大的麻烦交给你们啊！"

齐铁夫的老伴说："敬老院也有医生和护士，没有什么麻烦的。"

齐铁夫已经托人雇了车，他们帮哑巴洗完脸吃完饭，由齐铁夫请来的几个雇工，就把哑巴抬出医院了。黄安安和刘宏声推着齐铁夫的轮椅，唐春花搀扶着齐铁夫的老伴，把两个老人送下楼，齐铁夫又掏出退回的押金和已经付过的医疗费清单塞给黄安安说，他们已经出了力，不能让他们再破费，他这是代替干儿子感谢恩人呢。

黄安安又把钱塞过去说，哑巴黄利贵自己也存着钱，这就不能便宜了黄锐锐。等哑巴清醒过来，哑巴自己就会和黄锐锐说清了。齐铁夫仍然坚决地说，让黄安安把钱先拿着，如果黄锐锐去他那里见父亲，从他这个干爷干奶那里也过不去！

06

黄锐锐在浙江那边还要上班，就在这边也不敢多停留。他虚张声势地从村里回来后，竟然发现哑巴父亲都不在医院了。黄锐锐问医生，谁把他父亲接走了。医院里到处都在风传着黄锐锐的坏名声，每个人都摇头说不知道！黄锐锐拨打黄安安的电话，黄安安总是立即就挂断了。黄锐锐又打通刘宏声的电话说，还是坐下来商量吧。

刘宏声说，没有人为他父亲的事情再跑腿，有什么话就来村里说！

黄安安和唐春花已经正常守在村里的食品收购批发站，当黄锐锐再次站在他们面前时，他们都装作不认识了。

黄锐锐说："你们把我爸藏在哪里了？"

黄安安说："那你就去问你爸，我们和他有啥关系？"

黄锐锐说："我爸在家里肯定还有存款，我想你们也不敢图财害命吧？"

唐春花说："你如果再说这样的话，你小伙就彻底走不了啦！"

刘宏声、刘全德、樊明贞、黄丙成和希贤伯都纷纷来到食品收购站，黄锐锐看见一下子来了这么多人，也就服软认输地说，他父亲平时经常和那边的家人通视频，他知道村里人都对他父亲好，正因为村里现在很热闹，他父亲才能安心地在这边种花椒。他父亲这几年卖花椒的钱，都可以支援他们在那边买下按揭的房子了。黄锐锐说，都是他一时糊涂，也是被哑巴父亲伤情吓坏了，这才鬼迷心窍，心想闹腾一下，起码就可以省下医疗费了。

黄安安说："说实话，你如果继续执迷不悟，我们都想抽你呢！"

刘宏声说："你在外边混了这么些年，怎么就一点出息都不长？"

唐春花说："两个八十多岁的老人，都知道心疼你爸照顾你爸，那你的良心是让狗吃了？"

黄锐锐低下头再也不敢说话了。

黄安安让黄锐锐先去敬老院看看他的哑巴父亲，然后再去城关派出所把他爸的存折取出来。至于把他的父亲带过去，还是真要留给两个老人，那就让黄锐锐自己看着办。其他人也都纷纷叮咛说，黄锐锐的哑巴父亲，现在也是他们家里的挣钱大户，让黄锐锐还是把父亲快带走，等到康复后再送回来。村里人也舍不得让黄刘村又少了一个勤快本分的人呢！

07

五天之后，黄锐锐就把他的哑巴父亲带走了。

全村人闻讯都赶到沟那边的凉皮店，黄锐锐租赁了一辆面包车，齐铁夫和他的老伴，也要去火车站为干儿子送行。

黄锐锐看见众多的乡亲，让司机停下车走下来说，请大家原谅他的一时糊涂，他以后和母亲也要多回来。村里人轮换着走上车，一个个握手为哑巴送行。哑巴一直流着眼泪，当黄安安最后紧紧抓住哑巴的双手时，哑巴就哭得更厉害了。

黄安安向哑巴比画说，明年开春时，他就去火车站迎接哑巴了。

哑巴比画说，让黄安安把他的奶羊牵走，这就赔偿了黄安安的三轮摩

433

托车。

黄安安在哑巴的头上弹了一下说，亏你还想得这么多，这就是大难不死，必有后福啊！

哑巴这才停止了哭泣。

送走哑巴后，刘宏声又忽然提议说，现在都回去做准备，晚上他把八婶那一家都叫回来，在村委会摆几桌饭，也该让黄安安和唐春花搞一次拜堂会了！

唐仙草和贺双栓也争抢说，他们这就联系黄兴运，黄伯和姑姑拜堂，怎么能缺少年轻人！

黄安安说："把他的！这怎么就把这把火烧到我身上了？"

唐春花说："刘书记这把火烧得好，我早就盼着摆几桌呢！"

刘全德当即就吟着一首诗出来：

草木虽无情，

因依尚可生。

如何同枝叶，

各自有枯荣。

突如其来的一场大雪，现在已经融化得无影无踪。沟畔畔上的蜡梅花，经过了一场瑞雪的洗礼，正在绽放着美丽的清艳和清香，"大寒"这一个最后的节气即将过去，然后就又是来年的"立春"了。

2020 年 12 月 28 日初稿

2021 年 3 月 16 日第二稿

2021 年 6 月 6 日第三稿